나와 함께
채송화

나와 함께
채송화

현고운 장편소설

차례

프롤로그 • 7

신데렐라 언니의 일기 — 여러분의 착각, 앙큼한 신데렐라
1. 일산의 신데렐라 • 12 / 2. 까칠하게 재수 없는 • 35
3. 사귀자고요 • 61 / 4. 은혜 깊은 채송화 • 83

야수의 기록 — 기적 같은 우연? 왕자의 은총
5. 가위바위보의 운명 • 100 / 6. 여보세요 • 127
7. 중독 • 156 / 8. 여자친구의 동생 • 172

브리짓의 메모 — 연애하고 싶어 미치겠어

9. 운명과 선택 · 202 / 10. 기다리기 · 229 / 11. 송이송이 · 257
12. 메라비언의 법칙 · 276 / 13. 가장 중요한 것들 · 296

잊혀진 여인의 야사 — 서투른 연애술사 로미오

14. 사람 일을 누가 알까 · 316 / 15. 블랙홀 또는 카오스 · 327
16. 10개월 그리고 10분 · 354 / 17. 가족 · 379

에필로그 · 394
작가 후기 · 404

프롤로그

　자정이 넘은 세상은 더없이 조용했고, 커다란 창밖으로 하염없이 쏟아지는 올 겨울 첫눈을 바라보는 상엽의 가슴속에는 차가운 냉기가 스며들고 있었다. 그는 눈 오는 밤을 좋아하지 않는다.
　아홉 살의 겨울, 하늘에서 눈이 쏟아져 기분 좋았던 날, 그날 밤 그 시간을 상엽은 분명히 기억하고 있었다.
　상엽은 동생 때문에 걱정이 돼서 잠이 오질 않았다. 엄마는 괜찮을 거라고 했지만 지혜는 계속 아팠고 병원에서 나오지 못했다. 툭하면 울어대고 졸졸 따라다니면서 엄청 귀찮게 굴지만 그래도 지혜는 아버지의 말씀대로 그가 보호해야 할 귀여운 여동생이었다. 엄마는 어쩌면 상엽이 지혜를 안 아프게 해줄 수 있다고 말했다. 그래서 낮에 병원에서 커다란 바늘로 피를 뽑아야 했다. 굉장히 아팠고 무서웠지만 그 정도는 남자이기 때문에 참을 수 있었다.
　"당신이 어쩌면 이럴 수 있어요. 애가 죽어간다고요. 현정이가 낳았어도 이렇게 모른 척했을 거예요?"

조용히 방문을 열고 아래층 거실로 내려가던 상엽은 엄마의 앙칼진 목소리에 걸음을 멈추었다. 엄마는 굉장히 화가 난 것처럼 보였고 아버지는 등을 돌리고 있었다.
"그 여자는 당신 같은 여자가 아니야."
아버지의 냉소에 엄마의 눈빛이 굳어졌다. 현정. 엄마와 아빠가 싸울 때마다 종종 엄마 입에서 튀어나오는 친숙한 이름. 상엽은 얼굴도 보지 못한 그 여자가 싫었다.
"이 지경이 됐는데도 또 그 여자 편을 드는 거야? 그깟 첫사랑이 자식보다 중요해? 지혜는 당신 자식이란 말이야!"
"내 자식?"
고개를 돌려 어머니를 바라보는 아버지의 눈빛이 그때만큼 무서웠던 적은 없었던 듯했다. 상엽은 자기도 모르게 숨이 멎을 것 같았다.
"나라고 저 어린것이 저렇게 힘들어하는 걸 보고 싶은 줄 알아?"
"그럼 어떻게든 해야 할 거 아니에요."
"내가 뭘 어떻게 해야 하지? 내가 뭘 어쩌라고. 친부모가 아닌 남남인 경우에는 일치 확률이 낮을 수밖에 없다는데, 나보고 뭘 어쩌라고."
"당신……."
상엽이 이해하기에는 어려운 말이었지만 어머니의 표정은 마치 도화지처럼 하얗게 변해갔고 아버지의 얼굴은 붉게 상기되어갔다. 무언가 들어서는 안 될 말을 들어버린 느낌에 상엽은 언젠가 할아버지의 비싼 만년필을 망가뜨렸을 때처럼 심장이 쿵쿵거렸다.
"지혜가 내 자식이 아니라는데 내가 뭘 어떻게 해야 하지? 이제 남의 자식 살리자고 내 자식 몸에 바늘을 찔러야 하는데 나보고 어쩌라고. 아니…… 지혜랑 상엽이 골수가 같길 바라면서도 아니길 바라는 내 마음을 당신이 알고 있어?"

"여보, 상엽이는 당신 아이예요."

"그걸 지금 내가 어떻게 믿냐고!"

아버지가 무섭게 소리를 질렀다. 그때는 정확히 그게 무슨 뜻인지 상엽은 알아들을 수 없었다. 어린 동생이 아프다는 것, 그리고 지혜가 아버지의 딸이 아니라는 것, 그리고, 그리고……

"처음부터 상엽이를 임신했다는 것도 거짓말이었잖아."

"하지만 그건 다 당신을 사랑해서…… 다 당신을 위해서였어요."

"지혜도 날 위해서였고? 말은 똑바로 하지. 처음부터 내가 아니라 당신을 위해서였어. 명성전자 안주인이 되고 싶었잖아."

아버지의 명백한 비웃음에 상엽까지 오싹해질 지경이었다.

"현정이보다 내가 훨씬 더 당신한테 어울리는 여자였어요."

"그래서 우리 어머니하고 짠 거였나? 임신했다고?"

"10년이나 지난 일이에요. 이미 오래전 이야기라고요. 당신 빼놓고는 다들 잊었다고."

"편리한 기억력이군. 그럼 내가 기억을 되살려줄 수밖에. 내가 먹은 술에 뭐가 들었는지는 모르지만 당신은 친구를 배신했고 난 내 약혼녀를 배신했어. 난 내 몫의 책임을 졌고 앞으로도 그럴 생각이야. 하지만 나한테 아내로서 인정받기를 원하지는 마. 어차피 정략결혼, 지금까지 참아낸 것만으로 충분하니까."

아버지의 서재 문이 요란하게 소리를 내며 닫혔고, 곧이어 엄마의 비명 섞인 울음소리가 들려왔다. 차가운 달이 걸려 있는 겨울의 그날 밤은 어린 상엽에게 꽤나 혹독한 날이었다. 상엽은 그날 이후로 아버지의 눈을 제대로 바라볼 수 없었다.

신데렐라 언니의 일기
— 여러분의 착각, 앙큼한 신데렐라

★ 앙큼하다 : 보기와는 달리 품위가 있거나 실속이 있다.

 롱롱 타임 어고우. 날씨 죽이게 좋았다네.

오늘 신데렐라가 결혼했다. 예뻤다. 확실히 어린 게 장땡이다만, 촛불 빛에 화장하고 드레스 입혀놨는데 안 이뻐 보이면 그게 더 이상한 거잖아. 거기다 요정의 힘 까지 얻었다면서. 12시 아슬아슬한 타이밍에 신발 하나까지 떡하니 떨어뜨려 주는 묘책까지. 앙큼하다, 앙큼해. 여우가 따로 없다.

왕자를 놓쳐서 화나지 않냐고? 무슨 말씀을. 왕자의 부인이 얼마나 피곤한데. 그리고 그 잘난 시댁을 생각해봐. 아마 신데렐라는 숨 쉬는 것도 허락을 받아야 할지 몰라. 그나

마 다행인 건 왕자가 멍청하다는 것. 첫눈에 반했다는 여자 얼굴을 기억 못하는 깝깝한 눈썰미라니. 그것도 모자라, 구두에 딱 맞는 여자를 찾는다는 게 말이 돼? 구두가 딱 맞았으면 벗겨지겠니?

 따지면 따질수록 잘한 결혼이 아니야. 불쌍한 신데렐라. 네 팔자도 참. 이제부터는 나라도 잘해줘야겠다. 진짜 봉 잡은 사람은 나니까. 쓸데없이 할 일 많은 차기 왕비보다는 왕실의 친척이 되는 게 장땡이잖아.

 종갓집 맏며느리라니. 듣기만 해도 피곤하다. 아, 피곤해. 피부를 위해서 오늘은 일찍 자야겠다.

 근데 남의 결혼식 날 뒷담화를 해주는 인간들은 뭔데. 내가 별로 착하지는 않지만, 참다못해서 한마디 했다.

 "봉 잡았네. 완전 신분상승, 인생역전이잖아."
 "이보세요, 신분상승이라니? 착각하시는 거 같은데, 신데렐라는 태어날 때부터 부자였어요."

1. 일산의 신데렐라

꿈속에서 그녀는 신데렐라, 아니 드디어 이웃 나라의 공주가 되어 있었다. 만화경처럼 순식간에 변하는 화면과 현실에서는 꿈도 꿀 수 없는 상황들……. 기세등등한 은색의 리무진, 화려하게 꾸며진 파티장, 번지르르한 실크 드레스를 휘감고 더없이 우아해 보이는 그녀를 부러움으로 질시하는 여자들을 바라보건대 특별히 볼을 꼬집지 않아도 한눈에 꿈이란 걸 눈치챌 수 있었다. 꼭 이런 건 꿈이더라.

누군가가 왕자가 도착하는 중이라고 했다. 화려한 옷을 입은 여자들이 자신만만한 얼굴로 왕자를 기다리고 있었고 송화는 늘 그렇듯 그들을 전혀 상관없는 사람처럼 바라봤다. 오늘은 어떤 여자가 왕자에게 키스를 받을까. 웅성거림과 함께 드디어 문이 열리고 왕자가 그녀를 향해 걸어오고 있었지만 너무나 눈부신 조명 때문에 그의 얼굴이 잘 보이지 않았다. 사람들이 그녀를 가운데 두고 홍해처럼 갈라졌다. 여전히 후광이 눈부신 왕자는 그녀에게 다가가서 한 손을 뒤로한 채 허리를 슬쩍 굽히며 인사했다. 그런 그에게 그녀는 우아하게 손을 내밀었다. 왕자는 그녀의 하해와 같은 은혜로움에 감사하며 가볍게 그녀의 손을 잡고 입술을 가져다 댔다.

"여보세요?"

그의 입술이 닿은 손등이 불타는 듯 뜨겁다. 어머나, 이게 꿈이 아닌가 보다. 꿈이라면 이렇게까지 확실하게 온기를 느낄 수는 없는 노릇이다.

그래, 얼굴을 봐야 해. 어차피 꿈인 거 왕자님의 얼굴이나 한번 보자. 아니, 꿈이 아닐지도 모르잖아. 왕자여, 고개를 들어라. 네 얼굴을 확인해야겠다.

하지만 남자의 얼굴을 채 확인도 하기 전에 그가 얼굴을 가까이 가져왔다. 송화는 저도 모르게 눈을 감았다. 침도 꼴깍 삼켰다. 키스……. 그 남자가 원하는 걸 그녀도 본능적으로 알아챘다. 남자의 숨결이 코앞에서 느껴진다.

으윽, 난 몰라. 이제 얼굴 따위는 필요 없어.

"이봐요."

하지만 그녀의 간절한 바람과 상관없이 누군가가 그녀를 사정없이 흔들어 깨우고 있었다. 도대체 누구냐고. 키스를 하려는 이 중요한 상황에서 누가 이렇게 무지막지하게 날 흔들 수 있단 말인가.

"끙."

달콤한 꿈을 딱 한 발짝 남겨둔 채 송화는 피곤에 찌든 눈꺼풀을 겨우 떼어내고 상대를 바라봤다.

젠장. 아쉽지만 이제 꿈에서 깨어났다는 걸 인정해야 했다. 머리가 지끈거리고 한여름 논바닥처럼 말라버린 입술을 뚫고 말이 나오질 않는다. 어제 술을 너무 마셨다. 장진욱, 이 웬수 같은 자식. 내가 그 인간이랑 술을 또 마시면 채송화가 아니다!

"이봐요."

"왜 그러시는데요?"

목구멍에서 짜내는 듯한 신음 비슷한 중얼거림이 그래도 사람 소리처럼 들려왔다. 겨우 정신을 차리고 입가에 흐른 침을 한 손으로 쓰윽 닦아낸 송화가 고개를 들자 아마도 결정적인 순간에 그녀를 꿈에서 건져낸 남자라고 짐작되는 사람이 한심스럽다는 눈빛으로 그녀를 주시하고 있었다.

"여기 양재거든요. 내려야죠?"

"뭐라고요?"

"양재역."

그가 뭐라고 하기도 전에 문이 열리고 사람들이 우르르 내렸다. 두리번두리번 주위를 둘러보니 아무래도 낯익은 곳이었다. 오우, 맙소사. 그녀는 마치 쏘아올린 로켓처럼 자리를 박차고 일어나서 아슬아슬하게 닫히는 문 사이를 뚫고 지하철에서 내렸다. 지하철 커다란 창문 너머로 어이없이 웃고 있는 남자의 희미한 얼굴이 잠이 덜 깬 그녀를 스치고 지나가고 있었다.

쪽팔려라. 아침부터 침 흘리고 조는 모습을 외간 남자에게 보이다니. 여태껏 자신이 싱글인 이유를 알 것도 같았다.

그나저나 그 남자는 누구이기에 그녀가 양재역에서 내릴 거라는 사실을 알고 있었을까? 혹시 출근길에서 매일 마주치는 그녀에게 어떤 남정네가 반했던 걸까?

말도 안 되는 상상에 송화는 자신도 모르게 픽 하고 웃어버렸다.

아서라, 누가 침 흘리고 자는 여자를 좋아하겠니. 그렇다고 외모가 완벽한 것도 아니고.

송화는 지나가는 거리의 빌딩에서 걸음을 멈춰 섰다. 온통 검은 유리창으로 치장된 빌딩의 한쪽 벽면은 그녀의 모습을 너무나 객관적으로, 진솔하게 비쳐주고 있었다.

껑충한 키에 짧은 커트 머리, 남자인지 여자인지 구분이 안 되는 통짜 몸매, 얇은 쌍꺼풀과 뾰족한 코, 전혀 섹시하지도 여성스럽지도 않은 커다란 입술의 조화는 아무리 예쁘게 봐주려고 해도 예쁘다는 소리가 나오지 않았다.

아냐, 아냐. 요새는 보이시한 매력도 있다잖아?

그나마 스스로를 달래는 말은 지금은 정형화된 미인의 세상이 아니라는, 잡지에서 주워들은 뻔한 구절뿐이었다. 체념 어린 혼잣말이었지만, 마음속으로는 정형화까지는 아니더라도 그냥 평범한 미인이라도 되고 싶은 생각이 굴뚝같았다.

미안하다, 채송화. 나도 차마 내 입으로 예쁘다는 소리는 안 나오는구나.

또 한 번 그렇게 자신에게 입 밖으로 중얼거리며 송화는 머리를 긁적거렸다.

그래도 다행이잖니. 채송화는 그나마 꽃이니까. 양상추나 홍당무면 어쩔 뻔했니.

상엽은 미친 듯이 전철역의 계단을 뛰어가는 여자를 보면서 피식하고 미소를 지었다.
벌써 일주일째. 참 지치지도 않게 술 냄새를 풍기고, 빠지지도 않고 졸고 있다. 게다가 머릿속에 알람을 숨겨놨는지 때가 되면 용케 일어나 아슬아슬한 타이밍에 지하철 문을 헤집고 뛰어나간다. 오늘 미적댄 걸 보면 어제는 진짜 술을 독으로 부었나 보다.
저 여자…… 알래나? 내가 누구인지.
상엽은 피식 웃으면서 고개를 저었다. 알 리가 없다. 그들이 처음 만났을 때 그녀는 언제나처럼 술 때문에 제정신이 아니었고, 그는 그녀의 주먹으로 제정신이 아니었다. 그 역시 여전한 술 냄새와 더불어 눌러쓴 모자, 삐딱하게 잠든 그녀의 모습이 아니었다면 상대가 지난주, 그 사람과 같은 사람이란 걸 생각해내기는 어려웠을 것이다.
일주일 전 그날을 생각하면서 상엽은 다시 한 번 피식 미소를 지었다.

누가 아픈 건가? 어지간해서는 모른 척 지나갔겠지만 누군가의 나직한 음성, "자식아, 싫다니까."라는 소리에 상엽은 화장실을 나가려다 걸음을 멈추었다.
"누구 있어요?"
슬쩍 노크를 하자, 더 나직한 신음과 함께 화장실의 문이 그대로 열렸다.
얼마나 급했으면 문도 안 잠그고 볼일을 볼까라는 생각도 잠깐, 상엽은 화장실 안에서 곯아떨어진 남자를 보고 한숨을 내쉬었다.
모자를 깊게 눌러쓴 어떤 남자가 술에 취한 건지 잠에 취했는지 좁은 화장실 벽에 기댄 채 정신없이 곯아떨어져 있었다. 다행히 옷만큼은 제대로 챙겨 입고 있어서 서로 못 볼 꼴을 봐야 하는 상황은 피해 간 듯싶었다.
　상엽은 손목의 시계를 흘끗 바라봤다. 벌써 11시 30분. 이 술집이 문 닫을 시간도 거의 다 됐다.
　그가 치우든, 아니면 술집 주인이 치우든 누군가는 해결해야 할 일이었다. 더구나 깊이 눌러쓴 모자가 채 가리지 못한, 아직 보송보송한 솜털이 드러나는 이 술에 찌든 어린 친구도 가족이 기다리는 집으로 가야 할 시간이 분명했다.
　생각을 굳힌 상엽은 주머니에 손을 찔러 넣은 채 화장실 벽에 기대 정신없이 잠들어 있는 상대의 긴 다리를 자신의 발로 툭툭 쳐댔다.
　"이봐."
　"으음."
　약간 몸을 돌리기는 하지만 그걸로 끝이었다. 끄떡도 않는다. 그러게 작작 마시라니까.
　상엽이 나직이 한숨을 내쉬었다.
　"야, 일어나. 집에 가야지."
　어지간해서는 깨어날 기미가 보이지 않는 탓에 상엽은 그의 어깨를 흔들어 깨웠다.
　뼈가 가늘다. 이거 혹시 미성년자 아니야? 그의 미간이 살짝 모아졌다.
　왠지 급해진 마음에 한시라도 빨리 깨워서 보내야겠다는 생각에 다시 상대의 어깨를 흔들어대자, '툭' 하고 남자의 호리호리한 몸이 옆으로 쓰러졌다. 상엽은 무의식중에 반사적으로 그의 몸을 받아들었다. 술 냄새가 확 하고 끼친다. 더불어 무언가 나쁘지 않은 향기.
　"무거워. 일어나라니까!"

"으음…… 으악!"

낮은 신음을 내며 겨우 상대가 눈을 떴다 싶었을 때 상엽은 그의 찢어지는 비명에 기겁을 해야 했다. 그리고 상대는 기운차게도 후다닥 상엽을 밀쳐냈다.

이제야 정신을 차린 모양이군.

커다래진 눈이 상엽을 죽일 것처럼 노려보고 있었다. 술을 그렇게 마시고도 핏발조차 서지 않는 맑은 눈이었다.

"너, 뭐야! 뭐 하는 놈이야!"

은혜도 모르고 덤비는 어린 녀석에게 뭐라 입을 열기도 전에 상엽은 복부에 알싸하게 느껴지는 고통에 인상을 썼다. 어리다고 생각한 건 그의 착각이었던 모양이었다. 이렇게 주먹을 제 맘대로 휘두르는 녀석은 절대로 어리지 않다.

'아차' 할 틈도 없이 짧은 시간에 벌어진 일이라 상엽은 정말 제대로 맞아야 했다.

"이런, 젠장."

상엽이 자신을 방어할 틈도 주지 않은 채 그 남자는 주먹으로 그의 복부를 가격하고, '헉' 소리도 내지 못하고 엎어진 상엽의 등을 팔꿈치로 다시 찍어내렸다.

"우욱."

비명이 저절로 튀어나왔다. 술에 떡이 돼 있던 어린 녀석은 전문 싸움꾼이거나 진짜 선수가 분명했다. 몸의 움직임도 장난이 아니었고 주먹도 심하게 매서웠다.

뭐 이런 게 다 있지.

황당한 일련의 사태에 상엽의 공격력이 바짝 상승했다. 이제는 술 먹었다고, 혹은 어리다고 봐줄 수 있는 시간이 지난 듯했다. 상엽은 잽싸게 상대의 팔을 부여잡고, 화장실 벽에 밀어붙였다. 작은 화장실 공간에서 두 사람의 눈이 마주쳤다. 그 와중에 모자가 '툭' 하고 떨어졌지만, 그깟 모자에 신경 쓸 여유가 없었다. 호되게 맞은 탓에 잔뜩 열이 오른 상엽의 주먹이 저절로 나가려 하고 있다.

"야…… 너 정말……."

멱살이라도 부여잡고 제대로 한마디 하려고 하는 순간에 상대는 그의 발을 인정사정없이 밟아대면서 두 사람이 사이의 틈을 만들고 상엽이 인상을 쓰기가 무섭게 무릎까지 걷어찼다.

그리고 그것만으로도 충분하지 않았는지 또 한 번 팔꿈치로 그의 복부를 호되게 찔러댔다.

어이가 없는 일이었다. 미치겠네.

"으윽."

"이 변태 같은 자식. 너 또 걸리면 죽는다."

상엽이 채 정신을 차리기도 전에 그가 바람처럼 사라졌다. 아니, 어쩌면…… 그녀가.

그를 패느라 정신이 없어서 그녀는 모자가 떨어진 것도 몰랐을 테지만, 그는 맞는 와중에도 모자가 떨어진 그녀의 얼굴을 확인했다. 아니, 사실 모자가 떨어진 순간에 드러난 여자의 얼굴 때문에 날아가는 주먹을 마지막 순간에 참아낼 수밖에 없었다. 아마 십 초만 늦었다면 그도 모르게 여자에게 폭력을 휘두르는 초유의 사태가 벌어졌을지도 모를 일이었다.

상엽은 바닥에 떨어진 모자를 주워 올리면서 이를 바드득 갈았다.

남자도 아니고, 여자가 남자 화장실에서 나를 팼다고?

지금 누가 누구보고 변태래.

그날은 그렇게 그날로 끝나는 줄 알았다. 하지만 다시 만날 수 없을 거라고 생각했던 그녀를 다음날 전철에서 다시 만났다.

술 마신 다음날 아침, 숙취보다 확실하게 느껴지는 근육통의 영향력에 뭔 놈의 여자가 이렇게 힘이 셀까, 정말 여자가 맞을까 하는 의문과 함께 잠시 투덜거리기는 했지만, 그날은 다른 날보다 그리 나쁜 아침의 시작은 아니었다.

지난밤 느닷없이 가방만 하나 들고 들이닥친 태섭이 끓여준 북어 해장국을 마시고 여유 있게 전철역에 도착해 운 좋게 자리를 잡아 편안하게 신문을 펼쳐들었다. 그때까지도 괜찮았다. 머리 무겁고, 거기다 술 냄새 풀풀 풍기는 어떤 여자가 자꾸만 그의 어깨에 기대어오기 직전까지는 말이다. 몇 번을 밀어내고 몇 번을 움직여도 그녀는 고장 난 자동인형처럼 머리를 기대어왔다.

뭐지, 이 익숙한 향기는? 술 냄새, 그리고 분명 기억에 있는 야구모자. 설마…….

깨워서 확인을 해야 하나, 아니면 이대로 참아야 할까, 혹은 떨치고 일어나야 하나를 고민하는 것도 잠시, 양재역이라는 방송이 나오고 출입문이 열리자 그녀는 마치 부적이 떨어진 좀비 인형처럼 벌떡 일어나 주위를 한 번 뒤돌아보더니 꽁지에 불붙은 로켓처럼 튀어나갔다. 예상하지 못한 번개 같은 행동에 왠지 헛웃음이 나온 것도 몇 초, 가장 아끼는 양복에 남겨놓은 그녀의 DNA에 그는 인상을 써야 했다.

저 재빠른 동작은 화장실의 그녀가 분명했다. 남자 화장실에서 주먹 휘두르는 것도 모자라 술 냄새 풀풀 풍기면서 침 흘리고 자는 여자라니, 이건 최악 아닐까? 근데 왜 미친놈처럼 이렇게 피식거리고 웃음이 나오는지 그때는 잘 몰랐다. 그리고 일주일 내내 지하철 안에서 졸고 있는 여자를 발견하는 일은 어느새 습관이 되어버렸다.

사무실에 도착한 상엽은 자신의 책상 한구석에 올려진, 마치 군인 스타일처럼 디자인된 짙은 푸른색의 필라델피아 야구모자를 바라보며 다시 피식 미소 지었다. 그나저나 그 여자는 이 모자를 세트로 대량 구매했나?

아침부터 전혀 남남인 타인에게 못 볼 꼴을 보이면서 회사에 도착한 송화는 쓰린 속에 쓴 커피를 집어넣으며 할 일이 산더미같이 쌓인 책상 앞에서 오전을 보냈다.
드디어 점심시간, 전날 밤 마신 술의 숙취로 지친 간과 위장은 뜨끈한 국물을 찾고 있었다. 그것 외에는 달리 생각나는 게 없었다. 회사 근처에는 다행히 그녀의 속을 달래줄 식당들이 즐비했다. 특히나 그녀가 사랑하는 순댓국밥. 점심 메뉴는 생각할 것도 없이 얼큰한 순댓국밥이었다.
어젯밤 같이 술을 푼 진욱도 별 잔소리 없이 쫓아와 자리에 앉았다. 작년에 사무실에서 신입으로 입사한 진욱은 대학 동창이었다. 지금이야 공사판에서 싫은 소리, 힘든 일을 몇 번 겪어낸 터라 나름 친한 척도 하지만 사실 학교 다닐 때는 서로의 분야가 워낙에 달라 그저 무덤덤한 사이였었다.
"술을 퍼부었냐? 몰골이 장난 아니다."
"넌 그런 말 할 자격 없거든."
송화가 가자미눈을 뜨고 노려봤다. 어젯밤, 진욱이 건넨 술만 계산해도 소주 두어 병은 거뜬히 나올 것이다. 어느새 다가온 순댓국 집 아줌마가 메뉴는 묻지도 않고 물 컵 두 개만 달랑 올려놓고는 그녀를 향해 담뿍 반가운 눈인사를 했다.
"준다고 다 받아 마신 바보가 왜 날 탓해?"
유난히 어른들한테 예쁨을 받는 이 녀석은 어젯밤 쫑파티에 초대받지 않은 손님이었다. 지난 2년간 고생고생해서 마무리한 건물이 드디어 준공 허가를 받았다. 준공까지 며칠 동안 밤마다 술을 푼 것 같았다. 야근 끝내고 술 푸고, 업주 쫓아다니느라 마셔주고 드디어 준공까지 이르렀지만 어젯밤의 여파는 금방 끝이 나지 않을 것 같았다. 아무래도 이게 늙는 거겠지. 몸이 예전 같지 않다.
"너, 나한테 관심 있었던 거지? 술 먹여서 어째 보려고?"
"술 덜 깼구나? 헛소리하는 걸 보니까. 채 군아, 나도 눈이 있거든."
미심쩍은 얼굴로 채근하는 송화를 보며 진욱이 어이없고 황당한 눈빛으로 기겁을 했다.
"너, 또 채 군이래지!"
"채 군을 채 군이라고 그러지, 그럼 채 양이라고 하냐?"
겁 없이 당당한 진욱의 대꾸에 그녀는 끙끙거리고 테이블 위에 놓인 냉수를 들이켰다.
젠장. 그렇다, 그녀는 채 군이었다. 아무리 치장을 하고 나와도, 아무리 꽃단장을 해도 그들의 반응은 그저 채 군이었다.

오죽하면 지난주에는 접대 차 끌려간 술자리에서 공동수급업체 직원에게 남자로 오인당해 남자 화장실까지 끌려가지 않았는가. 멀쩡히 여자 화장실 가는 그녀를 붙잡아놓고, 술을 작작 마시라는 충고까지 해가면서 송화를 아주 당연스럽게 남자 화장실로 인도했다. 덕분에 못 볼 걸 피하려고 화장실에 들어갔다가 깜빡 조는 바람에 진짜 변태를 만날 뻔했었다.

어렴풋이 떠오른 그날의 기억에 송화는 살짝 미간을 모았다. 술을 작작 마시긴 해야겠다. 그런 놈이 코앞에서 얼쩡거릴 때까지 곯아떨어지다니. 아주 다시 걸리기만 해봐라. 그때는 제대로 패줄 테니.

송화가 그렇게 다짐할 때 먹고 힘내라는 하늘의 계시인 양 김이 모락모락 나는 순댓국이 테이블에 도착했다.

"대한민국이 단일민족이라는 거 참 웃기지 않냐?"

"그게 무슨 심오한 뜻인데?"

뜬금없는 질문에 뜨거운 순댓국밥을 입안으로 밀어 넣던 송화가 물었다. 얼큰한 국물에 위장이 안도의 한숨을 내쉬자 그녀도 드디어 살 것 같았다.

"채장미 봐봐. 쟤랑 너랑 같은 단군의 자손이란 걸 누가 믿겠냐고. 거기다 똑같은 채씨인데."

송화는 고개를 들고 진욱이 넋을 놓고 바라보고 있는 티브이 화면을 향해 고개를 돌렸다. 커다란 화면 속에서 여배우 채장미가 눈부시게 웃으며 달콤한 시선으로 그들을 바라보고 있었다. 장미를 바라보는 대부분의 남자들이 그렇듯 머릿속의 뇌세포를 얼마쯤 포기한 얼굴이었다.

"그건 그러네. 나도, 너랑 장동건이랑 같은 단군의 한 핏줄이란 게 의심스러우니까."

"에이씨, 왠지 우리가 비참해진다. 그만하자."

송화의 퉁명스러운 지적에 드디어 현실을 깨달은 진욱이 식어가는 순댓국에 신경을 쓰기 시작했다.

자식, 진작 그럴 것이지.

"저렇게 예쁜 여자랑 매일 밥 먹고 같이 자면 어떤 기분이 들까?"

아무래도 미련을 버리지 못하는 듯 밥 한 숟갈을 꿀꺽 삼킨 진욱의 시선이 다시 화면을 향했다. 하여튼 남자들이란, 얼굴만 예쁘면 사족을 못 써요. 정작 채장미 같은 여배우는 장진욱 같은 남자한테는 눈도 안 돌릴 게 뻔한데. 어쩌면 저렇게 현실을 파악하지 못할까.

"별 기분 안 들걸. 불 끄고 나면 다 똑같거든. 설마 너, 채장미는 이슬만 먹고 산다고 착각할 만큼 순진한 건 아니지?"

"야, 야. 내가 순진한 건 아닌데 너처럼 뻔뻔하지는 않거든. 무슨 여자가 얼굴색도 안 변하고 그런 얘기를 대놓고 하니. 그리고 채장미가 이슬은 안 먹어도 너처럼 이렇게 무식하게 퍼먹지는 않을 거다."

입안 가득 순댓국밥을 밀어 넣고 있는 송화를 더없이 한심스럽다는 표정으로 바라보며 진욱이 고개를 흔들었다. 무식하게 퍼먹다니. 공사판에서 만나는 함바집 아줌마들은 그녀더러 먹는 것도 복스럽다고 그랬다. 같은 표현이라도 얼마나 듣기 좋은 말인가. 이 철없고 순진한 녀석에게만큼은 아무래도 장미의 진실을 알려줄 필요가 있다. 채장미도 분명히 살아 숨 쉬는 인간이라는 것을.

"네가 뭘 몰라서 그러는데 채장미는 나보다 술은 더 잘 마시거든. 걔도 밥 먹는 거 까탈스럽고 방귀도 뿡뿡 끼고 피곤하면 코도 골아."

"야, 네 얘기 하는 거 아니거든. 완소 공주 채장미 얘기하는 거야."

"나도 그렇거든. 다른 연예인은 몰라도 채장미는 그래."

"채 군아, 사람이 그러면 못쓴다."

수저를 '탁' 하고 내려놓은 진욱이 분개한 눈빛으로 그녀가 아주 커다란 죄를 지은 양 노려봤다.

"뭐가?"

"늙어서 그러면 추해 보인다고. 하여튼 저보다 좀 예쁘다 싶으면 다 모함에, 질투에! 아무튼 여자들이란."

만날 붙어 있는 동료가 하는 말은 모함에 질투라고 몰아대는 주제에, 얼굴 한 번 못 보고 말 한마디도 제대로 못 걸어본 게 분명할 채장미 흉을 보는 건 심히 불쾌한 모양이었다. 하여튼 남자들이란. 사실을 사실대로 말해줘도 믿지 못하는 건 내 탓이 아니다. 그래, 그냥 그대로 살아라. 꿈이라도 있으면 좋지.

"네 눈에는 그럴 때만 내가 여자로 보이지, 엉?"

송화는 혀까지 끌끌 차는 진욱의 뒤통수라도 한 대 쳐주고 싶었지만 먹을 땐 개도 안 때린다고 해서 꾹꾹 눌러 성질을 참아냈다. 대신 식탁 밑으로 그의 발등을 힘차게 누르고 일어섰다. 물론 작은 비명도 들린 듯했지만 그 역시 무시했다. 드디어 술에 찌든 위장이 풀리는 듯했다.

기분 좋게 점심을 먹고 뜨거운 커피를 한 손에 잡아 든 송화가 느긋한 마음으로 사무실에 도착하자마자 머리가 반쯤 벗겨진 김 차장이 싱글벙글한 얼굴로 기다렸다는 듯 그녀를 불러댔다.

뭐지? 뭘까? 왠지 뇌리를 스치는 불안감에 송화가 인상을 쓰고 미적미적 걸어가자 눈치 빠른 진욱은 재빠르게 차장의 시선 밖으로 몸을 피했다. 좀생이 차장이 저러고 웃고 나올 때는 무언가 있는 게 분명했다. 그럴 땐 눈부터 마주치지 말아야 한다는 사실을 진욱은 신참이지만 진즉에 꿰고 있었다.
"채 기사, 강 과장이 팽개친 수원 현장, 네가 맡아라."
"차장님, 저 청남백화점 지난주 쫑 냈거든요. 이달은 좀 쉬게 해주시면 안 되는 거예요?"
딸내미 시집보내는 기분으로 꽃단장시켜 건물주에게 인계하고 이제 겨우 책상머리에 앉았는데 벌써 새 업무라니. 악덕업주를 바라보는 눈빛으로 입술을 댓 발이나 빼물었지만 이제 이 바닥에서 닳고 닳은 그녀의 상사는 끄떡도 하지 않았다.
"일 있는 걸 복으로 알아야지. 이 소장이랑 김 반장이 너 보내 달라는 거야. 너랑 하고 싶댄다."
우리 회사가 언제부터 현장에서 원하는 직원을 파견했다고 저런 아량을 베푸는지는 알다가도 모를 일이지만 이미 오더는 떨어졌고 일은 해야 한다.
"진욱이도 덤으로 줄 테니 데리고 가."
"지금 맡고 있는 신당동 빌딩은 어쩌고요?"
"졸병 없다고 안 망해. 거긴 너 없어도 된단다."
차장의 시선을 피해 자기 자리에서 머리를 처박고 있던 진욱이 얼른 항의하고 나섰지만 김 차장한테는 어림도 없는 일이었다.
졸지에 덤이 되어버린 진욱이 무어라 작게 항의하는 듯도 했지만 사실 그건 그리 중요한 일이 아니었다. 요점은 앞으로 또 정신없이 바빠질 거라는 거다. 이러니 내가 만날 채 군이지. 연애할 틈을 안 준다, 틈을. 그래, 난 연애할 틈이 없을 뿐이다. 남자가 없는 게 아니라.
하지만 송화의 자기 합리화가 끝나기도 전에 사무실 여직원인 은이가 기대에 가득 찬 눈빛으로 그녀를 향했다.

"왜?"

"저기, 채 기사님. 탕비실 천장 형광등이 깜빡거려요."

"그래? 전등은?"

보통은 형광등이 깜빡거리거나 전기 배선이 잘못되면 빌딩의 영선실이나 관리실 직원을 찾는 게 당연한 일이지만 유독 공사 2팀에서만큼은 그런 종류의 일들은 송화부터 찾곤 했다. 그것도 공사 2팀의 하고많은 남자들은 다 놔두고 왜 그녀가 이 일을 도맡아 하게 되었는지는 모르지만 송화는 아무 불평 없이 단숨에 탁자 위에 올라가 이미 수명이 다해버린 형광등을 교체했다. 어차피 딸만 셋인 집에서도 이런 자질구레한 일은 그녀의 몫이었다.

"채송화, 너 제발 어디 가서 힘센 거 자랑하지 좀 마라, 응?"

"전등 하나 간 게 힘센 거 자랑하는 거야? 그럼 네가 하든지."

별다른 불평 없이 단숨에 해치우는 송화의 실력에 혼자 감격스러워하는 은이의 표정을 바라보며 진욱이 남모르게 끌끌거리고 혀를 찼다. 채 군에게는 남자친구도 많았지만 유독 여성 팬이 많았다. 그러니 채 양이 아니라 채 군이 될 수밖에.

"그러니 네가 채 군이야. 알아?"

"몰라."

"만날 밥 많이 먹고 힘센 거 자랑하니까 여기저기서 부르잖아, 머슴으로."

송화가 눈을 흘겼지만 진욱은 진심이었다. 겉으로는 멀쩡하게 야무져 보이는 채송화는 정말이지 물렀다. 그래서 여기서도 부르고 저기서도 찾는다. 그런데 이 바보는 거절하는 데 영 소질이 없어 보였다.

"또, 또, 사수한테 머슴이라니. 필요하니까 찾는 거지."

전혀 개의치 않는 얼굴로 대답하는 그녀를 바라보며 진욱은 허탈하게 미소 지었다. 하긴 채송화가 달리 채송화인가. 그래, 채 군이 그렇다면 그런 거다. 그녀는 사수였으니까. 그녀 말대로 쓸모없는 사람보다는 필요한 사람이 낫다.

"됐다. 이런 식으로 가다간 너 이번 밸런타인데이 때도 초콜릿을 산으로 받을 거야."

"암튼 쫀쫀하게 별걸 다 질투해. 그건 평상시 인간성 문제거든. 쓸데없는 소리 하지 말고 인수인계나 끝내서. 여기 일이 산처럼 쌓였으니."

진욱의 트집을 아무렇지도 않게 받아넘긴 송화가 한 아름 넘겨받은 자료들을 회의실 탁자 위에 올려놓으며 중얼거렸다. 그랬다. 그녀는 화이트데이 때 받는 사탕보다 밸런타인데이에 받는 초콜릿이 훨씬 많았다. 그리고 사실 송화도 별반 불만이 없었다. 송화에게는 사탕보다 초콜릿이 훨씬 달콤하고 매력적이었다.

어느새 바람이 부드러워지고 있었다. 춥다, 춥다 해도 겨울이 지나가고 있었다. 얼었던 땅이 녹으면서 이제 그야말로 공사판의 세상이 되는 것이다. 현장에서는 점심시간을 알리는 구호가 요란하게 들려왔다. 송화는 안전모를 눌러쓰면서 주변을 둘러보았다. 이런 식으로 남의 공사를 중간에서 맡아 하는 일은 별로 환영할 만한 일이 아니었다. 강 선배가 갑작스럽게 이민을 가지 않았다면 일이 이렇게까지는 되지 않았을 것이다.

건설현장은 어디나 다르지 않았다. 요란스럽고 복잡하지만 그 속에서 엄격한 질서와 규칙이 존재하는 곳이 이곳이다. 건물은 벌써 마무리 공사 단계 중이었다. 뼈대와 안전망, 거푸집이 얼기설기 놓여 있었고 위층에서는 가설 파이프 해체 작업이 한창이었다.

송화는 진욱 몰래 살짝 고개를 돌렸다.

천하무적 채송화에게도 남들은 모르는 무서운 존재들이 있었다. 그녀에게 세상의 온갖 날카로운 것들은 은근한 공포의 대상이었다. 나이가 들면서 조금 물러지기도 했지만 아직도 주사 바늘은 질색이었고, 비록 소중한 직업이기는 해도 뾰족하게 박혀 있는 철근과 하늘로 솟아 있는 파이프들도 가끔씩 섬뜩하게 느껴지는 것은 어쩔 수 없는 노릇이었다.

"채송화, 반갑다."

작년에 함께 일한 작업반장이 걸걸한 목소리로 그녀를 보고 반겼다.

"전 안 반갑거든요. 저 시집가야 한단 말이에요. 유부남 아저씨가 자꾸 절 부르면 어쩌라고요."

"내가 자기 며느리 삼고 싶어서 그래. 나 잘생긴 아들 있다니까."

"이제 열네 살이라면서요. 걔를 언제 키워요."

흥미진진하게 두 사람의 대화를 듣고 있던 진욱이 거의 넘어갈 듯 웃어댔다. 이런, 이 녀석이 있다는 걸 깜빡했다. 하지만 진욱을 작업반장에게 소개도 시키기 전에 일이 벌어지고 말았다.

그건 정말이지 순식간에 벌어진 일이었다. 위층 어딘가에서 해체 작업이던 쇠파이프와 발판대로 사용되던 거푸집이 와르르 무너져 내렸다.

사람들은 영화 속의 슬로모션을 보듯 멍하니 꼼짝도 하지 못한 채 작업장으로 쏟아져 내리는 거푸집과 쇠파이프들을 바라보고 있어야 했다.

눈앞에서 벌어지는 광경의 실체를 채 대뇌에 전달하기도 전에 미친 듯이 송화가 뛰어들었다. 그리고 거푸집이 무너져 내리고 있는 현장에서 멍하니 서 있는 남자를 붙들고 바닥을 뒹굴었다. 그녀가 그 남자를 잡아채서 바닥을 뒹구는 사이에 거푸집과 쇠파이프들은 죽은 사람도 깨울 만큼 무서운 소음을 내며 바닥으로 내던져졌다. 10초도 안 되는 순간이었다.

"채송화, 괜찮아?"
"으응, 그런 거 같아. 다른 사람들은?"
"남 걱정할 거 없어. 너만 괜찮으면 다 괜찮아."
송화는 눈을 감았다 떴다. 아직 하늘이 보이고 숨을 쉴 수 있는 걸 보면 죽지 않은 게 분명하다. 온몸의 근육이 예고하지 않았던 급작스러운 움직임에 비명을 지르고 사람들의 웅성거림이 멀리서 들리는 듯도 했다. 서서히 정신이 돌아오자 등 뒤로 땀이 흠뻑 적셔온다. 언제나 감추어두었던 공포가 현실이 되어 덮치다니. 그녀는 작게 몸을 떨었다. 송화는 갈라진 목소리로 입을 열었다.
"그럼 다 괜찮은 거군. 어떻게 된 거야?"
"아직 몰라. 뭔 일이 어떻게 잘못된 건지."
젠장, 첫날부터 이게 무슨 일이란 말인가. 송화는 '끙' 하고 낮은 신음을 내뱉으며 몸을 일으켰다. 삐끗하고 몸이 흔들거렸다. 어제 술을 너무 먹었던 게 분명하다. 가만, 무언가 놓친 게 있다. 그렇지, 그 남자. 마지막에 밀쳐버린 기억은 나는데 제대로 끝까지 해냈는지 자신은 없었다. 온몸이 다시 서늘해졌다.
"아까 그 사람은 괜찮아?"

"그런 거 같다. 병원부터 가자."

진욱의 도움으로 몸을 일으키자 현장 사람들은 전부 모여 있는 듯했다. 지옥의 염라대왕도 놀랄 만한 소리였으니 당연한 일이었다. 다들 한마디씩 괜찮으냐고 물어보는 질문에 그녀는 씩씩하게 고개를 끄덕이는 걸로 한 번에 답변을 했다.

다행히 그녀가 밀어붙인 남자는 멀쩡한 듯했다. 그도 얼결에 굴러서인지 얼굴이 심하게 긁혀 있었다.

"다른 사람들은?"

"다행히 점심 구호 중이었으니까, 큰 사고는 피했다."

정말이지 불행 중 다행이었다. 현장 사람들이 작업 중이었다면 그야말로 끔찍한 일이 벌어졌을 것이다.

"일어나. 병원 가게."

"난 괜찮으니까 저 친구나 병원 데리고 가봐."

순식간에 엉망이 되어버린 현장을 둘러보며 송화가 중얼거렸다. 얼핏 보기에도 앳되어 보이는 젊은 남자는 작업반장 아저씨가 새벽 인력시장에서 데리고 온 일용 인부일 것이 분명했다. 몸이 곧 재산인 이 바닥에서 필요한 치료는 제대로 받아야 하지 않겠는가. 파견 첫날부터 사고라니. 액땜부터 제대로 하고 시작한다. 정말이지 이것으로 모든 안전사고는 끝이었으면 했다.

사고 원인은 간단했다. 점심시간 전에 해체된 가설비 파이프를 볼트가 거의 풀린 지지대 위에 올려놓는 어이없는 실수를 저지른 것이다. 혹시라도 작업하던 인부가 그 위로 지나갔을 생각을 하면 온몸에 소름이 돋았다.

"잘하면 너, 나 치겠더라."

회사 근처까지 운전하고 온 진욱이 힐끗 그녀를 쳐다보며 말했다. 천하의 채송화도 잔뜩 지쳐 있었다. 얼굴은 아직까지 창백해 보였다.
"내가 치면 맞아야지. 난 사수야. 잊었어?"
"안 잊는다, 한시도."
심통 난 목소리로 대꾸하긴 했지만 진욱은 별다른 불만 없이 순순히 인정했다. 추락하는 거푸집을 향해 순식간에 뛰어가던 채송화의 모습은 진욱에게도 충격이었다. 10초만, 아니 3초만 늦었다면 어떤 일이 벌어졌을지 상상만 해도 끔찍했다. 또 그 와중에도 어찌나 기세등등하게 소리를 질러대던지.
"재수 없는 하루였어."
"이 정도인 게 다행이지."
그래, 그나마 이 정도인 게 다행이었다. 그나마 운이 좋았다. 아슬아슬하게 사고를 면하지 않았는가. 송화는 쏟아져 내리던 파이프를 떠올리며 또 한 번 몸을 떨어야 했다.
"그나저나 너 발목 좀 보자."
"왜?"
진욱이 갑자기 깜빡이를 켜고 도로변에 차를 세우더니 몸을 돌려 그녀를 바라봤다.
"너 아까 굴렀잖아. 발목 괜찮아?"
"괜찮아."
평소 아무 생각 없어 보이는 진욱은 의외로 은근히 세심한 구석이 있었다. 사실 아까부터 왼쪽 발목이 안전화 속에서 부어오르고 있던 차였다. 하지만 송화는 단번에 고개를 흔들었다. 차창 밖으로 '자양 한의원'이라는 간판이 뚜렷이 보였다. 한의원이라니, 너무 싫다.

"괜찮기는. 야, 귀신을 속여."
"그냥 접질린 거야."
"네가 의사냐? 그냥 접질린 건지, 부러진 건지, 아니면 인대가 왕창 나갔는지 어떻게 알아?"
그녀의 단호한 대답에 진욱이 코웃음을 쳤다.
"아주 고사를 지내라."
"늙어서 골병들어 징징대지 말고 빨리 병원 가. 얼른 내려. 딱지 끊긴단 말이야."
괜찮다고 한사코 고개를 흔드는 그녀의 의견은 완전히 무시한 채 진욱이 차 밖으로 그녀를 몰아냈다. 하루의 마지막이 최고로 마음에 안 들었다. 아침에 꿈속의 그 남자랑 키스를 못했을 때부터 짐작했어야 했는데, 한의원이라니. 너무 끔찍했다. 그 작은 쇠붙이들이 내 몸속을 뚫고 들어오는 일은 딱 질색이었다.
미련 없이 그녀를 던져버리고 가버리는 진욱의 작은 차를 향해 눈을 한번 흘기고 송화는 아픈 다리를 끌고 병원의 자동문 앞에 섰다. 발목이 멀쩡한 건 아니었다. 하지만 벌써부터 시큰거리던 부위가 병원을 들어서니 더 아파오는 듯했다. 이래서 병원 같은 데는 오기 싫었다. 특히 맨살에 수십 개의 침을 아무렇지도 않게 찔러대는 한의원은 더더욱.

한약 냄새, 약초 냄새들이 잔잔하게 배어 있는 한방병원은 늦은 시간이라 그런지 한가해 보였다. 접수를 하고 초조한 마음으로 호명을 기다리고 있는데 어느 병실에선가 아이 우는 소리가 들려왔다. 세상에, 아이한테도 침을 놓는다니. 얼굴도 모르는 아이의 마음이 전이된 것인지 그녀의 얼굴이 창백하게 변해갔다. 지금이라도 늦지 않았으니 얼른 되돌아가야겠다. 송화가 가방을 들고 일어서려 할 때 때마침 핸드폰이 울렸다. 화면 창에 뜬 이름은 뺀돌이 장진욱이었다.

"또 왜? 네 말대로 병원 와서 접수했어."

다시 가방을 내려놓고 그녀는 최대한 목소리를 낮춰 중얼거렸다. 장진욱은 생각보다 그녀에 대해서 많이 알고 있는 모양이었다. 그녀가 내뺐다고 생각하는 그의 추궁에 송화는 속마음을 들킨 것 같아 펄쩍 뛰었다.

"도망 안 간다니까!"

"잘 생각했다. 안 그러면 병원 문 앞에서 지키고 있으려고 그랬는데."

핸드폰 너머에서 진욱의 웃음소리가 들려왔다.

"채송화 씨."

"병원 근처에 얼씬만 해. 그때는 아주 내 손에 죽을 줄 알아."

간호사가 불러대는 그녀의 이름 때문에 갑자기 더 급해진 송화의 음성이 거칠어졌다. 아무래도 도망갈 기회가 차단된 것 같았다.

"채송화 씨."

"네! 나 지금 들어가봐야 하거든. 할 일 없으면 오늘 일 제대로 정리나 해. 쓸데없이 전화하지 말고."

또 한 번 자신의 이름을 부르는 소리를 핑계로 송화는 크게 호흡을 했다. 그래, 그깟 침 한 번에 죽기야 하겠니. 하지만 바늘이라니, 어쩌면 죽을지도 모르겠다. 눈에 띄게 창백해진 얼굴로 그녀는 미세하게 몸을 떨었다.

2. 까칠하게 재수 없는

한약 냄새가 배어 있는 원장실에서 블라우스의 단추를 지나치게 많이 풀어놓은 여자를 바라보는 상엽의 얼굴에는 아무런 표정이 드러나지 않았다.

검은색 시폰 블라우스 사이로 하얀 가슴이 탐스럽게 비쳤지만 상엽의 얼굴은 점점 굳어져만 갔다. 그는 여자가 앉아 있는 의자를, 그리고 탁자 위에 놓인 진료 차트를 번갈아 바라봤다. 두통과 식욕부진, 가슴에 담이라……. 웃기는군. 그건 그가 눈앞의 여자를 보면서 느끼는 증상들이었다.

"굳이 가슴을 보여주지 않으셔도 됩니다. 침은 등에 놓을 테니까요."
"가슴도 아픈걸요?"

무뚝뚝한 상엽의 목소리에 단추를 걸어 잠글 생각도 하지 않은 채 여자가 그를 똑바로 바라봤다. 그는 이런 여자들이 싫었다. 아니, 그냥 싫은 정도가 아니라 혐오스러웠다.

"그럼 성형외과에 가서 AS를 받으세요. 아무래도 보형물에 문제가 있는 거 같으니까."

"성형 아니에요. 자연산이란 말이에요."

발끈한 여자를 무시한 채 상엽이 뒤돌아섰다. 그의 얼굴 근육이 불쾌함으로 팽팽해졌다.

"얼마나 받았지?"

아무래도 더 이상 이 여자 앞에서 예의를 차릴 필요가 없다고 생각한 상엽이 차가운 음성으로 물었다.

"네?"

"우리 어머니한테 얼마나 받았냐고 묻고 있잖아."

주춤주춤 물러서는 여자를 상엽은 무서운 눈으로 바라보며 채근했다.

"돈 받고 이러는 거 아니에요."

"그럼 명성전자 안방이 탐나? 착각하지 마. 내가 그 회사에 들어갈 일은 절대로 없으니까."

여자의 항의에 상엽이 코웃음을 쳤다.

"상엽 씨 부모님은 날 좋아하세요."

"그럼 우리 부모님이랑 결혼하든지."

그의 얼굴은 무표정하지만 싸늘했다. 부모님이라, 아마 어머니 쪽이겠지.

"나랑 결혼하면 어머님하고 화해도 될 거 같은데요."

"당신이 뭘 안다고 그런 소리를 하는 거지?"

"상엽 씨가 어머님이랑 사이가 안 좋다는 건 알죠."

여자의 자신만만한 목소리에 상엽의 얼굴에 희미하게 냉소가 지나갔다. 누가 모르겠는가. 상엽과 상엽의 어머니, 그리고 그의 부친…… 세 사람 사이가 언제나 아슬아슬하다는 건 재계에서 진즉부터 공공연한 비밀이었다.

"오지랖을 넘어선 참견이야. 나가. 당신 같은 여자한테 볼일 없으니까."

상엽이 출입문을 열어젖혔다. 여자의 얼굴에 잠시 난감한 표정이 머물렀지만 선뜻 자리에서 일어서진 않았다. 상엽이 그녀 앞에 한 발짝 다가갔을 때 카랑카랑한 목소리가 로비에서부터 들려왔다.

"병원 근처에 얼씬만 해. 그때는 아주 내 손에 죽을 줄 알아."

나직하지만 호통이 잔뜩 들어간 여자의 목소리가 진료실까지 울렸다. 누군지 목청도 크구나. 나름 자제하고 있는 듯한데 저렇게 또랑또랑하게 들리다니. 상엽은 목소리 큰 어떤 여자와 똑같은 마음으로 눈앞의 여자를 향했다. 드디어 그녀가 미적미적 자리에서 일어났다. 몸속의 가시를 뽑아내는 느낌이었다. 언제까지 이런 여자들을 참아내야 하는 건지. 그는 머리가 지끈거릴 지경이었다.

어머니가 여자를 그의 병원으로 보내기 시작한 것은 할아버지의 말도 안 되는 협박 때문이었다. 그건 아주 단순한 장난에서 시작된 일이었다.

가족을 버리고 회사를 선택해서 일궈낸 할아버지의 제국은 똑같은 방법으로 그의 큰아들인 윤 회장의 손에 의해 지켜지고 있었다. 할아버지는 명성의 다음 후계자로 장손인 상엽을 욕심냈지만 정작 그는 회사에는 아무 관심이 없었고 어떤 압력에도 굴하지 않고 고집스럽게 자신의 갈 길을 가고 있었다.

할아버지가 형식적으로 은퇴하던 날, 앞으로의 후계자를 묻는 기자들의 질문에 오래간만에 술에 취한 그는 앞으로 가장 먼저 세상에 태어날 증손에게 지금까지 일궈낸 모든 것을 물려주겠다는 농담 같은 이야기로 주위 사람들을 놀라게 했다.

왕회장인 할아버지를 아는 모든 사람들은 그가 핏줄이나 혈연에 이

끌려 자신의 목숨 같은 제국을 선뜻 넘겨줄 리 없다는 사실을 누구보다 잘 알고 있었기에 그저 장난으로 웃고 말았지만 그에게 그 발언은 결코 장난이 아니었던 모양이다.

다음 날 변호사에 의해 '故曰王者無戲言(왕은 희롱하는 말을 하지 않는다)'라는 의미심장한 설명과 함께 공개된 할아버지의 충격적인 유언장 내용은 그 말이 결코 취중에 한 농담이 아니라는 사실을 분명히 하고 있었다.

이제 가장 먼저 증손을 얻어야 한다는 사실이 가족들에게는 절체절명의 과제가 되었고, 유언장이 공개된 지 벌써 2년이 되었지만 불행인지 다행인지 세 명의 아들에게서 세 명의 손자를 얻은 그에게 증손은 생기지 않았다. 그리고 이제 누구보다 조급해진 사람은 상엽의 어머니였다. 그녀는 자신이 모든 것을 버리고 손에 넣은 명성전자를 아들에게 물려주고 싶어 했다. 안 되면 손자에게라도. 그 이후 수많은 여자들이 그의 병원을 드나들기 시작했다.

상엽은 진료 카드를 꼼꼼히 살펴봤다. 만 28세, 채송화. 특이한 이름이었다. 그리고 채송화라는 이름을 갖기엔 그녀는 몸집이 꽤 컸다. 상엽은 목청 큰 여자임이 분명한 환자의 얼굴을 다시 한 번 유심히 바라봤다. 하얗게 겁에 질린 얼굴에선 아까 소리치던 기세는 찾아볼 수가 없었다. 잔뜩 긴장한 손에는 눈에 익은 야구모자가 짓이겨지고 있었다.

오호, 역시나 신은 있다니까. 상엽은 픽 하고 미소를 지어 보였다.

"안녕하세요. 발목이 아프다고 하던데."

송화는 잔뜩 긴장한 얼굴로 다리를 작은 목침 위에 올려놓고 의사를 바라봤다. 안 그래도 통통하기 그지없던 발목은 이제 살짝 부어오르기 시작해 종아리와의 굴곡이 희미해지고 있었다.
"다행히 뼈가 부러지진 않았네."
의사는 사전에 찍어둔 엑스레이를 흘긋 바라보며 고개를 끄덕였다. 생활 한복을 편하게 걸쳐 입은 한의사는 굉장히 어려 보였다. 하지만 아무리 어려 보여도 대한민국 남자가 대학 6년을 거쳐 군대를 다녀왔을 정도면 어느 정도 나이가 있을 텐데. 한의대는 4년인가? 아니면 군대를 패스했던 걸까? 한의대가 4년일 리는 없을 테니 아마도 후자일 것이 분명하다. 이 남자는 무슨 핑계로 신의 아들이 된 걸까. 아무튼 돈 있는 자제들이 이렇게 신성한 국방의무를 피해가는 건 문제가 있다고 생각하기도 전에, 의사가 들고 있는 은빛 침들이 눈에 들어왔다. 헉, 바늘. 그녀는 정말이지 침이 싫었다. 어려서부터 무서워했던 날카로운 물질에 대한 공포감은 쉽게 사라지지 않았다. 긴장으로 송화의 손끝이 습관처럼 차가워졌다.
"아파요."
"엄살이 무지 심하네. 운동 많이 하나 봐. 기골이 아주 장대하셔."
그의 무례한 질문에 뭐라고 대꾸하기도 전에 침이 살을 뚫고 들어오는 느낌이 들었다. 으악, 난 이런 거 너무 싫어.
"아악, 아파요."
의사의 타박에도 불구하고 또 한 번의 커다란 신음이 입속에서 새어 나왔다. 그녀의 비명에도 불구하고 의사는 셀 수 없이 많은 침을 그녀의 다리에 꽂아대고 있었다.
이건 일부러 그러는 게 분명해. 그저 발목 하나 접질린 것뿐인데 웬

침을 이다지도 많이 꽂는 걸까. 침 한 번에 송화의 커다란 비명이 계속 잇따랐다.

"아파도 참아봐요. 덩치에 안 맞게 비명은. 애들이 보고 웃잖아."

느글느글, 실실거리는 남자의 웃음소리와 함께 누군가 키득대는 소리가 들려왔다. 간호사일까, 아니면 어디 다른 환자일까? 뭐가 됐든 이 남자, 정말 싫다.

"가볍게 삔 것 같으니까 며칠 경과를 보자고. 침 맞는 거 아프다고 빼먹지 말고. 안 그럼 더 늙어서 진짜 고생하니까."

더 늙어서라니. 이 남자, 꼬박꼬박 반말하는 것도 기분 나쁜데 말투까지 싸가지다.

"물리치료 꼭 받고, 어머님."

어머님? 가만, 이 남자가 지금 나더러 어머님이라고 부른 거야? 기가 막혀.

빌어먹을 의사가 놓는 침은 정말 아팠고, 그 실실거리는 어조는 더없이 불쾌했다. 오른발을 절뚝거리며 보글거리는 성질머리를 달래가며 겨우 집에 도착한 송화는 푹 하고 한숨을 내쉬었다. 그야말로 엿 같은 하루였다. 아침에 머리가 깨질 듯이 아팠을 때 오늘 일정을 미뤘어야 했다. 괜히 모범 사원인 척, 부지런한 척 출근 따위를 하는 게 아니었다.

아픈 다리를 끌고 집 안으로 들어서자 장진욱이 오매불망하는 장미가 오늘따라 잡지에서 그대로 빠져나온 듯한 모습으로 앉아 있었다. 송화보다 다섯 살이나 어린 이복동생은 정말로 예뻤다. 그것도 그냥 예쁜 게 아니라 진욱이 말대로 정말이지 미치게 예쁘다는 표현이 더 정확했다.

"언니, 내 핸드폰 좀 찾아줘. 드레스 룸에 있을 거야. 이번에 새로 산

거, 신상 말이야."

"네가 찾아."

자리에 앉기도 전에 송화를 발견한 장미가 불러댄다. '나도 피곤해.'라고 말해주고 싶었지만 원래 남의 말은 잘 안 듣는 장미였다.

"나 바쁘단 말이야."

전문가에게 핸드 케어를 거의 매주 빠지지 않고 받으면서 그것도 모자라 손에 잔뜩 크림을 발라대고 잡지를 뒤적이는 장미는 그야말로 엄청 바빠 보였다.

"송화야, 너 커피 마시고 싶지 않니?"

이번에는 양지 언니였다. 고양이보다 우아하고 여왕님보다 느릿한 걸음걸이로 2층에서 걸어 내려온 의붓언니가 느긋하게 소파에 몸을 기대면서 말했다.

"아니, 난 별로……."

"난 마시고 싶어."

송화가 뭐라 얘기도 하기 전에 언니가 딱 잘라 말했다. 휴우, 한숨이 저절로 나온다.

장미도 언니도 부탁이라는 걸 할 줄 모르는 사람이었다. 그들은 언제나 명령에 익숙한 공주였고 여왕이었다. 침이 효과가 있었는지 사실 다리는 이제 많이 편해졌다. 하지만 의사는 돌아다니지 말라고 했건만, 가족이라는 사람들은 그녀가 아프거나 말거나 아무 관심도 없어 보였다. 하긴, 천하무적 그녀가 아프다는 사실을 이해하지도 못할 것이다.

그렇다. 채송화는 신데렐라였다. 그녀가 태어나고 백일 만에 어머니가 돌아가셨고, 그로부터 3년 뒤 아버지는 딸 하나 있는 과부와 결혼하셨다. 졸지에 송화에게는 거울 공주 새엄마와 게으름뱅이 언니가 생겼다.

그리고 또 5년 뒤에는 너무나 예쁜 여우 같은 여동생이 생겼다. 송화가 신데렐라와 다른 건 오직 한 가지, 왕자를 낚아챌 만큼 아름다운 미모를 가지고 태어나지도 못했고 신데렐라만큼 착하지도 않다는 사실이다. 하느님도 너무하시지.

"뭐 하니, 안 타오고?"

"언니, 내 핸드폰!"

그녀는 자신이 양지 언니와 장미 공주의 부름에 투덜거리고 인상을 쓰면서도 커피를 타고 핸드폰을 찾아 건네주리란 걸 안다. 예쁜 언니와 더 예쁜 동생 사이에서 어느새 하녀 근성이 배어가는 걸 방지하기 위해 그저 소리라도 한번 질러본 것뿐이었다. 그렇다고 해서 바뀌는 건 아무것도 없지만 말이다.

재투성이 신데렐라가 왕자를 낚아채 행복하게 살았습니다……라는 건 동화책 속에서나 나오는 얘기라는 걸 송화도 잘 알고 있었다. 사실 왕자 따위는 바라지도 않는다. 키스 한 번 제대로 할 줄 아는 남자친구 하나면 충분할 텐데, 현실은 그마저도 허락하지 않는다. 하긴, 만인의 연인인 채장미도 스캔들은 줄창 나지만 사귀는 남자는 없어 보였고 돌아온 싱글인 양지 언니 역시 남자란 동물에는 전혀 관심이 없는 모양이었다. 그렇지만 그들은 자의적인 솔로이고 그녀는 선택의 여지가 없는 싱글이었다. 이게 공평한 건지, 아니면 불공평한 건지.

"난 아이스티 먹고 싶단 말이야. 커피는 피부의 적이야."

"그럼 네가 타먹든지."

송화가 커피를 내려놓자마자 장미가 징징거렸고 양지가 간단하게 제압했다. 그러는 언니는 왜 직접 타먹지 않느냐고 쏘아붙일 만한데 장미는 잔뜩 심통 난 얼굴로 그저 커피가 든 머그잔만을 빤히 노려볼 뿐이었다. 아마도 머릿속에서 마실지 안 마실지를 고민하고 있는 것이리라. 장미는 무슨 사약이라도 보는 듯한 눈빛으로 커피를 바라보더니 결국 향긋한 커피 냄새에 포기하고 머그잔을 손에 들었다.

"내 피부는 타고났으니까 괜찮을 거야."
"오늘은 스케줄이 한가한가 보지?"
"미니시리즈 막방 촬영 어제 끝났어. 어떻게 드라마를 안 볼 수가 있니?"

그녀의 서먹한 인사에 장미가 살짝 혀를 차며 쏘아붙였다. 동생이긴 하지만 그다지 그렇게 친한 사이는 아니었다.

"나 말고도 대한민국 50퍼센트가 봐주면 됐지."
"내 말이 그거야. 대한민국 주류 안에 들어가야 정상 아니야?"

뚝뚝한 송화의 변명 같은 중얼거림에 장미가 빈정거리듯 대꾸했다. 세상 모든 사람들이 사랑하는 채장미는 이상하게 집안에서는 찬밥이었다. 그리고 그 불만을 장미는 제일 만만한 송화에게 쏟아 붓곤 했다.

"드라마 안 본다고 비정상이란 것도 웃겨. 그런 식으로 따지면 우리 집 식구는 다 비정상이게?"

분명 양지 언니도 보지 않았던 것이 확실했다. 우리 집에서는 아무도 완소 공주 채장미의 드라마를 보지 않는다. 난 원래부터 드라마에 관심이 없었고, 양지 언니는 장미의 말도 안 되는 연기를 참아내지 못했으며, 사회정의만이 관심 분야인 경찰서장 아버지는 장미가 대한민국에서 캐스팅 일 순위의 여배우라는 사실조차 모르고 계신다. 그리고 나의 계모이자 장미의 엄마는 너무나 바빠 드라마 시청에 할애할 시간이 없었다. 그런 이유로 대한민국의 절반이 보는 드라마 얘기에, 정작 가족은 동참하지 못했다. 그렇다고 해서 그녀가 집안에서 사랑받지 않는다는 말은 아니다.

"흥, 언니도 별로 정상 같지 않거든."

"너만 할까."

양지가 무뚝뚝하게 대꾸했고 장미는 입술을 깨물었다.

"그건 그거고, 언니는 만날 그렇게 한가해도 되는 거야?"

"우리 집에 돈 버는 사람이 몇 명인데 나까지 바빠? 그리고 나, 돈 많은 솔로야. 이래도 돼, 충분히."

끙, 그렇다. 어쩌면 양지 언니는 우리 집에서 가장 편안하고 여유로운 시간을 보내는 사람이다. 언니를 보면 아주 값비싼 페르시안 고양이를 보는 것 같다. 느릿느릿하고 귀족적인.

딸만 셋. 낳아준 아버지가 다르고 낳아준 어머니가 다른데도 같은 부모 밑에서 함께 사는 이들은 완벽하게 행복한 가족은 아니었다. 비록 같은 집에서 잠을 자고 한 달에 두어 번쯤은 함께 식사를 해도, 서로에게 정이 넘치지도 않았고 서로에게 그다지 관심도 없었다. 그들은 각기 다른 개성으로 서로 모른 척한 꽃밭에서 살아가는 가족이었다.

"어머머, 니들이 웬일로 이렇게 나란히 앉아 있니?"

세 자매가 그다지 친하지 않다는 사실을 누구보다 잘 알고 있는 엄마가 들어오면서 놀랍다는 듯 말했다. 송화의 새엄마, 아니 엄마는 금방 사진에서 빠져나온 것처럼 우아하고 한 점 흐트러짐이 없어 보였다. 새엄마는 신데렐라의 계모처럼 악독하고 모진 엄마는 아니었지만 그렇다고 태어나자마자 생모를 잃은 의붓딸이 가여워서 넘치는 모성애를 쏟아내는 여자도 아니었다. 또 그렇다고 친딸인 양지와 장미에게만 특별히 넘치는 애정을 드러낼 만큼 잔인한 사람도 아니었다. 아름다운 자기 얼굴을 바라보는 게 너무 좋아서 선택한 직업이 거울 많은 미용실이었고, 미용사인 엄마에게 그저 평범한 '엄마'나 '아내'를 원하는 건 어쩌면 처음부터 무리일지도 몰랐다.

많이 뻔뻔하고 조금은 철이 없어도 강남에서 손꼽히는 미용실을 운영할 만큼 제법 성공한 커리어우먼인 그녀는 본인이 할 수 있는 범위 안에서 가족을 위해, 가정을 지키기 위해 나름대로의 최선을 다하고는 있었다.

"몰라. 어쩌다 보니 그렇게 됐어."

장미의 무성의한 대꾸와 상관없이 박 원장은 새삼스럽다는 듯 각각의 피가 흐르는 세 딸들을 바라봤다. 거실의 의자를 채우고 있는 딸들은 그녀가 미처 깨닫지 못하는 사이에 어느새 자신들의 세계를 구축하고 있었다.

"엄마는 웬일로 이렇게 일찍 왔어?"

"아버지가 며칠째 야근이잖니. 갈아입을 옷이랑 간식거리 좀 챙겨서 가봐야지."

아버지 얘기를 하는 박 원장의 얼굴에 홍조가 머물렀다.

20년 이상 함께한 부부가 아직도 저렇게 얼굴을 붉혀가며 사랑할 수 있는 걸까?

송화는 왠지 엄마가 부러워졌다. 세상에서 자기가 제일 예쁘다고 생각하는 엄마가 무뚝뚝하고 일에 빠져 집안일은 전혀 챙기지 않는 아버지와 사랑에 빠진 건 도무지 불가사의한 일이었지만 어쨌거나 그들은 서로를 너무나 아끼는 부부였다.

"엄마, 아버지 야근이 하루 이틀이야?"

"도와드릴까요?"

어이없어하는 막내딸과는 달리 송화는 습관처럼 몸을 일으켜 주방으로 향했다.

"어머, 그래 줄래? 그런데 넌 다리가 왜 그래?"

"삐었어요."

아무도 몰랐던 그녀의 상태를 한눈에 알아본 엄마에게 송화는 희미하게 웃어 보였다.

"어쩌다가? 또 검도했니? 아니면 격투기?"

"레슬링 쪽에 가까워. 그것도 남자랑."

"언니가 이겼지?"

칭찬이 아닌 게 분명한 장미의 질문에 송화는 그저 고개를 끄덕이는 걸로 대답을 대신했다.

"얘, 됐어, 그냥 쉬어라. 그 발로 다락방까지 괜찮겠어? 아래층으로 잠시 방을 옮기든지."

"괜찮아요. 그 정도로 나쁘진 않아요."

송화의 방은 2층 양옥집 다락방이었다. 어려서는 장미와 함께 방을 썼지만 양지가 이혼 후에 집으로 들어오고, 장미가 데뷔하면서 절대로 같이 방을 못 쓰겠다고 주장하는 바람에 송화는 자연스럽게 다락방으로 방을 옮겨야 했다.

170센티미터 키인 송화가 허리를 꼿꼿이 세우면 머리가 천장에 닿을락 말락 할 정도로 낮은 높이였지만 다락방은 여름에 조금 더운 걸 빼고는 그리 나쁘지 않았다. 작은 창을 열면 햇살과 바람이 쏟아졌고 무엇보다 세상의 소음으로부터 단절되어 조용했다.

정말이지 피곤한 하루였다. 꿈속에서 그 왕자님이나 한 번 더 만났으면 좋겠구만.

힘세고 목소리 큰, 야구모자 주인과의 짧고 유쾌한 시간은 어느새 잊혀졌다. 집에 도착한 상엽은 자기도 모르게 굳어지려는 얼굴의 근육들을 애써 이완시켰다. 집. 이곳을 '집'이라고 부를 수 있는지조차 의심스러웠다. 그저 콘크리트 건물. 그는 육중한 철제문을 마주하고 답답하게 막혀버린 가슴에도 힘껏 숨을 들이켜 새로운 호흡을 주입시켰다. 집을 나와 독립한 후로는 어지간해서는 들르는 곳이 아니었다. 하지만 어머니가 보내주는 다양한 여자들의 접근에 신물이 날 지경이었다. 더 이상 참아줄 수 있는 상황이 아니었다. 상엽이 현관문을 열고 들어서자 냉랭한 모습으로 그의 모친이 소파에 앉아 상엽을 기다리고 있었다.

"다시 병원으로 여자 보내지 마세요."

그는 거두절미한 채 본론을 이야기했다. 이미 병원을 나간 여자가 이번 상황에 대해서 시시콜콜 보고했음이 분명했으니 별도의 부연 설명은 필요 없다고 생각했다.

"너도 결혼을 해야 할 거 아니야."

"술 드신 거예요?"

희미한 술 냄새에 상엽이 인상을 쓰며 물었다. 어머니의 탈출구는 언제나 술이었다. 그나마 세상의 이목 때문에 자신의 체면을 위해서 기를 쓰고 스스로를 절제하려 하고 있을 따름이었다.

"남편도 무시하고 아들도 무시하고, 내가 왜 이렇게 살아야 하는 거지?"

"욕심을 조금만 줄여보세요."

상엽이 나직한 한숨을 쉬며 중얼거렸다. 아버지와 어머니 사이에는 언제나 시베리아보다 차가운 냉기와 태평양보다 먼 거리가 존재했다. 그건 그가 아주 어렸을 때부터 보아온 익숙한 모습이었다. 더 이상 아파할 마음도 다칠 이성도 없었다.

"너도 네 아버지 편이지?"

그녀가 서운함과 냉정함이 뒤섞인 얼굴로 상엽을 노려봤다.

"평생 그깟 침이나 놓고 살 거야? 내가 너 때문에 얼마나 참아왔는데 네가 이래?"

"저 때문에 참아왔다고 하지 마세요. 두 분 체면 때문에 여기까지 온 겁니다."

"넌 이 집 장손이야. 가문을 이어받아야 할 거 아니야. 남의 손에 넘어가는 걸 눈 뜨고 보고 있으란 말이니?"

남의 손이라고 하는 건 그의 작은아버지와 전문 경영인들을 일컫는 말이었다. 어머니는 병적으로 아버지의 집안 식구들을 증오했다.

"저 아니라도 잘하는 사람은 많습니다."

"난 그럴 수 없어. 누구 좋으라고 다른 사람 손에 회사를 넘겨."

어머니가 그의 결혼을 밀어붙이는 이유는 단 하나였다. 회사. 어머니의 고집에 상엽은 쓴 한숨을 삼켜야 했다. 벌써 수십 번 되풀이되어온 언쟁이었다. 어머니는 아들이든 남편이든 당신의 뜻대로 움직여야 만족해하는 분이었지만 아버지도 그도 그럴 만한 상대가 아니라는 사실이 비극의 시작이었다.

"어머니, 어머니께서 아무리 뭐라고 하셔도, 무슨 짓을 하셔도 전 회사에 발붙일 생각 없습니다."

"혹시, 너 성은이 그 계집애 때문에 이러는 거야? 그 아이 때문에 나한테 복수하려고?"

어머니의 눈빛이 노기로 번뜩였다. 성은. 어머니 입에서 튀어나온 첫사랑의 이름은 상엽으로 하여금 끔찍한 기억들을 떠오르게 했다. 그는 인내의 한숨을 삼켰다.

"그 계집애는 처음부터 우리 집 재산을 노렸던 거였어. 넌 나한테 고마워해야 해."

고마워해야 한다니. 어머니의 광기 어린 집착과 방해에 그녀는 결국 자살 시도까지 했다. 다행히 죽음에 이르지는 않았지만 상엽과 그녀가 얼마나 힘들었는지는 신만이 알 것이다. 그는 다시는 사랑 따위는 할 생각이 없었다. 그의 첫사랑도, 그리고 부모의 결혼 생활도 그에게는 모두 끔찍했다.

"흥, 그깟 첫사랑 년을 아직도 못 잊었구나. 그것까지 제 애비를 쏙 빼닮았다니."

그래서 어쩌라고요? 당신들의 행복을 위해서 그냥 결혼이라도 하라고요? 천만의 말씀입니다. 당신들 때문에 충분히 힘들었어요.

"네가 아무리 그래도 넌 내 자식이야. 내 배 속으로 낳았다고."

자신만만한 목소리였다.

"단 한 번도 잊어본 적이 없습니다. 정말 단 한 번도."

당신 같은 여자를 엄마로 뒀다는 게 얼마나 끔찍한 일인지 자다가도 벌떡벌떡 일어나게 돼요. 당신과 같은 피가 절반은 나에게도 흐른다는 사실만으로도 혐오스럽다는 사실을 알고 있는지.

"다시 말씀드립니다. 제 뒤에서, 제가 모르는 일을 벌이신다면 이번에는 그냥 넘어가지 않을 겁니다. 그 말씀 드리려고 온 거예요."

일어서서 뒤돌아서는 그에게 화병이 그대로 날아들었다. 얼결에 손으로 막긴 했지만 머리를 비껴간 것은 신의 가호이리라. 아니면 저주이든지. 상엽은 날카로운 파편에 베여 피가 흐르는 팔뚝을 무시한 채 집을 나섰다. 지옥 같은 하루의 끔찍한 끝이었다.

지난주부터 함께 살기 시작한 동거인 태섭은 여전히 무뚝뚝한 얼굴이었지만 꽤나 세심한 손길로 상엽의 상처를 소독하고 밴드를 붙였다. 벌써 새벽 한 시. 태섭은 자신의 불편한 다리 통증을 잊기 위해서인지, 혹은 상엽의 다친 마음 때문이었는지 약한 브랜디를 손에 들고 왔지만 상엽은 고개를 흔들었다. 술이라면 그 대신 어머니가 질리게 드시고 있었다. 굳이 술을 권하지 않는 태섭은 그에게 향기 가득한 국화차를 대신 건넸다.

"얼굴이 그지 같다."

"기분도 그지 같아."

탁자 위에 브랜디 잔을 올려놓은 태섭이 불편한 다리를 한 손으로 들어 스툴에 얹어놓으며 장식 없는 커다란 소파에 몸을 기댔다. 하루의 고단함이 묻어나는 얼굴이었지만 눈빛만은 밤처럼 깊게 빛나고 있었다.

"뭐 하러 갔어? 어차피 좋은 소리 할 것도 아니면서."

태섭은 상엽의 사정을 누구보다 잘 아는 유일한 친구였다. 그리고 그가 마음을 여는 유일한 친구이기도 했다.

"어쨌거나 부모니까."

상엽이 할 수 없다는 듯 중얼거렸다. 어쨌거나, 할 수 없이. 부모는 선택할 수 없는 노릇이었다. 부모가 자식을 선택할 수 없듯이. 그저 서로로 인해 묵직해지는 가슴을 모른 척할 뿐이었다.

"더 이상 머리 빈 여자는 질색이야."

"개중에 찾아보면 아닌 여자일 수도 있잖아. 무조건 싫다고만 하지 말고."

"머리가 멀쩡한 여자가 생전 얼굴도 보지 못한 남자한테 가슴을 열어 젖혀?"

"으흠, 눈은 호강했겠네."

전혀 웃음기 없는 무뚝뚝한 얼굴로 지치고 아픈 다리를 주무르는 데만 열중하고 있는 것처럼 보이는 태섭을 상엽이 노려봤다.

"불쾌했어."

"까칠하긴."

불편한 다리의 긴장이 조금 풀리는 듯하자 고개를 들고 상엽과 눈을 마주친 태섭이 중얼거렸다.

까칠하다니. 까칠하기로 치면 대한민국에서 둘째가라면 서러울 것이 분명한 태섭에게 그런 소리를 듣는다는 게 말도 안 된다는 듯 그 와중에도 상엽이 눈을 굴려 보였다.

"까칠해? 말도 안 된다."

"그럼 꼬였다고 해두자."

"차라리 그게 낫다."

"그럼 난 다리가 불편해서 꼬였다고 치고, 넌 왜 꼬인 거야?"

상엽의 투덜거림에 태섭이 물었다. 몇 년 전 교통사고로 인해 태섭은 죽음의 고비를 넘나들었다. 절단까지 고려했던 그의 왼쪽 다리가 오른쪽 다리에 비해 약간 짧아진 것으로 그친 것은 그것만으로도 행운이었다. 물론 그때의 교통사고는 다리에뿐만 아니라 그의 영혼에도 크나큰 영향을 미쳤다.

"장애가 몸에만 있는 게 아니거든."

"오호, 그럼 넌 머릿속에 장애가 있다고 인정하는 거야?"

"예를 든 거야, 예를."

마침내 꼬투리를 잡은 것 같은 태섭에게 상엽은 점잖게 고개를 흔들었다. 혼자만의 공간, 마음에 드는 직업, 소중한 친구. 그는 그 이상의 것을 바라지 않았다. 가족은 그저 이상적인 꿈일 뿐이었다.

음악도 들리지 않는 거실에는 한동안 국화차와 엷은 브랜디의 향기만 가득한 채 두 남자는 각자의 생각에 잠겨 있었다.

"어머니가 소개해주는 여자가 싫으면, 네가 골라서 데리고 가. 그럼 해결될 일이잖아."

술잔을 어느덧 다 비우고 한동안의 침묵 끝에 태섭이 말했다.

"내가 데리고 간 여자를 어머니가 싫어하면 더 복잡해질 텐데."

"누가 알겠어. 여자가 있는 것만으로도 무조건 환영하실지. 손주만 먼저 얻으면 되는 거잖아."

"아닐걸."

어머니의 야심과 욕심을 누구보다 잘 알고 있는 상엽은 고개를 흔들었다. 남편에게 사랑받지 못하는 어머니의 희망은 오직 상엽뿐이었고, 그에 대한 집착과 열망은 차츰 도를 넘어서고 있었다.

"그럼 어느 쪽이 더 피곤한지를 잘 계산해봐. 머리 빈 여자 가슴 보는 게 더 나을지, 복잡해지는 게 더 피곤할지. 뭐, 나라면 여자 가슴 보는 쪽이 낫겠지만."

태섭이 드디어 히죽 웃어 보였다. 마르고 침침한 얼굴에 웃음이 어리자 그의 표정이 달라졌다. 사고 나기 전의 태섭의 얼굴이 잠시 보이는 듯했다. 사고 후 순식간에 10킬로그램이 빠져버린 그는 지금의 얼굴과는 전혀 다른 외모였고, 언제나 웃음이 머물렀던 그때의 태섭은 외롭지 않아 보이는 사람이었다.

"남의 일이니까 웃음이 나오지. 바빠 죽겠는데 별별 인간들이 쓰잘데기 없이 진을 치고 있으면 그게 얼마나 짜증나는 일인지 알아?"
"알지. 나도 별별 인간들이 쓰잘데기 없는 일로 불러대니까."
레스토랑에서 얼마나 이상한 사람들이 다양한 문제로 항의와 불만과 트집을 잡는지 의사 선생님은 절대 모를 것이다. 상엽과 태섭의 쓸쓸한 웃음이 서로를 위안하며 지나갔다. 마음까지도 자꾸 어두워지는 새벽이 오는 밤이었다.

그날의 사고 이후로 현장은 기강이 분명하게 잡혀 있었다. 물론 살벌한 눈빛으로 사방을 번뜩이며 주시하는 송화의 역할도 한몫했지만, 안전사고의 위험성을 눈앞에서 지켜본 사람들은 재해 예방에 철저해질 수밖에 없었다. 그나마 다리를 겹질린 보람이 있었다.
"채 군, 병원은 꼬박꼬박 다니고 있는 거야?"
현장 소장님 주도하에 인테리어, 전기, 감리까지 오후 내내 현장 확인을 하고 회의를 줄잡아 끝낸 진욱이 안전모를 벗어내며 물었다. 하늘이 기분 나쁘게 어둑어둑해져 오고 있었다. 비라도 쏟아지면 또 공사가 늦어지고 혹시라도 있을 안전사고에 긴장해야 할 것이다.
"꼬박꼬박 다니고 있어."
말은 그렇게 했어도 다친 첫날 이후로 병원 근처에는 얼씬도 하지 않았다. 그 결과로 발목 상태는 전혀 호전되지 않았다.
"정말 가는 거야?"
"다 나았어."

미심쩍어하는 진욱에게 송화가 급하게 고개를 끄덕였지만 대답이 너무 일렀던 모양이었다. 침을 맞는 것보다는 차라리 몸 아픈 게 낫다고 생각했지만 실은 그게 아니었다. 몸의 어느 구석이 불편한 건 잠복해 있는 치통 같았다. 물론 치통도 몸의 어느 구석이긴 하지만.
　"다 나았는데 절뚝거려? 너 안전화에 지금 발을 구겨 넣는 수준이야."
　"네가 내 마누라야? 무슨 남자가 이렇게 잔소리가 심하니?"
　"채 군, 드디어 네가 남자라는 걸 인정하는 거니?"
　물끄러미 그녀를 바라보고 있던 진욱이 정말이지 진지하게 물어왔다.
　"죽는다, 너."
　"또 싸워? 니들, 그러다 정든다."
　"정 좀 들면 어때, 처녀 총각이. 두 사람, 어울리는구만."
　현장 사람들이 킬킬거리며 그들 사이를 참견하고 나섰다. 장진욱이랑 나랑 어울린다니. 도대체 눈들을 어디다 두고 그런 얘기를 하시는 걸까.
　"저보고 지금 남자랑 사귀란 말씀이에요? 얘랑 저랑은 가당치도 않아요."
　"네가 오늘 아주 죽음을 부르지, 응?"
　발끈한 진욱의 항의에 또 한 번 사람들이 킬킬대는 웃음소리가 들려왔다. 왜 대한민국 유부남, 유부녀들은 처녀 총각만 보면 엮어주지 못해서 안달들이 나는지 이해를 못하겠다. 장진욱도 내가 여자로 보이지 않겠지만 나에게 역시 진욱은 남자가 아니었다. 왜냐고 묻는다면 할 말이 없지만 아무리 노력해도 안 되는 건 안 되는 거다. 게다가 진욱과 나의 관계는 그런 노력조차 필요 없을 정도로 무미건조한 사이였다.
　"병원 가봐. 너처럼 얼굴도 꽝이고 몸매도 꽝인 애가 몸까지 부실하면 누가 데려가겠냐."

언제는 힘센 거 자랑하지 말라더니. 송화는 그에게 아픈 부위는 발목일 뿐이고 주먹은 멀쩡하다는 사실을 몸으로 알려줘야 했다. 하여튼 말로 하면 듣지를 않아요.

"너보고 데려가 달라고 안 하니까 걱정 놓으시지."

"당연하지. 처음부터 그런 걱정은 하덜덜 안 했어."

그녀의 주먹을 복부에 맞고 허리를 굽히고 있던 진욱이 기겁을 하고 고개를 흔들었다.

진욱의 타박과 충고와 상관없이 발목의 상태를 보아하건대 오늘은 병원을 다시 들러야 할 듯싶었다. 발목이 묘하게 시큰거렸다.

"왜?"

현장을 나서 주차장으로 걸어가며 진욱이 걸음을 멈추고 심각하게 그녀를 바라봤다.

"솔직히 말해봐. 너, 아직 키스도 안 해봤지?"

"미친놈. 너 그거 심각한 성희롱이야."

뜬금없는 질문에 송화의 눈썹이 기분 나쁘게 치켜 올라갔다. 하지만 그냥 넘기기에는 그의 얼굴이 지나치게 진지해 보였다. 얘는 왜 또 나한테 관심을 갖는 걸까.

"야, 야. 성희롱은 남자가 여자한테 하는 거지. 넌 여자가 아니라 채 군이야."

"네가 날도 더워지는데 맞고 싶지?"

코웃음 치며 고개를 흔드는 진욱을 송화가 매섭게 노려봤다. 그놈의 채 군 소리, 아주 지겨워 죽겠다.

"이러니까 내가 걱정이 안 되냐. 툭하면 무식하게 주먹 쥐고 패는데 어떤 놈이 널 여자라고 보고 접근이라도 하겠냐."

"걱정 안 해줘도 되거든요. 난 너만 패니까."

"너, 우리 누나들이라도 만나볼래?"

"이게 정말 미쳤나. 니네 누난 몰라도 내 취향은 샤방샤방 풋풋한 꽃돌이거든."

'채 군 주제에 눈은 높아서.'라는 말도 어렴풋이 들은 거 같지만 비명 속에서 묻혀갔다. 오늘따라 매를 사정하고 있다.

"그게 아니라, 연애 경험 제로라 남자가 옆에 있어도 방법을 모를 거 아니야. 우리 누나들, 선수거든. 거기 가서 배워보는 게 어떻겠냐고."

연애라는 걸 배워서 할 수 있는 일이었으면 아버지 몰래 사채 빚을 끌어서라도 배웠을 것이다. 그런데 이 무늬만 바람둥이인 녀석은 그 사실을 전혀 모르고 있다. 어쩌자고 이 어설픈 녀석에게 여자들이 넘어가는 걸까? 송화는 본인이 남자친구 없는 것보다 그게 더 신기했다.

"할 일 없으면 기성금 서류나 챙겨봐. 경리팀 마귀공주한테 깨지기 전에."

"너한테나 마귀공주지, 나한테는 천사거든요."

하긴 그렇겠지. 노처녀 마귀공주가 툭하면 커피 대령하고 툭하면 실실 거리는 진욱을 싫어할 리가 없다.

진욱은 자신의 모든 장점과 매력을 총동원해서 무조건 편하게 살고 보자가 좌우명이었다. 때마침 핸드폰이 울리고 화면 창을 확인한 그가 벌떡 일어나며 옷의 주름을 폈다. 천사는 무슨. 그리고 핸드폰을 받기 전에 왜 옷을 저리 챙겨 입는지, 송화는 혀를 찼다.

"채 군, 내가 충고하는데, 넌 아무나 붙잡고 키스 연습부터 해. 이 엉아가 도와주면 좋겠지만 내가 워낙에 일편단심이라."

"일편단심 좋아하네."

장진욱의 1년간 족적을 다 꿰차고 있는 송화는 코웃음을 쳤다. 일편단심은 나라를 지키시는 독립군 아저씨한테나 쓸 수 있는 신성한 마음이지 장진욱 같은 인간은 언감생심 꿈도 꿀 수 없는 단어였다. 뭐가 그렇게 좋은지 핸드폰을 들고 연신 희희낙락하는 진욱을 무시한 채 송화는 차에 올랐다.

"야, 안 가?"

"간다, 가. 있잖아, 정 안 되면 네 팔목에 대고 입술이라도 대보랜다."

차에 오르면서 진욱이 말했다. 여전히 한쪽 귀에는 핸드폰을 대고 있었다.

"그건 또 무슨 희한한 소리야?"

진욱이 핸드폰을 들어 보였다. 아마도 핸드폰 너머에서 그 잘나신 마귀공주가 조언이라고 해주는 모양이다.

"키스랑 감촉이 비슷하대."

"내가 변태니? 너나 잘해. 네 키스 실력이 얼마나 시원찮았으면 마귀공주가 하다하다 지 팔목에 지 입으로 키스까지 해대니. 그거 욕구불만이야."

송화는 수화기 너머의 주인공까지 분명히 알아들을 수 있도록 우렁차게 큰 목소리로 대꾸했다. 난감한 얼굴의 진욱을 바라보니 아픈 다리 통증이 조금은 가시는 듯했다. 물론 사무실에서 회계 서류를 돌리려면 당분간 피곤하겠지만 그녀에게는 장진욱이 있잖은가.

사실 병원에 가기 싫은 이유는 하나 더 있었다. 그 재수 없는 의사. 송화는 날카로운 침도 싫었지만 입만 열면 반말을 찍찍 해대는 그 의사도 싫었다. 병원 침대에 앉아 다리에 뜨거운 찜질을 하면서 옆의 침상에서 들려오는 의사의 유쾌한 웃음소리에 송화는 인상을 썼다. 뭐가 저렇게 좋은 걸까. 저 환자는 아프다면서 웃음이 나오는 걸까.

"에이, 이모처럼 손녀딸이 예쁜데 애인이 없을 리가 없어."

하하, 호호.

"아유, 없다니까 그러네. 걔가 날 닮아 예쁘긴 해도 요새 애들 같지 않아 숙맥이야."

"나도 숙맥이라서 안 돼. 두 숙맥이 만나서 뭘 하라고. 당분간 무거운 거 들지 말고 어깨를 좀 쉬게 해줘요. 알았지, 이모?"

중간에 또 호호, 하하.

들리는 환자의 목소리와 저 의사와 어울릴 만한 손녀딸이 있는 걸 보면 이모 소리를 들을 나이는 아닐 텐데. 그나저나 가만 보니 저 의사는 아래위 없이 무조건 반말이구나. 도대체 저 이모님은 어떻게 저런 버르장머리 없는 녀석을 손주 사윗감으로 생각할 수 있는 걸까? 하지만 지금 그녀는 그런 고민을 할 상황이 아니었다. 어느새 병상 위에 둘러쳐진 커튼이 후다닥 열렸다. 드디어 의사, 아니 침이 그녀를 향해 날을 세우고 날아오고 있다는 생각에 벌써부터 어깨에 힘이 들어갔다. 하지만 그녀의 마음속 고민과 번뇌를 알 리 없는 의사의 시선이 진료 차트에 머물렀다가 송화에게로 향했다.

"달랑 하루 오고 낫길 바랐던 건 아니지? 발목을 끌고 다닐 생각인가?"

그 밥맛없는 의사는 여전히 밥맛이 없었고 또 여전히 그녀가 질색하는 반말이었다. 아니, 싸라기밥만 먹었나 왜 말을 하다가 말아.

"바빴어요."

송화의 무뚝뚝하고 도전적인 대꾸에 의사의 눈썹이 치켜 올라갔다.

잘생긴 얼굴에 어울리는 짙은 눈썹이었지만 별반 의사에게 호감도 관심도 없는 송화의 눈에는 전혀 보이지 않았다. 아니, 다가올 공포를 생각하느라 사실 아무것도 눈에 들어오지 않았다.

"오호, 늦게 온 만큼 더디 낫는다는 건 아나?"

'아니, 모르는데.'라고 대답하고 싶었지만 그녀는 더 이상 싹퉁머리 없는 의사와 말 섞는 게 싫어서 입을 꾹 다물고 있었다. 의사는 그런 송화를 빤히 바라보더니 이윽고 침을 손에 들었다. 저절로 몸이 잔뜩 긴장하고, 차마 침이 살을 뚫고 들어가는 장면을 보지 못하는 송화는 고개를 돌렸다. 짧은 손톱이 벌써부터 손바닥을 파고들고 있다.

"으악!"

"암튼 목청은 커요. 어디 가면 장군 소리 듣죠?"

여태 반말 하다가도 이런 말만 존댓말을 찾는다.

"아파요."

"그럼 침이 안 아프겠어? 부어서 더 아픈 거니까 좀 참아봐. 덩치는 산만 해서 엄살은."

또 반말이다. 하지만 계속되는 침의 공격에 잔뜩 긴장한 송화는 이번에도 버릇없는 의사의 반말에 대꾸조차 하지 못했다. 정말 침 싫어.

그 남자의 능글거리는 반말은 그 후로도 일주일이 더 갔다. 만나면 만날수록 싫어지는 인간이 있다고 하더니만 바로 이 버릇없는 의사 선생이 그랬다.

"자아, 내일부터는 안 나와도 되고."

내일부터 안 나와도 된다는 이야기에 숨겨두었던 송화의 전투욕이 불타오르기 시작했다.

"그렇다고 너무 무리하진 말고. 나이 먹으면 뼈도 늦게 마련이거든, 아줌마 나이에는."
"야, 너 몇 살이야!"
"네?"
이제 와서 '네.'라고 해봤자다. 여태 참아왔지만 더 이상은 못 참는다. 아니, 안 참아도 된다. 그녀의 도전적이고 전투심이 가득한 말투에 돌아서던 그가 '설마.' 하는 얼굴로 걸음을 멈추고 송화를 바라봤다. 이 버르장머리 없는 의사에게 치료를 받기 시작한 지 벌써 일주일이 지났지만 의사의 눈을 똑바로 마주한 건 처음이었다. 속 쌍꺼풀이 얇게 진 검은 눈동자가 흥분으로 번뜩이는 송화의 눈을 주시하고 있었다.
"너 몇 살인데 악착같이 반말이니? 공부 많이 한 놈들은 아래위도 없니?"
"저기······."
"저기고 여기고 간에 또 한 번만 나한테 반말하면, 그땐 너, 나한테 죽······는다."
뭐라 해야 할 말도 잊은 채 눈이 휘둥그레진 의사와 뜻밖의 상황에 더 커다래진 눈을 하고 있는 간호사들을 완전히 무시하고 그녀는 가방을 움켜쥐고 병원을 뛰쳐나왔다.
10년 묵은 체증이 내려가는 느낌이 바로 이런 거였군. 발목도 개운하고 마음도 개운했다. 이제 다리도 다 나았고 오랜만에 도장에 가서 기분 좋게 몸을 풀어주고 나면 훨씬 더 개운해질 것이다. 그녀는 갑자기 세상 사는 게 유쾌해졌다.
자식, 까불고 있어. 네가 의사면 다야?

3. 사귀자고요

 사람이 죄짓고 못 산다는 말이 문득문득 떠오를 때가 있다. 예의라고는 눈 씻고 찾아볼 수 없었던 한의사에게 그동안의 불만을 쏟아 붓고 난 후, 며칠은 꽤나 유쾌했고 일상으로 돌아온 듯했다. 다락방 낮은 화장대 위에 올려진 커다란 쇼핑백을 보기 전에는 말이다. 송화는 낯선 쇼핑백 겉면에 쓰여 있는 낯익은 상호에 기겁을 해야 했다.

⟨당신은 가족입니다. 자양 한의원⟩

 가족은 무슨. 지난주에 큰소리 빵빵 치고 나온 한의원 이름을 발견한 송화는 조심스럽게 가방을 뒤적였다. 복수심에 불타는 이 인간이 설마 무슨 끔찍한 장난을 치려는 건 아니겠지? 다행히 가방 안에 있는 건 차곡차곡 쌓인 약 봉투였다.
 "이게 뭐예요?"
 "그걸 왜 나한테 물어? 네가 주문한 거 아니야?"

꿍꿍거리고 약 가방을 들고 내려온 송화에게 박 원장이 무슨 말이냐는 듯한 얼굴로 다시 되물었다. 거실에 있던 가족들의 시선이 온통 송화에게 집중되었다.

"언니, 언니는 얼마나 더 건강해지려고 거기다 약까지 지어 먹어. 지금도 언니 몸매는 충분히 위협적인데."

"몸매가 위협적이라고 다 건강한 건 아니거든."

장미의 어이없는 말에 송화는 소심하게 대꾸하고 인상을 썼다. 지금 문제는 익숙한 장미의 독설보다 독이라도 들어 있을지 모를 정체불명의 약봉지들이었다.

그 빌어먹을 의사는 먹고 죽을지도 모르는 독약을 대놓고 공개적으로 보낼 만큼 머리가 나빠 보이진 않았다. 그렇다고 그동안 병원에서 사용하던 내 카드의 신용 정보를 불법 인출해서 약값으로 때울 만큼 파렴치한도 아닐 것이었다. 그렇다면 도대체 이 약이 여기 왜 온 걸까? 그 버릇없는 의사가 무슨 마음을 먹고 보낸 걸까? 그냥 조용히 병원을 나올 걸 그랬다는 후회가 모락모락 피어나기 시작했다.

왜 난 항상 머리보다 몸이 먼저 움직이는 걸까?

약봉지를 바라보고 고개를 흔들던 송화는 다락방의 창문을 열었다. 바람이 살랑거리고 피부에 와 닿자 살짝 소름이 돋았지만 왠지 창을 닫기가 싫었다. 열린 창문 밖으로 사람들이 살아가는 세상의 소음들이 작게 들려온다. 개 짖는 소리, 지나가는 사람들의 이야기 소리, 자동차 지나가는 소리.

소름이 돋은 팔을 손으로 씩씩하게 문지르다 문득 든 생각에 조심스럽게 팔뚝에 입술을 가져갔다. 내 입술에서 전해지는 따뜻한 습기가 내 몸에서 느껴졌다. 그러다 송화는 누가 봤을까 싶어 얼른 주위를 둘러보고 또 얼른 창을 닫았다.

 세상에, 채송화. 아무리 남자가 없어도 그렇지, 이게 뭐 하는 짓이니. 미쳤나 보다. 아니, 욕구불만인가 보다. 이게 전부 장진욱 때문이다.

 다음 날 느릿하게 일어나 오랜만에 검도장에서 몸을 풀고 돌아온 송화는 책상 한가운데서 시위하듯 자리를 지키고 있는 한약 가방을 무섭게 노려봤다. 토요일 오후 세 시. 아직은 병원이 문을 닫지 않을 시간이었다. 뭐가 들었는지도 모를 저 정체불명의 약 가방을 주말 내내 끼고 있는 것보다는 하루라도 빨리 정리를 해야 할 것 같았다. 쇼핑백에 붙어 있는 '당신은 가족'이라는 말이 희한하게도 섬뜩하게 느껴졌다. 침과 부황이 난무하는 병원이랑 가족이라니, 만날 아프라는 얘기도 아니고 그야말로 사양하고 싶었다.
 "저기, 약이 잘못 왔는데요. 이런 거 주문한 적 없거든요."
 거두절미하고 한약이 가득한 쇼핑백부터 내려놓은 송화는 얼른 내빼려고 했지만 간호사가 그녀를 부르는 목소리가 한발 더 빨랐다.
 "혹시, 채송화 씨?"
 "네, 그런데요?"
 그녀의 대답에 간호사는 활짝 웃으며 반색을 했다. 왜 이렇게 날 보고 웃는 걸까? 영 찜찜한 송화의 마음과는 달리 간호사는 자꾸만 그녀를 채근하고 있었다.
 "안 그래도 원장님이 기다리셨어요."
 그 남자가 날 기다렸다고? 도대체 무슨 속셈인 걸까. 하지만 궁금증보다는 어쩐지 나흘 전 일의 후환이 다가오는 느낌이었다.
 "들어가보세요. 지금 시간 괜찮으시니까요."

"아니요, 됐어요. 이거 돌려 드리려고 온 거예요."

하지만 간호사는 완강했고 송화가 되돌아갈 틈을 주지 않았다. 누가 그녀를 강건하고 튼튼하다고 한 걸까. 이 여리하게 생긴 간호사조차 물리치지 못하는 나약한 여자일 뿐인데.

"채송화 씨, 또 보네."

문을 열고 들어서자 사전에 연락을 미리 받았을 게 분명한 그 남자가 그녀를 향해 아는 척을 했다. 얼마나 친했다고 저렇게 만면에 미소를 띠면서 환영을 하는 걸까. 그녀는 누구에게나 친절한 척하는 남자는 딱 질색이었다. 특히 이 남자처럼 반말 찍찍 해대며 눈웃음치는 남자는 더더욱 말이다.

"역시나, 약 받자마자 달려왔네."

"나도 바쁘거든요. 이게 뭐 하는 시추에이션이죠?"

도대체 뭐가 역시나인지는 모르겠지만 내 것이 아닌 물건을 받았다면 즉시 해결 보는 게 제일 마음 편하지 않을까.

"그런 소리를 들었는데 나도 해명할 기회가 있어야 하잖아."

또 반말. 이 인간은 싸라기밥만 먹은 게 틀림없다. 해명은 무슨 해명? 머릿속에서 인내의 끈이 '툭' 하고 끊어지는 소리가 들려왔다.

"해명하기 전에 민증부터 까자. 너, 내가 나한테 반말 또 하면 죽는다고 그랬지?"

"서른셋인데."

그녀의 반격에 그는 끄떡없이 히죽거리며 간단하게 말했다.

서른세 살. 생긴 건 무지하게 동안인데 나이는 은근 잡아먹었다. 그녀가 의심스러운 눈빛으로 다시 한 번 그를 훑어봤다. 반짝거리는 생머리에 반쯤 덮여 있는 반듯한 이마, 쌍꺼풀 없는 눈과 하얀 피부. 침의 위협

없이 제대로 보니 꽤 잘생긴 얼굴이었다. 그래서 아줌마들이 사위 삼자고 했나? 그래도 얼굴은 얼굴이고 반말은 반말이다. 잘생겼다고 다 반말하나?

"정말 서른세 살이에요?"

"응."

정말 서른세 살이라면 그녀보다 네 살이나 연상이다. 그렇다고 손님한테 무조건 반말하는 의사는 밥맛이다.

"반말해도 될 거 같은데. 그쪽이 액면가는 좀 들어 보여도 나보다 다섯 살이나 어리잖아."

액면가는 들어 보인다라. 오랜만에 누군가가 살인 의욕을 돋우고 있다. 한데 이건 내가 불리하다. 저 남자는 나에 대한 기본 정보를 알고 있잖은가.

"네 살이거든요."

"나이 먹은 게 자랑도 아닌데 짚고 넘어가기는. 네 살이나 다섯 살이나 손위는 손위지."

무의식중에 나온 그녀의 나이 계산에 남자가 혀를 끌끌거렸다. 나이 먹은 게 자랑은 아니지만 고객한테 반말하는 것도 썩 잘하는 짓은 아니란 걸 왜 모를까? 그리고 손위는 무조건 반말해도 된다고 누가 그랬지?

"내 말이 그 말 아니에요. 나이가 몇 살을 처……드셨건 간에 난 아무한테나 반말 쓰는 인간들 딱 질색이거든요. 그리고 해명 필요 없어요. 일주일 동안 그쪽 인간성은 충분히 파악했으니까."

"그래? 난 지금부터 그쪽 인간성을 파악하려고 그러는데. 근데 스물아홉밖에 안 됐는데 진짜 팍 늙었다. 난 진짜 아줌마인 줄 알았거든."

뭐냐, 이 남자. 없던 혈압이 생기려고 한다. 요즘 불경기라더니 이런 식으로 병을 만들어가며 환자 확보를 하는 걸까?

"내가 꽉 늙는 데 별로 도와주신 거 없으니까 그냥 참아주세요. 그리고 내 인간성은 무조건 의사 선생님보다 더 좋을 테니까 그딴 거 파악하지 마시고요. 또! 웬만하면 우리 다시 얽히지 맙시다."

송화는 그 남자를 무시무시한 눈으로 쏘아보고 획 하고 뒤돌아섰다. 하지만 그 느릿할 것 같은 남자는 순식간에 송화의 앞을 가로막고 손목을 낚아챘다. 워낙에 연약하게 태어난 몸도 아닌 데다 운동으로 다져진 몸이라 아무리 남자라 할지라도 어지간한 힘으로는 끄떡도 하지 않는 송화였지만 반말을 입에 달고 사는 남자의 힘은 의외로 강했다.

"미안해요. 장난이었어요."

"뭐가요?"

송화가 붙잡힌 손목을 빼내기 위해서 이 남자를 어떻게 처리할까를 미처 생각하기도 전에 그가 사과했다.

"먹고살기 위한 컨셉이다 생각해줘요."

"글쎄, 뭐가 장난이고 컨셉이냐고요!"

도무지 알아들을 수 없는 변명과 설명에 송화의 눈썹이 올라갔다. 여전히 손목을 잡고 있는 남자의 손이 부담스러웠다. 길고 커다란 손가락은 그녀가 꼼짝할 수 없을 정도로 힘이 들어가 있었다.

"미안하지만, 우선 이 손부터 놔줄래요? 그쪽한테 손목 같은 거 잡히고 싶지 않거든요."

"손목은 가느네."

손목은? 정말 이 남자가, 오늘 해보자는 건가? 순순히 손목을 놓아주면서 중얼거리는 '손목은 가늘다.'는 그의 어조는 꼭 그녀가 한 덩치 하는 씨름 선수처럼 느껴지게 했다.
"보통 나이 지긋한 아줌마 환자분들은 슬쩍슬쩍 말도 놔주고 버릇없는 막내아들처럼 건방지게 구는 걸 더 좋아라 해서."
나이 지긋한…… 아줌마? 또다시 마음속에서 울컥하는 소리가 들려왔다. 송화는 스스로가 동안이라고 우길 만큼 큰 착각을 하고 사는 인종은 아니었다. 장미처럼 아름답거나 양지처럼 우아한 사람들과 함께 살다 보면 거울 속에서 매일 보는 자신의 얼굴에 객관적이 안 되려야 안 될 수가 없는 처지였다. 그렇다고 별반 친하지도 않은 의사에게 내 돈 주고 치료받으면서 불쾌한 잔소리까지 감내할 필요는 없지 않은가.
"또 왜 그러는데……요?"
시시각각 붉으락푸르락 변하고 있는 송화의 표정을 바라보며 그가 물었다.
마지막에 겨우 달랑 붙은 '요'라는 어미도 기분 나빴지만 싱글거리는 저 표정도 마음에 안 든다. 옛말이 그른 게 없다고 며느리 싫으면 발뒤꿈치도 싫다고 하더니만 딱 그녀가 지금 그 짝이었다. 게다가 눈치는 빨라서 순식간에 송화의 굳은 표정을 읽어내린다. 이렇게 남의 속을 딱딱 잡아 읽는 남자가 그렇게 무례할 수 있었다는 건 고의성이 농후하다는 의미였다. 죄질이 점점 더 나빠진다.
"아줌마요? 누구보고 아줌마래요?"
'아직 시집도 안 갔구만.'이라는 소리를 겨우 마음속으로 삼켰다.
"그럼 어머님이라고 불러줄까……요?"
못 참는다, 도저히! 처음에는 사과라도 하는 줄 알았더니 이 남자는 절대 그럴 위인이 아니었다. 진지한 남자의 목소리에 분노 게이지가 급상승하고 있었다.

송화는 잠시 눈을 감고 평정을 찾으려고 애를 썼다. 이런 인간은 승부를 걸어도 정정당당한 개념 같은 것은 물 말아 먹은 채 그저 승패에 집착할 인간이었다. 뭐든 치사하게 물고 넘어질 사람한테 빌미를 넘겨줄 필요는 없다. 안 그래도 공사판에서 '채 군' 소리를 듣는 마당에 폭력 전과까지 남길 순 없지 않은가. 그래도 명색이 아버지가 경찰서장인데……. 참자, 그저 참자. 참는 게 그나마 이기는 거다.
"어이, 어이, 화내지 말아요. 가슴에 화가 차서 머리에 오르면 급노화가 올 수 있으니까. 그러다 쓰러지면 약도 없어."
눈을 뜨니 그가 재미있다는 듯 송화를 바라보며 달랬다.
이 남자, 가만 보니 선수였다. 어르고 뺨치는 게 아주 수준급이었다. 장미랑 묶어놓으면 환상의 바퀴벌레 한 쌍이 될지도 모르겠다는 생각이 문득 들었다. 장미표 바퀴벌레를 생각하니 왠지 웃음이 나오려 했다. 그런 생각을 하고 있자니 겨우 분노가 수그러들기 시작했다. 채장미가 도움되는 날도 있군.
"그렇게 화가 났으면 왜 처음 진료할 때 기분 나쁘다고 말 안 했는데? 그래도 내가 마음에 들어서 아닌가?"
반말, 반말, 또 반말.
"진짜 한번 해볼래요?"
"아뇨."
드디어 존댓말. 하지만 그 안에 진심이 있는지 없는지 알 게 뭐란 말인가.
"손에 흉기를 들고 있는데 무슨 짓을 당할 줄 알고요."
"흉기? 난 그런 거 취급 안 하는데."
퉁명스러운 송화의 대꾸에 상엽이 고개를 갸우뚱했다.

"침 말이에요, 침."

"아, 침. 하긴 그쪽이 겁이 많긴 하더라, 그 덩치에."

증말, 이 인간이! 송화의 눈썹이 다시 꿈틀거렸다.

"그래도 이상하네. 근데 다음에는 왜 계속 왔어요? 그렇게 기분 나쁘면 안 오면 될 걸 가지고."

"아픈 데가 그나마 나았으니까요."

"뭐, 그거야 당연하지. 내가 능력은 좀 되니까."

뻔뻔하게 흐뭇한 얼굴을 하고 있는 남자의 얼굴을 보고 있자니 자꾸만 울컥하게 된다. 뭐 이런 재수 없는 녀석이 다 있을까. 처음에는 장미랑 비슷한 줄 알았는데 이제 보니 장미보다 한 수 위였다. 자기 고객에 관한 한 가증스러울 정도로 철저한 안하무인 채장미는 팬들 앞에서만큼은 연약하고 아름답고 착하기까지 한, 그들이 원하는 한 떨기 장미 역할을 완벽하게 수행해낸다.

"그게 아니라 다른 한의사 찾아가서 이것저것 자세하게 설명하기 귀찮아서 그런 거거든요."

"알아, 알아. 어딜 가서 나처럼 실력 있고 잘생긴 한의사를 또 만나겠어요. 생긴 거랑 다르게 사람은 볼 줄 아네."

아무래도 오늘 이 병실에서 살인이 일어날 것 같았다.

상엽은 시시각각 변하는 여자의 표정을 바라보며 터지는 웃음을 혀를 깨물어가며 참아야 했다. 만약 지금 웃고 싶은 대로 웃었다가는 저 발끈하는 성격에 지난번처럼 간단히 끝나지는 않으리라.

사실 이러려고 약을 보낸 건 아니었다. 그녀는 그의 진료 방법에 불쾌해했고 그도 어느 정도는 자신의 실수를 인정했기에 나름대로 고객 보상 차원에서 사과의 의미를 담아 보낸 것이었다. 그렇지만 그녀는 이 상황에 더 화가 나는 모양이었고 그는 왠지 자꾸만 웃음이 터지려고 하고 있었다. 하지만 그녀는 그의 얼굴에 걸린 웃음기조차 영 마음에 안 드는 표정이었다.

"됐어요. 그쪽이랑 말 섞은 내가 바보지. 난 저 약 때문에 왔으니까."

"먹어요. 좋은 약재 넣은 거니까."

"됐거든요."

난 침도 싫고 쓴 약도 싫다. 침이야 아파서 할 수 없이 맞았다고 하지만, 쓴 약은 돈 주고 먹으래도 싫다.

"그렇게 성격이 까칠한 거 몸이 허해서 그럴 수 있어요."

한의사의 느긋한 진단에 송화는 대놓고 혀를 찼다.

기가 막혀. 나보고 까칠하다고? 몸이 허하다는 얘기는 태어나서 또 처음 들어본다.

"까칠한 성격은 약 먹으면 낫는다 치고, 그 밥맛없는 성격은 뭘 먹어야 고친대요?"

"다들 나더러 성격 좋다고 하던데."

송화의 날카로운 반격에 그는 도저히 이해할 수 없다는 얼굴로 고개를 갸웃거렸다.

성격이 좋긴, 개뿔. 성격 좋은 사람이 다 죽었다. 느물거리고 뺀질거리기로 둘째가라면 서러운 장진욱도 이 정도는 아니다.

"관두죠."

"우리 사귑시다."

그녀가 고개를 흔들며 자리를 박차고 일어나자 재빨리 앞을 가로막으며 그가 말했다.

"뭐라고요?"

"사귀자고……요."

처음에는 잘못 들은 줄 알고 다시 물었지만 역시나 잘못 들은 게 아니었다. 이 인간이 미쳤나. 하지만 그녀를 똑바로 바라보고 있는 눈빛도 표정도 일단은 멀쩡해 보였다.

"장난하세요?"

"장난 아닌데요."

"그거야말로 됐거든요."

미친 것도 아니고 장난하는 것도 아니라면 진심이라는 얘기일지도 모른다. 하지만 아무리 남자가 없어도 그렇지 이렇게 느물느물한 남자는 딱 질색이다. 장진욱은 귀엽기라도 하지, 이 인간처럼 뻔뻔스럽지는 않다. 게다가 그녀는 이 느물느물하고 뻔뻔한 남자의 진심을 아무래도 느낄 수 없었다.

"나랑 안 사귀겠다고? 그거 참 이상하네."

"뭐가 이상한데요?"

자만심이 하늘을 찌르는구만? 그럼 여자들이 얼씨구나 다 좋다고 할 줄 알았나?

"결혼하자는 것도 아니고, 사귀자는데 그게 왜 싫은데?"

"결혼하는 거 아니면, 무조건 다 사귀어요?"

"음, 그건 아니지만, 나같이 괜찮은 남자가 사귀자고 하면 오케이 하는 게 정상 아닌가?"

정말 짜증난다, 이 인간. 자아도취 왕자가 따로 없으시다. 송화는 자기도 모르게 고개를 흔들었다. 집안에 있는 공주 한 명만으로도 차고 넘칠 것 같은데 이제 왕자님까지 나서서 설쳐댄다.

"뭘 좀 착각하시는 거 같은데요, 그쪽 그렇게 괜찮은 조건 아니거든요. 다른 여자는 모르겠고 최소한 나한테는 말이에요."

"뭐가 그렇게 맘에 안 드는데?"

뭐가 마음에 안 드냐니. 그녀는 노골적으로 깊은 한숨을 내쉬었다. '전부 다.'라고 말해봤자 그는 알아들을 남자도 또 인정할 사람도 아니었다. 보아하건대 대한민국 모든 여자는 다 자기를 좋아한다고 착각하는 심각한 중증 왕자병 환자인 듯했다. 그래서 아무한테나 반말도 쓱쓱 해댔는지 모른다. 왕자가 왕 빼놓고 누구한테 존댓말을 쓰겠는가.

"난요, 남자가 반말 찍찍 하는 것도 싫고, 나한테 아줌마라고 부르는 남자도 싫고, 더불어 그 장난하는 것처럼 툭툭 던지는 말투도 싫어요. 그리고……."

"그리고 또 뭐요?"

'나보다 잘생긴 남자도 싫어.'라고 말하고 싶지만, 그런 얘기는 해줘봤자 저 남자를 더 기고만장하게 할 듯싶어서 꾹 참아야 했다.

"아무튼 그쪽이 전체적으로 다 싫어요. 알았어요?"

"음, 결국 내 말투가 문제였군."

송화가 아무리 설명해도 그는 전혀 알아들은 눈치가 아니었다. 하긴 집안에 공주를 모셔봐서 진작부터 알고 있었던 일이긴 하지만 왕자병은 발목 염좌처럼 단기간에 고칠 수 있는 게 아니었다.

"뭐예요?"

"반말하는 거, 호칭 부르는 거, 장난치는 거. 지금 내 스피치 방법만 마음에 안 든다는 거잖아."

"그게 아니라, 내가 의사 선생님에 대해서 아는 건 딱 그 재수 없는 스피치 하나라는 거예요. 아마 알아가면 알아갈수록 마음에 안 드는 것들이 늘어갈 게 분명하고요."

"아닐지도 모르잖아. 난 사귀면 사귈수록 또 보고 싶은 사람이야."

도저히 더 이상은 못 참겠다.

"하나 금방 늘었어요. 그 심각한 자기 착각도 아주 밥맛인데요."

그녀의 대꾸에 그가 갑자기 웃음을 터뜨렸다. 허리를 젖히고 웃음을 참지 못하는 남자를 보면서 송화는 한껏 인상을 썼다. 이건 웃을 만큼 진한 농담도 아니었고 칭찬은 더더욱 아니었다.

"난 아주 외로운 사람인데, 친구 좀 해주면 안 되는 거야?"

"당연한 거예요. 그 재수 없는 성격에 사람들이 꼬일 리가 있어요?"

남자의 사정에 그녀가 퉁명스럽게 대답했다. 어느새 불쌍한 눈빛으로 모드를 변환한 듯하지만 어림도 없었다.

"그러니까 그쪽이 내 친구 좀 해달라고."

"내가 왜요?"

그녀가 눈을 동그랗게 뜨고 물었다. 일산 신데렐라도 부족해서 이제 왕자님 시녀까지 하라니. 턱도 없는 이야기였다.

"고아라고 하면 좀 불쌍해지나?"

"한의대 돈 많이 든다고 하던데요. 돈 많은 고아는 다른 사람보다 조건이 나은 거예요."

"어떻게 된 여자가 나같이 잘생긴 남자의 불행한 과거를 듣고도 눈 하나 깜짝 안 하냐?"

남자의 불평에 송화는 코웃음으로 답을 대신했다. 당연하지. 주위에 드글드글한 게 남자다. 그리고 그중에서 그녀는 여자가 아니었다. 너 같은 놈이 하나둘인 줄 아니.

"할 말 다 하셨으면 전 나가보고 싶은데요."

"이렇게 합시다."

"뭘 어떻게 해요?"

문을 가로막고 버티고 있는 남자가 한 걸음 다가오자 송화는 얼른 한 걸음 뒤로 물러섰다. 갑자기 커다란 사무실에 그와 그녀만이 함께 있다는 사실이 의식되었다.

한 걸음만 더 와봐라. 엎어치기로 보내든지, 아니면 남자 구실을 못하게 만들 테니.

"다음에 어디 아파서 다시 여기 오게 되면, 그땐 그냥 인연이다 생각하고 사귑시다."

"지금 나 아프라고 고사 지내는 거예요?"

"원래 아줌마 나이엔 고사 같은 거 안 지내도 여기저기 아프게 돼 있어요."

"아파도 내가 여기는 안 온다."

이를 바득바득 갈면서 송화는 그를 밀치고 병원 복도를 씩씩하게 걸어 나갔다. 어느새 퇴원 시간이 다 됐는지 사람들이 빠진 병원의 로비는 조용했지만 화가 잔뜩 난 송화는 눈치 채지 못했다.

"이것 봐, 이것 봐. 우린 꼭 사귀어야 할 운명이라니까."

어느새 그녀의 뒤를 쫓아온 그의 커다란 목소리가 사람 없는 로비 안에서 울려 퍼졌다.

운명이라니, 무슨 그런 끔찍한 말을. 처음부터 이 병원에 온 게 악연이었다.

"그게 무슨 귀신 씻나락 까먹는 소리예요?"

말도 안 되는 얘기에 부아가 치밀어 오른 송화가 획 하고 뒤를 돌아보자 바로 남자의 넓은 가슴이 눈앞에 보였다. 너무 가깝게 다가서 있는 그 때문에 화들짝 놀라 한 걸음 뒤로 물러선 그녀는 허리에 손을 얹고 기세 좋게 물었다.

"비 오잖아. 우산 없지?"

그가 등 뒤에서 마치 마술을 흉내 내듯 짜잔 하고 우산을 꺼내 보였다. 참으로 감동 없는 쇼였다. 복도의 한쪽 창가, 커다란 빗방울들이 기하학적인 무늬를 만들어내고 있었다.

"우산 줄게, 사귀자."

이거야, 원. 꼭 유치원 아이들 유괴 현장에서 나올 듯한 대사로구만. 사탕 줄게, 아저씨랑 가자.

"그냥 택시 타고 가면 되거든요."

"그래도 우리는 사귀어야 하거든."

"글쎄, 왜요?"

계속되는 남자의 집요한 주장에 인내의 끝에 다다른 송화가 빽 하고 소리를 질렀다.

"나 아니면, 전철에서 술 먹고 뻗은 당신을 누가 깨워주겠어?"

"뭐라고요?"

재수 없는 의사 선생이 하는 암호 같은 말을 이해하지 못한 송화가 다시 되물었다.

"사람들이 이래요. 원수는 악착같이 기억하면서 은혜는 금방 잊는단 말이야. 양재역, 매일 아침 전철 3호선에서 눈썹 휘날리게 뛰어내리잖아."

가만, 가만. 이게 무슨 뜻이지? 송화는 어느새 어깨를 쫙 펴고 자신만만하게 미소 짓는 남자를 의심스럽게 바라봤다.

"그날 아침에 아마 나 아니었으면 수서까지 갔을걸."

그날 아침, 그 의미심장한 단어에 그녀는 집중하려고 노력했다. 그리고 마침내 그가 말한 아침의 시작을 기억해냈다. 키스, 왕자님……. 설마, 그럴 리가 없을 것이다.

"그럼 그날 그 사람이 당신이었단 말이에요?"

"물론."

송화는 잔뜩 인상을 쓰고 수상한 눈빛으로 그의 위아래를 훑어보았다. 일단은 멀쩡해 보였다. 하지만 겉으로 멀쩡해 보이는 사람들 중에 얼마나 흉악범이 많은지 신만이 아실 것이다.

"으흥."

"그 소리가, 사귀자는 뜻은 아니지?"

"당연히 아니죠. 혹시 그쪽, 스토커예요?"

"스토커?"

의외의 반응과 황당한 질문에 상엽의 눈썹이 치켜 올라갔다. 그녀는 무모할 뿐만 아니라 상상력도 대단했다.

"스토커가 아니면 내가 충무로에서 내릴지, 양재에서 내릴지 당신이 어떻게 아냐고요."

"내 옷에다 침을 잔뜩 묻힌 여자가 사과도 안 하고 후다닥 뛰어내린 데가 양재니까."

그녀의 추궁에 상엽이 참을성 있게 대답했다.

"그건 또 무슨 소리예요?"

"우리가 지하철에서 만난 게 그날 하루가 아니었다는 소리지. 어쩌면 무슨 여자가 일주일 내내 술을 퍼마시냐."

허걱. 불안한 예감이 점점 끔찍한 현실이 되어 다가오려 하고 있었다.

"가만, 잠깐만요. 그럼 일주일 내내 당신이 날 쫓아다녔단 말이에요, 지금?"

"설마. 비싼 아르마니에 침 묻히고 자는 여자를 쫓아다닐 만큼 한가하진 않다고. 멀쩡하게 예쁜 여자들이 얼마나 많은데."

그녀의 추궁이 꽤나 어이없다는 얼굴로 그가 제법 점잖은 척 대꾸했다. 평상시, 아니 10분 전만 됐어도 그녀가 멀쩡하게 예쁜 여자는 절대 아니라는 명백한 사실을 저렇게 솔직하게 얘기하는 사람에게는 송화 역시 그에 상응하는 솔직한 응징의 대가를 치르게 했을 것이다. 하지만 지금은 그럴 수 있는 상황이 아니었다. 아니, 멀쩡하지도 않고 예쁘지도 않다는 얘기는 귀에 들어오지도 않았다.

"누가 침을 묻혀요?"

"누가 하는 여자가."

혹시나 하는 두려움으로 잔뜩 긴장한 그녀의 얼굴을 바라보며 상엽은 피식 웃고는 미소를 지었다. 그리곤 우산과 함께 가지고 나왔던 모자를 꺼내 그녀의 머리 위에 씌워주곤 만족한 듯 고개를 끄덕였다.

"이게 뭐예요?"

"자기 모자도 모르는 거야?"

머리에 올려진 ― 익숙한 느낌과 체취를 느끼게 하는 ― 모자를 벗어들고 송화는 황망한 눈빛으로 그를 바라봤다. 오늘 뭐가 어떻게 돌아가는 건지 모르겠다. 이 모자가 왜 저 남자 손에 있는 걸까. 내가 모자를 언제 잃어…….

퍼뜩 머리를 스치고 지나간 생각에 송화는 자기도 모르게 고개를 저었다. 설마, 아닐 것이다.

"그게 아니라 이걸 왜 당신이…… 설마…….”

송화의 얼굴이 사색이 되어가자 그는 다시 살짝 고개를 끄덕여서 그녀의 지난 기억과 지금의 짐작이 틀리지 않다는 걸 확인시켜주었다.

"기억나나 보지? 생각보다 술이 덜 취했었네."

"……."

"나보고 또 한 번 변태라고만 해봐."

"말도 안 돼."

도무지 이해할 수 없는 상황에 정신을 놓은 채 혼잣말처럼 중얼거리는 송화의 손에서 상엽이 다시 모자를 잡아 들었다.

"나도 그렇게 생각해. 남자 화장실에서 졸고 있는 여자가 변태지, 왜 멀쩡히 깨워서 집에 보내려는 내가 변태야?"

어느새 한걸음 가까이 다가온 그가 얼굴을 가까이 한 채 빙글거리며 묻는다.

대답을 기다리는 그의 손끝에서 빙그르르 모자가 돌려졌다.

"아니…… 그게…… 왜 그게 당신이에요?"

송화가 할 수 있는 말은 그게 전부였다.

왜, 하필 저 남자냐고. 무슨 마가 끼어서.

"우리가 운명이라니까."

그를 만난 이후로 처음으로 말을 더듬는 그녀를 바라보면서 상엽이 활짝 웃어 보였다. 그리고 상엽이 들고 있는 모자를 잡아채기 위해 후다닥 손을 내미는 그녀에게서 그는 재빠르게 모자를 사수해냈다. 이건 그가 찾아냈다. 모자도, 그리고 저 여자도.

가방을 침대 위에 내려놓은 송화는 다락방의 창문을 활짝 열었다. 아직 겨울의 흔적이 남아 있는 이른 봄의 알싸하고 서늘한 공기가 방 안을 채워나갔다. 피곤하고 경악스러운 하루였다. 은혜에 대한 보상을 요구하는 뻔뻔한 그 남자와는 밥 한 끼로 겨우 타협할 수 있었다.

미치겠네. 그 재수 없는 의사 선생님이랑 꼼짝없이 밥까지 같이 먹게 생겼다. 내 돈 주고 밥 사주다 얹히지나 않으면 다행이리라. 송화는 그가 다시 그녀의 품에 안겨준 약 봉투를 바라보며 푹 하고 한숨을 내쉬었다. 그저 술이 웬수였다. 아니, 생각해보면 회식때마다 술을 쏟아 부었던 진욱이 그 녀석도 유죄였다.

"채송화, 전화."

귀찮은 느낌이 콱콱 전해지는 장미의 목소리였다. 이 밤중에 누굴까. 혹시 또 스토커 같은 의사 선생인가. 집 주소도 알고 있는 마당에 전화쯤이야. 하지만 전화 속의 주인공은 장진욱이었다. 안 그래도 죄 많은 그가 먼저 자수를 해오다니, 꽤나 타이밍도 못 맞춘다.

"너 밤늦게 왜 남의 집에 전화질이야!"

"그러니까 왜 휴대폰을 안 받아?"

적반하장. 진욱의 짜증난 목소리에 송화는 인상을 썼다. 전화상으로는 주먹질이 먹히질 않는다는 사실을 잘도 이용하는군.

"박 차장이 월요일 오전에 현장 말고 성화기업으로 가란다."

"왜?"

"프레젠테이션, 너더러 서브 하래."

"프레젠테이션 한 사람이 답변을 해야지 왜 내가 해?"

"그건 박 차장한테 얘기하고. 다리는 이제 완전히 괜찮은 거야?"

은근히 세심한 녀석이었다. 위로 누나가 셋인가 넷인가 있는 귀하게 자란 외동아들이라 가끔 대책 없을 때도 있지만 그는 근본적으로 괜찮은 녀석이었다.
"완전히 멀쩡해."
"하긴, 넌 무쇠팔 무쇠다리였지."
세심하고 괜찮은 녀석이란 생각이 아까워진 송화는 말 같지 않은 말에 대한 답변으로 전화기가 부서져라 수화기를 내려놨다. 아마도 핸드폰이었다면 귀가 멍멍할 게 분명했다. 응징의 방법은 주먹 말고도 다양하다는 사실을 이제는 그도 깨달았으리라.
"남자친구야?"
"사무실 직원이야."
장미의 느닷없는 관심에 송화는 고개를 저었다.
"사무실 직원이 이 시간에 전화를 해?"
"뭐가 궁금한데?"
채송화에게 남자친구가 없을 거라고 확신하는 말투에 송화는 쓴웃음을 지었다. 어쩌다 보니 그렇게 돼버렸다.
"언니는 연애 경험이라고는 여전히 주환 삼촌밖에 없지?"
저렇게 아무렇지도 않게 남의 상처를 들쑤실 수 있는 게 장미였다. 주환 삼촌. 내 첫사랑. 새엄마의 늦둥이 동생.
"너한테나 삼촌이었지. 송화한테는 피 한 방울 안 섞인 그냥 남자야. 그리고 넌 사랑 어쩌고 그런 말 할 자격 없어. 그나마 한 명도 없었잖아."
화학인지 물리학인지는 몰라도 분명 어렵고 복잡한 논문들로 가득 차 있을 전문 잡지에 몰입하고 있던 양지가 무심하지만 냉정하게 중얼거렸다.

"웃기네. 사람들은 다 날 사랑해."

어느새 송화는 잊어버린, 뭐든지 지기 싫어하는 장미가 양지에게 쏘아붙였다.

그건 그 누구도 부정할 수 없는 말이었다. 송화 역시 살아오면서 몇 번이나 보아온 일이었다. 동생과는 다섯 살이나 차이가 났음에도 불구하고 장미와의 관계를 알고 있는 사람들은 송화에게 잘했다. 중학교, 고등학교, 장미를 쫓아다니던 남학생은 대문 앞에서 주뼛거리며 송화에게 편지를 건네주고 달아나기 일쑤였다. 대학교, 첫사랑이 겨우 가슴에서 잊힐 시간, 어쩌다 친해진 학교 선배는 송화뿐만 아니라 주변 사람들이 의심할 정도로 그녀에게 헌신적이었다. 그의 애정 공세에 잠시 흔들렸던 송화는 그 헌신의 이유가 학교에 찾아왔던 장미 때문이라는 걸 알고 그냥 웃어넘겨야 했다.

"그 안에 네가 사랑했던 사람들은 없잖아."

"난 맘만 먹으면 얼마든지 할 수 있어."

자신만만한 장미의 답변에 송화는 자기도 모르게 고개를 끄덕이며 인정했지만 여전히 잡지에 몰두한 것처럼 보이는 언니는 시큰둥했다.

"그럼 해보든지. 그래 봤자 어차피 불륜이고 스캔들이겠지만."

"언니, 솔직히 말해봐. 지금 나 질투하는 거지?"

"내가 왜 널 질투해?"

장미의 반격에 드디어 고개를 든 양지는 아주 재미있다는 얼굴이었다. 순간 송화는 양지가 재미있어하는 게 장미의 발언 때문인지, 아니면 지금 읽고 있는 복잡한 이론 때문인지 헷갈렸다. 그녀는 특이하게도 복잡하고 또 복잡한 수학 이론들을 분석하는 취미를 가지고 있었다.

"예쁘고 인기 있으니까. 그리고 언니는 한 살 두 살 늙어가고."

"난 네 나이 때 더했어. 하지만 네가 내 나이가 돼서도 나 정도의 미모를 유지할 수 있을지 모르겠다. 그리고 돈도."

자신만만한 장미의 주장에 양지는 코웃음을 치며 대꾸했다. 언니의 주장대로 서른이 넘은 언니는 아름다웠다. 뚜렷한 이목구비를 가진 장미가 진한 향기를 내뿜는 화려한 꽃이라면 언니는 단아하고 정갈한 난초에 가까웠다.

"돈이라면 난 지금도 많아."

"유치하기는. 한 살이라도 어릴 때 돈만큼 머리도 좀 채워. 너같이 고약한 애가 늙으면 얼굴 순식간에 망가지니까."

더 이상 대꾸할 가치도 없다는 듯 언니가 다시 읽고 있던 책으로 시선을 돌렸다. 약이 오른 장미가 아무리 발을 동동거려도 양지는 무심 그 자체였다. 송화가 보기에 장미는 절대 언니의 상대가 못되었다. 그녀의 뛰어난 두뇌와 박식한 지혜를 이겨낼 만한 사람이 대한민국에 있을지조차 의심스러운 송화였다. 어쩌면 전직 변호사를 상대로 싸움을 거는 장미가 더 대단할지도 모를 일이었다.

4. 은혜 갚는 채송화

 재수 없는 한의사와 약속이 있는 날은 아침부터 유난히 바빴다. 프레젠테이션을 위해 안 입던 정장 바지를 챙겨 입어야 했고 날카로운 질문에 애써 표정을 관리하며 대답해야 했다. 아슬아슬하게 일을 끝내고 그가 선택한 약속 장소에 도착한 송화는 '여기 비싸요.'라고 치장되어 있는 듯한 거창한 입구를 바라보며 인상을 찌푸렸다. 오다가다 몇 번쯤 지나친 이 레스토랑의 음식 값이 얼마나 비싼지는 익히 들어 알고 있었다.
 "너무한 거 아니에요? 여기가 얼마나 비싼 덴데."
 "설마 내 아르마니 양복 값보다 더 비싸겠어? 아, 맞다. 이것도 지난번 화장실 폭행 사건은 계산에서 뺀 거야. 내가 좀 관대하거든."
 지나치게 점잖은 척하는 그의 대꾸에 송화는 할 말이 없어졌다.
 젠장. 그러게 아르마니를 출근복으로 입는 사람이 왜 하필 지하철을 타고 다니는 거냐고.
 아니다. 남자 화장실에서 잠들었던 내가 죄인이고, 술이 웬수였다.
 한눈에도 고급스러워 보이는 레스토랑의 실내 인테리어는 전문가인 그녀가 보기에도 '헉' 소리 날 만큼 비싼 재질들로 이루어져 있었다. 값비싼 소품들은 접어두고라도 대리석 바닥부터 시작해서 조명 기구, 외벽이랑 벽지까지 돈과 정성을 아낌없이 투자한 가게였다. 아마 손님에게도 아낌없는 투자를 요구할 것이 분명했다.
"아주 벗겨 먹으려고 작정하고 온 거 맞죠?"
"당연하지. 이왕 얻어먹는 거 좋은 데서 비싼 거 먹어야지."
자칭 관대하다는 그분의 당당한 주장에 송화는 나직하게 혀를 찼다.
"하여튼 있는 놈들이 더하다니까."
"뭐라고?"
"아니에요."
아차차. 마음속으로 중얼거린 줄 알았는데 입 밖으로 내놓았던 모양이다.
가격도 적혀 있지 않은 메뉴판은 그녀에게는 불편한 공포였다. 도대체 얼마나 하는 건지 알아야 시킬 게 아닌가.
"은혜를 모르면 사람이 아니지. 까치보다 못한 사람이라고."
"까치요? 제비가 아니라?"
"은혜 갚은 까치 몰라?"
"알았다고요, 알았어."
마치 초등학생에게 도덕교육을 시키듯 그가 지적했고 그녀도 순순히 항복했다. 이번만큼은 그의 말이 옳았다. 의사 선생이 인간적으로 재수 없는 건 사실이지만 그녀가 그에게 신세 진 것만은 분명했다. 은혜를 모르면 인간이 아니다. 하지만 그 남자가 검은 정장을 멋지게 차려입은 종업원과 각별한 사이를 뽐내며 청산유수처럼 주문을 외워댈 때는 잠시 은혜를 접어두고 싶었다.

발음도 안 되고 들어도 뭘 시켰는지 모를 프랑스산 와인, 게살 샐러드에 크림소스로 맛을 낸 구운 연어, 모렐 버섯 스프. 대충 이름만 들어도 금액이 상상되는 음식을 그녀의 몫까지 줄줄이 시켜댄 그 남자의 얼굴은 아주 화창해 보였다.

에구, 이렇게 된 이상 나도 모르겠다. 지갑 안에 있는 카드의 존재에 마음 깊이 위안을 느끼며 이제는 시킨 음식이라도 충분히 즐겨주는 수밖에는 방법이 없어 보였다. 그렇게 마음을 먹어서인지는 몰라도 그와의 저녁 식사는 예상보다 유쾌하게 흘러갔다. 시시때때로 반말을 섞어 하긴 했지만 그나마 무례의 선을 넘지 않기 위해 노력하는 듯도 했다. 진작부터 이랬으면 이렇게 비싼 돈 주고 밥을 안 사도 됐지 않았겠는가.

"사귀는 남자가 있는 거야?"

"없어요. 그래도 당신이랑은 별로예요."

메인 요리가 지나가고 초콜릿과 딸기로 뒤범벅된 아이스크림과 치즈 케이크가 눈앞에 놓이자 황홀한 마음에 기분이 좋아진 송화가 별 관심 없이 중얼거렸다. 어떤 걸 먼저 먹어야 마지막까지 입이 행복할까?

"그럼 사귀는 여자가 있는 건가?"

"없거든요. 그래도 당신이랑은 안 사귀어요."

그제야 송화가 고개를 들고 그를 빤히 바라보며 머리를 저었다. 이 남자 눈에도 내가 채송화가 아닌 채 군으로 보이는 걸까? 왠지 달콤한 아이스크림이 씁쓰레하게 느껴졌다. 초콜릿을 너무 얹은 걸 거야.

"나중에 후회할 텐데. 그만 뻗대고 나랑 사귀자고."

또 한 번 아이스크림을 듬뿍 퍼서 입으로 가져가던 송화가 손을 멈추고 그를 바라봤다. 남자의 짙은 눈동자가 기대로 반짝인다. 어지간히 집요하고 고집 센 남자였다.

"윤상엽 씨, 혹시 지겹게 고집 부린다는 얘기 들어본 적 없어요? 영양가도 없이."

"채송화 양, 가끔 대단히 의지 강하다는 얘기는 듣고 있지요. 영양가 넘치게."

아이고, 말이나 못하면. 어쩌면 청산유수처럼 말은 또 저렇게 잘하는지. 이번에는 얄밉게도 존댓말이다. 생글거리는 웃음으로 휘어 있는 그의 눈이 다분히 의도적인 말이었음을 고백하고 있었다.

이럴 줄 알았다. 음식이 맛있긴 했다만 금가루를 묻힌 것도 아닌데 달랑 한 접시에 10만 원이라니. 게다가 와인 값에 부가세는 별도였다. 이번 달 외식비 지출에 허리가 휠 지경이었다. 두 눈 꼭 감고 과감하게 서명을 마친 그녀가 씩씩하게 문을 나섰다. 공짜로 받은 한약이 아무리 써도 열심히 먹어야 할 이유가 방금 생겼다.

"다음에는 내가 살게."

"다음은 없거든요."

무슨 다음씩이나. 잘못된 타이밍에 등장한 그의 관대함에 기겁을 한 그녀가 얼른 고개를 힘차게 흔들었다. 좋지 않은 인연을 또 한 번 만들 생각은 정말이지 없었다.

"오늘이 수요일이니까 주말에 보자."

"됐다니까요."

그녀의 거절을 전혀 못 들은 사람처럼 약속 시간을 고민하는 남자의 유들유들함에 송화는 혀를 차야 했다.

"난 그냥 까치보다 못한 사람이 되기 싫어서 은혜를 갚았어요. 그러니까 그냥 여기서 바이 바이 하자고요, 깨끗하게."

"그건 안 되지."
"왜요?"
몸을 돌려 고개를 올린 송화의 질문에 대한 대답은 놀랍게도 키스였다. 얼결에 기습적으로 당한 입맞춤에 송화는 그 자리에서 그대로 얼음이 되어버렸다. 순식간에 입술을 부딪치고 간 남자의 행동에 혼이 나갈 지경이었다.
"이게 뭐 하는 짓이에요?"
"키스."
누가 키스를 했는지 모르냐고. 그녀가 굳은 얼굴로 상엽을 바라봤지만 그는 아랑곳하지 않는 뻔뻔한 얼굴로 눈을 마주치고 있었다.
"밥 먹고 키스하고 어깨를 기대고 잠까지 든 사이라면 사귀어야 하지 않을까?"
"키스 한 번 했다고 해서 내가……."
'어림도 없다.'라는 말을 끝까지 하지 못했다. 또다시 그의 얼굴이 기울어지고 입술이 다가왔다. 이번에는 그의 행동이 눈에 들어왔다. 하지만 여전히 꼼짝 못하기는 처음과 마찬가지였다. 이 남자, 미쳤나 봐.
두 번째 키스는 제법 오래됐다. 아니 아주 짧은 순간일지도 몰랐다. 솔직히 시간이 얼마나 지났는지 짐작조차 할 수가 없었다. 완전히 머릿속이 비어버렸는데 시간 따위가 기억에 있을 리가 없다. 하지만 한 가지 분명한 건 그의 더운 숨결이 닿는 순간, 그의 입술이 빈틈없이 다가왔다는 사실이다.
다시 뻣뻣한 얼음이 되어버린 송화의 의지는 완전히 무시한 채 그는 마치 입술의 주인이라도 된 것처럼 당당하게 진입해 감히 그녀의 항복을 요구하고 있었다.

진짜 키스. 노골적인 숨소리와 뜨거운 감각이 넘치는 그런 입맞춤. 오늘밤 은인이라고 주장하며 사귀자고 치근대던, 그러나 전혀 알 수 없는 그 남자가 송화에게 가벼운 입맞춤이 아닌 진짜 키스를 하고 있었다. 깊고, 진하게.

도대체 무슨 일이 벌어지고 있는 걸까. 그는 약삭빠르게도 정신을 차린 송화가 손을 들어 그의 가슴을 뿌리치려고 하기 전에 재빨리 물러섰다.

"미쳤어요?"

"그럴 리가. 그래도 미칠 만큼 좋았어."

죄책감이라고는 찾아볼 수 없는 상엽의 뻔뻔한 대답에 송화는 기가 막혔다. 그녀와는 다른 흥분으로 반짝이는 그의 짙은 눈빛이 만족한 얼굴로 송화를 바라보고 있었다.

"이제 두 번 했으니까 사귀자고."

"이보세요."

또 한 번 그의 머리가 그녀에게 다가왔지만 이번만큼은 자신의 마음을 완벽하게 컨트롤하고 그의 행동반경을 충분히 예측할 수 있었던 송화가 손을 들어 그의 뺨을 때리기 전, 이 경험 많은 게 분명한 바람둥이는 얼른 송화의 두 손을 움켜잡았다.

세 번이나, 길거리에서, 모르는 남자에게 무작정 키스를 당할 순 없었다. 손을 붙들었다고 해서 다른 신체까지 움직일 수 없는 건 아니었다. 가까이 다가오는 상엽의 얼굴에 송화는 얼른 눈을 감았다. 그리고 그대로 머리를 그의 얼굴 위에 힘차게 박아버렸다.

"으윽!"

처절하게 들리는 그의 비명 때문에 송화는 얼른 눈을 떴다. 이런, 내가 무슨 짓을 한 거야. 그녀의 머리가 아파올 정도이니 그의 충격을 짐작하기가 무서워졌다. 잔뜩 얼굴을 찌푸린 남자의 모습에서 흐르는 핏방울을 발견한 송화는 눈이 휘둥그레졌다. 어쩌면 좋아. 또 사고 쳤다, 채송화.

"이런, 괜찮아요? 피했어야죠."

"안 괜찮은 거 같아."

잔뜩 찌푸린 얼굴로 신음처럼 나직하게 중얼거리는 상엽을 바라보며 송화의 표정도 같이 찌푸려졌다. 그는 정말 그의 말대로 안 괜찮아 보였다.

"입술은 확실히 터졌고, 치아는 아직 모르겠어. 턱뼈는 그나마 멀쩡한 거 같다."

"그럼 일단 병원에 가봐요."

조금은 기죽은 목소리로 송화가 그를 채근했다.

젠장, 술 먹고 졸다가 침 흘린 것도 충분히 쪽팔리는 일인데 그것도 모자라 키스하려는 남자의 입술을 머리로 박다니. 채송화, 네가 생각이 있는 거니 없는 거니.

"내가 의사거든."

"한의사잖아요."

"죽을지 안 죽을지는 알아. 지금 한의사라고 무시하는 건가?"

의사든 한의사든 사람 병을 고치는 의사 선생님이 무시당하는 세상이 아니라는 건 본인이 더 잘 알 텐데 웬일로 잔뜩 꼬여 있는 말투다.

"누가 그렇대요? 의사라면서 전공이 따로 있다는 거 몰라요? 피 나잖아요. 일단 꿰매든 뭘 하든 해야 할 거 아니에요. 다른 덴 이상 없는지."

"키스하다가 여자한테 맞아서 입술이 찢어지고 이가 흔들린다는 얘기를 지금 나보고 다른 남자한테 하라는 거야?"

이거였군, 꼬인 이유가. 마치 자존심에 커다란 금이라도 간 것처럼 그가 말도 안 된다는 듯 펄쩍 뛰며 고개를 흔들었다. 이 남자도 그저 다른 남자들과 다르지 않은, 때때로는 덩치 큰 아이일 뿐이었다. 송화는 푹 하고 한숨을 내쉬었다.

"그럼 여의사한테 하든지요. 근데, 이도 흔들려요?"

"멀쩡해. 내가 의사라니까. 지금 일부러 이러는 거야?"

가늘게 눈을 뜨고 그녀를 바라보는 상엽의 눈빛이 사나워졌다.

"아뇨. 걱정이 돼서 그렇죠."

"그렇게 걱정이 되면 사귀는 건 어때?"

"그 정도까지는 아니거든요."

기회를 놓치지 않는 그의 은근한 제안에 송화가 단호하게 고개를 흔들었다.

입술이 제법 깊게 찢어진 것 같지만 단호하게 병원행을 거절하는 남자와의 타협은 근처 약국에서 구입한 새살이 돋는 연고와 일회용 밴드였다. 그리고 더불어 주말 약속.

사람을 다치게 했다는 죄책감과 피를 보게 한 미안함 같은 건 아주 미약했지만 형사 고발과 더불어 어마어마한 위자료를 불러대는 남자의 위협에 그저 승낙할 수밖에 없었다. 이 남자의 고집은 피와 바꿀 정도군.

집으로 돌아오는 길, 밤이 깊어가는 지하철 3호선에는 생각보다 사람이 많았다. 야근 끝에 지친 몸으로 집에 가는 사람들, 한잔한 친구들, 하루가 짧기만 한 연인들, 그리고 어제까지 남남이었던 두 사람. 어두운 창문을 거울 삼아 상엽의 눈빛이 송화를 향하고 있었다.

"데이트 첫날부터 폭행이라니, 너무 심한 거 아니야?"
"밥 한 번 먹고 키스하는 남자한테는 하나도 심한 거 아니에요."
"이건 미수이긴 하지만 분명히 상해치사에 해당되는 행위야. 형법 몇 조더라."
"안 죽었잖아요. 그리고 미안하지만 정당방위였거든요. 그러게 누가 맘대로 키스를 하래요."
조금의 양보도 없는 송화의 대꾸에 키득거리던 웃음을 터뜨리던 상엽이 뒤이어 금방 낮은 신음을 흘렸다. 터진 입안의 상처가 자극을 받은 듯하다. 얼른 죄책감이 몰아친다.
"정말 나랑 사귈 생각 없는 거야? 그럼 이번 일은 그냥 참아줄 수 있는데."
퉁명스럽게 말하던 남자의 목소리가 또 한 번 은근해졌다. 여기 있는 사람 중 누가 믿을까. 이 잘생기고 멀쩡해 보이는 남자가 입 거칠고 애교 없고 가슴 납작한 채송화한테 사귀자고 목을 매고 있다는 사실을.
"헛소리만 안 한다면 나도 그냥 참아줄 수 있어요."
"점점 반하겠네."
"점점 질리고 있다고요."
남자의 집요함에 한숨을 내쉬며 그녀가 대꾸했다. 포기라는 걸 전혀 모르는 남자의 옆모습을 바라보며 송화는 작게 고개를 흔들었다. 입 밖으로 내뱉지는 않았지만 이 느물느물하게 집요한 남자에게는 틀림없이 뭔가가 있다. 채 군 채송화에게 첫눈에 반하지 않은 건 분명했다. 그녀를 미치게 좋아하는 게 아님은 더더욱 분명했다. 물론 하해와 같이 넓은 마음으로 전철에서 졸고 있는 여자라면 무조건 대승적인 사랑을 베풀 만큼 마음이 넉넉해 보이지도 않는다. 그럼에도 불구하고 이렇게 시종일

관 자기 의지를 굽히지 않는 그의 시커멀 것이 분명한 속셈에 홀라당 넘어가줄 생각은 전혀 없었다. 입 거칠고 애교 없고 가슴 납작한 채송화가 머리까지 가볍지는 않다. 다행히도 말이다. 이렇게 복잡한데 연애는 무슨 연애.

상엽은 거울 속에 비친 자신의 얼굴을 바라보며 조금은 쓰라린 입가에 손가락을 가져다 댔다. 엄살이 아니라 제법 아프게 부딪혔다. 처음 만났을 때도 '아야' 소리도 못하고 일방적으로 맞았다. 그리고 오늘도 속수무책으로 당했다.

그럼에도 불구하고 왠지 인상이 찌푸려지기보다는 히죽히죽 웃음이 새어나온다. 처음 키스에 눈이 동그래지던 송화의 얼굴을 떠올리며 그는 다시 히죽거렸다. 겉으로는 괜찮은 배경과 그나마 멀쩡한 외모 때문에 지금껏 그의 키스가 싫다고 거부한 여자는 단 한 명도 없었다. 그 또한 장난이라도 여자한테 강제로 키스한 경험도 없었다. 아무리 그래도 머리로 받을 생각을 하다니. 어지간히 특이한 경험이었다.

"백만 년 만에 하는 데이트라더니 치정 관계였니? 아니면 불륜이었어?"

욕실에서 나오자 벌써부터 소파를 차지한 태섭이 상엽의 입가에 붙은 밴드를 바라보며 흥미진진한 목소리로 물었다. 물론 치정이나 불륜을 저지르고 있다기에는 친구의 얼굴 표정이 분명히 밝아 보였다.

"사귀자고 하다가 맞았다면 믿을래?"

"설마, 무슨 짓을 하려다 맞았겠지."

불편한 다리를 탁자 위에 올려놓으며 소파 깊숙이 허리를 기댄 태섭이 대꾸했다. 오늘 하루 종일 서 있던 다리의 컨디션이 좋지 않았다.

"내가 널 너무 오래 사귀었어."

"진짜야?"

너무나 태연한 상엽의 대답에 태섭의 눈썹이 치켜 올라갔다. 고교 시절부터 벌써 10년 넘게 알아온 만큼 서로에 대해 잘 알고 있다고 생각했었다. 그런데 상엽이 여자한테 무슨 짓을 했다고?

친구의 눈에 담긴 궁금증에 대한 화답으로 상엽은 영광의 상처를 설명하기 시작했다.

"그래서? 왜 사귀자고 했는데? 복수라도 하게? 화장실에서 맞은 게 그렇게 억울했어?"

"남자가 치사하게. 술 먹고 실수한 일은 잊어줘야지."

"그럼? 침 흘리고 자는 모습이 미치게 귀여웠던?"

"흐흐."

"흐흐? 그 징그러운 웃음은 무슨 뜻이야?"

상엽의 알 듯 모를 듯한 웃음소리를 흉내 내며 태섭이 어이없다는 듯 물었다.

"미치게 귀여운 정도는 아니고."

"그럼 왜 네가 그렇게 목을 매고 사귀자고 사정을 하는 건데? 여자가 없는 것도 아니잖아."

"아마 이런 여자는 또 없을 거 같아서. 목소리가 얼마나 큰지, 대기실에서 소리 지르면 원장실까지 다 들린다? 주먹도 세고. 그리고 머리뼈도 정말 튼튼하더라."

튼튼한 머리에 입술을 찢긴 게 분명한 그는 정말 즐거운 듯이 킥킥거렸다.

"남자 화장실 들락거리면서 침 흘리고 자던 여자가 대기실에서 소리를 지르면서 주먹을 휘두르니까 막 애정이 샘솟는다면, 그건 네가 변태라는 뜻인데."

오늘따라 뭔가 좀 부족해 보이는 상엽에게 태섭은 그동안 그에게 얻어낸 그녀의 장점을 간단하게 요약했다.

"변태가 아니라 여자 보는 눈이 높은 거지."

"그럼 그 여자 수준이 높다는 얘기야?"

"맞아. 그 여자, 전철 안에서 졸기는 해도 아마 지각은 안 할 거야. 매시간 칼같이 같은 시각에 지하철을 타는 걸 보면. 매일같이 술을 마신다는 건, 술 마실 친구가 충분하다는 뜻이고. 강제로 키스한 남자, 상처까지 걱정하는 걸 보면 정도 많은 거고."

"짧은 시간에 참 여러 가지 알아냈다."

상엽답지 않은 긴 부연 설명에 태섭이 코웃음을 쳤다. 하지만 지금 이 친구는 묘하게 들떠 있었다.

"그럼 근면하고 친구 많고 인정 많으면 다 너랑 사귈 수 있는 거야?"

그가 의심스럽다는 듯 물었다. 기본적으로 얼굴에 '여성 혐오증'이라고 써 있는 태섭과는 달리 상엽의 주변에는 그의 말대로 근면하고 인정 많은 사람은 넘쳐났지만 지금 그의 곁에 있는 사람은 오직 자신뿐이었다. 물론 그의 곁에도 상엽뿐이었다.

"거기다 예의도 발라. 내가 반말하는 거 무지하게 싫어하거든. 그 정도면 여자친구로는 최적의 조건 아닌가?"

"그게 곧 매력적인 여자라는 뜻은 아니잖아."

"나한테는 충분히 매력적이야. 귀여워 죽겠어."

"미치겠구만."

불편한 한쪽 다리를 바닥으로 끌어내린 그가 신음 같은 중얼거림 끝에 일어섰다. 다리가 그만큼 아프다는 뜻인지 아니면 상엽의 닭살 돋는 멘트에 대한 반응인지는 정확하게 표현하지 않았지만 황당한 표정의 그의 얼굴을 보건대 아무래도 후자인 듯싶었다.

"네 생각은 대충 알았고, 뭐가 됐든 그 여자 놓치지 마라."

"그럴 생각이야."

"그게 너희 어머니가 매주 보내주는 그 여자들을 떼어버릴 수가 있어서는 아니겠지?"

"그건 네 생각이었어."

태섭의 은근한 공격에 상엽이 점잖게 지적했다. 하지만 아무리 생각해도 그건 나쁘지 않은 방법이었다. 그리고 그녀는 아마도 자신의 역할을 누구보다 잘 해낼 것이 분명했다. 세상 어떤 여자가 그녀처럼 정직하게 씩씩할 수 있겠는가.

"그렇다고 네가 이렇게 후다닥 저지를 줄은 몰랐지."

"너, 방 빼."

상엽의 협박에 태섭은 피식하고 미소 지었다. 진심이든 아니든, 계략이든 아니든 친구의 얼굴에 기분 좋은 미소가 스치고 지나간 걸 보는 건 그야말로 몇 년 만인 듯하다. 그렇다면 그건 그것만으로 충분히 남는 장사이다.

정말 먹기 싫은 약이었지만, 차마 버릴 순 없는지라 송화는 그가 지어

준 수상한 보약을 챙겨 들었다. 환경오염도 환경오염이지만 오늘밤 긁어 댄 카드 값을 생각하면 그나마 약이라도 먹어줘야 했다. 채송화 생전에 보약 먹는 일이 생기다니. 다락방에 앉아 쓴 약을 데워서 홀짝거리던 송화는 오늘 일을 생각하며 낮은 천장이 무너질 듯 푹 하고 한숨을 내쉬었다. 어쩌자고 백만 년 만에 하는 키스 상대가 그 남자일까? 어쩌자고 얼결에 당한 키스에 그렇게 무식하게 반응했을까? 신도 너무하신다. 이왕 키스의 은총을 내려주시려면, 제대로 된 시간에 제대로 된 상대를 내려주시면 좀 좋은가. 죄 없는 입술을 손등으로 빡빡 문질러대던 송화는 슬쩍 주위를 둘러보다 팔뚝에 입술을 가져갔다. 아무 느낌도 나지 않았다. 그 남자의 입술 감촉도 생각나지 않았다. 또다시 생각의 중심은 어느새 그 남자가 되어버렸다.

도대체 그 남자가 무슨 속셈으로 사귀자고 하는지 그 이유를 알 수가 없었다. 그녀는 스스로에 대해서 잘 알고 있었다. 첫눈에 반할 외모도 아니었고 나긋나긋한 성격은 더더욱 아니었으며 비위 맞추는 일에도 소질이 없었다. 도대체 채송화 어디에 필이 꽂힌 걸까? 암만 생각해도 수상하고 수상했다. 나조차도 이해가 되지 않는 건 무슨 속셈이 있다는 뜻이다. 그 남자 속마음이 궁금하지만 한편으로는 마음 깊은 곳 어둠의 공주가 속삭여댄다.

'누가 아니? 너한테도 네가 모르는 매력이 있을지. 세상 남자가 전부 마릴린 먼로만 좋아하는 건 아니잖아.'

"그래, 그렇긴 하지."

하지만 세상에는 마릴린 먼로 외에도 기네스 팰트로도 있었고 안젤리나 졸리도 있으며 제시카 알바 같은 여자도 있다.

'그 사람들은 벌써 유부녀들이야. 네가 훨씬 유리해.'

'그럼 멀리 물 건너 여자들은 관두고 당장 우리 집 지붕 밑에 있는 채장미와 박양지를 생각해봐.'

가슴 깊은 곳 은밀하게 감춰져 있던 그녀의 허영들이 모락거리고 있었지만 그나마 남아 있는 머릿속의 이성과 무엇보다 매일 아침 얼굴을 봐야 하는 언니와 동생의 미모가 순식간에 그녀를 현실로 되돌아오게 하고 있었다.

윤상엽. 단 한 번도 그에게 좋은 모습을 보여준 기억이 없었다. 짧은 시간이라도 그와 좋은 느낌을 나눠본 적도 없었다. 그저 무례함에 대한 응징과 피를 부르는 사고만이 있었을 뿐이었다. 그것도 입 밖으로 내기에는 낯 뜨거운 경험들.

결국 그의 달콤한 제안에는 무언가 틀림없이 시커먼 흉계가 있다는 의미였다. 아무리 생각해도 결론은 달라지지 않는다.

세상에 공짜는 없어. 아무거나 주워 먹다간 배탈 난다고. 아무리 잘생긴 남자라도 네 몫이 아니면 탐내지 말자고.

송화는 단호하게 머리를 흔들었지만 그날 밤 내내 윤상엽이라는 남자의 잔상은 쉽게 사라지지 않았다.

야수의 기록
— 기적 같은 우연? 왕자의 은총

★기적 : 상식으로는 생각할 수 없는 기이한 일.

🍷 마법력 09년 8월. 날씨 번개에 천둥.

미녀와 야수라니. 무엄하도다. 누구보고 야수라 하는가. 누구 맘대로 저 여인에게 미녀라는 칭호를 부여하는가. 저렇게 겸손하게 생긴 얼굴은 꽤나 오랜만이다. 빌어먹을 마녀의 저주 따위가 아니었다면 저 못생긴 평민 여자와 묶음으로 불리는 일은 절대로 없을 터인데, 심히 안타까운 일이 아닐 수 없다.

알다시피, 과인은 차라리 그냥 야수로 살겠다 결심하였다. 외모가 후지면 어떤가. 어차

피 나는 왕자인데. 하나, 그렇게 마음을 먹었더니 주변 신하들이 난리들이다. 왕자인 나도 이 모양으로 살겠다는데 왜 지들은 싫대. 하기는 야수는 그나마 카리스마라도 있지 괘종시계와 물 주전자로 사는 건 썩 폼 나는 일은 아닐 것이다.

"마마, 제발 통촉하여 주시옵소서."
"그래, 그래. 통촉하마. 내가 너희를 위해 눈을 낮추마."
모름지기, 잘난 리더는 못난 신하의 옹졸함도 넓은 마음으로 포용해야 할 의무도 있지 않은가. 하물며 나는 한 나라의 왕이 될 사람 아닌가.
못생긴 여인아, 이 몸이 얼마나 멋진지 네가 직접 확인하거라. 내가 네게 은혜를 베푸느니라. 이러니 하늘이 컴컴해지고 천둥에 벼락까지 난리 아니겠는가.

ㅂ. 가위바위보의 운명

아무리 일찍 눈을 떠도 집에서 튀어나오는 시각은 꼭 같은 시각이고 아무리 늦게 일어나도 아슬아슬하게 매번 같은 시각의 전철을 잡아타게 된다. 어젯밤 쓸데없이 생각이 꼬리에 꼬리를 물다 소설을 몇 권 쓰고 집을 몇 번 허물고 지어야 했던 송화는 알람의 마지막 비명이 들리는 순간에 눈을 떴다.

오늘만큼은 절대 늦어서는 안 된다는 생각에 아침부터 헉헉대고 대화역 지하철 계단을 뛰어야 했던 송화는 자리에 앉자마자 얼른 주변을 둘러봤다. 다행히 그의 모습은 보이지 않는다. 하기는 그 변태 의사가 어느 역에서 타고 내리는지는 그녀도 알지 못했다.

하지만 한 가지만은 분명히 알고 있다. 절대 자면 안 된다는 것.

그렇게 마음속으로 되뇌고 있었지만 파블로프의 종소리처럼 왜 전철만 타면 잠이 쏟아지는지 그 이유를 모르겠다. 아마 이건 전철 안 공기가 너무 탁해서일 거야……라고 스스로를 합리화해보지만 그리 큰 위안은 되지 못했다.

살다 보면 인연이라는 게 가끔 집요할 정도로 짓궂을 때가 있다. 습관과 버릇은 그런 인연의 장난을 부채질한다. 정말 잠깐 잠이 든 것 같았다. 누군가 그녀의 머리를 자신의 어깨에 기대게 한다는 생각에 괜히 기분이 좋아지던 송화는 번쩍 눈을 떴다. 그 '누군가'가 누군지를 느끼는 한순간에 잠이 달아나버렸다. 예상대로 그가 옆에 있었다. 오우, 마이, 가앗!

"혹시 이 자리에 앉은 거, 우연인가요?"

"설마. 옆에 아가씨한테 부탁했지. 여자친구 잠버릇이 고약하니까 자리를 양보해주시면 그 은혜는 잊지 않겠다고."

의심이 가득한 송화의 질문에 상엽은 점잖게 머리를 저었다.

"그랬더니 순순히 양보해주던가요?"

그들 앞에 서 있는 사람들이 어쩐지 두 사람의 대화를 쫑긋거리며 듣고 있는 듯한 느낌에 송화는 작게 속삭였다. 전철에서 침 흘리고 잠자는 여자와 잘생긴 스토커 남자의 상관관계에 대해서 연구라도 할 계획이라면 송화는 절대 도움을 줄 생각이 없었다.

"당신 옆에 있다가는 틀림없이 세탁비가 들 거라는 말도 했어. 옷이 번쩍거리는 실크였거든."

소곤대는 송화의 목소리만큼 작은 소리로 그가 그녀의 귓가에 속삭였다. 남자의 따뜻한 숨결과 상쾌한 애프터셰이브 향기에 머리가 어지러워졌다. 정신 차리자, 채송화.

"정말 그랬단 말이에요?"

"응."

소곤거리던 목소리가 대번에 다시 커졌지만 그는 아무렇지도 않게 고개를 끄덕였다.

"제길."
"욕도 잘해요."
또 한 번 그가 그녀의 귓가에만 들리게 칭찬인지 욕인지 모르는 헷갈리는 중얼거림을 나직하게 속삭였다. 그리고 또 한 번 그녀는 그의 숨결과 향기로 머리가 어지러워졌다. 어이, 정신 차리자고, 채송화!

그들이 타고 온 지하철이 요란한 소리를 내며 지나갔다. 그의 한의원은 그녀의 회사와 한 정거장 떨어져 있었다. 어쩌자고 이곳에서 내렸는지는 몰라도 대충 그 원인이 그녀일 거라는 착각을 하게 된다.
"그쪽 한의원은 다음 역이 더 가깝잖아요."
"여자친구를 위해서라면 한 정거장 정도는 걸어갈 수 있지."
"누가 그쪽 여자친구예요?"
"우리 정말 안 사귈래?"
이 집요함. 출근길, 사람들이 지나가고 있는 지하철 공간에서 그에게 또다시 사귀자는 제안을 받았다.
"여자 많을 텐데요?"
"근데 당신처럼 씩씩한 사람은 없어."
이게 칭찬일까, 욕일까? 본인은 칭찬처럼 말했을지 모르지만 듣는 그녀에겐 어쩐지 욕처럼 들렸다.
"잘 찾아보면 있을 거예요. 그리고 단순히 씩씩하다는 이유로 아무나 막 만나고 그러면 안 되거든요."
그녀가 좋은 말로 진지하게 충고했다. 그에게도 그녀에게도 새로운 인연을 만날 때는 씩씩함 외에 다른 것이 필요하다.
"운명을 믿어?"

"아뇨."

"난 믿어. 많은 사람들 중에 하필이면 같은 지하철을 타고 내 옆에 당신이 앉았다는 건 우리가 만나게 될 운명이라는 뜻이야. 아마 10년 전쯤에도 같은 길을 스쳐 갔을지 몰라."

운명이라. 송화는 습관처럼 엄지손가락으로 이마를 문질렀다.

그게 운명이라면 장진욱은 운명의 할아버지쯤 됐을 것이고 첫사랑 주환 삼촌은 운명의 시초였을 것이다.

세상의 모든 만남을 인연과 운명이라는 소용돌이 속에 얽혀 넣기 시작하면 세상에는 운명 아닌 만남이 없으리라. 인간의 자기 합리화로 인해 '운명'이란 의미는 지나치게 과대 포장되어 있다는 게 송화의 생각이었다.

또 한 번 시끄럽게 소리를 내며 지하철이 도착하고 출근길 사람들이 쏟아져 내리고 있었다.

그가 무어라 그녀에게 다시 말했지만 들리지 않았다. 바쁘게 지나가는 사람들 속에서 그들은 서로를 빤히 바라보고 서 있었다.

"가위바위보 해요."

사람들이 또 한 번 빠져나간 공간에서 송화가 할 수 없다는 듯 말했다. 이 남자의 속셈이 무엇이든 그의 제안은 진심이었다. 사실 진심이라는 게 더 문제인 듯하지만 이제는 더 이상 물러설 수 없는 것만은 분명했다.

"응?"

사행성이 농후해 보이는, 분명 장난 같은 그녀의 제안에 그는 잠시 멈칫거렸다. 하지만 장난이라고 하기에 그녀의 얼굴은 지나치게 도전적이고 또 진지해 보였다.

"내가 이기면 그냥 여기서 바이 바이 하는 거고, 당신이 이기면 사귀자고요. 까짓 거."

마지막에 붙어 있는 '까짓 거'라는 단어에 그녀의 마음이 담겨 있는 듯했다. 별것 아니기에 포기하고 또 별것이기에 용기를 낸다는.

"안 돼. 난 답을 모르는 게임은 하지 않아. 당신이 이기면 어쩌라고. 위험해."

"위험한 건 나도 마찬가지거든요. 당신 말대로 이게 우리 인연이라면 그쪽이 이기겠죠. 당신한테는 인연이 답 아니었어요?"

오호라, 씩씩하고 목소리만 큰 줄 알았는데 그녀는 생각보다 논리적이었다. 이런, 점점 반하겠군. 상엽은 송화의 반격에 고개를 끄덕일 수밖에 없었다.

그나저나 가위바위보라……. 확률이라기에는 잠깐의 운이 훨씬 더 좌우하는 게임이다. 그가 이길 확률과 경우의 수는 간단하다. 하지만 일주일간 같은 전철을 타고 같은 칸에서 옆에 앉았던 여자가 다시 그의 병원을 들를 확률은 훨씬 더 복잡한 수식을 거쳐야 하리라. 운이라…… 한번 해볼까나.

상엽은 왠지 이 상황이 점점 마음에 들었다. 어린아이처럼 팔을 비꼬아 신중하게 자신의 비장의 무기를 선택한 그의 눈빛이 유쾌하게 빛나고 있다. 상엽보다는 훨씬 더 홀가분한 얼굴로 그녀가 어이없다는 듯 고개를 흔들었다. 가위바위보에 이렇게 즐거워하다니. 단순한 건가, 아니면 자신 있는 건가.

"가위바위보."

가위바위보를 할 때 가위를 내면 이길 확률이 가장 높다고, 별걸 다 조사하는 어떤 할 일 없는 사람들이 발표했었다. 그 중요한 정보를 존중한 송화는 가위를 선택했다.

"이것 봐. 역시 이게 우리 인연이라니까. 우린 하늘이 맺어주신 사람들인가 봐."

주먹을 낸 상엽이 만족스럽게 웃음을 터뜨리며 그녀를 품에 안았다. 지나가는 사람들이 흘긋거렸지만 그는 별 상관도 하지 않았다. 그녀도 왠지 별로 상관없을 것 같았다.

"거참, 그깟 가위바위보 하나에 그렇게 거창하게 의미 부여할 거 없거든요."

그날, 이 뻔뻔한 남자는 채송화의 남자친구가 되었다. 까짓 거, 사귀지. 인연이라잖은가. 그래, 나도 인연이면 좋겠다. 스물아홉 살이 되도록 남자친구 하나 없던 채송화가 불쌍해진 하느님이 이제야 내가 여자라는 걸 눈치 채셨는지 모를 일이다.

하지만 가위바위보라. 이래서 그녀는 운명 따위는 믿지 않는다.

회사로 걸어가는 10분 동안의 시간이 이렇게 짧게 느껴진 건 처음이었다. 10분이라는 짧은 시간 동안 그는 시종일관 유쾌했다. 하지만 끝내 그녀와 사귀는 이유에 대해서는 정직하게 이야기하지 않았다. 상엽에겐 이번 만남이 두 사람의 운명일지 몰라도 송화에겐 그들의 의지였다. 그의 목적이 무엇인지 영 개운치 않았지만 이번만큼은 그냥 모른 척하기로 했다. 아무리 불편하고 내키지 않은 진실이라도, 감춰두었던 진실은 언젠가는 드러나게 마련이란 걸 송화는 잘 알고 있었다.

명색이 한의사니까 그녀보다는 더 벌 테니 돈 가지고 사기를 치진 않을 것이고, 그렇다면 혹시 병원에서 인체 실험이 필요한 걸까? 지나치게 씩씩하다는 걸 강조하는 걸 보면 그럴지도 모르겠다. 온몸에 침을 꽂은 자신의 모습을 상상하며 송화는 몸을 부르르 떨었다.

엘리베이터 안에서 내려 사무실로 걸어가며 이런저런 생각에 빠져 있는데 누군가가 그녀의 등을 힘차게 쳤다. 방심한 탓에 머리가 허리까지 숙여지며 앞으로 고꾸라질 지경이었다. 예상대로 장진욱이었다.

"뭐 잘못 먹었냐?"

"아니, 왜?"

"얼굴이 시시각각 변하고 있잖아. 히죽거렸다가 심각했다가 또 싱글거리고. 상태 정말 안 좋아 보이거든."

진욱이 그녀의 얼굴을 수상하다는 듯 살피며 말했다. 상태가 안 좋다니, 역사적인 연애의 설렘이 내 얼굴에 드러나지 않는 걸까? 아니면 이 녀석의 시력에 문제가 있는 걸까?

"몰라도 되거든."

"그럴 리는 없겠지만…… 너 혹시 연애하냐?"

드디어 정답을 골라냈건만 정작 진욱은 송화가 절대 남자와 연애 같은 건 할 수 없다고 굳게 믿는 눈치였다.

그럴 리는 없겠지만이라니. 이 인간 때문에라도 연애는 꼭 해야겠다. 하지만 진욱의 이런 반응은 별반 낯설지 않았다. 그나마 여자가 상대적으로 적었던 공대에서도 술 먹고 치근거리는 선배를 한 번에 때려눕힌 그녀를 여자 취급해준 남학생은 귀하기 그지없었다. 지금이나 그때나 그저 그놈의 술이 웬수다.

"어머, 어머, 티 나니?"

"어떤 여잔데?"

모처럼 여성스러운 척하는 자신의 오버액션에 웃기는커녕 더 심각해지기만 하는 진욱의 과장된 제스처에 송화는 심기가 상해 사나운 표정을 지었다. 남자친구가 생긴 첫날 아침, 이 중요한 사건을 얘기하는 첫 상대가 하필이면 장진욱이라니.

"죽을래?"

"아니 그럼 채 군이 진짜 남자랑 연애를 한단 말이야?"

"몰라, 연앤지 장난인지."

사실 그녀도 헷갈리긴 했다. 아직 첫 데이트도 제대로 시작하지 못한, 장난기 가득한 그 남자의 적극적인 프러포즈에 '예스.'라고 대답하긴 했지만 그의 저의는 도무지 짐작조차 할 수 없었기 때문이었다. 허우대 멀쩡해 보이는 남자가 만나 달라고 우겨주서서 송화 입장에선 그야말로 '땡큐, 베리굿.'이긴 했어도 충분히 헷갈리는 상황이었다.

"제길, 난 죽어야 해."

절망에 가까운 그의 신음에 송화의 눈썹이 치켜 올라갔다.

"내가 연애를 하는데 왜 네가 죽어야 하는데? 너 설마 나 좋아했니?"

"미쳤냐?"

인생 최대의 모욕이라는 듯 그가 발끈해서 고개를 처들었다. 물론 그녀도 그것만은 절대 아니라는 사실을 누구보다 잘 알고 있었다. 회사 안에서 장진욱은 젠틀맨, 누구에게나 친절하고 예의 바른 청년이었다. 하지만 나무랄 데 없는 장진욱이 이상하게도 그녀에게는 나와 다른 성(性)을 가진 남자라는 생각이 들지 않았다. 공사 현장에서 입이 거칠어지긴 했지만 그녀는 누구에게도 어지간해서는 함부로 말을 하지 않는 편이었다. 하지만 오직 장진욱에게만큼은 험한 소리가 잘도 나왔고 개인적인 고민도 쉽게 털어놓곤 했다. 그리고 그건 진욱도 마찬가지였다.

"그런데 내가 연애하는데 왜 네가 죽어?"

"너 같은 것도 연애를 하는데, 나처럼 멀쩡한 남자가 이 좋은 계절에 혼자라는 게 말이 되니?"

"너 같은 거? 이게 아주 명을 재촉해요."

송화가 팔꿈치로 살포시 치명타를 날려주자 그 대답으로 진욱이 신음을 내뱉으며 과장된 동작으로 고꾸라지듯 허리를 굽혔다.

"그 남자, 잘 살펴봐. 혹시 변태일 수도 있으니까."

아무렇지도 않게 허리를 편 진욱이 꽤나 진지한 목소리로 충고했다.

"왜?"

한 번도 보지 못한 자신의 연애 상대에게 변태라는 심한 말을 스스럼없이 내뱉는 진욱을 송화는 의심스럽게 바라봤다. 혹시 이 녀석, 뭘 알고 있는 건 아닐까? 어쩌면 이 어설픈 바람둥이가 남자에 대해서 더 잘 알고 있을지 몰랐다.

"자기 학대가 심한 남자일 수도 있거든. 너도 들어봤지? 특이한 데서 쾌감을 느끼는 사람들. 채찍이나 깃털 같은…… 아, 수갑도 있구나."

진지한 목소리에 송화의 눈빛이 사나워지자 그가 얼른 한 걸음 떨어졌다.

"너는 몰라도 그 남자는 절대 아니거든."

자기 학대는커녕 자기가 원하는 걸 얻기 위해선 수단과 방법을 가리지 않을 뿐만 아니라 남의 약점도 이용할 수 있는 약아빠진 남자였다.

"야, 나도 아니야."

"그걸 누가 알아."

진욱이 펄쩍 뛰듯이 고개를 흔들었지만 송화는 코웃음 치면서 무시했다.

"아무튼 그 남자는 그쪽 과는 아니야."
"그래? 그럼 자비심이 유별나게 넘치는 사람인가 보다. 널 구제한 걸 보면."

송화의 주먹과 발길질을 피해가며 벌써 저만치 달려간 진욱이 소리쳤다. 그 모습에 왠지 픽 하고 웃음이 튀어나온다. 아침의 시작이 나쁘지 않았다. 그리고 오늘의 마지막이 기다려진다. 진실은 저 멀리 접어두고, 어쩐지 그와의 데이트에 벌써부터 가슴이 설레고 있었다.

상엽은 벽 위에 있는 시계로 시선을 옮겼다. 어느새 여섯 시. 이제 손님들도 뜸한 시간이었다. 대충 마무리하고 그녀를 만나기 위해 움직여야 했다. 태섭이 놀리건 말건, 그녀의 반응이 시큰둥했건 아니건, 한 가지만은 분명했다. 그녀와의 만남을 내심 기다리고 있다는 것. 즉각적인 그녀의 반응도 즐거웠고 대놓고 드러내는 무관심도 신선했다. 씩씩하고 힘센 여자를 만나본 기억도 없는 듯하다. 게다가 가위바위보라니. 가위바위보로 누군가를 만날지 말지 결정해보긴 처음이었다.

"원장님."

마지막 결재를 끝낸 그가 웃옷을 손에 들고 책상에서 일어나자 갑자기 문이 열리고 반백의 원무과장이 상기된 얼굴과 잔뜩 흥분한 목소리로 홍보팀 이 대리와 함께 들어왔다. 잠시 열린 문틈 사이로 사람들의 웅성거림이 느껴졌다.

"이게 무슨 난리야?"
"채장미가 왔어요."

"누구?"

"채장미, 모르세요? 〈달콤한 사랑〉에 나왔던 채장미요."

낯선 이름에 상엽이 눈썹을 치켜세우자 홍보팀장이 답답하다는 듯이 다시 한 번 이름을 되뇌었다.

채장미, 드라마 제목까지는 기억하지 못해도 몇 번인가 들어본 이름이었다.

"달콤한지 어떤지는 모르지만, 왜 그 여자가 여길 온 건데?"

"왜는요, 아파서 왔겠지요."

"아파서 온 여자가 저렇게 번쩍거리는 플래시들을 동원하고 와?"

상엽은 작게 코웃음 쳤다. 시간 맞춰 기자들을 대동하고 제 발로 걸어 올 정도라면 진즉에 예고된 불치병이거나 아니면 작정한 꾀병이거나 둘 중 하나였다. 예고된 불치병 환자가 저렇게 유쾌하진 못할 듯하니 아마도 후자임이 분명했다.

"제가 보기에도 큰 문제는 없는 것 같습니다. 아마 저쪽에서도 무슨 이슈를 만들 생각인 모양인데, 아파서 입원한 채장미가 우리 병원에서 멀쩡하게 걸어 나가면 웬만한 광고보다 나을 겁니다."

병원 차원에서 도움이 된다고 굳게 믿고 있는 홍보팀장을 제치고 원무과장이 조곤조곤 말을 이었다. 채장미가 와서 치료를 했다면 득이 되면 득이 되지 손해 볼 일은 아니었다. 하지만 약속 시간이 급박한 상엽에게는 지금 이 상황이 썩 내키지 않았다.

"안녕하세요, 채장미예요."

"어디가 불편한 겁니까?"

벌써 일곱 시가 다 되어가고 있다. 젠장, 정신없이 달려드는 기자들을 제치고 일단 겉으로는 멀쩡해 보이는 이 어린 여자를 얼른 해결하고 달려가도 시간이 빠듯할 듯했다. 새로 사귄 내 여자친구의 인내심이 어느 정도인지 단 한 번도 시험해본 적이 없었다. 물론 그럴 만한 기회도 없었고.

"어머, 오빠는 몇 살이세요?"

진지한 질문에 이은 황당한 답변. 상엽은 어이없는 미소를 지어야 했다.

"어디가 불편하세요?"

그는 똑같은 질문을 다시 했다. 이번에도 황당한 대답이면 환자임이 아닌 게 분명하니 무조건 원무팀에 던져버리고 제 갈 길을 갈 생각이었다.

"에이, 선생님, 너무 뻣뻣하시다."

그나마 오빠에서 선생님으로 발전은 했지만 여전히 마음에 드는 답변은 아니었다. 그는 빤히 바라보는 그녀의 시선을 무시한 채 몸을 돌려 책상 서랍을 잠그고 퇴근 준비를 서둘렀다. 지금부터 뛰어가도 늦을 게 분명했다.

"어깨도 무겁고 기운도 없어서요. 한 일주일 입원하고 싶어요."

상엽이 그녀를 남겨둔 채 문으로 향하자 나긋나긋한 여배우의 목소리가 뒤통수에 꽂혔다. 젠장, 난 바쁘다고. 마음속으로 작게 투덜거린 그가 할 수 없다는 표정으로 고개를 돌렸다. 그리고 아무 말 없이 그녀의 가는 손목에 손을 가져갔다. 건강하고 정상적인 맥이었다.

"중풍이 온 것도 아니고 거동이 불편한 것도 아닌데 굳이 입원하실 필요는 없습니다."

"입원할래요."

상엽의 설명을 코로 들었는지 여배우가 상큼한 얼굴로 간단하게 대답했다. 머리가 나쁜 게 틀림없어. 고집이 가득한 그녀의 눈빛은 아직 한참 자라야 할 아이 같았다.

"저기, 원장님, 우리 장미가 몸이 좀 허약하거든요. 기가 좀 빠진 것 같은데…… 입원이나 좀 하면서 약이라도 한 재 먹는 게 좋을 거 같은데."

인상을 긋고 있는 상엽의 눈치를 조심스럽게 살피면서 여배우의 매니저란 남자가 실실거리며 중얼거렸다.

이런, 배우나 매니저나 똑같은 인간들이군. 이제 의사 노릇까지 하려는 매니저를 바라보며 상엽은 더 깊게 미간을 모았다.

"맥 짚어보니까 지나치게 건강한 것 같아서 입원은 필요 없을 거 같고, 굳이 약이 필요하시면 십전대보탕이라도 챙겨 드리겠습니다. 아, 박과장님, 노파심에서 말씀드리는데 괜히 건강한 환자분한테 병실 내주지 마세요. 전 약속이 급해서 먼저 갑니다."

상엽은 얼굴보다 뇌가 훨씬 청순해 보이기 시작한 여배우와 매니저를 단호하게 진단하고 나가며 혹시나 몰라 원무과장에게도 단단히 통보했다. 도대체 우리 병원을 뭘로 보고 나타나서 남의 환자에게 민폐를 끼치는지 모르겠다.

벌써 30분. 봄을 훌쩍 뛰어넘고 여름이 오려는지 낮에는 제법 후텁지근하더니 밤이 되자 3월의 쌀쌀한 봄바람이 옷 속으로 스며들었다. 계절이 그녀를 그대로 두고 혼자만 저만치 가버리지 않아서 다행이었다. 앙상하던 가지들엔 어느새 새파랗게 물이 올라온 푸른 잎들로 송송한 가로수들이 한눈에 보이는 커다란 창을 가진 커피숍은 인테리어 콘셉트 자체가 하트와 핑크인 듯했다. 핑크빛 하늘거리는 커튼과 핫핑크로 구성된 테이블 장식, 귀여운 천사들이 손에 들고 있는 하트 무늬와 하트 모양의 용기들까지. 첫 데이트 장소 치고는 로맨틱하고 달콤한, 그리고 조금은 낯 뜨거워지는 분위기였다.

송화는 달랑거리는 종소리에 혹시나 하고 커피숍의 입구를 눈으로 확인했다. 이제 25분. 15분 전에 핸드폰에 남자친구라고 주장하는 그가 남긴 문자는 간단했다.

〈삼십 분 정도 지각 예정. 당신은 사랑으로 이해해주겠지?〉

첫 데이트에 지각이라니. 거기다 '당신'이라니. 또 거기다 '사랑'으로라니. 그것도 모자라 '이해'까지?

정말이지 예의 없고 생각 없고 뻔뻔하고 욕심 많은 남자였다. 아니, 사귀어 달라고 사정사정하던 때는 언제고 이리 늦는단 말인가. 그런데, 그럼에도 불구하고 이 무례한 핸드폰의 문자를 단호하게 삭제하지 못하는 내 마음은 또 어쩌란 말인가.

어둑해지는 밤공기와 함께 사방이 조용해지고 있는데 가슴만 요란하게 소리를 낸다.

심장아, 제발 조용해. 남들 안 하는 연애하니? 뭘 이렇게 표를 내고 그러니.

그녀가 심장을 겨우 진정시키기 무섭게 달랑거리는 종소리와 함께 이번에는 정말 문제의 주인공이 나타나 그동안의 노력을 한꺼번에 날려버렸다. 얼른 눈을 돌렸지만 또다시 가슴이 콩닥거렸다.
"늦었어요."
송화는 애써 담담한 척 자리에 앉는 그를 향해 퉁명스럽게 중얼거렸다.
"미안. 병원에 갑자기 골치 아픈 애물단지 하나가 나타나서."
"환자가 속 썩여요?"
환자라면 이해해야 한다. 환자를 돌보는 일이 그의 본업 아닌가.
"환자인 척하는 사람이 속 썩이고 있지."
버릇없고 맹랑한 여배우가 갑자기 팔을 잡고 늘어지는 바람에 그야말로 질색을 해야 했다. 채장미의 치근거림은 꽤나 집요했고 귀찮았다. 완벽하게 화장하고 완벽하게 치장해서 완벽한 척하려는 사람은 상엽의 주변에 넘치고 많다는 사실을 아마도 그 여배우를 비롯한 그녀들은 모를 것이다.
"거기다 이것 때문에 더 늦었어."
사랑스러운 하트가 뚝뚝 떨어지는 핑크빛 공간에서 그는 자줏빛 마분지로 둘러싸인, 살짝 분홍빛이 도는 연한 빛깔의 장미를 건네주었다.
"뭐예요, 이게?"
송화는 의외의 선물에 휘둥그레진 눈으로 그가 건네는 꽃다발을 바라만 보고 있었다.
"꽃. 품목은 장미, 쌍떡잎식물, 장미목, 장미과, 꽃말은…… 이건 분홍과 하얀색 사이니까, 아마 순진, 단순, 뭐 이런 거 아닐까?"
"그런 거 말고요. 이걸 왜 주냐고요."
남자가 여자에게 주는 꽃. 연인이 사랑을 약속하며 건네주는 꽃. 가슴에 달아주는 감사의 꽃. 이별을 이야기하는 어린왕자의 꽃. 그 각각의 숨겨진 의미 속에 이 남자의 의도는 도대체 뭘까?

"남자가 여자한테 꽃을 주는 데 이유가 필요한 거야?"

재미있다는 듯 미소 짓는 그의 눈썹이 올라갔다.

"그런 건 아니지만…… 어쩐지 무리하고 있는 거 같아서요."

"장미 한 다발 살 정도는 벌어."

"그런 뜻이 아니에요."

송화는 나직한 한숨을 내쉬며 고개를 흔들었다. 지난 며칠간의 끈질긴 유혹, 그리고 오늘은 향기로운 장미. 누구나 흔들릴 만큼 매력적이었지만 때때로 차가워지는 그의 눈빛만큼은 오롯이 진실을 말해주고 있었다. 어쩌면 당연한 일이었지만 그는 그녀에게 빠지지도, 그녀를 사랑하지도 않는 게 분명했다.

"그럼?"

"그쪽은 굳이 여자가 필요한 사람 같지 않다는 뜻이에요."

"여자가 필요 없는 남자는 남자가 아닌걸."

"알아들었으면서 못 알아듣는 척하는 거예요, 아니면 아주 머리가 나쁜 거예요?"

송화가 비딱한 눈길로 그를 노려봤다. 한의사 정도 됐으니 틀림없이 전자일 것이다.

"내가 왜 필요한지는 몰라도 너무 애쓰지는 말아요. 사람 일은 진심이 통하지 않으면 아무리 애를 쓰고 무리를 해도 소용없는 짓이니까."

상엽은 예기치 못한 그녀의 충고에 한순간 숨을 멈춰야 했다. 그녀가 정직하다는 건 진즉에 알고 있었다. 하지만 사람 많은 지하철 안에서 술 먹고 퍼져 자는 여자가 이만큼 예민할 수 있으리란 생각은 미처 하지 못했다. 어쩌면 어머니에겐 이것이 그녀 말대로 소용없는 짓일지 몰랐다.

하지만 그에게는 달랐다. 어쩌면 이건 그에게 새로운 기회일지도 모른다.

"맞아, 내가 이렇게 애를 쓰는데도 '여보야'가 내 진심을 몰라주는 걸 보면."

"미쳤어요? 누구보고 '여보야'래요?"

능청스러운 그의 수위 높은 발언에 송화가 기겁을 해서 주위를 둘러봤다. '여보야'라니. 온몸에 닭살이 좌악 돋아나고 있었다.

"여보가 어때서? 그냥 '여보세요'의 준말이야. 보배처럼 소중하고 귀중한 사람이라는 뜻도 있고. 당신한테 딱 어울리지 않아?"

"전혀요."

마치 국어학자라도 된 것처럼 '여보'라는 단어의 어원을 설명하는 상엽을 무시한 채 송화가 확실하게 고개를 가로저었다. 보배처럼 소중하다니, 그야말로 주먹을 부르는 경악할 만한 발언이었다.

"그럼 '애기야.'라고 불러줄까?"

이 남자가 도대체 왜 이러나. 끙끙거리는 신음이 저절로 튀어나왔다.

"그냥 채송화라고 불러요. 부르라고 있는 이름이니까."

"흠, 그건 그냥 밋밋한데. 애기 아니면 여보, 선택해."

"둘 다 정말 됐거든요."

"자기, 연애 처음 해보지?"

'자기'도 닭살이었지만 차라리…… 아니, 그나마 나았다. 저 남자 입에서 '애기야' 소리를 들으면 뒤로 넘어갈 것 같았다.

"아니거든요. 너무 오랜만에 해봐서 어떻게 해야 할지 헷갈리는 것뿐이에요."

"처음 해본 건 아니고?"

상엽은 발끈한 그녀의 대답을 살포시 무시하고는 다 알고 있다는 듯 싱글거리며 물었다. 이 남자가 이렇게 느물거리고 웃을 때마다 채송화가 약이 바짝 오른다는 걸 알고는 있는 걸까?

"자꾸 이럴래요?"

"근데 장미꽃 한 다발에 왜 이렇게 토를 다는 건데? 꽃이 마음에 안 들어?"

"아뇨, 좀 수상한 냄새가 난다 이거예요."

말은 그렇게 했지만 그가 내민 장미 한 다발에 기다리며 열 받았던 마음도, 여전히 반말을 입에 달고 있는 그의 말버릇도, 그리고 다 알고 있다는 듯 웃어대는 그의 잘난 척도 다 용서할 수 있을 것 같았다.

남자에게 꽃을 받는 설렘이 이런 거라곤 생각해본 적이 없다. 향 짙은 장미가 내뿜는 달콤한 향기만으로 가슴이 두근거렸다. 진정해, 진정. 이건 그냥 꽃일 뿐이야. 그의 말대로 장미, 쌍떡잎식물, 장미목, 장미과, 꽃말은 순진, 단순. 그래, 꽃말대로 순진하고 단순하게 이해하자. 그냥 이건 꽃이다, 꽃. 남자가 여자에게 주는.

"실은 채송화를 구해주고 싶었지만 그건 꽃다발이 안 될 거 같아서. 나중에 우리 집 텃마당에 심어줄게."

"우리 집이요? 이제 땅도 사줄 거예요?"

"욕심 많은 이여, 그대 이름은 여자이니라."

상엽은 그녀의 질문에 킥킥거리고 웃음을 터뜨렸다. 이 상황에서 '우리 집'이라는 의미 있는 공간보다 '땅'이라는 부동산에 집중할 수 있다니.

"채송화 심으려면 땅은 그렇게 많이 필요하지 않을걸."

"난 채송화 싫어요."

No, no, 채송화라니. 전혀 감격스럽지가 않았다.

"왜? 채송화, 아기자기 예쁘잖아. 뭐, 당신도 예쁘고."

겨우 예의상 해주는 듯한 예쁘다는 말에 그녀가 눈을 흘겼다. 씩씩하구나, 장군감이구나, 하는 소리는 들었어도 예쁘다는 얘기는 지금껏 한 번도 들어본 적이 없었던 그녀였다. 양지 언니와 장미가 옆에 없었어도 객관적으로 예쁘다는 소리가 쉽게 나올 수 있는 외모가 아니었다. 어린 시절, 그들 세 자매를 본 어른들은 장미와 양지를 입에 침이 마르게 칭찬한 다음 그녀를 보며 예의상 겨우 해주는 얘기가 '착하게 생겼구나.'였다.

"커다란 채송화가 사는 집에 아기자기 피어 있는 채송화를 상상하고 싶지 않을 뿐이에요."

송화는 빤히 자신을 바라보는 상엽에게 할 수 없다는 듯 퉁명스럽게 중얼거렸다. 그리고 상엽은 세계 최대의 농담을 들은 것처럼 웃음을 터뜨렸다.

어쨌거나 그렇게 로맨틱하게 꽃다발을 건네주고 달짝지근한 케이크와 향기로운 커피로 완벽하게 그녀를 설레게 했던 상엽이 안내한 다음 장소는 뜻밖에도 찜질방이었다.

"무슨 아줌마같이 찜질방을 좋아해요?"

상엽의 손에 끌려 엘리베이터에서 내린 송화가 어이없다는 듯 그를 바라보며 중얼거렸다.

"좋잖아. 계란 먹고 식혜 먹고 수다 떨고."

그렇게 먹고 무슨 계란에 식혜란 말인가. 게다가 수다까지.

"증말 진짜 아줌마 같아."

"그게 나빠?"

"아니, 썩 뭐 나쁘다고까지는 할 수 없지만 별로 근사해 보이진 않거든요."

별로가 아니라 산통 다 깼다. 장미를 조심조심 카운터에 맡기면서 송화는 그렇게 생각했다. 카운터를 지키고 있던 아가씨가 장미와 상엽을 번갈아보다, 마지막으로 송화를 향했다. 굳이 말을 하지 않아도 그녀의 머릿속을 오가고 있는 의문들―저 키만 멀쩡한 여자가 어떻게 저런 남자를 꼬셨을까 하는―과 의혹 가득한 눈빛에 송화는 쓴웃음을 삼켜야 했다.

"난 외모만으로도 충분히 근사해."

"병이야, 병. 아주 심각해. 그런 건 침으로도 못 고치나 보죠?"

"타고난 외모를 고칠 수 있겠어? 그리고 이런 얼굴을 건드리는 건 범죄야."

"으이구."

우리 집에만 완벽 공주가 있는 줄 알았더니 여기 또 한 명이 있다. 안 그래도 왕자병이 심한 줄은 알았지만 장미와 막상막하였다. 어쩌자고 내 주위에는 이런 캐릭터만 꼬이는지 알다가도 모를 일이었다.

"근사해 보이진 않아도 사람 사는 거 같잖아. 여긴 대충 입고, 대충 풀어지고, 대충 생각해도 되거든. 혼자 있어도 별로 티 나지 않고."

"대신에 시끄러워요."

"좀 참아. 뭐든 단점은 하나씩 있는 거라고. 나 빼곤."

왕자병의 극한에 오른 마지막 멘트는 그냥 못 들은 척해버렸다. 찜질방이라, 그의 말대로 나쁘지 않은 장소였다. 하지만 장미 같은 여자와 있었다면 이 남자는 절대 이런 곳을 택하지 않았으리라. 송화는 뜨거운 소금방에서 차가운 식혜를 들이켜가며 혼자 생각했다. 꽃을 선물 받았을 때 대책 없이 가슴이 두근거려 했던 자신이 바보같이 느껴졌다. 하긴,

너무 기대하지 말자. 그 남자가 마냥 재수 없다고 펄펄 뛰던 때도 있었는데. 그깟 가위바위보에 운명이 순식간에 바뀌지 않는다는 건 네가 더 잘 알고 있잖니. 넌 채송화지 장미가 아니야.

 사실 왜 하필 찜질방을 선택했는지 의아스러운 것은 상엽 자신도 마찬가지였다. 연애 경험이 많은 건 아니었지만 그렇다고 여자를 만난 첫날에 이렇게 흐트러진 모습을 보여야 하는 곳에 오기는 또 처음이었다. 그리고 이 여자, 가잔다고 순순히 잘도 따라온다.
 화장도 지워야 하고 남들과 똑같은 몇 천 원짜리 대여복을 입어야 하는, 그야말로 여자한테 완벽하게 무방비해질 수 있는 곳인데 별다른 잔소리 없이 이 더운 곳에서 아무 말 없이 땀을 흘리고 있었다.
 내가 남자로 보이지 않는 걸까? 아니면 이도저도 할 수 없이 자포자기한 걸까? 혹은 그저 아무렇지도 않은 척 자기 감정을 최대한 단속하며 혼자 삭이는 스타일일까? 하긴 그의 무례함과 그 무서운 침을 참아가며 일주일을 꼬박 병원에 찾아온 여자니까 그럴 수 있을지도 몰랐다.
 "오호, 벗겨놓으니까 생각보다 덜 뚱뚱하네."
 상엽은 화장을 지운 송화가 훨씬 더 어려 보인다는 사실을 눈치 챘다. 건강하게 그을린 피부에 제법 긴 속눈썹과 탐스러운 입술을 가진 그녀의 미소는 예뻤고 눈빛은 깊었다.
 "생각보다?"
 "덩치가 좀 있어서 그렇지……."
 송화는 몸을 일으키며 남자의 다리를 사뿐히 지르밟고 일어섰다. 아무래도 얼음방으로 가서 열을 식혀야 할 것 같았다.
 "윽."

그가 짧게 비명을 삼키며 몸을 일으켰다. 그러곤 한 걸음으로 성큼 그녀에게 다가가 송화의 어깨에 팔을 올린 채 고개를 숙여 눈을 마주쳤다.
"왜 이러는데요?"
코앞에서 자신을 바라보고 있는, 지나치게 가깝게 와 닿는 남자의 숨결과 어깨 위에 올려진 그의 팔에서 전해지는 친밀한 온기에 화들짝 놀라며 그녀가 물었다. 한 발짝 떨어지려고 했지만 금세 커다란 손이 어깨를 꾹 눌러 잡았다. 그가 커다란 손과 발을 가지고 있다는 건 한눈에 알아봤다. 또한 결 좋은 털이 수북한 다리와 자잘하게 잡혀 있는 팔뚝의 근육도 눈치 챘다. 오늘 하루 하나하나 그에 대해 제법 알아가고 있다고 생각했지만 그렇다고 이렇게 친밀하게 체온을 느껴가며 눈을 마주치는 일은 영 부담스러웠다.
"여자가 이렇게 아무 데고 발길질하는 거 마이너스거든요."
"남자가 그렇게 아무한테나 막말하는 것도 썩 플러스는 아니거든요."
상엽의 충고에 송화는 똑같은 충고를 되돌려주었다.
"난 솔직한 건데."
"나도 솔직한 거예요."
또 한 번 그의 솔직함에 솔직함으로 대답해주며 그녀가 눈을 흘겼다. 송화는 키득거리는 상엽의 웃음소리에 다시 한 번 눈을 흘겨야 할지 아니면 같이 웃어야 할지 잠시 헷갈렸지만 기분 좋은 얼굴로 자신을 향하는 그의 눈빛 때문에 그냥 웃어버리고 말았다. 명색이 오늘이 첫 데이트 아닌가. 첫 데이트에 인상 쓸 일이 뭐 있겠는가.
양머리 수건을 뒤집어쓴 그녀의 웃음은 예뻤다. 그래서 상엽은 마음속이 더 복잡해졌다. 장미꽃은 위장용이었다. 그런데 한 번에 들켜버리고 말았다. 그녀도 위장용이었다. 그런데 그조차도 들켜버렸다. 여자를 잘못 골라냈다. 하고 많은 사람 중에서 이렇게 정직하고 착한 여자를 선택한 건 분명 실수였다. 이렇게 정직한 여자는 그에게도 똑같은 신뢰를 요구할 것이다. 하지만 모르겠다. 이 시간이 나쁘지 않은 걸 보면 아주 나쁜 선택만은 아닐 것이다.

머리에 수건을 뒤집어쓰고 툭탁툭탁 서로 눈을 흘기고 웃어가며 그렇게 찜질방에서의 시간은 즐겁게 흘러갔다.

오랜만에 찜질방에서 땀을 내서 뽀송뽀송한 피부를 하고 한 손에는 장미를 한 아름 안고 들어선 송화를 발견한 양지가 소파에서 뒹굴거리고 있던 몸을 일으켜 그녀를 불러 세웠다.
"꽃이라……. 너, 언제부터 연애한 거니?"
"어? 어, 아직 몰라."
본인은 모른다고 하지만 동생의 얼굴에서 감추지 못하는 홍조와 짙은 향기를 내뿜고 있는 장미를 보건대 이미 진작부터 시작은 한 모양이었다.
"도대체 어떤 남자가 키위장미를 선물하는 센스를 가지고 있는 거지?"
"키위장미? 언니는 진짜 모르는 게 없어."
"당연하지. 괜히 전국 수석이니?"
콧대를 올리고 예의 느릿하고 건방진 목소리로 대답하는 언니에게 송화는 그저 고개만 끄덕일 뿐이었다.
대한민국 상위 1퍼센트의 두뇌를 가진 언니는 수학경시대회, 전국 모의고사, 대입시험, 그리고 마지막 사법 연수원까지 능력을 평가하는 시험이라고 부르는 모든 테스트에서 단 한 번도 일등을 빼앗겨본 적이 없었다. 이혼 후에 아주 넉넉한 위자료와 생활비 한 푼 안 드는 친정 생활로 인해 누구보다 편안한 '돌싱'의 시간을 만끽하고 있는 언니가 어느 날 의학박사나 법학박사가 되었다고 해도 그건 전혀 놀랄 일이 아니었다. 다만 송화가 언제나 신기해하는 건 여유로움을 넘어서 게으름이 뚝뚝 묻어나는 언니의 내면에 감춰진 치열한 승부욕이었다.

"흑장미, 백장미만 있는 줄 알았는데 장미에도 이름이 있는지 몰랐네."

"부케로 많이 사용되는 장미 종류야. 순백의 신부에게 어울리는 꽃이거든."

언니의 그 말은 꼭 자신에게는 어울리지 않는다는 것처럼 들려왔다.

"이제 겨우 사랑을 알아가는 순진한 여자에게도 어울리고."

송화의 생각이 얼굴에 그대로 드러났는지, 혹은 언제나 그렇듯 좋은 머리로 추측했는지는 모르지만 곧이어 그녀가 피식 웃으면서 말을 이었다.

키위장미, 신부, 부케, 순진함. 그 또한 이런 사실들을 알고 선물한 걸까?

"사랑은 무슨, 그런 거 아니야. 오늘 처음 데이트했는걸."

"사랑은 만난 횟수가 중요한 게 아니야. 마음이 움직이면 언제나 머리는 항복하게 되어 있어. 옳은 일이건 나쁜 사랑이건."

"그래도 이번에는 아니야."

양지의 의미심장한 말에 송화가 웃으며 고개를 저었다.

사랑이라니, 말도 안 된다. 그녀는 한눈에 빠지거나 번개에 맞은 듯 빠지는 사랑을 믿지 않는다. 상대에 대해 아무것도 모르면서 그저 눈에 보이는 것만 직관적으로 받아들여서 진실한 감정이라고 믿어버리는 것. 그건 그저 대뇌의 잘못된 신호를 거르지 않고 받아들이는 좌심방 우심

실의 격렬한 반응일 뿐이다. 직관과 시각이라니. 두 가지는 너무나 위험한 조합이며 그런 위험한 도박을 하기엔 내 인생이 너무도 소중하다. 하지만 꽃병에 담긴 장미를 바라보며 왜 이렇게 가슴이 설레는지 모르겠다. 아무래도 나의 대뇌와 심장 속에 커다란 문제가 생겨버린 모양이다. 다른 사람들처럼 위험하게도 말이다.

봄비가 내리기 시작했다. 봄비 치고는 꽤나 많은 비가 대지를 적셔가고 있었다. 그날 밤 내내 빗방울이 송화의 다락방 창가를 톡톡 두드리며 내렸다.

태섭은 창문을 열어 습기가 가득한 밤의 공기를 거실로 들어오게 했다. 빗방울이 잦아들지 않고 꾸준히 내리고 있었다. 어느새 상엽이 꽤나 기분 좋은 얼굴로 그의 옆에 마주 섰다. 여자한테 그렇게 공을 들이는 모습도 처음이었지만 웬일로 오늘의 데이트까지 그를 만족시켰던 모양이었다. 도대체 어떤 여자이기에 상엽이 이런 표정을 짓게 만드는 걸까? 상엽의 눈가에 아직까지 분명히 남아 있는 유쾌한 기분을 한눈에 읽어버린 태섭이 고개를 갸웃거렸다.
"그 여자, 궁금하네."
"웬일인데? 네가 여자가 다 궁금하고. 너 여자 싫어하잖아."
태섭의 여성 혐오증을 잘 알고 있는 상엽이 재미있다는 듯 물었다. 그가 만드는 음식은 환상적이었지만 그만큼 여성에 대한 혐오도 중증이었다. 아마도 아들의 장애를 용서 못하는 완벽주의 어머니나 도망가버린 전처가 그의 삶에 그런 여성상을 심어주었는지 모를 일이었다. 그렇잖아도 세상 보는 눈이 삐딱한 염세주의자가 제대로 핑계 거리를 만난 것이다.

"네 여자친구가 나한테 여자일 수가 없지."

"누구는 여자로 보이고?"

"어머니한테는 알려 드렸어? 네가 원하는 건 그거잖아."

상엽의 공격을 태섭이 모른 척 비껴가며 다른 공격으로 대신했다. 태섭은 짧은 결혼 생활을 정리한 후에 그야말로 여자 보기를 돌같이 하고 있었다.

"고민 중이야."

"왜?"

처음에는 더없이 좋은 방법이라고 여겼다. 사귀는 여자가 있다면 어머니도 더 이상 어쩔 수 없을 거라고 생각했다. 하지만 막상 송화를 어머니에게 소개하자니 마음속의 무언가가 브레이크를 걸었다. 어머니도 어머니지만 진실이 아닌 사실을 알았을 때 채송화의 반응도 상상할 수가 없었다.

"우리 어머니한테 그냥 내놨다가는 한 입에 먹혀버릴 만큼 순진하거든."

"목소리 큰 여자가 침 흘리고 자면서 주먹도 휘두른다더니, 거기다 순진하기까지 한 거야?"

"너 내 여자친구한테 관심 끊어. 너무 많은 걸 알고 있어."

"전부 네가 불어댄 거야."

"그동안 내가 너무 말이 많았구나."

태섭의 느긋한 반격에 상엽이 어깨를 으쓱이며 친구를 바라봤다.

여자친구라는 주제는 그들 사이에서는 언제나 논외의 대상이었다. 그들은 여자에 한해서는 그리 운이 좋지 않았다.

"갑자기 양심이 찔리니?"

"모르겠다."

"난 차라리 네가 양심에 찔렸으면 좋겠는데."

바람 부는 방향이 바뀌었는지 비가 안으로 들이쳤다. 손을 뻗어 창을 닫아걸고 태섭이 몸을 돌려 상엽을 향했다. 그는 언제나 그렇듯 깊은 눈빛으로 친구를 바라보고 있었다.

"너도 알고 있겠지만 순진하다는 얘기가 멍청하다는 뜻이 아니야. 제대로 선택을 해야 할 거야. 너의 그녀가 어머니를 상대하든, 아니면 네가 상대하든."

그의 고민을 한눈에 읽어버린 태섭의 충고에 상엽은 쓴웃음을 지을 수밖에 없었다.

그가 선택한 그녀는 올바른 대우를 받을 만한 가치가 있는 여자였다. 그에게 더없이 정직했던 그녀에게 계략이나 술책 따위는 통하지 않을 것이 분명했다. 정직하지 않은 첫걸음은 의미가 없다. 정직이라. 거짓도 없고 가장도 없어야겠지만 그건 그에게 그리 쉬운 일이 아니었다.

6. 여보세요

'내가 왜 필요한지는 몰라도 너무 애쓰지는 말아요. 사람 일은 진심이 통하지 않으면 아무리 애를 쓰고 무리를 해도 소용없는 짓이니까.'

환자들로 북적이는 오전 시간이 지나고 상엽은 자리에 앉아 허리를 등받이에 기댔다. 그날 밤 그녀의 말이 내내 머릿속에서 사라지지 않았다.

아무리 애를 써도 진심이 아닌 이상, 누군가의 마음을 움직이는 일은 어려운 일이리라. 내 마음도, 그녀 마음도. 이게 옳은 시작이 아닐지도 몰랐다. 하지만 안마당에 아기자기한 채송화가 피어 있는 집에 살고 있는 커다란 채송화를 상상하는 것은 기분 좋은 일이었다. 상엽이 그녀를 생각하며 자신도 모르게 미소 짓고 있을 때 원장실의 문이 열렸다. 작은집 사촌인 상헌이었다.

"들어가도 되는 거야?"

"물론이지. 어서 와."

상헌 역시 결혼에 대한 똑같은 압박을 받고 있는 처지였다. 결혼 적

령기에 다다른 세 명의 사촌 중 누군가 한 명만 먼저 서둘러 결혼을 하고 아이를 낳으면 이 이상한 게임은 끝이 날 것이다. 하지만 그들 중 누구도 결혼과 출산에 관심이 없었다. 아니, 행여나 자신의 아이가 자신과 같은 길을 걷게 되는 것조차 끔찍했기에 아무도 할아버지가 벌여놓은 게임에 발을 들여놓지 않으려 했다.

"형은 별일 없는 거지?"

"나야 그렇지. 그러는 너야말로 잘 살고 있는 거야?"

별일. 누구나 기대하고 누구나 조바심치며 견제하는 일. 그 누군가의 결혼.

"아직까지는 살아남아 있지."

상헌이 퉁퉁거리며 중얼거렸다. 아들 형제만 두고 있는 작은집에서도 내심 결혼에 촉각을 곤두세우고 있다는 것을 상엽도 이미 알고 있었다.

"결혼할 생각은 없는 거야?"

"우리 집 장손은 형이라고. 형도 안 하면서 나보고 먼저 결혼하라고 하지 마. 끔찍하니까."

그가 펄쩍 뛰었다. 상헌 역시 회사 일에는 관심이 없었다. 이번 게임의 우승자에게는 할아버지의 유산만 따라오는 것이 아니라 지독한 책임도 함께한다는 사실을 모르지 않는 그였다. 그 역시 이 괴물 같은 집안에 자신의 인생을 걸고 싶은 생각이 전혀 없었다.

"나야 그쪽 전공이 아니잖아."

"나도 그래. 그리고 미안하지만 할아버지가 노리는 사람은 형이야."

"상기는?"

"상기가 지금 만나고 있는 여자들이랑 결혼하는 것보다는 차라리 할아버지 재산을 포기하는 쪽이 우리 엄마 심장을 위해서는 더 좋을걸."

동생의 복잡한 여자관계를 알고 있는 상헌이 피식하고 웃었다. 아마 그들 중에서 가장 마음 편한 사람은 다름 아닌 상기일 것이다.

"형, 나 약혼해."

"뭐? 아, 축하한다."

뜬금없는 상헌의 통보에 상엽의 눈썹이 치켜 올라갔다.

"축하받을 상황은 아니야. 그냥 위장 약혼이야."

"무슨 뜻이야?"

집안에서 정해준 그의 약혼녀는 다른 남자와 사랑에 빠져 있다고 했다. 상헌은 그녀에게 '무늬 약혼자'를 대신해주기로 했고, 그녀는 그의 결혼 압박을 무마시켜 방패 역할을 해주기로 서로 약속했다. 서로에게 나쁘지 않은 조건이었다. 약혼만 성사되면 그의 유럽 발령을 부모님도 반대하지 못할 것이다.

"형은 알아야 할 거 같아서. 내가 약혼했다는 소식이 들어가면 아마 숙모가 장난 아닐 거야."

"네 생각을 알게 되면 작은 어머니도 장난 아닐 거다."

"들킬 생각 없어. 그러니까 형도 비밀은 지켜줘야 해."

동생은 만족한 얼굴로 웃음을 터뜨렸지만 상엽은 낮은 한숨을 토해내야 했다. 상헌의 말대로 사촌의 약혼 소식은 어머니를 흥분케 하고 조급하게 할 것이 분명했다. 상헌이 누군가를 찾아낸 것처럼 상엽 역시 그래야 할지 몰랐다.

채송화. 목소리 크고 씩씩한 그녀가 제일 먼저 머릿속에 떠올랐지만 아무리 애를 써도 진심이 아닌 이상, 그녀의 마음을 움직이는 일은 어려운 일이리라. 어머니, 할아버지. 남의 인생을 마음대로 휘저으려는 사람들만 없었으면 이런 일로 고민하지 않아도 되었을 것을.

상엽은 상헌이 남기고 간 여파에 또 한 번 한숨을 내쉬어야 했다.

핸드폰의 문자를 바라보며 히죽거리는 그녀의 핸드폰을 누군가가 잽싸게 빼앗아 들었다. 고개를 들고 확인하지 않아도 틀림없이 장진욱일 것이다. 겁도 없이 이런 짓을 저지를 만한 뻔뻔한 녀석을 송화는 그리 많이 알고 있지 않았다.
"일곱 시에 거기서. 오늘이 기대되네. 우리는 너무 어울려. 여보가. 여보? 미치겠다. 도대체 너 어떤 남자랑 사귀는 거야? 진짜 변태 아니야?"
"시끄러."
송화는 진욱의 손에서 핸드폰을 뺏어 들었다. 작업이 끝난 현장에는 사람들이 귀가를 위해 서두르고 있었다.
"여보라니, 그새를 못 참고 혼인신고부터 한 거야?"
"그동안 내가 뿌린 게 얼만데 혼인신고부터 해."
"하여튼 채송화 욕심하고는. 그런데 여보는 뭐야? 니들 그러고 부르니?"
온몸에 소름이 돋는 표정으로 꽤나 황당한 듯 진욱이 물었다. 그의 과장된 반응은 그녀 역시 이해가 되고도 남았다. 송화도 처음 그의 입에서 튀어나온 '여보야' 소리에 그랬으니까. 지금 역시 자연스러운 적응은 무리였다.
"무식하긴. 여보는 '여보세요'의 준말이래. 거기다 보배처럼 소중하고 귀중한 사람이라는 뜻이란다."
"누가 그러는데?"

"우리 자기가."

뻔뻔스러운 그녀의 답변에 진욱은 더 이상 참을 수 없다는 듯 우웩거리며 입을 틀어막았고 송화는 허리를 굽힌 그의 엉덩이를 한 대 차주어야 할까 하는 유혹을 참아야 했다. 그 사이 '닭살이야.' 어쩌고라는 말이 튀어나온 듯도 했지만 너무 자주 주먹을 사용하면 직장 동료 간에 신의를 저버리는 듯해서 송화는 모락모락 피어나는 폭력의 향기를 꾹 눌러 참았다. 사실은 진욱을 두들겨 패기에는 현장에 목격자들이 너무 많다는 것이 더 큰 원인이었다.

"거참, 곰도 구르는 재주가 있다더니만."

"누구보고 곰이래?"

"너밖에 더 있니? 넌 설마 네가 토끼나 여우라고 생각하는 건 아니겠지?"

"물론 아니지. 난 보배처럼 소중한 존재라니까."

예상대로 또 한 번 진욱의 우웩거리는 소리가 들려오자 송화는 키득거리고 웃음을 삼켰다. 본인이 말해놓고도 낯간지러웠다.

"배고프다."

"술이 고픈 거겠지."

그녀가 코웃음 쳤다. 남자가 생긴 송화와는 달리 벌써 한 달째 싱글인 어설픈 바람둥이 장진욱은 나름 조신하게 기록을 경신하는 중이었다.

"어쩐지 돼지 보쌈에 소주 한 잔 확 땡기지 않냐?"

"안 돼. 난 약속 있어. 연애 중이라니까."

"그러니까 하루쯤 튕기라고. 채 군아, 네가 연애라고는 짝사랑밖에 안 해봐서 모르는 모양인데, 원래 연애는 밀고 당기는 맛이 있어야 하는 거야."

하지만 송화는 끄떡도 하지 않았다. 밀고 당기기는 선수들이나 하는 거고, 선수도 아닌 그녀가 어설픈 바람둥이 말에 솔깃해서 제법 잘되는 연애를 망칠 생각은 눈곱만큼도 없었다.

요즘은 왜 사람들이 그 귀찮아 보이는 연애라는 걸 하는지 조금씩 알아가고 있는 중이었다. 함께 있는 시간이 즐거웠고 집으로 가는 길이 짧게 느껴지기 시작했으며 뒤돌아서기가 아쉬웠다. 중독, 그에게 제대로 중독되어가고 있었다.

"됐거든요."

"야, 야, 그럼 화장이라도 고치고 가든지."

"화장 필요 없는 데 가는데."

미묘한 뉘앙스가 섞인 그녀의 대답에 진욱의 의심스러운 눈길이 쏟아졌다. 머릿속에서 어떤 생각이 오가는지 아무리 눈치 없는 채송화라도 충분히 읽을 수 있었다.

"뭐냐, 그럼 샤워가 필요한 데 가는 거야?"

"뭐, 대충은 비슷해."

눈이 휘둥그레진 진욱을 남겨둔 채 송화는 휴대폰을 손에 들고 일어섰다.

저 어설프고 음흉한 바람둥이의 머릿속에 어떤 상상이 오가는지에 대해선 궁금하지도 않았다.

송화는 검은색 도복을 갈아입고 목도를 손에 들었다. 손에서 느껴지는 목도의 적당한 무게감과 팽팽한 긴장감이 몸을 휘감았다. 시합 전 이런 느낌은 제대로 타격이 되었을 때 느껴지는 몰입감과 비슷하다. 아마 반대편 남자 탈의실에서 옷을 갈아입는 상엽도 같은 느낌이리라.

그들 둘 다 검도를 할 줄 안다는 공통점이 있다는 사실을 발견한 건 우연이었다. 그가 대한민국에서 두 번째로 맛있게 한다고 주장하는 허름한 칼국수 집에 갔을 때 맞은편 커다란 옆 건물에서 내려온 아이들이 제법 그럴듯하게 도복을 차려입고 그들의 옆을 지나갔다. 그 순간 그들은 함께 공유할 운동이 있다는 걸 알아챘다.

운동이라고는 전혀 친해 보이지 않는, 느긋해 보이기 짝이 없는 이 남자의 실력을 알아보는 것도 퍽 즐거운 일이리라.

"뭐야, 도대체 무슨 여자가 이렇게 무지막지한 건데?"

그녀와의 검도 시합은 상엽이 전혀 예상하지 않은 결과로 끝이 났다. 격렬하기는 했지만 상엽으로선 못내 아쉬운 시합이었다. 그는 머리를 보호하고 있던 호구를 벗어내며 잔뜩 심통이 난 어조로 말했다.

"내가 무지막지한 게 아니라, 상엽 씨가 약했던 거죠. 운동한 지 한참 됐죠?"

그녀가 다 알고 있다는 듯 승자의 기세등등한 눈빛으로 물었다. 이런 젠장, 이럴 줄 알았으면 그동안 그렇게 막 사는 게 아니었는데. 상엽은 그동안 허비했던 시간을 진심으로 후회했다.

"한 판 더 하자고."

"싫어요."

약이 바짝 올라 있는 상엽의 제안에 그녀가 살랑 고개를 흔들어 거절했다. 오늘 운동은 이만하면 충분했다. 만만치 않은 상대를 만난 뒤라 온몸이 기분 좋게 지쳐 있었다. 더구나 다음 승부의 승패는 장담할 수 없었다. 특히나 저렇게 열을 내고 달려드는 상대라면 더더욱.

"왜?"

"스포츠가 이미 변질되고 있으니까, 자존심 싸움으로. 여자한테 지는 게 그렇게 창피한 일은 아니거든요."

상엽의 마음을 다 알고 있다는 듯 그녀가 진지하게 말했다.

"여자한테 져서 창피한 거 아니거든."

"그런데 왜 이렇게 극성스럽게 달려드는데요?"

발끈하는 상엽의 저의가 더더욱 수상하다는 듯 그녀가 물었다. 검도를 시작한 지 한두 해가 아니었다. 또 그동안 송화에게 손을 든 사람들도 하나둘이 아니었다. 그 별별 경험 속에서 상엽과 똑같은 반응을 보인 남자 또한 한둘이 아니었다.

"난 별로 진 적이 없거든."

"그럼 좋은 경험 했다고 생각해요. 지는 날도 있어야죠. 뭐, 앞으로 종종 지게 되겠지만."

꽤나 약이 올라 씩씩대는 그의 얼굴이 어쩐지 귀여워 보였다. 이런, 승리에 관대하지 못한 속 좁은 남자의 트집까지 귀여워 보이다니. 정말 눈에 뭐가 씐 걸까?

"다음에는 아무래도 종목을 바꿔야겠어. 이건 나한테 불리해."

"보통 그런 변명을 실력 차라고 하죠."

"날 사랑하기는 하는 거야?"

'사랑'이라는 말에 갑자기 '헉' 하고 숨이 막혀왔다. 그는 가끔 농담하듯 '사랑'이라는 단어를 사용한다. 그럴 때마다 그녀의 심장박동은 대책 없이 빨라진다.

"그러는 당신은 날 사랑하고요?"

"물론이지. 내가 적극적으로 대시한 거 잊었어?"

이 남자는 검도 시합에선 내게 졌을지 몰라도 연애 문제에 관한 한 분명 한 수 위였다. 언제 그녀를 당황스럽게 하고 또 언제 여자의 가슴을 뛰게 하는지 귀신처럼 잘 알고 있었다. 아직도 쿵쿵대는 심장 소리는 그저 과한 운동 끝에 나오는 작은 흥분이리라.

"너무한 거 같아."

"또 뭐가요?"

벌써 옷을 갈아입고 나왔지만 아직도 입이 댓 발이나 나와 투덜거리는 남자를 바라보며 송화는 한숨을 쉬었다. 집요하기는. 하긴 그의 집요함으로 인해 사귀게 되었으니 그 일관됨에 감사해야 했다.

"아니, 나 그래도 자기 애인이거든. 애인한테는 좀 연약한 척도 하고 그래야 하는 거 아닌가."

"알았어요. 다음에는 연약한 척하고 봐줄게요."

"뭐? 이봐, 누가 그러래?"

그녀를 놔둔 채 성큼성큼 빈 도장을 가로지르던 그가 다시 그녀에게 돌아왔다. 남자 자존심에 봐주는 건 또 싫은 모양이었다.

"지금 금방 그러라고 그랬잖아요."

"당신, 아주 약았어. 누가 순진하다고 그랬지?"

그가 눈을 가늘게 뜨고 노려보고 있었다. 이런, 함정에 걸려버렸다. 이 맹랑한 아가씨 같으니라고. 이젠 다음번에 시합에서 이겨도 정정당당한 실력이 의심받게 돼버렸다. 물론 또 지면 그때도 망신이고. 뭘 해도 그녀의 승리였다.

"아무도 안 그랬거든요."

달콤한 웃음을 짓는 그녀가 미치게 예뻐 보였다. 과격한 운동으로 아드레날린이 폭주하고 있는 게 분명했다.

어쩌겠는가. 어차피 진 시합, 감정에라도 충실할 수밖에. 사람이 가고 없는 빈 연습실에서 그의 입술이 뜨겁게 다가오자 송화는 눈을 감았다. 희미한 땀 냄새, 식지 않은 열기, 분명한 숨소리. 상엽의 집요한 공격이 꽤 오랫동안 계속되었다.

한적한 바람에도 벚꽃이 눈처럼 날리고 있는 시민공원에는 꽤 늦은 밤인데도 자전거를 타는 사람들과 팔짱을 꼭 낀 연인들로 북적였다. 사람들 속에서 잠시 멈칫거리던 송화를 기다리던 상엽이 아무렇지도 않게 손을 뻗어 그녀의 손을 잡았다. 아마도 남들 눈에는 이제 정말 연인처럼 보이리라. 왜 한 시간 전의 키스보다 차갑게 닿는 그의 손끝에 더 가슴이 떨리는지 모르겠다.
"목요일 하루 쉴 수 있어?"
"목요일이요?"
집중. 집중. 자꾸만 그가 전해주는 체온에 정신이 흐트러지자 송화는 잡힌 손을 빼내려 했지만 오히려 상엽은 더 힘주어 깍지를 꼈다. 아이고, 이제 난 모른다. 두근두근.
"응, 시간 나?"
"왜요? 시합 한번 더 할까요?"
"지는 게임은 한 번이면 충분해. 검도는 좀 기다리라고. 조만간 무적의 윤상엽을 만나게 될 테니까."
"그럼 난 그동안 노나?"
자신만만한 그녀의 대답에 상엽이 눈을 흘겼다. 조금 전의 패배의 상처가 아직 가시지 않은 눈치가 역력했다. 생각만큼이나 승부욕도 강한 남자였다. 이 사람, 약 올라서 오늘밤 잠깨나 설치겠구나.
"목요일 어때? 우리 병원 그날 쉬어."

"난 휴가 내야 하는데요."

"사랑하는 애인님을 위해서 하루 정도는 휴가를 낼 수도 있는 거지."

삐딱한 그녀의 대꾸에 그가 능글스럽게 대답했다.

애인도 모자라서, 거기다 사랑까지? 또 한 번 두근두근. 심장아, 제발. 저 남자가 듣는단 말이다.

"미안하지만 안 돼요. 아마 진욱이가 잡아먹으려고 할 거예요."

"왜?"

"다음 달에 공사 마감이에요. 이번 주부터 내내 야간 일정이 꽉 찼어요."

"으흠, 하루 정도도 안 돼?"

확실히 현장 사정을 모르는 사람의 얘기였다. 준공 한 달을 남기고 현장이 얼마나 눈코 뜰 새 없이 바쁘게 돌아가는지 아마 그는 짐작조차 못 할 것이다.

"내가 책임자예요. 안 돼요."

"너무하네. 날 사랑하지 않는 거야?"

버림받은 강아지같이 불쌍한 눈빛으로 졸라대는 상엽에게 송화는 고개를 흔들었다. 해줄 수 있는 일이 있고 안 되는 일이 있다. 우겨서 되는 일이 있고 못 하는 일도 있다. 솔직히 아쉽기는 송화가 더하리라.

"정말 안 되는 거야?"

"정말 안 돼요."

단호한 거절에 상엽이 슬쩍 그녀에게 눈치를 준다. 이 남자의 집착은 아주 예전에 눈치 챘었다. 쉽게 포기를 모르는 남자였다.

"나보다 일이 더 좋다는 거야?"

유치원생도 아니고 이게 무슨 말도 안 되는 비교란 말인가. 아쉬움과 어이없는 마음에 송화는 한숨을 내쉬었다.

"상엽 씨가 마음에 들어요. 아니, 아니, 더 솔직하게 과분하다 생각해요. 그렇다고 내 일을 팽개칠 수는 없어요. 상엽 씨가 나 때문에 환자를 모른 척하지 않을 것처럼, 나도 내 책임을 피해가진 않아요. 그래서 내가 싫다면 나도 할 수 없어요."

"정말? 그런 걸로 헤어져도 후회하지 않을 거야?"

그가 걸음을 멈추고 진지한 눈빛으로 그녀를 주시했다. 계절은 변해가고 있었고 사람들이 멈춰선 그들을 지나치며 오가고 있었다. 후회라, 아마도 후회할지도 모르겠다. 어디 가서 이런 남자를 또 만난단 말인가. 하지만 아닌 건 아닌 거였다. 아마도 그 역시 채송화 때문에 자신의 일을 접어두진 않으리라. 그래도 마음은 철렁한다.

"할 수 없잖아요."

"나도 할 수 없네."

송화의 손을 내버려둔 채 걸음을 옮기는 그의 대답에 심장이 '툭' 하고 떨어지는 것 같았다. 얼굴 표정에 다 드러나지 말아야 할 텐데. 또 한 번 철렁.

"음, 나도 당신이 좋아. 채송화의 책임감도 마음에 들어. 그리고 솔직히 나한테도 당신은 과분해. 그러니까 할 수 없이 참아봐야겠지."

아직도 석상처럼 멈춰서 있는 송화에게 한 걸음 다가가 상엽이 손을 잡아 끌어당겼다. 예상치 않은 그의 대답과 행동에 잠시 정신이 나가 있던 송화는 후다닥 그의 품에 안길 만큼 가까이 다가섰다. 이제는 심장이 제멋대로 큰 소리를 내며 두근거려도 그냥 모른 척하기로 했다. 심장 소리 좀 들리면 어떠랴.

"솔직히 말해봐. 지금 안심했지?"

다 알고 있다는 듯 상엽이 히죽 웃으며 물었다. 하여튼 이럴 땐 꼭 여우 같다. 금방 사랑 고백이라도 할 것 같은 눈빛으로 바라보다 어느새 자신만만 모드로 돌변한다.

"뭐, 조금은요. 그래도 머리가 나쁘진 않네요. 그런 현명한 선택을 하는 걸 보면."

"솔직하기도 하지. 점점 마음에 든다니까."

"내가 검도가 아니라 가위바위보를 선택해서 상엽 씨도 조금은 안심이 되지 않아요?"

"맞아. 그것도 현명했어."

그저 한번 해본 이야기였는데 상엽은 너무나 진지한 얼굴로 고개를 끄덕였다.

가위바위보, 그 장난 같은 게임의 결과도 실은 그녀의 선택이었음을 상엽이 알게 되면 어떤 표정을 지을까? 송화는 손을 꼭 잡은 채 걸어가고 있는 남자의 얼굴을 바라보며 희미하게 미소 지었다. 향긋한 벚꽃 내음이 짙어지는 봄날의 밤이 화려하게 깊어가고 있었다.

상엽은 운전하는 걸 좋아하지 않았고 그녀는 걷는 게 싫지 않았다. 그래서 상엽이 둘만의 운명이라고 철석같이 믿고 있는 지하철은 그들의 중요한 교통수단이었다. 늦은 밤, 송화의 집으로 향하는 지하철 안에서 살짝 스치는 손끝이나 귓가에 와 닿는 그의 숨결에 송화는 점점 길들여가는 듯했다. 이러다 아직도 속내를 전부 알려주지 않는 이 남자에게 중독될지도 모르겠다는 생각에 잠시 불안해지기도 했지만 그와 함께 집으로 가는 길은 언제나 짧았고 또 언제나 두근거렸다.

공원에서 집으로 향하는 길, 그 소음 속에서도 잘도 휴대폰의 울림을 확인한 상엽의 얼굴이 굳어지자 송화도 함께 긴장했다. 언제나 잘 웃는 남자의 얼굴에 스쳐간 싸늘함은 굉장히 낯설었다.

"왜 그래요?"

"가봐야겠다. 누가 오라네."

"이 시간에요? 혹시, 여자?"

"빙고."

통제할 틈도 없이 굳어지는 그녀의 얼굴에 상엽은 희미하게 미소 지으며 슬쩍 송화의 볼을 쿡쿡 눌러댔다. 그의 손끝이 닿는 피부가 타는 듯이 뜨겁게 느껴졌다.

"어이, 채송화 씨, 그렇게 표를 내면 되나. 어머니 호출이야. 안심이지?"

아, 어머니. 어머니는 라이벌이라고 할 수 없지. 안심이 되는 한순간 때문에 송화는 일순간 차갑게 굳어진 그의 눈빛을 미처 발견하지 못했다. 그래서 애써 다른 방향으로 말을 돌리는 그의 마음을 눈치 채지 못했다.

"뭐, 별로 걱정 안 했거든요."

"그래? 난 걱정했는데."

"뭘요?"

"당신 입에서 장진욱이라는 이름이 나올 때마다 신경 쓰여."

갑자기 튀어나온 진욱의 이야기에 그녀의 눈이 동그래졌다. 아니, 장진욱이 왜 신경이 쓰일까?

"둘이 너무 친해. 만날 붙어 다니고 말이야."

그가 상당히 불만스럽다는 듯 고개를 흔들었다.

"질투하는 거예요?"

"응."

그녀는 농담이었는데 상엽은 너무나 간단하고 쉽게 인정해버렸다. 갑자기 온몸이 뻣뻣해지면서 심장이 빨라졌다. 요즘 이 남자 때문에 그녀의 심장은 심하게 혹사당하고 있었다. 시도 때도 없이 박동이 빨라지는 것은 그녀도 이제는 어쩔 수 없는 일이었다.

"말도 안 돼. 장진욱이랑은 그런 관계 아니거든요."

"그럼?"

"그 친구랑 상엽 씨는 달라요."

송화는 어이없다는 듯 고개를 절레절레 흔들었다. 장진욱과 윤상엽이라니. 단 한 번도 비교조차 해본 적이 없는 상대들이었다.

"어떻게 다른데?"

"진욱이는 그냥 편해요."

"그러니까 난 불편하고?"

그의 눈썹이 불쾌하다는 듯 치켜 올라가고 있었다. 심통 난 아이처럼 입을 내밀고 있는 남자 때문에 이제 송화는 그저 웃음이 새어나왔다.

"왜 자꾸 꼬아서 들어요?"

"그렇게 들리는걸."

어떻게 설명해야 할까. 그가 옆에 있는 것만으로 가슴이 두근거린다는 사실을. 그의 숨결만으로도 온몸이 긴장된다는 걸.

"장진욱 앞에서는 코 골고 잠드는 게 아무렇지도 않지만 상엽 씨한테는 두고두고 창피하거든요."

"난 그 남자 앞에서는 절대 잠들지 않았으면 좋겠는데."

"걘 남자가 아니라서 자도 돼요."
"방심하지 마. 난 남녀 간에, 친구라는 거, 안 믿어."
그녀가 아무리 설명해도 그는 전혀 이해가 되지 않는 눈치였고 두 사람의 관계가 진심으로 불만스럽다는 얼굴이었다.
"그래도 이번에는 믿어봐요. 진욱이는 날 막내 여동생쯤으로 생각하고 있으니까."
"막내 여동생?"
상엽의 눈썹이 슬쩍 치켜 올라갔다. 드디어 그녀의 진심이 그에게 전달되고 있는 듯했다.
"아니면 다섯째 누나든지요. 진욱이네 누나만 셋인가 넷인가 그렇거든요."
"그래도 남이랑 여동생이랑은 다른 거잖아. 무조건 조심해."
진짜 질투를 하는 건지 아니면 장난을 치는 건지는 몰라도 송화는 그의 관심이 싫지 않았다. 세상에, 채송화 인생에 다른 남자를 걱정해주는 남자가 나타나다니. 채송화 꽃밭에도 해가 비추는 건가.
실실거리는 웃음을 감추다 보니 어느새 지하철역에 도착했다.

"오늘은 혼자 가야겠네."
집까지 데려다 주지 못해서 미안해하는 상엽에게 송화는 괜찮다며 웃어 보였다. 그동안 상엽의 정신없는 공세에 밀려 잠시 잊고 있긴 했어도 봄이 오기 전까지만 해도 혼자 가는 길이 당연하고 익숙했었다.
"혹시 중간에 빈자리 생겨도 앉지 마."
"네?"
지하철이 들어오는 커다란 소음 속에서 송화는 그의 말을 미처 알아듣지 못하고 다시 한 번 되물었다.

"졸지 말라고. 나도 없는데 아무 남자 어깨 위에서 기대 자면 곤란하잖아."

그가 다시 그녀의 귓가에 큰 소리로 외쳤고 그제야 알아들은 송화는 그냥 웃어야 했다.

마지막까지 그녀를 설레게 한 남자가 지하철 너머에서 손을 흔들어 보였다. 오늘밤 내 가슴이 또 허락 없이 설레겠구나.

상엽은 여전히 썰렁한 집 안을 둘러보며 쓴 한숨을 삼켰다. 단 한 번도 바뀌지 않는 차가운 공기. 차가운 관계들. 거실은 온통 술 냄새로 가득했고 완전히 눈이 풀린 얼굴로 어머니가 그를 바라보고 있었다. 오늘은 또 무슨 일이 있었던 걸까. 목숨만큼 소중한 체면과 자존심 때문에 어지간해서는 이렇게 인사불성으로 취하는 법이 없는 어머니였기에 상엽은 깊고 아픈 한숨을 목 안으로 삼켰다. 지난주 상헌의 약혼 소식은 분명 어머니에게 절망이자 타격이었을 것이다.

"아주 집안이랑은 인연을 끊을 생각이구나."

마음만으로 그럴 수 있었다면 수십 번 그 인연을 끊었을 것이다.

"무슨 일로 부르셨어요?"

"부모가 자식을 부르는 데 꼭 이유가 필요한 거니? 넌 어쩌면 네 애비를 그렇게 쏙 뺐니?"

혀가 뒤엉켜 발음조차 정확하지 않았다.

"취하셨어요. 들어가서 쉬세요."

"안 취했어."

"아주머니, 죄송하지만 얼음물 좀 가져다주세요."

상엽은 벌써 10년 넘게 이 조용하고 한편으로 복잡한 집안을 챙겨주는 아주머니에게 미안한 얼굴로 부탁했다. 자신이, 그리고 아버지가 돌봐야 할 어머니는 어느 순간 아무 연관도 없는 청주 아주머니의 몫이 되어버렸다.

"안 취했다니까."

"왜 이러시는 거예요?"

몸을 가누지 못할 만큼 취했지만 여전히 앙칼진 어머니의 목소리를 흘려들으며 상엽이 한숨을 섞어 말했다.

"너 때문이야. 아들이라고 달랑 하나 있는 녀석은 에미 말은 듣지도 않고 밖으로만 나돌기나 하고…… 남편이란 사람은……. 관둬, 관두자."

성 여사는 잔뜩 인상을 쓰고 얼음물을 마시곤 몸을 일으켰다. 비틀거리는 어머니의 눈빛에 가득한 외로움에 상엽도 마음이 아파왔지만 그가 할 수 있는 일은 그다지 많지 않았다.

상엽의 부축을 받은 성 여사는 방으로 들어가자마자 잠에 빠졌다. 아니, 술에 취해 잠들었다는 게 더 정확한 표현이리라. 상엽이 조용히 문을 닫고 나오자 윤 회장이 현관을 열고 들어섰다. 윤 회장과 상엽은 오랜만에 보는 서로의 모습에 잠시 멈칫거렸다.

"오랜만이구나."

"죄송합니다."

"앉아라."

상엽의 뻣뻣한 사과에 물끄러미 아들을 바라보던 윤 회장은 맞은편 소파를 가리켰다. 썩 편치 않은 자리에 앉은 상엽은 테이블 위에 어느새 올려진 차를 손에 들었다.

"정말 회사에 들어올 생각이 없는 게냐? 네 어머니 소원이던데."

"아뇨, 됐어요."

조금의 망설임도 없이 상엽은 빠르게 고개를 저었고 윤 회장은 그런 아들을 무표정한 눈빛으로 바라봤다. 하지만 속내만큼은 그 역시 복잡했다. 자신도, 그리고 자신의 아내도 지나친 욕심으로 결혼 생활을 엉망으로 만들었다. 욕심 속에서 태어난 아들은 아무것도 탐내지 않았다. 어쩌면 다행일지도 모르지만 한편으로는 마음이 편치 않았다.

"알고 있겠지만 네 어머니가 저러는 거, 너한테 미안해서 그래."

"알고 있습니다."

이번에도 아들의 대답은 빨리 돌아왔다. 그리고 여전히 아무런 감정도 담겨 있지 않았다.

"상헌이 약혼 소식은 너도 들었지?"

"네."

"넌 전혀 결혼 생각이 없는 게야? 네 어머니가 주선하는 자리, 한번 만나봐. 만나서 손해 볼 거 없잖아."

윤 회장은 왠지 급해진 목소리로 채근했다. 원치 않는 결혼을 한 윤 회장이었다. 아들에게 역시 원치 않는 결혼을 강요하고 싶진 않았다. 하지만 상엽의 목소리는 무언가 그를 불안하게 했다.

"사귀는 여자 있습니다."

"있어?"

찻잔을 내려놓고 자신을 주시하는 부친에게 상엽은 고개를 끄덕이는 걸로 대답을 대신했다. 윤 회장의 얼굴에는 놀라움과 더불어 호기심이 깊게 서려 있었다.

"네. 아직 만난 지 얼마 안 돼서 데리고 오긴 그렇습니다만 좋은 여자예요."

"네가 좋다면 상관없다만, 혹시 네 할아버지 말씀 때문에 서두른 거냐?"

명성전자의 창업주이자 지금도 보이지 않는 실력자인 할아버지의 취중 농담은 현실이 되어 분명한 압력을 가하고 있었다.

"설마요. 할아버지한테 휘둘릴 나이는 지났어요."

옅게 미소 짓고 있긴 하지만 시선을 피하는 아들의 모습을 보면서 윤 회장은 피곤한 듯 눈가를 문질렀다.

망할 영감탱이. 삼십 몇 년 전에도 이런 식으로 그의 발목을 잡았었다. 이제 또 그의 아들에게 족쇄를 채우려는 아버지 때문에 그의 얼굴이 굳어졌다.

"혹시라도 회사 때문이라면……."

"걱정 마세요. 제 일은 제가 알아서 합니다."

상엽이 아니라고 대답하지 않는다는 사실을 윤 회장은 놓치지 않았다.

"알아둬야 할 게 있다. 네 도움 없이도 얼마든지 회사 하나쯤은 움직일 수 있어."

"알고 있습니다."

"어떤 여자가 됐든 난 네 편이다."

"그것도 알고 있어요."

상엽이 이번에는 좀 더 분명하게 미소 지으며 몸을 일으켰다. 정말이지 오랜만에 꽤 오래 마주한 아버지와의 시간이었다.

"아버지, 저도 부탁이 하나 있습니다. 제가 사귀는 여자, 어머니한테는 비밀로 해주세요."

"알고 있다. 걱정 안 해도 돼."

윤 회장은 고개를 끄덕였다. 상엽은 본인이 내린 선택의 의미를 알고 있다. 아마도 상엽에게 여자가 있다는 사실은 어머니를 안심시키고, 또 한편으로 채송화의 존재는 어머니를 분노케 할 것이다. 송화를 통해 잠시 어머니의 소나기를 피해 갈 수 있을지 모르지만 그 작은 비밀은 분명 앞으로 상엽과 송화의 걸림돌이 될 것이다. 그렇다면 지금처럼 상엽 혼자 그 소나기를 감당하는 편이 오히려 나았다.

"어렵겠지만 엄마한테 잘해라. 너밖에 없는 사람이야."

상엽은 잠시 눈을 감았다 떴다. 정작 잘해야 할 사람은 그가 아니라 아버지였다. 어머니에게는 아들 외에 부모도 존재했고 남편도 존재했다. 하지만 모두들 그 사실을 잠시 잊은 척하고 고개를 돌리고 있었다. 어머니, 불쌍한 어머니. 하지만 자식인 그 역시 마음을 다해 사랑할 수 없는 존재였다. 또 가슴이 답답해진다.

현장의 이동 엘리베이터에서 바라보니 황량한 공사 현장 저 너머로 봄이 무르익어가고 있었다. 가로수 은행나무에는 연둣빛 새순이 곱기만 하고 뒤로 보이는 산등선에는 분홍 솜사탕 같은 철쭉꽃이 비단처럼 곱게 피어나고 있었다.

"날 좋다. 황사 없어서 더 좋네."

"난 죽겠는데 아주 신이 나는구만."

무언가 심기가 굉장히 거슬린 얼굴로 진욱이 빈정거렸다. 외벽 작업을 마무리 중인 석재 팀을 졸졸 쫓아다니더니 한 방 얻어맞은 모양이었다. 현장 책임자인 그들은 이 바닥에서 뼈를 묵힌 아저씨들하고는 사실 상대가 되지 않는다. 도면대로 검토하고 법대로 점검하고 원칙대로 확인하는 일에는 그들도 빠지지 않지만, 현장에서 일어나는 시시콜콜한 여러 가지 작업에는 현장 아저씨들의 경험을 이길 수 없는 노릇이었다.

"시비 걸지 마. 나도 힘드니까."

"어제 뭘 했는데?"

방금 전까지 열 받아서 씩씩대던 감정은 어느새 잊어버린 듯한 진욱이 아주 수상하다는 눈초리를 하고 송화를 추궁했다. 단순하기는.

"알 거 없어."

"샤워가 필요했다면서!"

진욱의 목소리가 버럭 하고 커지자 송화는 어이없는 헛웃음을 지어야 했다. 얘는 진짜 날 자기 막내 여동생으로 아는 걸까?

"네가 왜 난리야? 내가 언제 네 연애 생활에 간섭하던?"

"너랑 나랑은 다르잖아."

"뭐가 다른데?"

"난 명색이 선수지만 넌 완전 초보잖냐."

그것도 모르냐는 듯 진욱이 답답하다는 표정으로 말했다. 장진욱이 선수라니. 송화가 보기에 그는 그저 선수인 척하는, 아니 선수이고 싶은 순진한 남자였다. 진욱이 보기엔 그녀가 어린 여동생 같겠지만 송화가 보기에 진욱은 그저 철없는 막내아들이었다.

"올림픽 나가는 것도 아니고 선수인 게 자랑이다. 쓸데없는 소리 관두시고 조명 기구나 챙겨보시지. 자재 반입 제대로 되고 있는지."

"수상해, 수상해. 너 왜 말 돌리는데? 어젯밤에 무슨 짓을 한 거야?"

"내가 너처럼 덜떨어진 줄 알아? 그걸 시시콜콜 알려주게."

엘리베이터가 덜컹거리며 멈추었고 성큼성큼 걸어가는 송화에게 진욱이 뒤쫓아오며 물었다. 도대체 저 머릿속에서는 어떤 상상들이 오고 가는 걸까. 생각하고 싶지도 않았다.

"아, 그리고 너 나한테 너무 친한 척하지 마."

쌩하니 무시하던 송화가 갑자기 생각난 듯 걸음을 멈추고 진욱을 돌아봤다.

"왜?"

"우리 당신께서 네가 영 마음엔 안 든단다."

"지가 날 언제 봤다고 마음에 안 든대?"

송화의 대답에 분개한 진욱의 눈썹이 치켜 올라갔다.

"내가 너무 예뻐서 불안하대."

예상치 못한 송화의 대꾸에 너무 어이없고 황당해서 웃지도 못하고 울지도 못하는 진욱의 표정은 정말이지 미치겠다는 얼굴이었다. 송화는 왠지 그 모습에 웃음이 터져 나왔다.

그나저나 채송화가 백만 년 만에 연애를 시작했건만 일이 도와주질 않는구나. 준공까지 한 달도 남지 않은 일정은 그야말로 날밤을 새야 한다는 뜻이었다. 그건 당분간 그를 만날 수 없다는 의미이기도 했다.

그녀는 엄청 바빠 보였다. 야식을 싸들고 가고 싶어도 민간인은 방해만 된다고 딱 잘라 거절하는 바람에 겨우 시간을 내서 할 수 있는 건 핸드폰에서 완전히 지친 그녀의 목소리를 듣는 것뿐이었다. 현장으로 직접 출근하는 탓에 요즘은 전철에서도 얼굴을 찾아볼 수 없어서 벌써 그녀를 못 본 지 보름이 넘어가는 것 같았다. 일찌감치 퇴근해 열심히 몸을 만들기에는 딱 좋은 기회였다.

"많이 기다렸어요?"

퇴근 시간, 용케 시간을 맞춰 장미가 들이닥쳤다. 이틀에서 사흘 걸러 채장미가 그의 병원을 드나들고 있었다.

"전혀."

그가 인상을 썼다. 요 며칠 계속 이런 식이다. 그가 있는 곳에 반드시 나타나서는 딱 잘라 거절하기도 어려울 정도로 그에게 응석을 피우곤 한다.

"이 도시락 전부 내가 싼 거예요."

먹기 좋은 김밥과 색색의 캘리포니아롤이 그림처럼 단정하게 줄 맞춰 담겨 있는 도시락과 자신만만한 얼굴로 미소 짓는 장미를 번갈아 바라보며 상엽은 자기도 모르게 허탈한 웃음을 지었다. 굳이 그가 가진 전 재산을 걸지 않더라도 그건 분명 어느 호텔 주방장의 솜씨인 게 분명했다. 이 빤히 보이는 거짓말을 눈도 깜빡하지 않고 잘도 해내며 그녀는 아주 순진한 표정으로 그의 칭찬을 기다리고 있었다. 머리가 나쁜 걸까, 아니면 정말로 순진한 걸까?

"나한테 이러는 이유가 뭔데?"

"사랑하나 봐요."

"너랑 나랑 아홉 살이나 차이가 나는 건 알아?"

말도 안 되는 어이없는 대답에 상엽은 헛웃음을 지었다. 이 여우 같은 여배우가 그를 상대로 사랑 같은 걸 할 이유가 없다. 그들은 사랑이 오고 갈 만한 감정도 사랑을 주고받을 만한 느낌도 없었다.

"남자들은 어릴수록 더 좋아하는 거 아니에요?"

"다른 남자는 몰라도 난 안 그래."

"내가 정말 싫은 거예요?"

입을 비쭉이고 뾰로통한 표정을 지으며 장미가 의자에서 몸을 내밀었다. 그 바람에 블라우스가 팽팽해지고 날렵한 허벅지 위로 치마가 올라갔다. 그녀의 남성 팬들이 보면 기절할 정도로 열광하고 코피 날 정도로 흥분할 만한 몸짓이었지만 유감스럽게도 상엽은 그녀의 벗은 몸에 별반 관심이 없었다. 꼭 미성년자 아이가 어른 흉내를 내는 느낌이었다.
"너랑은 싫고 말고 할 관계도 아니야."
"혹시 여자친구 있어요?"
고개를 갸웃거리던 장미가 그의 표정을 살피며 물었다. 이 남자의 무관심은 둘 중 하나였다. 결혼했거나 혹은 다른 여자가 있거나. 그녀가 알아본 바로는 미혼이라고 했으니 후자일 가능성이 높았다. 장미는 그가 자신을 정말 싫어할 거라는 생각은 꿈에도 하지 않았다.
"있어."
"그 여자가 나보다 예뻐요?"
"내 눈에는."
상엽의 너무나 분명하고 담백한 답변에 천하의 채장미도 잠시 미간을 모아야 했다. 그녀보다 예쁜 여자가 있다는 건 인정할 수 없었다. 한 번도 보지 못한 여자에 대한 경쟁심과 질투심이 마음 깊은 곳에서 보글거리고 끓어올랐다.
"믿을 수 없어요."
그가 여자친구가 있다는 사실을 믿을 수 없다는 뜻인지 아니면 그녀보다 예쁘다는 사실인지 분명치 않은 어조로 그녀는 고개를 흔들었다.
"믿거나 말거나야."
"그래도 상관없으면요?"

"내가 상관있어. 그리고 내 여자친구도. 그러니까 앞으로 이런 식으로 귀찮게 굴지 마."

그는 다짐을 받고 나섰지만 사무실을 떠나는 장미는 아무 대답 없이 그저 배시시 웃기만 했다. 장미보다 예쁘다고 주장하는 상엽의 여자친구로 인하여 오히려 그녀의 경쟁심만 부추겼다는 사실을 그는 모르는 듯했다.

원장실을 나서며 장미는 로비에서 만난 간호사와 환자들에게도 더없이 아름다운 미소로 인사를 했지만 마음속은 전의로 불타오르고 있었다.

어쩌면 오히려 잘됐다. 자신보다 못한 여자와 경쟁하는 건 처음부터 재미있는 일이 아니었다.

'두고 보라지.'

단 한 번도 갖고 싶은 걸 얻지 못한 경험이 없는 그녀였다.

녹초가 되어 다락방 침대 위에 거의 쓰러지듯 몸을 누인 송화는 잠시 눈을 감았다. 이제 며칠만 있으면 이 전쟁통에서 빠져나갈 수 있다는 사실만으로도 행복했다. 일하는 게 힘들거나 지쳐본 적은 없었다. 하지만 이번 호텔 일은 유난히 자잘한 사건 사고들이 많은 공사였다. 첫날부터 안전사고로 곤욕을 치렀고, 건축주가 원하는 대리석이 수입 중지되는 통에 대체물을 찾아 설득하느라 고생해야 했다. 그것도 모자라 파업 파동을 겪은 가설 자재가 제때 도착하지 못해서 한바탕 난리를 겪었으며 근처 빌딩에서 나온 민원 처리까지, 공사판에서 겪어야 할 사소한 문제들은 그야말로 전부 다 경험해야 했다. 게다가 까딱 잘못했으면 지체 상환금을 지불해야 할 만큼 공기가 부족했다. 건설 현장은 언제나 자잘한 문제들이 끊이지 않는 곳이었지만 이번만큼은 천하의 채송화도 지칠 만큼 하루가 멀다 하고 사람을 볶아댔다.

잠시 누워서 생각에 잠겨 있던 송화는 몸을 일으켜 가방을 뒤적여서 핸드폰을 확인했다. 그를 만나고 나서 달라진 것 중에 하나가 시도 때도 없이 핸드폰을 챙기게 되었다는 사실이다. 먼저 할까 말까 고민하고 있는데 진욱이 '채 군 연애 기념'이라며 선물로 보내준 음악 벨인 〈퍼햅스 러브(Perhaps Love)〉가 울려 퍼졌다. 송화는 후다닥 핸드폰을 손에 들었다. 화면 창에 떠오른 '여보야'라는 단어에 송화는 자기도 모르게 생긋 미소 지었다. 누군가 옆에서 송화의 그런 모습을 봤다면 채 군 채송화도 충분히 귀여워질 수 있다는 사실을 깨달았을 것이다.

"어, 내가 하려고 했는데."

"역시 우리는 천생연분이야. 텔레파시가 통했네. 오늘도 죽을 거 같아?"

요 며칠간 전화기 속에서 그녀의 상태는 '힘들어 죽을 거 같아요.'였다.

"아직은요. 근데 죽기 직전이에요."

"언제까지 그래야 하는 거야?"

안쓰럽다는 듯 그의 목소리가 낮아졌다. 송화는 누군가 자신을 걱정해준다는 사실에 또 금방 흐뭇해졌다.

"일단은 이번 주까지만요."

"얼른 끝내야지 우리 애인 진짜 죽겠다."

"설마, 남들 들으면 웃어요. 장진욱 들으면 기절하겠네. 그러기엔 너무 씩씩하대요."

"남의 애인이 죽겠다는데 왜 자기가 기절한대?"

웃으라고 생각한 그녀의 농담에 그가 발끈해서 대꾸했다. 이런 관심에 또 흐뭇해지면 안 되는데 어느새 입가에 미소가 가득해진다. 이래서 연애를 하면 팔불출이 되는구나.

"그러게요. 꼭 전해줄게요."

"됐어, 너무 친하게 지내지 말고 방심 보이지도 말고. 남자는 다 똑같거든."

"상엽 씨는 뭐 했어요?"

농담인지 진심인지 모를 그의 말도 안 되는 오해에 또 한 번 피식거리며 송화는 말을 돌렸다. 그녀 주위에 있는 두 남자가 서로 상대를 조심하라고 충고하고 있다는 사실이 조금은 재미있어졌다.

"난 저녁마다 열심히 검도 훈련 중이지. 기다려."

"이젠 안 할 거예요."

"어이, 그럼 안 되지. 내가 복수의 칼날을 갈고 있구만."

송화의 거절에 전화기 너머에서 그가 펄쩍 뛰는 소리가 들렸다. 역시나 그의 승부욕은 만만치 않았다.

"칼날이 아니라 죽도겠죠."

"뭐가 됐든. 아, 그럼 일요일은 시간 되는 거니?"

"시합 때문이라면 없어요."

"그건 내가 아직 준비가 덜 됐고."

승부에 대한 분명한 거절에 그의 웃음소리가 수화기 너머로 쿡쿡대고 들려왔다.

"토요일까지 별일 없으면요."

"오케이. 그럼 이번 주 일요일은 미리 예약했어."

벌써 보름째 얼굴을 보지 못한 남자친구의 데이트 약속에 그녀는 마음 깊은 곳까지 행복해짐을 느끼며 전화를 끊었다. 절대로 영상 통화는 하지 말아야겠다. 이 모자란 모습을 보면서 그가 얼마나 웃겠는가.

눈가의 주름까지 펴질 만큼 반짝거리는 자신의 모습을 거울로 확인하며 송화는 당분간 구식 핸드폰으로 버텨보기로 결심했다.

7. 중독

공사를 마무리한 것보다 더 기다려지는 건 그와 함께할 시간이었다. 일요일, 새벽부터 출발해 그와 함께 도착한 곳은 강원도의 작은 자연 휴양림이었다.

"좋은 사람이 있으면 같이 오려고 했어."

'그 좋은 사람이 나예요?'라는 질문은 하지 않았다. 농담인지 진담인지는 몰라도 지금 이 순간, 그에게 있어 좋은 사람 중 한 명이 될 수 있다는 것만으로 기분이 괜찮았기 때문이었다.

"진심이야. 여기는 언제나 혼자 걷던 길이었어."

상엽이 씨익 웃으며 그녀의 손을 부여잡았다. 여자 치고는 큰 손이라 생각했는데 이 남자의 커다란 손에 내 손이 감싸지는 걸 보면 그렇지만은 않은가 보다. 그나저나 손을 잡혔는데 가슴이 뛰는 이유는 뭘까? 이제는 익숙할 만도 한데 여전히 그의 손길에 처음처럼 마음이 떨린다.

아직 이른 시각, 빗질이 깨끗하게 된 산책로의 푸르름 속에서 청설모가 후다닥 뛰어다녔다. 서늘한 바람이 나뭇잎을 헤치고 피부에 기분 좋게 와 닿았다.

"여기 좋다."

송화가 중얼거린 작은 감탄에 옆에 있던 상엽이 작게 소리 내어 웃었다.

"왜 웃어요?"

"아니, 여자들은 걷는 거 별로 안 좋아하잖아."

"걷는 거 좋아하는 여자들도 많아요."

'특히 잘생긴 남자랑은요.'라는 말은 꾹 눌러 참아야 했다. 안 그래도 본인이 엄청 매력 있는, 괜찮은 사람이라는 걸 잘 알고 있는 남자의 자만심을 부채질할 필요는 없었다. 카키색 면 점퍼와 반팔 티셔츠, 검은색 진 바지를 차려입은 그는 오늘따라 눈에 띄게 매력적이었다.

"오늘 한번 끝장을 내고 걸어봅시다."

"살은 빠지겠네."

그녀의 긍정적인 대답에 상엽은 또 웃음을 터뜨렸다. 이 사람이 이렇게 무언가 빠진 사람처럼 자꾸 웃어대는 건 그 역시 나와 함께 있는 게 즐거워서이리라. 송화는 그냥 마음이라도 편하도록 그렇게 생각하기로 했다.

하늘은 적당히 흐렸고 발밑의 흙들은 걷기에 편할 만큼 푹신했으며 나지막한 산길이 이어지는 산책로는 험하지 않았다. 그들은 초록이 주는 선선함을 즐기며 느릿한 움직임으로 걸음을 맞추었다.

"산에 오니까 좋지?"

"그러네요."

"나랑 오니까 더 좋지?"

"그러네요."

어린아이 같은 그의 질문에 기막혀하면서도 그녀가 순순히 고개를 끄덕이자 이 단순한 남자의 얼굴이 금세 환해졌다. 그래, 그 역시 나와 함께 있는 게 좋은 거야. 송화는 다시 한 번 자신에게 세뇌시켰다.
"나 같은 남자와 첫사랑을 하니까 당신은 복 받은 거야, 여보."
"제발 이런 데서 여보 소리는 안 하면 안 돼요? 남들 들으면 오해한단 말이에요."
그가 일부러 이러는 걸 알고 있는 송화가 기겁을 해서 주위를 둘러봤다. 다행히 휴가철이 아닌 휴양림은 조용했다.
"오해는 무슨. 그리고 오해하면 어때."
"내 혼삿길에 지장 있어요. 그리고 미안하지만 난 상엽 씨가 첫사랑 아니거든요."
"설마, 말도 안 돼."
혼삿길에 지장 있다는 게 말이 안 되는 건지, 아니면 첫사랑이 아니라는 사실에 정색을 하는 건지는 몰라도 그는 믿을 수 없다는 눈빛으로 걸음을 멈추고 송화를 바라봤다.
"말이 왜 안 돼요?"
"초등학생 짝꿍 말고."
후자였군. 그는 그녀의 혼삿길보다 다른 남자의 존재를 믿을 수 없는 모양이었다.
"난 짝꿍이랑은 지겹게 싸우기만 했거든요."
"그럼 나 말고 다른 남자가 있었단 말이야?"
송화의 말에 그가 다시 한 번 추궁했다. 어쩐지 은근히 기분이 상하려 하고 있었다.
"지금 나 무시하는 거 맞죠?"

"그게 아니라……."

"그게 아닌 게 아닌 거 같은데요."

송화의 날카로운 지적에 상엽이 슬쩍 한쪽 눈썹을 치켜세웠다.

"당신은 순진해 보이거든."

"연애 경험이 많다고 해서 안 순진한 거 아니거든요. 그리고 난 순진하다는 얘기 별로 안 좋아해요."

그녀의 첫사랑은 어이없게도 가족이었다. 새엄마의 늦둥이 동생. 피 한 방울 안 섞였던, 삼촌이라고 불러야 했던 친절하고 다정했던 남자. 어머니의 결혼과 함께 한집에서 살게 된 주환은 어린 그녀에게 원탁의 기사였고 신데렐라의 왕자님이었다. 언제나 힘이 되어주던 남자와 가족이라는 울타리 안에 갇혀버렸다는 사실은 그녀의 사랑을 절망에 빠지게 했다. 아마도 그녀보다 여덟 살 많던 주환은 진작부터 그 사실을 알고 있었겠지만. 철없이 빛나기만 하던 시간 동안 제대로 연애 한 번 못했던 이유 역시 그 때문이었다.

그녀가 대학생이 되고 주환은 유학을 선택했다. 주환이 유학 가기 며칠 전, 송화는 가끔 해가 지던 그날 하루를 생각한다. 봄이 지나가던 대학 캠퍼스는 라일락향이 독했고 이상하리만큼 고요했다.

"벌써 대학생이네. 너도 이제 사랑을 할 수 있는 나이가 됐구나."

"진작부터 사랑은 하고 있었어."

"난 네 삼촌이야."

"알고 있어. 삼촌을 좋아한다는 얘기가 아니니까."

무뚝뚝한 그녀의 대답에 그는 다 알고 있다는 듯 그저 빙긋이 웃으면서 그녀의 머리를 헝클어뜨렸다. 그렇게 한참 시간이 지나갔다.

"미국 갈 건데, 같이 갈래?"

"삼촌이랑은 안 가."

"그래, 나도 조카 데리고 가기는 싫어."

그의 입술이 지나간 이마가 뜨거웠다. 그렇게 그가 떠났고 그 후 그녀는 며칠 동안 열병에 시달려야 했다.

절대로 이루어지지 못했던 첫사랑의 대가는 호된 아픔이었고 좌절이었다.

"상대가 삼촌이라서 고백도 못했어요. 일방적인 짝사랑일 수도 있지만요."

어쩌다 첫사랑 얘기가 나왔는지 모르겠다. 가벼운 첫사랑이든 가슴 아픈 사랑이든 과거는 절대 잡아떼라고 그렇게 친구들이 충고했건만 어느새 내 입으로 털어놓아버렸다. 하지만 생각보다 상엽은 그리 심각하게 생각하는 눈치가 아니었다. 이걸 좋아해야 하는 걸까, 아니면 기분 나빠해야 하는 걸까?

"아냐, 사랑받았던 거야. 그 남자도 널 사랑했어."

그녀의 고민을 다 알고 있다는 듯 그가 말했다.

"어떻게 알아요? 나도 모르는 일을."

"모르지 않았을 텐데. 사랑은 감기랑 똑같아서 모르고 지나칠 수가 없는 감정이야."

상엽의 말이 옳다는 걸 가슴속의 한 부분은 이미 눈치 채고 있었다. 하지만 왠지 사랑이라는 말을 입 밖에 내면 더럽혀지는 느낌이 들었다.

"근친 같아서?"

그는 가끔 사람을 섬뜩하게 할 만큼 정직하게 칼을 박을 때가 있다. 지금처럼 말이다. 근친. 피 한 방울 섞이지 않았지만 어쨌거나 그는 삼촌이었다. 차마 입 밖에 낼 수 없었던 사랑. 그 말도 안 되는 상황에 고민해야 했던 시간의 아픔을 아무도 이해하지 못하리라.

"으흠, 어쨌거나 그 삼촌이란 남자가 용기 없는 겁쟁이라는 사실에 고마워해야겠네."

"왜 이래요. 주환이 삼촌이 왜 용기가 없어요? 그리고 겁쟁이라니. 그런 사람 아니거든요."

상엽의 어처구니없는 비난에 송화가 힐난했지만 그는 끄떡도 하지 않았다.

"나였으면 관습이 어떻든 사람들이 뭐라고 그러든 무조건 그냥 손목 붙잡고 날랐을 테니까. 자기 혼자 도망가지 않고."

"도망간 거 아니거든요. 공부하러 간 거예요."

"뭐 돈이 많았으니까 아주 멀리 갔구만. 핑계 좋지, 유학."

"자꾸 이럴 거예요?"

자꾸만 삐딱해지는 상엽에게 송화가 눈을 흘겼다.

"내가 뭘?"

"내 첫사랑을 자꾸만 비하시키잖아요."

"솔직한 거야."

그녀의 분개에도 불구하고 상엽이 점잖게 대답했다.

"그럼 그렇게 솔직한 당신 첫사랑은 어땠는데요?"

"내 첫사랑은…… 당신뿐이야."

믿을 걸 믿으라고 해야 믿어주는 시늉이라도 하지. 이 남자에게 순백의 과거라니. 어림도 없는 말이었다.

"내 첫사랑은 대학 때 만난 여자친구였어."

"사랑했어요?"

산책로로 이어진 숲길을 걸으면서 그가 순순히 옛 이야기를 털어놓았다. 습기를 잔뜩 머금은 숲 속의 조그만 산책로는 짙은 풀 냄새가 묻어나고 있었다.

"물론이지. 그런 여자를 어떻게 사랑하지 않을 수가 있어. 얼마나 예뻤는데. 백합처럼 품위 있었지."

그래, 난 채송화다. 백합이랑 사귀어서 좋았겠구나. 잘도 사랑은 나뿐이구나. 눈치 빠른 남자인 줄 알았더니 이제 보니 아니었다. 나한테 홈빡 빠진 줄 알았는데 그것도 이제 보니 아니었다. 눈치 빠르고 사랑에 빠진 남자라면 저렇게 옛 연인에 대해서 흐뭇한 얼굴로 고백하지는 않으리라.

"그래서 어떻게 됐는데요?"

"헤어졌지."

"왜요?"

"부모님이 무지하게 반대하셨거든. 우리 둘이 사랑의 도피를 하려고 했는데……."

걸음을 멈춘 그가 이야기도 멈추었다. 진지한 눈빛에 송화는 침을 꼴깍 삼켰다.

사랑의 도피라. 주환 삼촌이 함께 가자고 했을 때 그녀가 따라 나섰다면 우리들의 인생은 어떻게 달라졌을까. 한 번도 해보지 않은 상상이 그의 첫사랑 얘기에 자꾸만 꼬리를 물려 한다.

"했는데요?"

"그녀가 못 견디고 날 떠났어. 그리고 일 년 뒤에 사고로 죽었어."

"죽어요?"

"응. 자살인 줄 알았는데, 사고였다고 하더라고. 뭐가 됐든 가슴이 찢어지는 줄 알았어. 날 죽어서도 잊지 않을 거라고 했대. 얼마나 날 사랑했는지 짐작이 되지?"

농담인지 아니면 진심인지 헷갈렸다. 하지만 마지막 순간 빨라지는 어조와 희미하게 주름이 잡힌 그의 눈 꼬리를 보니 또 속았음을 깨달았다. 송화는 그를 숲 한가운데 버려두고 걸음을 빨리했다.

"어이, 어이, 감동 안 해? 내 지고지순한 사랑에."

그가 얼른 따라붙어 가며 그녀에게 물었다.

"누가 소설을 쓰라고 했어요? 사랑했냐고 물어봤지."

"안 넘어가네. 이렇게 슬픈 남자의 과거를 들으면 보통 넘어가야 하는데 말이야."

발끈한 그녀의 대답에 상엽이 억울하다는 듯이 중얼거렸다. 그 순간, 그 타이밍, 짧은 찰나, 딱 그 시각에 송화가 고개를 돌려 상엽에게 시선을 돌렸다면 아마도 그의 눈빛에 가득한 슬픔을 눈치 챘을지도 모를 일이었다. 나지막한 산길이 굽이굽이 풀 냄새와 함께 펼쳐지고 있었다.

"물 마실래?"

산책로 중간 즈음에 들어섰을 때 그가 배낭을 뒤적이며 물었다. 생수병을 받아 든 송화는 당연히 하나 정도 더 있으리라 생각하고 입을 대고 꼴깍거렸는데 송화에게서 생수 병을 건네받은 그가 아무렇지도 않게 같은 곳에 입술을 대고 물을 마셨다.

"뭘 그렇게 기겁해? 키스도 한 사이에."

눈이 동그래져서 바라보는 송화를 보며 상엽이 히죽 웃어 보였다.

"누가 들어요."

"들으면 또 어때. 범죄 현장 털어놓는 것도 아닌데. 사귀는 사이에 키스한 게 큰일인가."

또 한 번 기겁하는 송화와는 달리 그는 아주 태평해 보였다.

"우리 사귀는 거예요?"

"이게 무슨 소리야. 그럼 키스를 두 번이나 하고 일주일에 두 번쯤 만나서 밥 먹고 영화 보고 운동하고 수다 떠는 사이가 사귀는 게 아니면 뭐가 사귀는 건데?"

상엽의 말대로 그들은 키스를 두 번이나 하고 일주일에 두 번쯤은 만나는 듯했지만 왠지 송화는 그와 사귀고 있다는 느낌이 들지 않았다. 떨리는 마음과 설레는 느낌은 분명한데 왜 그에 대한 소유욕과 자신감이 생기지 않는지 모르겠다. 그와의 만남은 마치 어느 날의 꿈같았다.

"만약에 그 삼촌이 다시 와서 사랑한다고, 다시 시작하자고 하면 어쩔 거야?"

"그럴 리는 없어요."

송화의 복잡한 심사와는 상관없이 상엽이 불쑥 물었다. 아직도 산책로의 끝은 멀어 보였다.

"그래서 만약이라고 했잖아."

"그래도 그때랑 달라질 건 없을 거예요."

송화가 덤덤하게 대답했다. 그는 여전히 그녀 어머니의 동생이었으며 그녀는 여전히 그의 조카였다. 그럼에도 불구하고 그에 대한, 혹은 그녀에 대한 감정이 9년 전 그대로일 거라는 보장도 없었다. 언제나 세상은 그대로이지만 사람은 변하게 되어 있다. 사랑은 변하지 않지만 사람은 변한다.

"확신해? 당신 운명일지도 모르잖아."

"내 운명이었다면 삼촌이 아니었겠죠."

"음, 그게 그렇게 되나."

"그렇게 돼요. 운명이란 건 그냥 핑계예요. 신은 가만히 앉아 있는데 그저 인간이 선택을 하는 것뿐이지."

송화가 고개를 옆으로 돌려 그를 바라봤다.

"삼촌을 사랑한 것도 내 마음이었고 포기한 것도 내 결정이었어요. 삼촌이 용기 없는 겁쟁이라서 날 데리고 가지 않은 게 아니라, 함께 갈 자신이 없어서 내가 안 간 거예요."

"그게 전부 당신 선택이었다고?"

"당연하죠."

상엽과의 만남을 선택한 것처럼 삼촌과의 이별도 그녀가 선택했다. 이 사실을 그가 알고 있으려나 모르겠다. 아마도 모를 것이다.

"선택이라, 어렵네."

"어렵죠. 신이 하는 게 아니라 내가 하는 거니까."

"그래도 대신 나 같은 남자를 만났으니까 그렇게 나쁜 선택은 아니었어."

언제나 그렇듯 자신만만한 어조에 송화는 혀를 찼다. 사실 송화 역시 이만한 남자를 다시 만날 수 있을 거라는 상상은 하지 않지만 그래도 본인이 본인 입으로 하는 칭찬은 정말이지 거만스러워 보였다. 하여튼 중증의 왕자병이다.

"뭐, 그거야 아직은 모르죠."

"감사할 줄 모른다니까."

송화의 새침한 대꾸에 그가 슬쩍 눈썹을 찌푸리며 투덜거렸.

그렇게 산책로를 반쯤 돌아왔을 때쯤, 옆에서 걸어가던 상엽이 덥석 송화의 손을 잡았다.

"왜요?"

갑작스러운 그의 온기에 눈이 동그래진 송화가 물었다. 오다가다 간간이 눈에 띄던 가족 같은 일행들도 어느새 사라지고 주변에는 오도카니 둘뿐이었다.

뭐니. 오호라, 이게 그 말로만 듣던 은밀한 분위기로구나. 그래, 키스. 지난번 검도 연습장에서의 짙은 키스가 떠올라 저도 모르게 침이 꼴깍 삼켜지고 가슴이 거세게 뛰기 시작했다. 이제 채송화가 팔뚝에 키스하는 일은 없겠구나. 이렇게 능수능란한 남자친구가 생겼으니. 하지만 송화의 기대와는 달리 그의 얼굴은 심각해 보였다.

"뛰자."

"뭐요?"

잔뜩 마음의 준비를 하고 있던 송화는 잘못 들었나 싶어 되물었지만 그녀의 마음을 아는지 모르는지 상엽은 대꾸 없이 손가락으로 하늘을 가리키며 무조건 뛰기부터 시작했다. 하늘을 볼 틈도 없이, 자신의 착각을 비웃을 여유도 잊은 채 송화 또한 얼결에 그에게 끌려 뛰어갔다. 아침부터 회색빛으로 흐렸던 하늘 저편에서 당장이라도 비가 쏟아질 것처럼 검은 구름이 빠른 속도로 밀려오기 시작했다. 등산로 중간 즈음에 자리를 지키고 있는 켜켜이 나무로 지어진 정자까지 도착했을 때는 툭툭거리는 커다란 빗방울이 빠른 속도로 땅을 적셔나가기 시작했다.

어쩌면 이렇게 도움이 안 될까. 하느님도 무심하시지. 그 절묘한 순간에 왜 소나기냐고.

아직 늦은 봄. 여름은 오지 않았는데 한여름 소나기처럼 무섭게 비가 쏟아지기 시작했다. 황토 빛 대지는 순식간에 빗물로 흥건해졌고 공기는 어느새 습해졌다.

빗소리가 요란하고 정자 안에는 거친 숨소리만이 가득했다.

그나저나 이 남자가 혹시라도 그녀의 흑심을 눈치라도 챘으면 어쩌나.

송화는 달아오른 볼에 손으로 부채질을 하면서 이렇게 얼굴이 벌게진 건 전부 소나기를 피해 갑작스럽게 달렸기 때문이라고 생각해주길 바랐다. 채송화, 그동안 정말 외로웠구나.

"소나기야. 금방 그칠 거야."

한참 동안 쏟아지던 비를 바라보고 있던 상엽이 그녀를 돌아보며 조용하게 말했다. 빗소리에 귀 기울이던 송화도 아무 말 없이 그냥 고개를 끄덕였다. 검은 구름 저쪽 끝에서 푸른 하늘과 눈부신 햇살이 보이는 듯도 했다.

요란한 빗소리가 세상과 그들을 격리시키는 듯했다. 5분, 10분……. 금방 그칠 거라고 생각한 소나기는 꽤나 기세 좋게 제법 오랜 시간 대지를 적시고 있었다. 세상은 온통 빗소리에 갇혀 있었고 정자 안에는 조용한 그들의 숨소리만이 공명했다. 그 사이 하늘이 밝아지고 있었다.

송화는 빗소리에 섞여 들리는 그의 나직한 웃음소리에 고개를 돌렸다. 똑바로 보는 시선이 어쩐지 마음 한구석까지 다 들킬 만큼 서늘했다.

"왜 웃는데요?"

"대화가 끊이지 않는 상대를 만나는 건 행복한 일이지만 아무 말 없이도 편안한 상대를 찾는 건 축복 같아."

"뭘 축복씩이나."

후다닥 급하게 내리기 시작했던 여름을 알리는 빗방울이 또 급하게 잦아들기 시작했다. 톡톡거리는 기와의 물방울들이 젖은 땅에 작은 파동을 만들고 있다. 비가 그쳐가고 있었다.

"비가 그쳤나 봐요. 그만 갈까요?"

"잠깐만."

그가 일어나려는 송화의 어깨를 잡아 눌렀다. 그의 뜻밖의 행동에 잠시 행동을 멈춘 송화는 고개를 들어 눈앞의 남자를 바라봤다.

"채송화 씨, 우리 지금부터 정식으로 사귑시다."

"키스를 두 번이나 하고 어쩌고 하는 건 다 어쩌고 지금부터 사귀재요?"

비 오기 전, 우리가 진짜 사귀냐고 물었을 때 한 치의 의심도 없이 단호하게 사귀고 있다고 말한 남자에게 송화는 어이없다는 얼굴로 물었다.

"그건 그거고, 진짜로 말이야."

"그럼 지금까지는 다 가짜였단 말이에요?"

"가짜는 아니었지만 사실 난 재고 있었어. 채송화랑 어디까지 갈까 하고."

지금까지 내내 넉살 좋고 닭살 돋게 애인에 여보까지 외쳐대던 남자의 얼굴에는 심각한 진지함이 가득했다.

"그런데 지금은 달라요?"

"음, 끝을 생각하고 싶지 않아."

상엽이 솔직하게 말했다. 처음에는 장난처럼 시작했지만 이제 진지한 무언가가 되어버렸다. 사랑이라고 할 수도 없고 질긴 인연이라고도, 또 운명이라고 섣불리 단정하지 못한 우리들의 관계가 이제 시작되고 있었다.

"난 채송화에 대해서 알고 싶어."

"술 잘 먹고 3호선 전철에서 졸기나 하는데 뭘 더 알고 싶어요?"

"그런 거 말고 더 속속들이."

그가 천천히 고개를 흔들었다. 느릿하지만 의미 있는 어조였다.

"그럼 물어봐요. 몸무게 빼고는 어지간한 일은 다 얘기해줄 테니까."

"당신한테 들으면서가 아니라 내가 알아갈 거야. 하나씩, 전부."

"시간이 좀 걸릴 텐데요."

"뭐 어때. 평생 만날 수도 있을 텐데. 그리고 사랑하는 당신을 위해서인데 그 정도 노력은 해야지."

'사랑하는 당신'이라는 능청스러운 어조에 송화의 눈이 저절로 뎅그르르 굴러갔다. 어느새 예전처럼 뻔뻔스럽고 능글맞은 그로 되돌아가 있었다.

"나에 대해선 당신이 노력해줘."

"뭐…… 잘 찾아보면 상엽 씨도 매력적인 데가 있겠죠?"

"수두룩하지."

눈이 또 한 번 뎅그르르 굴러갔다. 하지만 어쩐지 속마음은 들켜버린 듯한 느낌에 꼴까닥 하고 숨을 삼켜야 했다.

"그럼 하나 물어봐도 돼요?"

"뭐든지."

"왜 나랑 사귀어요? 이유가 있을 거 아니에요."

송화의 간단하지만 날카로운 질문에 상엽은 '뭐든지.'라고 말한 방금 전 자신의 대답을 후회했다. 그녀는 태섭의 말대로 순진했지만 멍청하지는 않았다. 예리하고 영리했다.

"내가 무지무지 사랑스럽다거나, 뭐 이런 얘기는 하지 말고요."

"음, 무지무지 사랑스러운데. 왜 내 마음을 안 믿어주지?"

"윤상엽 씨."

"채송화 양. 그건 내 매력적인 부분이 아닌 거 같은데, 그냥 넘어가주면 안 될까요?"

"솔직하지 않으면 앞으로 나아가기는 어려울 거 같은데요."

그녀의 지적에 상엽이 할 수 없다는 듯 팔을 벌려 보였다.

"난 여자친구가 필요했고 그때 당신이 옆에 있었어. 어쩌겠어? 사귀어야지. 당신한테는 선택이었을지 모르지만 나한테는 운명이었거든."

또 그놈의 운명. 송화가 입을 비죽거렸다. 그녀에게는 누군가의 운명이기보다는 그의 선택이라는 쪽이 훨씬 나았다. 그렇다면 책임져야 할 몫도 훨씬 많아질 테니까.

"가자."

그가 갑자기 턱 하니 송화의 어깨에 팔을 얹은 채 가깝게 끌어당기며 말했다. 비의 향기일까, 아니면 그의 체취일까. 햇살 때문에 온도가 오르는 걸까, 그의 체온 때문에 따뜻한 걸까.

"뭐, 가죠."

"노력하자, 우리."

나직하게 중얼거리는 그의 입술이 코앞에 다가왔다. 정자의 둥그런 나무 기둥이 등 뒤에 느껴지고 가슴 위로 그녀만큼이나 빠르게 뛰고 있는 그의 심장이 닿는다. 짧은 머리카락을 힘주어 손에 감으며 그는 격렬하게, 뜨겁게 키스하기 시작했다. 그의 키스는 숨도 쉴 수 없을 만큼 마음을 뒤흔들고 온몸을 달뜨게 했다. 혈관 속으로 열정이 번져가고 세상이 빙빙 돌아가고 있었다. 지금껏 단 한 번도 이런 키스를 받아본 기억이 없다. 이 남자의 숨겨진 매력 중 하나를 방금 찾았다.

비가 갠 하늘은 파랗고 공기는 청명했으며 물기를 머금은 흙들은 친근했다. 그리고 내 옆에서 내 손을 잡고 걸어가는 이 남자의 존재는 날 더없이 행복하게 했다. 참 단순하구나, 채송화.

"중독될 거 같아요."

"나한테?"

조용한 송화의 중얼거림에 상엽이 고개를 돌려 그녀를 바라봤다.

"아뇨, 세상한테요."

그녀가 새침하게 고개를 흔들었다. 톡톡거리는 빗방울이 땅을 적시는 소리에도 물기 머금은 푸른 풀잎의 향기도, 올망졸망한 돌 사이에서 피어난 이름 모를 꽃의 빛깔에도 그녀는 중독될 듯했다. 그리고 무엇보다 알고 있다는 눈빛으로 눈부시게 웃고 있는 이 남자에게도.

둘은 한참을 침묵하고 나지막한 등산로를 쉬엄쉬엄 올랐다. 언젠가 두 사람에게 추억이 될 만큼 아름다운 하루가 느릿느릿 흘러가고 있었다.

8. 여자친구의 동생

　상헌의 약혼식은 온 가족들의 참석 하에 진행되었다. 사촌의 한발 빠른 약혼은 예상대로 어머니를 흥분하고 분노하게 했다. 다행히 가족들이 모인 약혼식장에서는 목숨 같은 체면 때문에 자제하고 있었지만 상엽을 향하는 눈빛만은 그렇지 못했다. 어머니의 머릿속을 오가고 있는 생각을 그도 모르지 않았다. 그렇게 쉽게 명성전자를 포기할 어머니가 아니었다. 가족들은 저마다 머릿속으로 계산기를 두들기고 있었다. 할아버지의 게임의 룰은 손자였고, 그래서 상헌의 약혼에도 불구하고 게임은 아직도 진행 중이었다.

　벌써 두 시간째. 입가에 경련이 날 정도로 적당한 미소를 지으며 길고 지루한 시간을 견뎌내던 상엽은 연회장 뒤쪽과 연결된 작은 분수와 벤치로 꾸며진 공간으로 몸을 돌렸다.

　장미꽃 향기가 밤공기 속에 기분 좋게 남아 있는 호텔, 장식된 작은 불꽃들이 크리스마스트리의 불빛처럼 반짝이고 있었다. 깊게 숨을 들이마신 상엽은 송화를 생각했다.

그가 운명이라고 생각한 현실을 그녀는 선택이라고 했다. 그리고 그날, 상엽도 송화를 선택했다. 왜 어머니에게 송화를 내보이는 걸 꺼려했는지 그도 조금씩 이해하고 있었다. 어머니에게 상처받는 송화를 보는 일은 그 역시 견디기 힘들 것이다. 이제는 진심이 되어버린 그가 선택한 여자였다. 상엽은 핸드폰을 손에 들었다.

"어, 상엽 씨."

세 번, 네 번, 다섯 번의 통화음 끝에 그녀가 전화를 받았다. 시끄러운 소음 속에 묻혀 있는 듯한 그녀의 목소리가 또렷하게 들려왔다.

"뭐 하고 있어?"

"술 먹는데요."

너무나 솔직한 대답에 '킥' 하고 웃음이 새어나왔다. 생각해보니 술 먹고 잠들어버린 그녀를 전철에서 본 기억이 한참이었다. 그새를 못 참고 또 술이구나.

"나도 없이 누구랑 마시는데?"

"진욱이랑요."

불안해, 불안해. 상엽은 마음속으로 생각했다. 아무리 직장 동료라고 하지만 장진욱이라는 이름이 그녀의 입에서 너무 자주 나오고 있다. 그리고 너무 오래 함께하고 있다.

"거기 어디야?"

"여기가…… 여기가 어디지?"

그녀가 옆에 있는 그 남자에게 묻는 소리가 들려왔다. 어딘지도 모르고 술을 마시고 있다니. 상엽은 은근히 이 상황이 마음에 안 들고 있었다.

"홍대 입구. 원조 돼지 껍데기."

"홍대 입구. 원조 돼지 껍데기요."

옆에서 남자의 목소리가 들리더니 그녀의 목소리가 다시 들려온다. 상엽은 손목에 찬 시계를 내려다봤다. 사람들이 믿어줄지는 의문이지만 이 정도면 충분히 화목한 가족의 훌륭한 아들 역을 수행했다고 생각되었다.

"내가 갈까?"

"뭐 하러요?"

"뭐 하러라니? 애인이잖아."

"그럼 오든지요."

발끈한 상엽의 목소리에 그녀는 그저 무심한 목소리였다. 상엽은 왠지 서운해지려고 했다.

"기다려. 금방 갈 테니까. 너무 많이 마시지 말고."

"알았어요. 조금씩 천천히 마시고 있을 테니 알아서 오세요. 무리하지는 말고요."

무리하지 말라는 말에 또 서운해지지만 어쩐지 명쾌한 목소리가 핸드폰 너머에서 그를 안심시켜주고 있었다.

할아버지의 의미 있는 눈빛과 어머니의 싸늘한 경고의 눈초리를 무시하고 상엽은 이미 파장이 되어가는 약혼식장을 빠져나왔다. 그가 마음도 없는 그곳에서 얼마나 지루한 시간을 참고 있었는지 아무도 모를 것이다. 갈 길 바쁜 상엽이 로비에서 딱 마주친 사람은 채장미였다.

"어머, 상엽 오빠."

"여기는 어쩐 일이지?"

설마 이 여배우가 그의 신분을 눈치 채고 이곳까지 진출하진 않았으리라. 상엽의 싸늘한 질문에도 그녀는 아랑곳하지 않는 표정이었다. 하긴, 그런 눈치와 상식을 가지고 있는 여자였다면 예전에 그의 의사를 존중했을 것이다.

"영화 제작사랑 미팅이 있어서요. 이런 데서 이렇게 만나는 걸 보면……."

잠시 말을 멈춘 그녀가 긴 눈썹을 깜빡이며 의미심장하게 미소 지었다.

"우리는 운명인가 봐요."

"이런 건 우연이라고 하는 거야."

운명이라. 채송화가 들으면 또 코웃음 칠 소리였다.

상엽은 무뚝뚝하게 중얼거리고 빠른 걸음걸이로 엘리베이터로 향했다. 왠지 조금씩 마음이 급해지고 있었다. 아마도 지금쯤 우리 아가씨께서 마음껏 술을 마시고 있을 텐데. 소주일까? 아니, 폭탄주일 확률이 컸다.

"오빠, 괜찮으면 저도 데려다 주세요."

"안 돼."

상엽을 따라 엘리베이터에 올라탄 장미가 코맹맹이 소리로 졸라댔다. 아마 지금쯤 로비에서는 채장미를 찾느라 매니저가 사색이 되어 있겠지만 장미와는 상관없는 일이었다. 장미는 이미 아무도 모르게 핸드폰의 전원을 꺼둔 상태였다.

"나같이 유명한 여배우를 혼자 보낼 생각이란 말이에요?"

"혼자 오지 않았을 거 아니야."

"매니저 오빠 와이프가 아프다고 해서 일찍 보냈어요."

그녀에게 전담된 매니저가 한두 명이 아니라는 사실은 그도 그녀도 잘 알고 있었지만 장미의 순진한 얼굴에 면박을 줄 시간도, 장소도 마땅치 않았다.

"미안하지만 싫어. 택시 타."

무뚝뚝하게 대꾸한 상엽은 그의 팔에 손을 감는 그녀를 냉정하게 뿌리쳤다. 향기도 온기도 영 끌리지 않았다. 강아지 같은 눈빛으로 자신을 향하는 장미를 무시한 채 상엽은 손을 들어 지나가는 택시를 잡아 세웠다.

"너무한 거 아니에요? 이 시간에 택시를 타라니."

"너무한 거 아니야. 난 내 차에 애인 말고는 다른 여자 안 태워."

장미는 택시의 차 넘버를 눈에 담아두는 상엽을 바라보며 슬며시 미소 지을 수밖에 없었다. 역시 나한테 전혀 관심이 없는 건 아니었어.

"그거 규칙이에요?"

"아니, 약속이야."

상엽의 단호한 얼굴을 바라보고 있던 장미가 웬일로 순순히 고개를 끄덕였다. 그러더니 그가 안심할 틈도 없이 다가와 갑자기 그의 볼에 키스했다.

"좋아요. 오늘은 이걸로 만족할게요. 그렇다고 포기한 건 아니에요."

장미의 대범한 행동에 한순간 당황한 상엽에게 그녀가 살랑 손을 흔들고 기다리고 있던 택시에 올라탔다. 이런, 겁이 없다고 해야 할까, 배짱이 두둑하다고 해야 할까. 이런 호텔에 얼마나 많은 눈들이 스타에게 집중하고 있는지 잘 알고 있을 채장미였다.

상엽은 갈수록 심해지는 장미의 어리광에 곤란한 표정으로 머리를 흔들었다. 그가 유독 그녀에게 만만하게 보이는 건 의도한 건 아니었지만 그동안 나름대로 장미를 배려했기 때문이었다.

그녀가 톱스타이거나 혹은 조금이라도 마음에 있어서가 아니라 장미는 어딘가 그의 죽은 여동생을 기억나게 했다. 그렇게 일찍 가지 않았다면 지혜는 지금 장미와 같은 나이일 것이다.

그녀가 살아 있다면 부모님의 관계는 지금보다 나아졌을지 모를 일이었다. 아니, 더 나빠졌을까?

상엽은 문득 떠오른 생각에 고개를 세차게 흔들었다. 장미가 아무리 지혜를 닮았어도 더 이상의 응석을 받아주어선 안 될 듯했다. 그녀는 지금 도를 넘고 있었다.

아직 열 시. 부랴사랴 도착했지만 그의 애인은 이미 제법 취한 상태였다. 그녀가 언제나 입에 달고 사는 장진욱으로 짐작되는 남자를 앞에 두고 볼이 발개지도록 취한 송화는 꽤나 즐거운 얼굴이었다.

다시 한 번 확인했듯 그녀는 정말 밥도 잘 먹고 술도 잘 마시고 잠도 잘 잔다. 이렇게 본능에 충실한 여자가 왜 자꾸 예뻐 보이는지 알다가도 모를 일이었다. 태섭은 뭐가 씌었거나 뭐가 모자라거나 둘 중 하나라고 하지만 그는 그녀가 정말 예쁘기 때문에 그렇게 보이는 것이라고 믿었다.

"채송화."

"어! 우리 자기 왔구나."

식당의 소음 속에서도 그녀는 자신을 부르는 상엽의 목소리를 용케 알아듣고 그를 반겼다. 술 때문에 조금 충혈되기는 했지만 테이블 위에 놓여진 술병의 숫자를 고려하면 제법 또렷한 눈빛으로 그를 바라봤다.

"술이 좋긴 좋다. 이렇게 당당하게 우리 관계를 인정하는 건 처음 보니. 얼마나 마신 거야?"

송화의 환영에 은근히 기분이 좋아진 상엽은 피식 웃음을 터뜨리며 그녀 옆에 섰다. 사람들의 웃음소리와 고기 굽는 냄새로 실내는 어수선했다. 상엽은 지나치게 반듯하고 질서 있었던 호텔 연회장을 떠올리며 왠지 느껴지는 허기를 모른 척했다.

"당연히 취할 만큼이죠. 뭘 그런 걸 물어보실까."

"정말 남자친구가 있었네. 혹시 오빠나 뭐 그런 거 아니십니까?"

장진욱으로 짐작되는 남자가 영 의심스러운 얼굴로 상엽을 훑어보고 있었다. 똑같은 시선으로 상엽도 그를 바라봤다. 생각보다, 그리고 송화의 그동안의 설명보다 장진욱이라는 남자는 젊고 잘생겼으며 정갈해 보였다. 수컷으로서의 소유 본능이 상엽의 의지와 상관없이 저절로 발동하고 있었다.

"아닙니다. 애인인데요."

"들었지, 장진욱? 내가 애인 있다고 했잖아."

상엽의 단호한 주장에 그녀가 만족스럽다는 듯 자랑스럽게 중얼거렸다. 술 취해서 혀 꼬인 여자도 예뻐 보일 수 있다는 생각이 또 한 번 머리를 스치는 순간, 상대 남자의 입가에 걸려 있는 미소에 왠지 가슴 저 아래부터 불쾌감이 솟아올랐다.

"장진욱입니다."

"윤상엽이라고 합니다. 더 마실 거야?"

상엽은 상대에게 작게 묵례를 하고 허리를 굽혀 송화에게 물었다. 그가 보기에 그녀는 아주 기분 좋을 만큼 취해 있었다.

"아뇨. 가요, 상엽 씨."

고개를 흔든 그녀가 재빠르게 일어섰지만 뒤에서 먼저 일어난 손님이 휘청대며 부딪히는 바람에 무게중심을 잃고 그대로 테이블 위로 머리를 박을 뻔했다.

"야, 야. 조심해."

"됐습니다."

그동안의 습관대로 얼른 진욱이 몸을 받쳐 들려 했지만, 갑자기 나타난 애인이라는 남자의 동작이 훨씬 재빨랐다. 진욱은 어설프게 송화 몸에서 손을 떼어내며 더 어설프게 웃어 보였다.

"오해하지 마세요. 전 그냥 직장 동료거든요."

송화를 부축하는 상엽에게 진욱은 한 발자국 떨어져서 중얼거렸다.

그녀의 잘생긴 직장 동료는 제법 빠르게 상황을 판단하고 또 그만큼이나 빠르게 상엽의 위치를 인정하고 물러설 줄 아는 남자였다. 하지만 상엽을 바라보는 눈빛만큼은 완벽하게 명쾌해 보이지는 않은 듯했다. 그건 상엽 역시 그와 다르지 않았다.

두 남자의 속은 모른 채 송화는 자신을 밀어버린 또 다른 손님을 향해 눈을 흘기고 있었다.

"당연히 그렇겠죠."

희미하게 미소를 지으며 건네는 상엽의 단호한 대답은 분명한 확신이었고 보이지 않는 금계였다.

"알고 있습니다. 송화한테 많이 들었어요."

물불 안 가리는 원시인에서 한 여자의 나무랄 데 없는 근사한 애인으로 변신한 송화의 남자친구가 그제야 활짝 웃어 보였다. 겨우 진욱에 대한 견제를 풀어가는 모양이었다. 어리바리 채송화가 도대체 어디서 저렇게 얼음처럼 차가운 남자를 골라냈을까.

진욱은 자신에게 열심히 손을 흔들어 보이는 송화를 끌어안듯이 부축해 걸어가는 남자의 뒷모습을 바라보며 살짝 고개를 갸웃거렸다.

"괜찮아?"
차에 오른 상엽은 송화의 안전벨트를 매어주며 물었다.
"괜찮아요. 너무 마셨나."
"너무 마셨어."
퉁명스럽긴 하지만 나쁘지 않는 얼굴로 상엽은 차 안에 송화를 남겨둔 채 자리를 떴다. 그리고 술 깨는 드링크와 영양제 하나를 손에 들고 돌아왔다.
아, 난 이제 정말 남자친구가 있구나.
송화는 다시 돌아온 그를 바라보며 또 한 번 연인의 존재를 확인했다.
"그동안 못 마신 술 몰아 마신 거야?"
"뭐, 그런 거죠. 내가 연애한다고 진욱이가 삐쳤었거든요. 직장 동료를 너무 무시한대나 어쩐대나."
그가 뚜껑을 열어 건네준 드링크를 한번에 들이켠 송화가 기분 좋게 웃어 보였다. 사실 그녀가 생각하기에도 너무 무심했다는 생각이 들긴 했다. 빌딩 준공 후에 있던 쫑파티 말고는 만날 붙어 다니던 진욱과도 소원했었다.
"장진욱인가 하는 그 사람 괜찮아 보이긴 하더라, 나만큼은 아니지만."
"그 말이 왜 빠지나 했어요."
또 한 번 드러나는 왕자병 증세에 송화는 어쩔 수 없다는 듯 피식거렸다.
"나 없어서 아주 좋았던 거 같은데."

"왜 이래요? 가족 모임이라고 오늘은 안 되겠다고 한 사람이 누군데."

왠지 심술궂게 퉁퉁거리는 상엽을 돌아보며 송화가 말했다. 가족 모임이라고 딱 잘라 말하는 그 때문에 사실 조금은 상처받았었다. 가족 모임에 참여하고 싶은 생각은 전혀 없었지만 냉정하게 선을 긋는 상엽의 표정은 섬뜩하기까지 했었다.

"그래도 너무 즐기는 것 같던데."

"괜히 심술부리지 말아요. 어, 근데 오늘 정말 근사하네. 상엽 씨는 원래 가족 모임에 이렇게 빼입어요?"

밤의 어둠 속에서 정확하지는 않았지만 그는 짙은 회색 정장에 눈이 부실 것 같은 흰색 셔츠, 그리고 행거칩까지 완벽하게 차려 갖춘 모습이었다. 반듯한 외모가 더 빛나 보였고 넓은 어깨가 더없이 근사해 보였다.

"그런 건 아닌데, 오늘은 사람들이 좀 모였었거든."

운전을 하던 상엽이 불편한지 한 손을 들어 넥타이를 느슨하게 풀어 내렸다. 그러고는 바로 손을 뻗어 송화의 손을 잡았다. 술을 먹어 체온이 올라가 있지만 그의 온기는 바로 전해졌다.

"그래도 내가 데리러 오니까 좋지?"

"호강하고 있구나, 생각하고 있어요."

"솔직해, 너무 솔직해."

그녀의 대답에 상엽이 푹 하고 웃음을 터뜨렸다.

송화는 차창 문을 조금 내렸다. 초여름의 열기는 밤의 서늘함 속에서 제법 시원한 공기가 되어 알코올로 붉어진 볼 위에 와 닿았다. 송화는 금방 먹은 드링크 탓인지 혹은 옆에 앉아 있는 이 잘생긴 남자 때문인지 술이 조금씩 깨고 있었다. 이제 거의 집에 다가오고 있었다.

"오늘 재밌었어요?"

"별로. 이런 옷 입고 재미있었을 리가 있겠어."

송화의 집 앞에 차를 세운 상엽이 고개를 흔들었다.

"왜요, 멋있기만 하구만."

"뭘 입어도 멋있기는 하지."

"또, 또."

입으로 구박을 하긴 했지만 그의 주장대로 상엽은 정말이지 멋있었다. 흐트러짐 없는 이목구비에 날렵한 몸매는 그야말로 훌륭했다. 와, 내 남자친구는 명품이구나. 또 한 번 상엽에게 감탄한 송화의 시선은 자기도 모르게 그의 몸매를 훑어내리고 있었다. 그녀의 시선을 눈치 챈 상엽의 입술에 매력적인 미소가 지나갔고 짙은 눈동자에도 즐거운 빛이 아른거렸다. 하여튼 내 남자친구는 잘생겼을 뿐만 아니라 눈치도 빠르다니까.

"안 돼요."

송화는 다가오는 남자의 얼굴을 피해 휙 고개를 돌렸다. 정신 차려, 채송화.

"왜?"

"입에서 양파 냄새 나잖아요. 마늘 냄새랑."

이제야 제정신이 들고 보니 머리랑 옷 구석구석에서 고기 냄새가 진동을 했다. 이럴 줄 알았으면 절대 돼지 껍데기 같은 건 먹지 않았을 텐데.

"난 괜찮은데."

"난 전혀 안 괜찮아요. 침 흘리고 잔 것만으로도 충분히 흉했단 말이에요. 절대로 안 돼요."

그녀의 완강한 거부에 포기했다는 듯 그가 어깨를 으쓱했다.

벌써 예전에 본색은 들켰지만 그래도 앞으로는 이 사람한테 좋은 모습만 남겨주고 싶었다.

"좋아. 대신에 키스 한 번 빚진 거야."

집 앞에 차를 세운 상엽은 고개를 돌려 송화를 바라보며 커다란 아량이라도 베푼 듯 거만스럽게 말했다.

키스 빚이라니. 나쁘지 않다. 그나저나 아무리 좋아해도 돼지 껍데기는 앞으로 먹지 말아야겠다.

"조심해서 가고요."

"잘 자."

차에서 함께 내린 상엽이 그녀를 가볍게 안아주며 고개를 끄덕였다. 따뜻하고 넓은 품에 턱 하니 안겨 있자니 가슴속에서 기분 좋은 감정이 보글거렸다. 이래서 연애를 하는구나.

그날은 그렇게 기분 좋게 헤어지는 줄 알았다. 지나가는 자동차의 헤드라이트가 눈부시게 멈추지 않았으면 말이다. 인기척에 후다닥 놀란 송화는 집 앞에서 너무 대범했다 싶었다.

"어…… 상엽 씨, 여기는 어쩐 일이에요? ……언니?"

커다란 밴에서 내린 사람은 다름 아닌 장미였다.

송화와 상엽을 번갈아 마주보던 장미의 머릿속이 복잡하게 돌아가기 시작했다. 잠시 전 순식간이긴 했지만 분명 두 사람은 가볍지만 애정이 가득한 연인인 것처럼 보였다. 아니 손을 꼭 잡고 놓지 않는 지금도 그렇다.

장미는 몇 시간 전의 그의 거부가 더 분명하게 다가왔다. 사실 이제는 포기해야 하나 고민도 했었다. 나 아닌 다른 여자한테 마음이 가 있다는 데 굳이 끼어드는 것 자체가 귀찮아졌다. 그저 나를 거절한 그의 모자람만 비웃고 끝내면 될 일이었다. 처음부터 그를 미치게 사랑했다거나 한 건 아니었으니까. 하지만 나 아닌 다른 여자가 송화 언니라고? 송화와 상엽의 모습을 발견한 장미의 눈에서 불꽃이 일었다.

"뭐야, 설마 상엽 씨가 만나는 여자가…… 우리 언니라고요?"

"언니라니?"

두 사람의 궁금증과 눈빛이 모두 송화에게 몰렸지만 지금 이 상황에 당황한 건 그녀도 마찬가지였다. 어째서 장미 입에서 '상엽 씨'라는 호칭이 나오는 걸까?

"돌아버리겠군. 당신 여동생이 채장미였어?"

한숨을 삼킨 상엽이 송화를 바라보고 대답도 필요 없는 질문을 던졌다.

"네."

"말도 안 돼, 이건. 언니, 나랑 얘기 좀 해."

"잠깐, 애인인 내가 먼저 필요하거든."

지금의 상황을 누구보다 빠르게 이해한 상엽은 장미가 송화에게 다가서기 전에 한발 먼저 그녀의 어깨에 팔을 둘러 자신의 옆구리에 바짝 붙이고는 단단히 끌어안은 채 차 문을 열었다.

상엽과 송화가 떠난 자리에 남겨진 장미는 이를 악물었다. 상엽과 함께 있는 송화의 모습에 기막힘과 어이없음을 넘어 분노가 생길 정도였다. 태어나면서부터 그녀는 언제나 빛 같은 존재였다. 누구에게든 첫 번째였고 누구나 사랑하는 여자였다. 그런데 감히 송화 언니 따위와 비교되고 버림받는다니, 이건 말도 안 되는 일이었다.

상엽이 차를 세운 곳은 한강 둔치였다. 강바람이 이제 막 시작되는 여름의 더위를 식혀주고 있었지만 상엽과 송화는 그리 썩 시원한 기분이 아니었다.

"어떻게 된 거예요?"

아직도 사태를 파악하지 못한 채 어안이 벙벙한 송화가 차에 몸을 기댄 채 자신을 바라보고 있는 상엽에게 물었다. 이제 술은 완전히 깨버렸다. 문명의 조명만이 반짝이는 어두운 공간 속에서 호기심과 알 수 없는 감정들이 혼란스럽게 뒤엉킨 그녀의 눈빛을 바라보며 상엽은 짧은 한숨을 내쉬었다.

"그건 내가 묻고 싶은 거야. 왜 동생이 채장미라고 얘기 안 했어?"

"안 물어봤잖아요."

그녀가 아주 당연하다는 듯이 대꾸하자 상엽은 나오려는 한숨을 억지로 삼켰다. 자신이 그녀의 가족에 대해서 하나도 모른다는 사실을 깨달았던 것이다. 그리고 그녀 역시 그의 가족에 대해서 알지 못한다. 남들처럼 시시콜콜 가족 관계부터 챙겼어야 했는데 그들의 연애는 남들과 달랐던 모양이었다.

"그래도 내 동생이 국민스타 채장미였으면 난 아마 얘기했을걸."

"지금 그게 중요해요?"

"아니."

살짝 미간과 입술을 모으고 물어보는 그녀를 보며 상엽이 고개를 흔들었다. 하지만 또 한 번 얕게 나오는 한숨을 이번만큼은 참을 수가 없었다.

"큰일이다."

"뭐가요?"

"당신은 귀도 얇고 마음도 약하고 머리도 썩 좋은 게 아니라서 어디부터 가르쳐야 할지 모르겠어."

뜬금없는, 하지만 분명한 그의 총체적인 비평에 그녀가 발끈했지만 상엽은 진지해 보였다. 그것도 아주 심각할 정도로 말이다.

"뭐예요? 지금 시비 거는 거예요?"

"시비 거는 거 아니야. 걱정하는 거지."

"그러니까 뭘 걱정하는데요?"

"당신 동생의 영악한 거짓말에 홀라당 넘어갈 텐데 어쩌면 좋으냐고."

그가 이번만큼은 아주 깊은 한숨을 노골적으로 내쉬었다. 여배우 채장미의 정체를 알고 있는 그는 장미가 저지르는 못된 계략에 얼마든지 상대할 수 있겠지만 송화는 달랐다. 아마도 이 순진한 채송화는 상어 같은 공주마마한테 한눈에 먹혀버릴 것이 분명했다.

"장미가 어떤 여자인지 알아?"

"당연히 알죠. 걘 내 동생이에요."

"그게 제일 큰 문제야."

낮게 혀를 찬 상엽은 장미를 알게 된 계기를 차분하게 얘기하고 그에 대한 장미의 관심을 짤막하게 설명했다. 그녀가 자신을 어떻게 대했는지에 대해서는 말하지 않았다. 아마 사실대로 시시콜콜 이야기했다가는 겉으로만 힘세고 씩씩해 보이는 마음 약한 여자를 내내 고민하게 할 터였다.

"장미가 뭐라고 그러든 간에 나를 믿어."

송화를 향해 몸을 돌린 상엽은 그녀의 얼굴을 두 손으로 감싸고 눈을 마주친 채 다짐을 받으려 했다.

"그래도 장미는 동생이고 당신은 남인데요?"

"당신 동생은 여배우고 남인 나는 당신 남자라고 생각해. 그럼 내가 훨씬 더 믿음직할 테니까. 가족이라고 해서 다 믿을 수 있는 게 아니잖아."

"뭐라고요?"

그가 중얼거린 마지막 말은 제대로 듣지 못했다.

"아니, 나를 믿으라고. 믿을 거지?"

"뭐, 정 그렇게 얘기한다면…… 믿어보죠."

"믿어보는 게 아니라 믿어야 해. 난 당신 동생한테 관심 없어, 아주 조금도."

최대한 아무렇지도 않게 고개를 끄덕였지만 그의 진지한 다짐에 누구보다 안심한 사람은 송화였다. 장미처럼 예쁜 여자한테 절대 흔들리지 않는다는 남자친구의 약속은 그녀를 정말이지 안도하게 했다.

상엽이 팔을 끌어당겨 송화를 품에 안았다.

그의 체온이 예민해진 신경을 진정시켰다. 양파 냄새나 마늘 냄새와 상관없이 그의 입술이 힘 있게 다가왔다. 서늘한 바람이 불어오는 한강에서 한 그날의 키스는 부드럽기만 했던 다른 날과는 달랐다. 입술 위로 느껴지는 뜨거운 숨결과 깊고 거칠게 밀어붙이는 입맞춤에 송화는 복잡한 일은 잠시 접어둔 채 눈을 감았다.

온몸에서 느껴지는 연인의 부드러움에 약속의 키스가 순식간에 흥분으로 내달렸다. 그의 열기만큼이나 송화의 몸도 더워진다. 본능적으로 그의 목에 팔을 두르고 상엽을 끌어당긴다. 작은 움직임으로 만들어지는 더할 나위 없는 친밀감, 그리고 그를 향한 분명한 신뢰에 아슬아슬했던 상엽의 자제심이 송두리째 날아가버렸다. 걷잡을 수 없는 욕망이 순식간에 그를 사로잡았다.

깊게, 깊게. 가깝게, 더 가깝게. 조금만 더 뜨겁게.

심장이 미친 듯이 뛰고 있다.

"으음, 잠깐만요."

송화의 나직한 신음에 겨우 상엽이 정신을 차렸다. 지금 멈추지 않으면 절대 멈추지 못하리라. 상엽은 그녀의 어깨를 꼭 잡은 채 어렵게 그에게서 밀어냈다. 그래도 너무 멀지 않게. 언제라도 다시 안을 수 있을 만큼 심장에 가까이.

"우와, 우리 큰일 날 뻔한 거 알아? 한강에서 사고 칠 뻔했어."

"죽을 뻔했어요."

거친 숨결을 참아내며 소유욕과 만족함이 가득한 그의 눈빛에 송화가 슬쩍 고개를 돌리자 상엽이 그녀를 다시 품으로 끌어안았다.

"내가 좀 테크닉이 되지?"

"아뇨. 숨을 못 쉬어서요."

어느새 본래의 뻔뻔스러운 그로 되돌아온 상엽에게 꼭 끌어안긴 채 송화가 새침한 목소리로 반격하자 키득거리는 그의 웃음소리가 가슴으로 전해진다.

"그런 건 걱정 안 해도 돼. 내가 의사잖아."

"그래서 걱정 안 했어요."

다시 그의 명쾌한 웃음소리가 들려온다.

사람의 온기. 따뜻한 손길. 서늘한 바람. 잠시나마 걱정 따위는 사라지고 그 자리에 행복함이 조금씩 차오르고 있다.

하지만 송화의 안심과 행복은 그날 밤 몇 시간을 제대로 넘기지 못했다. 송화가 거실에 발을 옮겨놓기도 전에 여태 기다리고 있던 장미가 기세등등한 모습으로 그녀를 맞았다.

"그 남자, 내가 찍었어."

장미는 앞, 뒤, 옆 가리지 않고 하고 싶은 말을 단호하게 뱉었다. 벌써 자정이 넘은 시각이었지만 장미의 두 눈은 맹렬한 전투욕으로 별처럼 빛나고 있었다. 예쁘구나. 워낙에 예쁜 장미였지만 저렇게 발그레하게 상기돼서 눈이 반짝이면 더더욱 아름답다. 문득 든 생각에 송화는 멍청하게 장미를 바라봤다.

"내 말 못 들었어? 상엽 씨는 내 거라고."

"들었어."

장미의 채근에 송화도 그저 고개를 끄덕였다.

어려서부터 그녀는 원하는 것을 손에 넣어야 만족하는 아이라는 사실을 깨달으며 갑자기 마음 한구석이 서늘해졌다. 이래서 상엽이 그렇게 걱정하고 그렇게 다짐했는지 모를 일이었다.

"그건 나한테 양보한다는 뜻이야?"

"아니, 상엽 씨는 물건이 아니야. 난 그 남자의 감정을 존중해."

"당연하지. 그런데 언니, 우리 둘 중에 누굴 택할지는 뻔하잖아."

자신만만한 장미의 모습에 송화는 한 시간 전에 그녀에게 다짐을 요구하던 상엽을 떠올렸다. 그래, 그의 말대로 세상 사람이 다 장미를 좋아하는 건 아니니까. 개중에는 채송화를 좋아하는 특이한 취향의 사람도 있을 수 있지 않은가. 믿으라고 했으니까 믿어줄 테다.

"글쎄, 난 별로 그렇지 않아. 그 사람을 믿거든."

"하! 언니 세게 나오네. 그럼 마음대로 하든지. 어차피 나중에 상처받을 사람은 언니니까."

장미는 송화를 향해 차갑게 내뱉고 뒤돌아섰다.

'쾅' 하고 문 닫히는 소리가 들렸다. 그건 장미 나름의 선전포고였고 제 뜻대로 안 되는 분노의 표시였다. 장미가 저렇게 고집을 부리기 시작하면 아무도 당해낼 재간이 없었다. 깐깐한 새엄마도 호랑이 아버지도 장미의 고집 앞에서는 언제나 손을 들 수밖에 없었다.

"너희 둘, 같은 남자를 사귀는 거야?"

두 사람의 대화를 아무 말 없이 듣고만 있던 양지가 끼고 있던 안경을 협탁 위에 벗어놓으며 물었다.

"아니, 응."

언니의 진지한 시선을 피한 채 송화는 무의식적으로 고개를 흔들고 깊은 한숨을 내쉬었다.

지금 상황과는 상관없이 자매가 같은 남자를 사귀냐는 질문은 왠지 불쾌하고 지저분하게 들려왔지만 그렇다고 지금 당장 뭐라고 해명할 핑계도 생각나지 않았다. 그와 내가 사귀는 건 분명히 맞는데 장미와 그 남자와의 관계를 뭐라고 얘기해야 할지 모르겠다.

"네가 연애하는 그 남자를 장미가 탐내는 거야?"

지그시 입술을 깨물고 말을 고르고 있는 송화를 바라보며 양지는 대번에 상황을 이해하고 낮게 혀를 찼다. 송화로서는 별반 정리가 되지 않는 세 사람의 얽힌 관계를 양지는 순식간에 파악했다.

"모르겠어. 장미는 사랑이라고 하는데, 그 사람은 또 아니라고 그러고."

"장미가 찍은 이상, 절대 놓지 않을 거야. 알지?"

머리 좋은 언니의 분명한 판결에 송화는 또다시 가슴 한편이 서늘해졌다.

"네 남자 말을 믿어."

"응?"

"연기가 그지 같긴 해도 장미 걔는 배우야. 걔 성격상 원하는 걸 갖기 위해서는 무슨 짓이라도 할 거고, 또 아마 너 정도는 쉽게 속여 넘길 거야. 네 남자가 아니라고 하면 믿어줘. 두 사람의 믿음은 장미도 어쩔 수 없는 거니까."

어느 때보다 깊은 눈으로 양지가 냉정하게 말했다. 언니는 그와 똑같은 이야기로 똑같은 충고를 하고 있었지만 상엽의 약속과 양지의 충고에도 불구하고 장미의 살벌한 경고만이 야금야금 그녀의 심장을 파고들었다.

채송화, 정신 차리자. 우리나라에서 제일 머리 좋은 양지 언니가 하는 말이니까 분명 틀리지 않을 것이다. 그리고 믿음을 요구하는 그의 눈빛은 진지했었다. 그럼에도 불구하고 송화는 여전히 스스로를 신뢰할 수 없었다.

기분 좋게 집에 도착한 상엽은 오늘의 황당한 인연을 생각하고 작게 인상을 그었다.

채장미의 언니라니. 젠장. '채' 씨가 흔한 성은 아니지만 그렇다고 채장미와 채송화가 설마 같은 자매라고는 꿈에도 생각 못했다. 미리 알았으면 그들의 관계를 훨씬 더 빠르게 진행시켰을 테고, 장미와의 관계는 훨씬 더 단호하게 끝을 맺었을 터였다.

오늘밤 그의 연인이 그 여우 같은 동생에게 무사할 수 있을까. 그녀가 들판에 핀 작은 채송화만큼이나 상처받기 쉬운 섬세한 여자라는 걸 누구보다 상엽이 더 잘 알고 있었다. 그리고 채장미 같은 여자들이 얼마나 잔인해질 수 있는지도 잘 알고 있다.

차라리 집에 보내지 말 것을. 그냥 그가 있는 이곳에서 함께 밤을 지냈어도 되었을 것을. 아마도 그랬다면 지금 이 순간, 이렇게 불안해하지도, 또 이렇게 걱정하지 않았어도 될 일이었다. 아마도 그랬다면 오늘밤 이렇게 혼자 있지도 않았을 것이다.

상엽은 잔뜩 흥분했던 자신을 기억해내고 나직하게 허탈한 미소를 삼켰다. '자제'라는 단어는 아주 어려서부터 훈련되어 왔다고 생각했다. 어머니, 할아버지……. 그들은 내내 상엽에게 끝없는 인내를 요구했었다. 감정이나 욕망 따위는 당연히 통제할 수 있어야 할 과제였다. 그런데 송화 앞에서 자제나 인내 따위는 생각조차 할 수 없었다.

조용하고 뜨거웠던 시간. 그냥 단순한 몸의 흥분이 아니라는 건 진작부터 알고 있었다. 처음부터 그녀는 다른 여자와 달랐다. 그래서 놓치고 싶지 않았고, 그래서 그는 지금도 여전히 망설이는 중이었다. 누구에게도 상처받게 하고 싶지 않았다. 그녀의 동생에게도, 그리고 그에게도.

상엽의 문자가 도착했을 때는 아침 일곱 시. 출근 준비를 위해 청바지를 끼어 입고 있던 시각이었다. 어젯밤 의외의 만남으로 송화는 밤새 제대로 잠을 못 잤다. 장미와 상엽이 차례로 나와 꿈속에서 그녀를 달뜨게 했고 불안하게 했다.

송화는 옷을 입으며 후다닥 화장대에 있는 핸드폰에 손을 뻗다 바지에 걸려 넘어져 머리를 부딪힐 뻔했다. 옆에서 그 남자나 장미가 보고 있었다면 또 웃음을 터뜨렸을 것이다. 겨우 청바지를 걷어 올린 송화는 그대로 침대에 주저앉아 핸드폰의 문자를 확인했다.

두근. 핸드폰에서 내용을 읽어내린 송화의 첫 번째 반응은 벌렁거리는 심장의 무게였다. 그리고 금방 화들짝 놀라서 얼른 옷장을 뒤적였다. 하지만 그것도 잠시, 이내 쓴웃음을 지어야 했다.

이제 와서 다른 옷을 입을 시간도 없거니와 지금 문 앞에서 기다리고 있다는 그를 감동시키기 위해 하늘거리는 원피스와 하이힐을 신게 된다면 아마도 사무실 직원들은 기절할 게 분명했다. 어쩌면 그 남자도 그녀의 달라진 옷차림을 눈치 챌지도 모른다. 그래, 안 하던 짓은 하지 말자. 평상시대로. 그녀는 옷장에서 금방 꺼낸 수박색 블라우스를 포기했다. 그나저나 이 남자는 이 아침에 왜 여기까지 와서 진을 치고 있는 걸까.

닳고 닳은 청바지에 큐빅 박힌 에펠탑이 번쩍이는 하얀색 티셔츠를 입은 송화가 철제 대문을 열고 두리번거리기 무섭게 그의 차가 코앞에 다가섰다. 열린 창문 너머로 그가 살짝 얼굴을 내밀며 미소 짓는다. 두근두근. 오늘 아침만 벌써 두 번째 심장이 두근거린다.

"웬일로 이런 서비스를 하는 거에요?"

"또 내 아르마니에 당신 침을 묻힐 순 없잖아."

"침 안 흘리거든요."

금방 발끈해서 그에게 서둘러 대꾸했지만 그의 반응은 피식거리는 웃음뿐이었다. 젠장. 다음부터 전철에서 내가 조나 봐라. 그러면 내가 채송화가 아니라 잡초다, 잡초.

"뭐, 그렇다고 해두지."

"그나저나 정말 웬일이에요?"

"어젯밤에 잠 못 잤을 거 아니에요. 그러니 책임을 져야지."

그가 잔뜩 거드름 피우면서 느릿하게 말하자 그녀가 슬쩍 인상을 썼다. 그리고 여전히 미간을 모은 채 수상하다는 눈빛으로 그를 바라보았다.
"수상해, 수상해."
"뭐가?"
"남자가 지나친 친절을 베풀 때는 조심하라고 했거든요."
"쓸데없는 소리. 그런 이상한 소리 전해주는 사람들이랑은 사귀지 마. 이건 순수한 애정의 표현이거든."
 상엽이 펄쩍 뛰며 투덜거렸다. 음, 그의 충고대로라면 진욱이나 양지 언니하고는 친하게 지내지 말아야 하겠지만 송화에게는 더할 나위 없는 친구였고 참견인이었다.
"어젯밤에 잘 잤어?"
"뭐, 그냥요."
 그가 묻고 있는 질문의 뜻을 잘 알고 있지만 특별히 해줄 말이 없었다. 어젯밤 장미는 눈앞에 있는 상엽에 대한 소유욕을 분명히 전했으며 물러서지 않겠다는 전의를 감추지 않았다. 그리고…… 그녀는 그저 상엽을 믿을 수밖에 없었다. 길지 않은 이야기지만 그에게 털어놓기에는 복잡 미묘한 문제였다.
"장미의 유혹에 흔들리지는 않았고?"
"뭐, 그냥요."
 상엽이 이번에는 더 직접적으로 물어왔지만 여전히 해줄 말이 없었다. 한집에 사는 피를 나눈 자매가 아니었다면 훨씬 더 시시콜콜 그에게 털어놓고 그에게 의지했을 것이다. 하지만 장미는 가족이었다.
"후유, 그건 그냥요……라고 대답하면 안 되는 건데."
 송화의 미지근한 답변이 마음에 안 든다는 듯 상엽이 슬쩍 인상을 썼다.

"그럼 뭐라고 해야 하는데요?"

"심술을 내든지, 아니면 애교를 부리든지 해야지."

"웬 심술? 웬 애교?"

상엽의 어이없는 대답에 송화의 눈이 커졌다.

"동생한테는 심술, 나한테는 애교."

"휴, 차라리 싸우자고 그래요. 그럼 이겨줄 테니까."

심술이고 애교고 두 가지 다 채송화의 전공과목이 아니었다. 송화가 낮은 신음을 내뱉으며 질색하고 고개를 흔들자 상엽이 슬며시 미소 지었다.

"바로 그거야. 지지 마."

상엽이 돌연히 진지한 눈빛을 하고 그녀를 똑바로 주시했다. 두 사람의 시선이 엉켜가며 차 안은 작은 마법에 빠져버렸다. 잠시 모든 소음과 시간이 멈춰버린 느낌이었다. 신호가 바뀌고 뒤차가 그새 몇 초를 못 참고 빵빵거리는 통에 마법이 깨어지고 그들도 정신을 차렸다. 상엽은 나직한 투덜거림을 삼키며 재빠르게 기어를 움직였다. 차가 꼬리에 꼬리를 물고 도로를 채워나가고 있었다.

금요일 오전, 이상하게 서울 시내는 꽉 막혀 있었고 출근 시간 10분 전쯤에야 아슬아슬하게 송화의 회사 근처에 도착할 수 있었다. 송화는 처음으로 주차장처럼 꽉 막힌 심각한 서울 시내 교통 체증이 마음에 들었다. 상엽이 손을 뻗어 송화의 손을 움켜쥐었다. 이 남자의 손길은 언제나 그녀를 흥분하게 하고 떨리게 한다.

"난 흔들리지 않아. 그러니까 송화도 흔들리지 마."

그의 눈빛이 더없이 진지하게 신뢰를 약속하고 있었다. 또 한 번 마법에 걸린 것처럼 저도 모르게 고개를 끄덕이던 송화는 그들의 차가 회사 코앞에 다다르자 작게 비명을 질렀다.

"여기서 세워줘요."

"왜? 더 가야 하잖아."

"좀 걸어도 돼요. 이 시간에 보는 눈들이 얼마나 많은 줄 알아요?"

그녀가 기겁을 해서 고개를 흔들었다. 안 그래도 채송화 연애한다는 사실을 동네방네 털어놓고 싶어 안달하는 장진욱 한 명만으로도 벅찰 지경인데, 회사 코앞까지 와 남자친구 차에서 내릴 순 없는 노릇이었다.

"뭐야, 지금 내가 창피하다는 거야?"

송화를 바라보는 그의 눈빛과 어조가 모두 불만스럽게 삐딱해졌다. 지금껏 보여주던 진지한 기색이 단번에 사라지는 순간이었다.

"아니요."

그녀가 펄쩍 뛰며 고개를 흔들었다. 그럴 리가 있을까. 누가 이 남자와 함께 있는 걸 창피해할 수 있을까.

"그게 아니라……."

"그럼 타고 있어."

송화에게는 해명할 틈도 주지 않고 핸들만 꼭 잡고 있는 상엽을 바라보며 그녀도 포기의 한숨을 쉬었다. 장미 고집만 뭐랄 게 아니었다. 그녀의 만류에도 불구하고 부득부득 회사 정문에 차를 세운 그가 문까지 열어주는 서비스를 제공하자 송화는 저도 모르게 인상을 썼다.

회사 앞, 가십에 굶주리고 소문에 허기진 호기심 많은 눈들이 드글거리는 곳. 어쩌면 점심 먹을 때 즈음이면 그녀가 결혼한다는 소문이 날지도 모를 일이었다. 그리고 불행하게도 그녀를 제일 먼저 발견한 건 입 가벼운 장진욱이었다.

제대로 걸렸다. 게다가 이 남자, 어젯밤 안면을 튼 진욱에게 기분 좋게 손까지 흔들어 보인다. 장진욱이 무슨 생각을 할지는 상상이 필요 없는 일이었다.

"채송화, 얘기 좀 하자."
창문까지 내리고 손을 흔드는 상엽에게 어설프게 한 손을 들어 올린 송화를 마치 신기한 동물 바라보듯 빤히 바라보던 진욱을 그녀는 대충 무시해버렸다. 왜 하필 이 녀석에게 들켰을까.
"왜 그러는데?"
"너, 같이 잔 거냐?"
"왜, 더 큰 소리로 얘기하지."
장진욱 머릿속에 그려지는 그림들이 독창성이나 창의력이 있을 리 없다. 그녀가 상상한 진욱의 반응과 한 치의 오차도 없었다.
"진짜 같이 잔 거야?"
빌딩 로비를 가로지르며 그가 그녀에게 다가와 소곤댔다. 다행히 이번엔 누가 들을세라 사방을 주시하는 기색이 역력했다. 상황의 심각성을 저 혼자 깨달은 모양이었다. 누가 보면 우리 아버지나 친오빠라고 착각할 만큼 대놓고 흥분해 있는 진욱을 바라보며 송화는 헛웃음을 지었다
"저 남자가 너랑 똑같은 줄 알아?"
"근데 왜 같이 출근해? 이 시간에."
송화의 부인에 힘을 얻은 진욱의 목소리가 또 커졌다. 얘가 아침부터 뭘 먹고 이렇게 소리를 질러대는 걸까.
"나 술 마셨다고 집으로 데리러 왔어."
"네 애인이라는 남자, 뭐 하는 사람이야?"

자랑인 게 분명한 거만한 그녀의 대답에 진욱이 퉁명스럽게 물었다.
"그건 왜?"
"아니, 자긴 할 일도 없대? 왜 그 시간에 널 데리러 가? 그렇게 한가해?"
"왜 시비야. 바쁜데도 불구하고 나에 대한 애정이 넘쳐서 와주신 우리 여보야한테."
기분 좋은 금요일 아침, 그의 비위를 뒤집을 수 있는 온갖 단어들을 구사해서 송화가 대꾸하자 예상대로 진욱의 표정이 일그러졌다.
'땡' 하고 엘리베이터가 도착하자 송화는 괴로움에 어찌할지 모르는 진욱을 버려둔 채 거만한 모습으로 승강기에 올랐다.
"근데 네 여보야, 낯이 익다. 어디서 한번 보긴 본 거 같은데."
"보긴 네가 그 남자를 어디서 봐."
고개를 갸웃거리는 진욱의 모습이 유난히 번쩍이는 엘리베이터 문에 비쳤다.
"진짜로 그 남자 뭐 하는 사람이야?"
"한의사."
"한의사? 네가 한의사를 어떻게 만났는데?"
엘리베이터 문에 비친 그의 시선은 도무지 믿을 수 없다는 눈빛이었다. 아마 진짜 눈을 마주치면 더 심각한 눈빛의 그를 보게 되리라. 그의 어조에 실려 있는 불신과 경악에 은근히 기분이 상한 송화가 고개를 획 돌려 그를 노려봤다. 한의사가 별건가? 아니면 내가 별거 정도도 안 되는 건가?
"내 미모와 매력으로 꼬셨어."
"우웩."

뻔뻔스러운 그녀의 대꾸에 이번에도 진욱의 반응은 즉각적이었다. 손을 입으로 가져간 그는 고개를 돌렸고 때마침 '땡' 하고 엘리베이터가 내려야 할 곳에 도착했다.

문이 열리고 송화는 체중을 실어 그의 발을 지그시 눌러주고 가볍게 그곳을 나왔다. 진욱의 나직한 비명이 울려 퍼지자 드디어 완벽한 아침이 시작되었다.

브리짓의 메모
— 연애하고 싶어 미치겠어

★ 연애 : 남녀가 서로 애틋하게 그리워하고 사랑함.

 솔로 9628일. 날씨 지랄같이 좋음.

사방에 지랄 같은 연인들이 좌악 깔렸음. 벚꽃 처음 보니? 비나 왕창 와라. 솔로천국, 커플지옥.

완벽한 남자는 없다. 잘났다 싶으면 바람둥이고, 괜찮다 싶으면 남의 남자고, 그냥 타협해야지 하고 생각하면 제 주제도 모르고 나를 튕긴다. 재수 없는 것들.

왜 거울은 거짓말을 하지 않는 걸까. 왜 저울의 눈금은 이토록 잔인하게 정직한 걸까. 다이어트 시작이다. 내일부터.

커플 30일. 비가 오면 어때.

드디어. 나에게도 은총이 베풀어지다니, 드디어 잔혹했던 어두운 시절은 저 멀리 가버리고 하늘에서 남자가 비처럼 떨어졌다. 할렐루야.

사랑하는 그이에게 물어봤다. 자기는 나의 어디에 반했어?

내가 원했던 답은…… 너였기 때문에.

하지만 눈치라고는 약에 쓰려고 해도 없는 그 남자의 대답은…… 바람피울 거 같지 않아서.

이왕이면 지고지순이라고 해주면 안 되겠니?

뭐 그래도 좋은걸 어떡해. 이제 난 더 이상 혼자가 아니라고.

9. 운명과 선택

장미는 그날 하루 종일 기분이 나빴다. 수면 부족과 신경과민은 피부에 커다란 적이었다. 그런데 그 두 가지가 전부 어젯밤 내내 장미를 괴롭혔다. 이게 전부 송화 언니 때문이었다. 채송화라. 하필, 하필이면 채송화라니. 아무리 생각해도 이해도 안 되고 이해할 수도 없는 일이었다. 생각하면 생각할수록 약이 바짝바짝 올랐다. 전 국민을 상대로 하는 생방송이 없었던 게 천만다행이었다. 이런 형편없는 기분으로 생글거리는 일은 정말이지 질색이었다. 대신에 그녀는 매니저와 코디에게 성난 고양이처럼 사납고 매몰차게 굴었다. 그래도 기분이 풀리지 않았다. 그녀는 스타였다. 그런 그녀를 거부하는 사람은 지금껏 아무도 없었다.

장미는 그녀를 알아보는 환자들과 간호사들에게 억지로 미소를 지어 보였다. 대한민국 국민이라면 누구나 사랑하는 '완소 공주'인 그녀. 그녀의 본색은 아무도 알지 못한다. 양지는 우습게 알지만 그래도 그녀의 연기력은 그녀의 팬들을 홀리기에 충분했다. 선글라스를 끼고 생글거리며 원장실까지 걸어가는 장미에게 다행히 누구도 감히 사인을 요구하지 않았다.

"환자로서 오는 거예요."

장미는 자신을 못마땅한 표정으로 바라보고 있는 상엽에게 마음과는 달리 웃어 보였다. 그녀의 미소에 주변이 다 환해질 지경이었지만, 정작 상엽의 얼굴은 점점 굳어져만 갔다. 대한민국의 모든 국민이 사랑하는 그녀를 여기 이 사람만이 무시하고 있었다.

"다른 병원 알아봐."

"싫어요. 환자 거부는 불법이라고 알고 있는데요."

장미는 마음속으로 이를 악물었지만, 다시 한 번 환하게 미소 지었다. 누가 뭐래도 그녀는 사랑받는 여배우였다. 그리고 한 남자를 목표로 한 여자였다. 여기서 물러설 수는 없었다.

"언니 남자친구를 넘보는 건 비윤리적이지."

"난 원래 윤리 같은 거 안 좋아해요."

"그래서 네가 싫은 거야."

상엽의 낮은 빈정거림에 천하의 채장미도 이번만큼은 뺨이 화끈 달아올랐다.

"자꾸 이러면 언니랑 가위바위보라도 할 거예요."

"가위바위보?"

"생각보다 언니랑 별로 안 친한가 보죠? 언니는 게임에는 쥐약이에요. 가위바위보를 포함해서요. 했다 하면 무조건 지죠."

자신만만한 장미의 협박에 상엽의 얼굴이 묘하게 변했다. 뭐랄까, 무언가 즐거워 보이기도 하고 그녀가 있는 것이 짜증스러워 보이기도 했다. 아니, 잠시지만 분명히 미소도 스친 듯했다.

"왜 그런 눈으로 보는 거예요?"

"바보 같은 얘기잖아. 가위바위보로 승리는 얻을 수 있겠지만 사람 마음은 어떻게 안 되는 거야. 그건 운명이 아니라 선택이거든."

상엽이 조용하게 말했다. 그는 가위바위보로 승리를 얻은 게 아니라 송화의 마음을 얻었다.

"그럼 정말 내가 아니라 언니를 선택한다고요? 송화 언니처럼 고집 세고 깐깐하고 목소리만 큰 여자를요?"

동그래진 눈으로 다시 한 번 확인하는 장미의 눈빛에는 도무지 이 현실을 믿을 수 없다는 기색이 역력했다. 지금껏 그의 끊임없는 설명과 거절은 결국 시간 낭비였다는 뜻이다. 이 여배우는 그저 자기가 듣고 싶은 말만 듣는, 소통에 대한 대책이 없는 일방통행 능력자였다.

"그렇게 말해도 못 알아듣는 거야? 바보가 아니라면 이해했을 텐데."

"상엽 씨가 이상한 거예요. 날 싫어하는 사람은 아직까지 아무도 없었다고요."

"됐어. 더 이상 얘기하고 싶지 않아."

발끈하는 장미를 무시한 채 상엽은 책상 위의 인터폰을 눌렀다.

"다음부터 채장미 씨 오면, 다른 선생 붙여 드려. 이 여자, 귀찮아."

무뚝뚝하고 무례한 그의 쌀쌀맞은 선언에 장미도, 그리고 전화기 저편에 있는 간호사도 잠시 할 말을 잃은 듯했다. 어쩔 수 없다고 상엽은 생각했다. 남의 얘기는 깡그리 무시하는 주제에 자기주장만 무식하게 고집하는 상식도 없고 도덕도 없는 사람을 상대하려면 더 강하고 단호하게 나가는 방법밖에는 없었다.

장미를 쫓아내는 데 성공한 상엽은 의자 등받이 뒤로 머리를 기대 앉아 잔뜩 모였던 미간을 순식간에 펴고는 히죽 미소를 지었다. 가위바위보라. 이래서 그녀가 운명이 아닌 선택이라고 한 거였군. 드디어 상엽도 송화가 말한 선택의 의미를 깨달았다. 상엽은 책상 위에 올려진 핸드폰을 집어 들었다. 선택받은 남자는 자신을 선택해준 그녀가 마구 보고 싶어졌다.

"왜 그런 눈으로 보는 건데요?"
전혀 다른 눈빛으로 한 시간 전 자기 동생과 똑같은 질문을 하는 송화를 상엽은 흥미진진한 얼굴로 바라봤다. 어느새 해가 조금씩 기울어 화사한 오렌지 빛 공기로 변해가고 있었지만 여름날의 긴 볕은 아직도 희미하게 기다란 그림자를 만들며 주춤거리고 있었다.
"뭐예요? 말은 안 하고."
"배고프다. 밥 먹자."
그녀의 질문은 모른 척하면서 일어서는 상엽의 눈빛이 반짝거린다. 7시 20분. 그녀도 벌써부터 시장기를 느끼고 있던 참이다.
"그러죠, 뭐. 뭐 먹고 싶은데요?"
"음…… 오랜만에 근사한 데서 비싼 거 먹고 싶은데."
"그럼 그러든지요."
성큼성큼 걸어가는 그를 쫓아 보조를 맞추며 그녀는 고개를 갸웃거렸다. 이 남자가 왜 이렇게 유쾌하지?
"가위바위보로 진 사람이 밥 사자."
"무슨 밥 한 끼 먹는데 유치하게 가위바위보까지 해요. 그냥 먹고 싶은 사람이 사요."
뜬금없는 그의 제안에 예상대로 그녀가 펄쩍 뛰며 대꾸했다.
"그럼 재미가 없지."
"이 상황에서 가위바위보가 더 재미없거든요."

그녀에게 가위바위보는 정말이지 재미없는 일이었다. 퉁명스럽게 중얼거리고 단호하게 고개를 흔드는 송화의 걸음이 빨라지자 상엽이 재빠르게 따라붙었다.

"그럼 이긴 사람이 밥 사든지."

"이긴 사람이요?"

"응."

턱 하니 그녀의 어깨에 팔을 두르며 상엽이 허리를 숙여 그녀의 코앞에 얼굴을 들이대며 말했다. 어깨 위에 체온과 얼굴에 와 닿는 그의 숨결에 한순간 심장이 쿵쾅거리고 머릿속 생각이 날아가버렸다. 감당하지 못할 만큼의 친밀함보다는 차라리 가위바위보가 나을지 모르겠다.

"좋아요, 그럼."

"에이, 안 할래."

안도의 표정을 나름대로 열심히 숨겨대는 송화의 대꾸에 지금껏 가위바위보를 하자고 조르던 상엽이 어깨에서 팔을 내리면서 고개를 흔들었다. 순식간에 빼앗긴 온기를 서운해할 틈도 없이 그가 팔을 아래로 내려 그녀의 손을 깍지 꼈다. 손바닥에 그의 온기가 다시 그녀를 따뜻하게 하고 있다.

가만, 그런데 이 남자가 오늘 왜 이렇게 변덕스러운 걸까? 뜬금없는 제안에, 저 비밀스러운 미소. 그를 바라보는 그녀의 눈이 가늘어졌다.

"잠깐만요. 누가 가르쳐줬어요?"

걸음을 멈춘 송화가 그와 얽힌 손을 빼내고 허리 위에 팔을 올린 채 물었다.

"장미죠?"

딱 잘라 시치미를 뗐지만 그녀는 밀고자를 알고 있었다. 어쩌면 융통성도 별로 없고 그래서 타협도 할 줄 모르는 송화는 생각보다 훨씬 더 예민했다. 송화의 추궁에 상엽은 순순히 항복하고 고개를 끄덕였다.

"그거 말고 또 뭐 가르쳐줬는데요?"

"뭐, 별반."

굳이 장미가 가르쳐주지 않아도 상엽은 그녀에 대해서 제법 많은 것을 알고 있었다.

평범하고 아무 특색 없지만 누구보다 성실하고 올곧다는 것, 침도 무서워하고 가끔은 큰소리도 치지만 함께 일하는 친구와 동료를 아낀다는 것, 누구보다 자기 일에 노력한다는 것, 인정이 많다는 것. 물론 장미의 표현대로라면 고집 세고 깐깐하고 목소리만 클지 모르겠지만 상엽은 그녀의 장점에 대해서 잘 알고 있었다.

"둘이 만나서 내 얘기 하는 거 기분 나빠요."

"둘이 만나서 당신 얘기 말고 다른 얘기 하는 게 더 기분 나쁜 일이야."

"난 둘이 만나는 것부터가 기분 나쁘다고요."

상엽의 점잖은 지적에 그녀가 불만스럽게 투덜거렸다.

"미안. 거기까지 생각 못했어."

미간을 모으고 있는 송화를 바라보며 그가 자신의 실수를 인정하고 사과했다. 이번 일은 송화의 말이 옳았다. 일의 전후 사정이야 어떻든 애인을 두고 애인의 동생을 만나는 일은 기분 나쁜 일임이 분명했다. 그렇다면 그 진드기 같은 아가씨를 어찌 떼어내야 할까.

"자기는 환자래. 병원으로 찾아오는 걸 막을 수는 없겠더라고. 그래도 다음부터는 다른 선생님더러 담당하라고 했으니까 이런 일은 별로 없을 거야."

"별로?"
"채송화 동생 맞더라고. 다른 건 몰라도 고집이 장난 아닌 건 닮았어."
상엽이 송화의 눈치를 살피며 장난스럽게 해명했다.
"그럼 이번 일은 용서해줄 거지? 오케이?"
"별로 마음에는 안 들지만 이번에는 용서해줄게요. 그래도 앞으로 내 동생이랑 만나서 내 약점을 알아냈으면 아예 증거를 없애요. 내가 모르게."
그다지 완벽하게 오케이 되지는 않았지만 장미 덕에 여배우의 고집이란 걸 누구보다 잘 알고 있는 송화가 애써 시선을 돌린 채 중얼거렸다. 걸리지만 않으면 바람피운 남편을 용서할 수 있다는, 이제 유부녀가 되기 시작한 친구들의 해괴한 이야기를 이제 송화도 어렴풋이 이해할 것 같았다. 불분명한 증거와 확실한 남자의 해명 앞에서 그녀는 이 사람과의 관계를 포기하고 싶지 않았다.
"싫어. 그럼 나보고 거짓말을 하라는 거잖아. 그건 좋지 않아."
"그래도 내 마음은 편하겠죠."
"거짓말을 한 나는 가시방석일 텐데. 그리고 언젠가 들통 날 비밀을 만드는 건 머리 나쁜 인간들이 하는 짓이야. 아무리 감춰도 거짓말은 들통이 나게 되어 있어. 그럼 아마 그때는 비수가 돼서 당신 가슴에 박히고 부메랑이 돼서 내 심장을 노릴 게 분명해. 그딴 짓은 안 해."
구구절절 맞는 말이긴 하지만 여전히 심사는 불편했다.
"그럼 들통 나지 않게 조심하든지, 아예 비밀을 만들지를 말든지. 왜 사람을 뒤흔드냐고요."
"그건 당신 탓이지."
"그게 왜 내 탓이에요?"

"날 안 믿으니까 그렇잖아."

상엽은 그녀를 향해 고개를 돌린 채 똑바로 시선을 마주했다. 송화는 자신을 바라보는 그의 눈빛이 너무나 진지해서 순간 숨을 삼켜야 했다.

"자꾸 이렇게 될까 봐 불안해요. 자꾸만 오해하고 자꾸만 싸우게 되고, 자꾸만……."

그래도 자꾸만 사랑하게 되어서 더 두렵다……. 송화는 마지막 중얼거림은 입안으로 삼켰다. 어쩌면 이미 사랑에 빠져버렸는지도 모른다.

"괜찮아. 아무리 오해하고 싸워도, 우리만 사랑하면 되니까."

그는 그녀의 마음을 다 알고 있다는 듯 힘차게 허리에 팔을 둘렀다. 우리만 사랑하면 된다니. 정말 그랬으면 좋겠지만 현실은 누구도 사랑에 대한 확신이 없었다.

밑반찬이 푸짐하게 나오는, 유난히 음식 맛이 정갈한 한정식 집에서 먹은 저녁 식사 비용은 상엽이 계산했다. 물론 마지막까지 상엽은 가위바위보에 얽힌 승부의 비밀에 대해서 집착했지만 질 게 뻔한 싸움이란 걸 상대에게 노출시킨 이상 굳이 증명까지 해줄 필요가 없는 송화는 꿋꿋이 손을 펴들지 않았다.

"정말 백전백패야?"

"아마도요."

그의 질문에 그녀가 퉁명스럽게 답변했다. 어려서부터 수십 번, 수백 번 해본 게임이었지만 언제나 승리는 그녀를 빗겨갔었다. 실수로라도 이긴 일이 없으니 가위바위보의 승리는 그녀의 몫이 아닌 게 분명했다.

"그거 신기하네."

"나보다 더할까요."

호기심으로 재미있어 죽겠다는 상엽을 흘겨가며 송화가 여전히 뚱한 얼굴로 대꾸했다.
"가위바위보 확률이 어떻게 되지?"
"할 일 없으면 계산해 보든지요. 공학용 계산기 빌려줄까요?"
정말 궁금한 것처럼 보이는, 너무 빤한 그의 질문에 그녀가 노려보자 상엽이 웃음을 터뜨렸다.
"그러니까 처음부터 나한테 반한 거지?"
"그렇게 얘기할 줄 알았어요."
처음부터 사귀자고 노래를 부른 사람이 본인이라는 사실을 까맣게 잊어버린 상엽을 보고 혀를 차며 송화는 이제 아주 마음을 비운 어조로 중얼거렸다.
"그래, 그럴 줄 알았어. 우리 여보야가 나처럼 근사한 남자를 어디서 또 보겠어."
정말이지 마음 깊은 곳에서부터 나오는 너무나 흐뭇한 표정이었다.
상엽의 다 알 것 같다는 그 은근한 미소를 뒤로한 채 '쾅' 하고 차 문을 닫아주는 걸로 그녀는 불만스러운 의사 표현을 확실히 했다.
"어이, 어이, 이대로 들어가려고?"
재빨리 그녀를 따라 내린 상엽이 얼른 송화의 팔목을 낚아챘다.
"그럼 뭐 하게요. 달밤에 체조라도 하자고요?"
"아니, 가위바위보 하자."
"싫어요."
내가 바보도 아니고 질 게 뻔한 걸 왜 하나. 오늘 망신당한 것도 얼굴이 뜨끈해질 지경이었다. 게다가 이렇게 기고만장해 있는 남자가 상대라면 더더욱 말이다.

"하자, 하자, 하자, 응?"

"싫다니까요."

"송화야, 하자, 하자, 하자."

"뭐가 갖고 싶은데요? 말해요, 사줄 테니까. 아니면 다음 시합 봐줄까요?"

집요한 그의 요구에 한숨을 내쉬며 그녀가 말했다. 서른을 훌쩍 넘긴 남자가 이럴 때 보면 아무래도 정신연령이 일곱 살이다.

"아니, 진 사람이 키스해주기."

"됐거든요."

그럴 줄 알았다. 능글맞은 그의 미소에 송화가 단호하게 고개를 흔들었다. 그는 아주 작정하고 그녀를 바보로 만들 생각인 모양이다.

"그럼 이긴 사람이 해줄게."

"그것도 됐어요."

"에이, 모르겠다."

상엽이 그의 손을 뿌리치고 뒤돌아서는 그녀의 손목을 잽싸게 낚아채고 부딪쳐왔다. 입술에 그의 온기가 느껴진다. 얼결에 키스를 당했다. 처음에는 말이다. 하지만 가볍게 입술을 떼던 상엽이 그녀의 머리를 붙잡고 키스를 퍼부어댔다. 숨이 막힐 듯 그는 몰아붙였다.

"이런 게 어디 있어요?"

아직도 가라앉지 않는 호흡을 겨우 정리해가며 송화는 얼른 주위를 둘러봤다. 다행히 사람의 흔적 없이 조용했다. 바로 집 앞에서 동네방네 채송화 연애한다고 광고할 뻔했다.

"뭘, 어차피 하게 될 건데. 도착해서 전화할게."

산뜻하게 미소 짓는 그가 가볍게 손을 들어 보였다.

자꾸만 이 사람에게 익숙해져간다. 밥을 먹는 것도, 수다를 떠는 것도, 손을 잡는 것도, 키스를 하는 것도. 그 익숙함은 친숙해지다가도 그녀를 불안하게 한다. 그리고 가끔은 행복하게도. 그의 차가 떠나는 모습을 바라보며 웃고 있는 자신을 발견한 송화는 화들짝 놀라며 고개를 저었다. 장미 때문에 불안한 마음도 잠시 잊어버린 채 그저 전화한다는 소리에 얼른 가방 속의 핸드폰을 뒤적였다.

연애, 사람들은 이래서 연애를 하는구나. 이런 기다림과 이런 두근거림, 이런 달콤함 때문에.

사랑을 느끼고 있는 남자친구에게 받는 깊은 키스. 그 두근거림과 달콤한 기분은 현관문을 열고 거실을 지키고 있는 장미와 마주치자 순식간에 사라지고, 대신 긴장감과 묘한 죄책감이 그 자리를 차지했다. 장미의 시선이 헝클어진 송화의 짧은 머리와 부어오른 입술, 상기된 뺨을 날카롭게 훑어내리고 있었다. 어쩐지 송화는 자신이 불륜이라도 저지르고 선생님 앞에 서 있는 느낌이었다.

"우리 상엽 씨랑 데이트했어?"

"누구?"

이름을 못 들은 것은 아니다. 하지만, 장미 입에서 나온 '상엽 씨'라는 단어도 생소했지만, '우리'라는 단어는 더더욱 낯설었다.

"우리 상엽 씨 말이야."

"어······ 어."

장미는 마치 그녀가 어디서 남의 남자와 불륜이라도 저지르고 온 것처럼 닦달했다.

"미안한데 나 씻고 쉬고 싶거든."

"언니가 나를 이길 수 있다고 생각해?"

"무슨 의미니?"

협박처럼 들리는 장미의 질문에 다락방으로 향하던 송화가 걸음을 멈추고 뒤돌아봤다.

"무슨 의미인지 알아듣잖아."

"상엽 씨는……."

"그 사람이 뭐라고 하든, 그 사람은 내 거야."

대한민국에서 가장 아름다운 여인이라는 장미가 뿜어내는 분명한 악의와 모진 경고는 여름밤의 후텁지근한 공기까지 얼음처럼 차갑고 싸늘하게 만들어놓고 있었다.

"너랑 난 자매야. 이런 거 별로 보기 안 좋아."

"그러니까 언니가 포기하면 되겠네. 우리 두 사람, 어울리지 않아? 외모로 보나 배경으로 보나. 언니랑 있을 때보다 나랑 있을 때가 훨씬 더 그 사람한테 유리해."

장미의 자신만만함에 송화는 미간을 찌푸려야 했다.

"그 사람 외모나 배경 때문에 만나는 거 아니야. 누가 더 유리하기 위해서 만나는 것도 아니고. 너는 지금 내가 할 수 없는 일을 부탁하는 거야."

"부탁하는 거 아냐. 그러니까 언니가 내 언니로 있고 싶으면 상엽 씨하고 끝내."

"그게 무슨 뜻이니?"

"어차피 우리, 반은 남이잖아. 언니 말대로 한 남자 놓고 두 여자가 싸우려면 자매인 것보다 남남인 게 낫잖아. 안 그래?"

장미가 싸늘하게 내뱉고는 획 하고 등을 돌렸다. 충격으로 머리가 어지러웠다.

반은 남이라고? 한 번도 해본 적 없는 생각이었다. 하지만 장미의 주장대로 장미와 송화는 온전한 자매가 아니었다. 송화는 반이면 충분하다고 생각했는데 그녀의 동생은 반은 별거 아니라고 생각한 모양이었다. 하얗게 질린 얼굴로, 조금은 얼이 빠진 얼굴로 서 있는 송화를 바라보며 양지는 아주 조용히 한숨을 내쉬었다.

송화에게 독설을 내뱉고 자기 방으로 돌아온 장미는 그래도 분이 풀리지 않았다. 분명한 애정 표현으로 볼까지 발개진 송화의 얼굴이 떠오르자 더욱더 화가 났다. 그 남자가 언니의 손을 잡고 언니에게 입을 맞췄다는 상상에 장미는 입술을 깨물었다.

그를 처음 만났을 때가 생각났다. 그 남자의 무심함이 진심이라고 생각해본 적이 없었다. 무뚝뚝하기는 했지만 채장미를 진심으로 거절한 적은 없었다.

양지는 장미를 언니의 남자친구나 넘보는 여자 취급했지만, 장미에게는 송화가 그렇게 느껴졌다. 송화 언니는 지금 동생의 남자친구와 사귀고 있는 것이다.

장미는 분홍빛 소파에서 일어나 티브이를 켰다. 케이블 방송에서 〈달콤한 사랑〉이 재방송을 하고 있었다. 달콤한 사랑이라……. 누가 뭐래도 장미에게 어울리는 제목이었다.

장미는 재빠르게 머리를 굴렸다. 공부는 못했지만 머리가 나쁘지는 않았다. 아니, 솔직히 훌륭한 편이었다. 연기는 못해도 대사를 못 외워 NG를 낸 적은 단 한 번도 없었다. 아무리 급하게 나온 쪽대본이라도 다른 배우들보다 훨씬 빠른 속도로 대본을 익혔다. 지금까지는 뛰어난 미모 때문에 머리를 쓸 필요가 없었을 뿐이었다. 하지만 이번만큼은 다르다. 상엽은 상대하기가 만만치 않은, 아니 오히려 버거운 남자였다. 그러나 송화는 아니지 않은가. 이 전투에서 승리하기 위해서 상대를 선택하라면 당연히 송화 쪽이었다. 공격 목표를 확실히 정한 장미는 이제 가장 타격을 줄 수 있는 무기를 고르기 시작했다.

태섭은 무작정 밀고 들어온 장미를 멀뚱한 표정으로 바라봤다. 아래층 안내 데스크에서 방문 확인 전화가 올 때만 해도 설마 했었다. 딱 잘라 아니라고 할 수도 있었지만 채장미라는 이름이 가져올 수 있는 혹시 모를 후유증을 생각해서 암말 없이 그녀의 느닷없는 방문을 허락했다.
요 맹랑한 여배우를 아파트 현관 앞에 방치하는 것보다는 차라리 밀폐된 공간에서 감시하는 편이 낫다고 생각했다. 물론 상엽이 알면 펄펄 뛰겠지만 태섭으로서는 최선의 선택이었다.
"누구세요?"
"알 거 없어."
남의 집에 쳐들어와서 누구냐고 물어대는 여자의 무례함을 그는 한마디로 봉쇄했다.
"목말라요. 주스나 뭐 그런 거 없어요? 손님 대접이 형편없네."
앞치마를 두르고 있는 태섭을 가사도우미로 생각했는지, 혹은 워낙에 뻔뻔한 성격 탓인지 그녀는 아무렇지도 않게 그에게 명령했다. 빤히 장미를 바라보던 태섭은 아무 말 없이 움직여 테이블 위에 차가운 오렌지 주스를 올려놓았다.

"상엽 씨 언제 와요?"

그에 대한 대답으로 거실에는 헝가리 무곡이 웅장하게 울려 퍼졌다. 장미의 질문을 완전히 무시한 남자는 앞치마를 풀어버린 채 두꺼운 책을 펴들고 맞은편 소파에 기대어 앉았다.

"귀 먹었어요? 아니면 내 말이 말 같지 않아요?"

채장미를 이렇게까지 무시하는 사람은 보다보다 처음이었다. 장미는 세상에서 무시당하는 게 제일 싫었다. 누구도 감히 채장미를 모른 척할 수는 없었다.

"이봐요, 지금 나 무시하는 거예요? 왜 이렇게 사람이 무례해요?"

발끈한 장미는 태섭 앞에 서서 그의 책을 빼앗아 들고 노려봤다.

"적반하장이라더니, 예의가 없으면 눈치라도 있어야지. 도대체 요새 부모들은 뭘 가르치는지."

끌끌거리고 혀를 찬 남자는 장미 손에서 다시 책을 빼앗아 들고 책장을 넘기기 시작했다. 그날 그 남자는 그 이후로 한마디도 입을 열지 않았다. 약이 바짝 오른 장미가 독기를 품고 줄곧 노려봤지만 전혀 개의치 않는 눈치였다.

제목도 모르는 클래식에 무뚝뚝한 상대방, 언제 올지 모르는 목표물. 할 일 없이 자리를 차지한 채 전의만 불태우고 있던 장미는 무료함에 지쳐서 눈꺼풀이 저절로 내려갔다.

태섭은 겁도 없이 생전 처음 보는 남자 앞에서 잠이 든 여자를 바라보며 낮게 혀를 찼다. 얼굴로만 평가한다면 나쁘지 않았다. 하지만 이렇게 철부지라니.

벌써 열 시. 예상대로 그에게서 문자를 받은 상엽은 아파트 근처에도 얼씬하지 않았다.

나직하게 한숨을 내쉰 태섭은 편치 않은 마음으로 곤히 잠들어 있는 장미를 흔들어 깨웠다.

"뭐예요?"

"너무 늦었어. 집에 가봐."

"상엽 씨 보고 갈 거예요."

"그쪽이 안 나가면 들어올 생각이 없대. 나랑 여기서 밤샐 생각이 아니면 그만 가지?"

"거짓말."

장미가 입을 비죽였지만 태섭은 믿거나 말거나 네 맘대로 하라는 눈빛이었다. 상엽도, 그와 함께 사는 듯한 이 남자도 정말이지 장미로서는 이해할 수 없는 인종들이었다. 완소 공주 채장미를 이렇게까지 무시하는 사람들은 또 처음이었다.

"한 가지 물어봐도 돼요?"

장미의 질문에 태섭이 살짝 인상을 쓰긴 했지만 무뚝뚝한 눈빛으로 그녀를 바라봤다. 그의 표정에는 톱스타를 코앞에서 봤을 때의 감격이라든가, 혹은 미인을 앞에 둔 남자의 냄새가 전혀 드러나질 않았다.

"내가 예쁘지 않아요?"

"얼굴은 그나마 봐줄 만하네."

"그나마? 눈 없어요? 나, 채장미예요."

태섭으로서는 솔직하게 말한 주관적인 평가에 장미가 빽 하고 소리를 질렀다.

"거참 시끄럽네. 안 갈 거야? 아니면 여기서 나랑 밤을 지낼래?"

불편한 다리를 끌고 있긴 하지만 태섭은 여러모로 건장한 남자였다. 남자의 커다란 몸이 눈앞에 달려들자 천하의 채장미도 움찔해서 뒤로 물러섰다.

"건드리면 소리 지를 거예요."

"미안하지만 그쪽도 내 취향은 아니야."

자신만의 공간을 침해당한 불쾌함에 정작 소리 지르고 싶은 사람은 태섭이었다. 이 시끄럽고 예의 없고 버릇없는 여자가 얼른 가버렸으면 했다. 무시무시한 인상으로 퇴출을 강요하는 태섭의 협박을 알아들었는지 채장미는 그제야 소파 한쪽에 굴러다니는 클러치 백을 집어 들었다.

"홍, 취향 한번 독특하시네."

"그래서 안 갈 거야?"

"가요. 가기 전에 물 한 잔 줘요. 목말라요."

금방 겁을 먹고 움찔거리던 여자가 어느새 돌변해서 뻔뻔해진다. 도대체 그의 친구는 어디서 이런 여자를 만나고 다니는 건지. 잔뜩 인상을 쓴 태섭은 아까부터 아파오기 시작한 다리를 무시한 채 차가운 생수 병을 냉장고에서 꺼내 그녀에게 건네주었다. 제발 이걸로 끝이었으면 좋겠다는 태섭의 소원이 겨우 이루어지고 있었다.

모처럼 한가한 토요일 오후였다. 하지만 송화의 마음은 복잡하기만 했다. 24년간 한집에서 같이 먹고 같이 자고 함께 자라왔던 동생이 완벽한 타인처럼 다가오고 있었다. 남이라……. 송화는 일이 손에 잡히지 않을 정도로 충격을 받았다. 그나마 지금 맡고 있는 현장 업무가 없는 게 천만다행이었다.

"그 사람이 뭐라고 하든, 그 사람은 내 거야."

장미의 앙칼진 목소리가 귓가에 맴돌았다.

그 사람. 상엽에 대한 소유욕을 송화는 단 한 번도 그처럼 자신 있게 내보인 적이 없었다. 장미의 본격적인 선전포고는 그날 밤 이후로 내내 그녀를 괴롭혔다. 답답해진 송화는 다락방의 창문을 활짝 열었다. 어느새 거리에는 가을이 오고 있었다. 연둣빛으로 생생하던 옆집의 은행나무는 조금씩 금색이 섞여가고 저 너머 길가의 커다란 플라타너스에도 가을빛이 완연했다. 아직까지 오후의 햇살은 길고 길지만 몸에 와 닿는 공기만은 기분 좋을 정도로 선선했다. 눈부신 계절이 다가오고 있지만 마음은 점점 더 심란해졌다.

송화는 손 안에 든 핸드폰을 바라봤다. 장미에게 받은 충격 때문에 상엽을 만나기도 부담스러웠다. 동생의 그 남자와 내가 만나는 그 남자가 같은 사람이라는 사실은 자신도 모르게 온몸에 소름이 돋게 했다. 아무래도 이건 아니었다. 그에게 전화를 할까 말까 망설이던 송화는 노크 소리에 얼른 핸드폰을 내려놓았다. 문밖에는 몸소 다락방까지 올라온 장미가 자신만만한 얼굴로 서 있었다.

"언니, 아직도 상엽 씨 만나?"

"어…… 어."

'아직도'라는 단어가 가슴에 파고들었지만 송화는 겨우 고개를 끄덕였다. 넓지 않은 다락방이었지만 숨이 막힐 정도로 좁게 느껴지기는 처음이었다.

"그렇게 말해도 못 알아듣네. 할 수 없지, 그럼. 끝까지 가는 수밖에."

"장미야."

"됐어. 혹시 나 몰래 상엽 씨 만나게 되면 거실 소파에서 내 귀걸이 좀 있나 찾아보라고 해. 그거 비싼 거란 말이야."

'나 몰래'라는 단어와 '거실'이라는 단어가 머릿속에서 뒤엉켜서 들려왔다. 금방 장미가 내뱉은 언어들이 마치 외계어라도 되는 양 제대로 조합이 안 되고 있었다.

"귀걸이?"

"응, 아무래도 상엽 씨네 집에서 흘린 거 같아."

오늘따라 아무 화장도 하지 않은 장미가 맨얼굴에 모자를 눌러쓰고 선글라스를 손에 든 채 전혀 웃음기 없는 얼굴로 말했다.

"내가 언니라면 아마 포기할 거야."

장미는 창백하게 굳어 있는 송화를 바라보며 비웃듯 중얼거렸다. 포기. 사랑은 아직 시작도 안 했는데 누군가는 포기를 이야기하고 있다. 뭐가 뭔지 이제는 모든 게 뒤섞여버렸다.

장미가 시키는 대로 상엽에게 전화를 거는 스스로가 한심스러웠지만 자책보다는 호기심이 더 강했다.

호기심이 널 죽게 하리니. 송화는 마음속으로 그렇게 중얼거리며 그의 컬러링이 끊기기를 기다렸다.

"어, 하루 못 만나면 내가 보고 싶은 거야?"

"아뇨, 하루 못 만난 사이에 당신한테 무슨 일이 있나 궁금해서요."

"어째…… 보고 싶어서 궁금한 건 아닌 거 같네."

언제나 그렇듯 눈치도 빠른 남자였다. 이렇게 눈치 빠르고 잔머리 잘 돌아가는 남자라면 거짓말도 잘할 텐데. 의혹과 의심이 자꾸만 세포를 분열시키며 세력을 확산하고 있었다. 이럼 안 되는데.

"왜, 또 장미가 뭐래?"

상엽은 마음속으로 어젯밤 태섭에게서 들어야 했던 장미의 방문을 생각하고 내심 한숨을 쉬어야 했다. 비밀을 만들지 않겠다고 약속했지만 기습적인 장미의 행동을 전화로 얘기하고 싶지 않아 입을 다물고 있었을 뿐이었다.

"어, 어떻게 알았어요?"

"그럴 줄 알았다. 이번에는 뭐래는데?"

놀란 그녀의 목소리와는 달리 그의 목소리는 지나치게 담담했다.

"귀걸이 찾아 달래요. 소파에 떨어진 거 같다고."

"귀걸이?"

조금은 전투적인 송화의 대꾸에 전화기 속에서 잠시 상엽의 멈칫거림이 느껴졌다. 하지만 어쩌면 잘못 들었을지도 모를 일이었다. 다음에 흘러나온 그의 대답은 다시 덤덤하기만 했다.

"으흠, 당신이 직접 찾으러 와. 나 지금 꼼짝도 못하니까."

"나도 바쁘거든요."

변명의 여지도 없는 그의 답변에 그녀가 퉁명스럽게 대꾸했다.

"그럼 장미를 보내든지."

느긋하고 편안한 목소리였다. 장미를 보내라니, 이게 도대체 무슨 뜻일까. 이미 끊긴 핸드폰을 바라보며 송화는 미간을 모아야 했다.

뭐니, 이 남자. 장미를 보내라니. 그럼 부정도 안 한다고? 장미가 그 집에 갔었고, 그 집 소파에 귀걸이를 떨어뜨린 게 사실이라고? 그리고 누구더러 오라 가라야?

송화는 비밀을 들킨 남자의 지나친 뻔뻔함에 차츰 분노가 일기 시작했다.

어쩌면 이 남자가 나한테 이럴 수 있을까. 어쩌면 이렇게 양심 없고, 어쩌면 이렇게 심술궂고, 또 어쩌면 이렇게 야비할 수가. 장미는 나이라도 어리지, 세상물정 알 만한 사람이 감히 이런 짓을 저지른다는 사실에 분개한 송화는 그를 상대하기 위한 준비를 시작했다.
윤상엽. 당신, 오늘 한번 제대로 해보자고.
핸드폰을 손에 쥔 채 시시각각 변해가는 상엽의 얼굴 표정을 바라보며 태섭은 고개를 흔들었다. 전화 통화 내용을 엿들은 것만으로도 충분히 조합이 가능한 사연들이었다. 그녀가 앉아 있던 소파에서 문제의 물건을 찾아낸 태섭은 장미가 언제 귀걸이를 두고 갔는지 기억해냈다. 마지막, 물 한 잔의 가격으로 그녀는 이 비싸 보이는 귀걸이를 증거로 흘려둔 것이다. 용의주도하다고 해야 하나, 아니면 영악하다고 해야 하나. 뭐가 됐든 그녀만이 해낼 수 있는 일인 건 분명했다. 태섭은 고개를 절레절레 흔들었다.
"채장미인지 백장미인지 얼른 정리하지 않으면 큰일 나겠다. 네 상대가 아니야."
번쩍거리는 다이아몬드 귀걸이를 테이블 위에 올려두며 태섭이 무뚝뚝한 목소리로 말했다. 그 어린 여배우는 보통내기가 아니었다. 세상에 알려질 만큼 알려진 여배우가 세상 사람들 눈을 전부 무시하고 아파트에 쳐들어올 정도의 만용이나 처음 본 남자 앞에서 대책 없이 잠이 든 겁 없는 뻔뻔함이나 생전 처음 본 남자를 턱 끝으로 부려대는 건방짐까지……. 여러모로 상엽이 감당하기에는 벅찬 여자였다.
"정리하고 말고 할 것도 없어. 진드기처럼 달라붙는 덕에 아주 미치겠다."
"지윤이보고 해결하라고 할까?"
"됐어. 혹 떼러다 혹 붙일 거 같아."
상엽이 태섭의 제안에 펄쩍 뛰며 고개를 흔들었다. 태섭의 여동생인

천방지축 지윤은 가끔씩 상엽에게 치근덕대는 여자들의 방패막이가 되어주곤 했다.

"그래도 지금까지는 효과가 있었잖아."

"채장미는 아니야."

지난밤 거실에서 버티고 있던 채장미의 정체를 몸소 겪은 탓에 이번 만큼은 태섭도 순순히 고개를 끄덕였다. 동생이랑 둘이 붙여놨다가는 그게 더 시끄러워질 것이었다.

"네가 여복이 넘치는구나."

"그딴 거 필요 없어."

상엽이 질색을 하고 마치 모든 일의 원흉이 그에게 있는 것처럼 친구를 노려봤다.

"어차피 넌 여자는 아무나 상관없잖아. 이왕이면 예쁜 여자가 좋지 않아?"

언제나처럼 무뚝뚝한 태섭의 표정과는 상관없이 어쩐지 목소리에는 은근한 호기심이 묻어나고 있었다.

"뭐가 궁금한 건데?"

"네 어머니의 방패가 되어줄 여자라면 꼭 송화 씨가 아니어도 되잖아. 아마 그 맹랑한 아가씨가 훨씬 더 효과적일걸."

"우리 어머니 혈압 올리는 데는 더 효과적이겠지."

태섭의 은근한 제안에 상엽이 코웃음을 쳤다. 여배우라는 직업만으로도 어머니는 뒷목을 잡으실 것이다.

"혈압이야 의사 아들이 있으니 별 문제 없을 거 같은데. 하지만 설득력은 있을 거야. 네가 왜 네 어머니가 소개하는 다른 여자들을 마다했는지. 완소 공주 채장미를 마다할 남자가 있겠어?"

정작 채장미가 와도 눈도 깜짝하지 않았던 태섭이 그 사실은 덮어둔 채 말했다.

"너한테 여자 생기면 진짜 그러나 보자. 찰거머리야. 피곤해."

"피곤해도 예쁘잖아. 이런 좋은 기회 별로 없어. 네가 진짜 송화 씨한테 관심이 있는 게 아니라면 말이야."

"너 오늘 엄청 말 많은 거 알아?"

"너는 오늘 엄청 소심하고 말이야."

가끔씩 보이는 친구의 마음을 이미 다 알고 있다는 듯 그가 히죽 웃어 보였다. 빌어먹을 녀석. 이래서 친구를 잘 사귀어야 한다.

"송화는 그런 여자들이랑 달라."

"그러니까, 온리 채송화?"

"아마도."

오늘따라 지나치게 말이 많아진 친구의 추궁에 오늘따라 지나치게 소심해진 상엽이 드디어 고개를 끄덕였다.

"됐냐?"

"그러게 진작 그럴 것이지. 자식, 버티기는."

드디어 원하는 대답을 상엽에게서 들은 태섭이 만족한 얼굴로 웃어 보였다. 그리고 상엽도 결국은 픽 미소를 지었다. 퍽퍽하고 황량한 그의 마음에 채송화가 송이송이 피어나고 있다는 걸 그녀는 알고나 있을까. 그나저나 이 아가씨는 언제 도착하려나. 상엽은 조금은 두근거리는 마음으로 그의 채송화를 기다렸다.

편안한 티셔츠에 청바지, 그리고 검도 장비를 어깨에 메고 전투 의지로 몸과 마음을 완전히 무장했지만 상엽의 아파트 현관 호출기를 누르는 송화의 손끝이 떨렸다. 집을 나설 때의 전투 의지는 어디론가 사라지고 불안과 초조로 손바닥에 땀이 고였다.

'채송화, 힘내.'

다시 한 번 자신을 다잡으며 송화는 현관 호출 버튼을 제법 기세 좋게 누르는 데 성공했다. 1초도 되지 않아 아파트로 들어서는 현관문이 열렸다.

"장미한테 고마워해야겠네. 이런 식으로 당신을 우리 집으로 보내줘서."

상엽이 아파트 문을 열어주며 만족스러운 얼굴로 말했다. 엉거주춤 들어서던 송화는 어깨에 떡하니 팔을 두르는 그의 손길을 밀어냈다.

"그럼 진짜 장미가 당신 아파트에 드나든단 말이에요?"

"응."

"이봐요, 아니라고 부정이라도 하는 게 예의 아니에요?"

그의 간단한 대꾸에 송화의 눈빛에 분노가 스며들기 시작했다. 아무리 장미가 자신만만해했어도 그저 일방적인 관계라고 스스로를 이해시키며 설마 했었는데, 나도 처음 와본 그의 집을 장미가 들락거린다고?

"나보고 거짓말하라고? 그건 속임수지, 예의가 아니라."

잔뜩 동요한 그녀의 나직한 지적에도 불구하고 상엽이 태연히 고개를 저었다.

"하긴, 그렇다."

금방 고개를 끄덕이는 송화의 반응에 상엽은 웃음을 삼켰다. 지금 상황을 이렇게 금방 인정하면 안 된다는 걸 알고는 있는 걸까. 이제 그만 해명을 해야겠다. 더 이상은 순진한 그녀에게 아무래도 무리였다. 채송화의 꽃말이 순진이라는 걸 잊어서는 안 되었다.
"한 번 왔었어. 그것도 나 없을 때."
"당신 없을 때요?"
"응. 무슨 생각으로 우리 집으로 밀어닥쳤는지는 몰라도 다행히 나랑 타이밍이 안 맞았어. 그걸 드나든다고 한다면 할 수 없고."
그의 진지한 해명에 그녀가 미간을 모았다. 그녀는 한 번도 와보지 못한 그의 사적인 공간을 어쨌거나 장미가 먼저 드나들었다는 게 영 개운치 않았다.
"여기서 혼자 살아요?"
아파트를 둘러보며 그녀가 물었다. 남자 혼자 사는 집 치고는 지나치게 정갈하고 깨끗했다. 원목 마룻바닥에 편해 보이는 검은 가죽 소파, 벽 한쪽의 블랙스톤으로 만들어진 낮은 장식장을 제외하고 별다른 장식이나 가구가 없는 거실은 어딘가에서 우렁각시라도 튀어나올 것 같은 분위기였다.
"아니, 친구랑 같이."
"장미는 여길 왜 온 거래요?"
"그건 장미한테 물어봐야겠지만, 어떤 여자들은 머릿속에 못돼먹은 심술과 더 못돼먹은 계략만 갖고 있기도 하거든."
그 '어떤 여자'는 아무래도 장미인 듯했다. 심술과 계략, 그건 장미의 전공 분야였다. 하지만 장미가 못돼먹은 아이는 아니었다.
"그 정도는 아니거든요."
"그 목도는 나 때리려고 가지고 온 거야?"
"필요하면요."
'아뇨, 흔들리는 내 마음을 든든히 하려고 가지고 왔어요.'

하지만 그걸 굳이 그에게 알려줄 필요는 없었다.

"필요 없을 거야. 아마 앞으로도 주욱."

그는 그녀의 마음을 다 알고 있다는 듯, 약속이 가득한 얼굴로 고개를 끄덕였다. 그랬으면 좋겠다. 이 사람을 오해하는 일이 없었으면 한다. 이 남자를 사이에 두고 동생과 다투는 일이 없었으면 한다.

"정말 내 동생한테 마음 없어요?"

"지금 그걸 말이라고 하는 거야?"

조심스러운 송화의 질문에 상엽이 불쾌하다는 듯 눈썹을 치켜세웠다. 하지만 동생에게서 남이라는 이야기를 들어야 했던 송화의 마음은 불쾌한 그의 마음보다 훨씬 더 심란했다.

"내 동생은 정말 정말 예쁜데요. 국민 요정이에요."

"원래 예쁜 여자들과 비싼 도자기는 그냥 눈으로 보는 거야. 박물관에 진열해 두든지. 그리고 솔직히 난 장미가 예쁘다고 생각해본 적도 없어."

또 한 번 말도 안 되는 질문을 하는 송화에게 그가 밋밋하게 중얼거렸다. 장미가 예쁘지 않다고 하는 남자는 처음 보았다. 그저 자신을 안심시키느라 괜히 한번 해보는 이야기인지, 아니면 진심인지 헷갈렸지만 상엽의 눈빛은 덤덤했고 진지했다.

"그래도 그렇지. 어떻게 이렇게 80년대 수법에 혹할 수가 있냐? 순진한 거야, 아니면 바보야?"

복잡한 송화의 마음과는 달리 그가 가볍게 그녀를 타박하며 혀를 찼다.

"80년대 수법이요?"

"응. 딱 그때나 나올 법한 일이야. 한 가지 다른 건 당신이 어디로 기차 타고 떠나서 내가 이박 삼일 동안 찾아다니지 않는 것만 빼면."
"다음엔 기차 타고 떠나야겠군요. 상엽 씨가 2박 3일 동안 날 찾아오게."
"됐거든요, 아가씨. 지금도 충분히 복잡해요. 우리 둘만이라도 복잡하게 살지 맙시다. 안 그래도 엉키고 설켰구만."
그녀의 대답에 그가 기겁을 해서 고개를 흔들었다. 어쩐지 그런 그의 모습이 낯설지 않아서 송화는 자신도 모르게 키득거렸다.
"재밌어할 일이 아닌 거 같은데."
그의 불만 어린 눈빛과 마주치면서 그녀의 웃음소리도 커졌다. 상엽은 할 수 없다는 듯 그녀의 머리를 잡아당겨 입을 맞췄다.
자꾸만 키스에도 익숙해지고 있다. 자꾸만 모든 것에 익숙해지고 있다. 웃음에도, 체취에도, 키스에도, 온기에도. 사랑은 사람에게 익숙해지는 일 같다. 익숙해져가는 게 무서워진다. 사랑에 빠지는 일이 두려워진다.

10. 기다리기

 원치 않는 일은 가끔 이상한 데서 시작된다. 장미의 귀걸이로 난리를 치른 그날 밤, 새벽녘 상엽은 울리는 핸드폰 소리에 잠을 깨야 했다. 술에 잔뜩 취한 어머니의 전화였다. 아버지의 긴 해외 출장을 또 혼자 견디어내지 못하는 것이다.
 그날 상엽은 어머니를 입원시켜야 했다. 알코올중독은 어쩔 수 없을 만큼 심해졌고 결국 병원 치료를 받아야 할 정도에 이른 것이다. 상엽은 병실을 지키며 술과 외로움으로 잔뜩 메말라 있는 어머니의 모습에 연민과 함께 아픔을 느껴야 했다. 지독한 사랑은 서로에게 독이었다. 너무 불같은 사랑은 서로를 태워버린다. 적당히, 너무 독하지 않게, 너무 불같지 않게. 모든 걸 걸고 하는 사랑은 위험하다.
 병실 창으로 새벽 하늘을 바라보며 상엽은 또 한 번 자신을 곱씹었다.
 피곤한 눈을 비비며 상엽은 또 다른 아침을 준비했다.
 "바빠요?"
 옷을 갈아입기 위해 아파트로 향하던 상엽은 요 며칠 서로 코빼기도 보지 못한 송화의 통화에 왠지 편안함을 느꼈다. 그녀 입장에서는 아무 이유 없는 그의 잠수를 묵묵히 참아주고 있었다.

"조금."

잠시 침묵. 상엽은 그녀의 생각을 읽고 오랜만에 마른 웃음을 삼켰다. 채송화, 사람들이 다 당신같이 정직했으면 좋겠어. 당신처럼 편안했으면 좋겠어.

"애정이 식을 만큼 조금이요?"

장미의 귀걸이 사건 이후 송화는 장미도 상엽도 지난주 내내 만나지 못했다. 독립을 극구 반대하는 아버지 탓에 기획사 측에서 제공하는 아파트도 그냥 빈집으로 두고 있는 장미는 해외 촬영을 핑계로 벌써 며칠째 집을 비우고 있었다. 그리고 상엽 역시 벌써 일주일째 그저 바쁘다는 이유로 만나지를 못하고 있었다. 그럴 수도 있겠다고 참아내고 있지만 마음속에서는 집이 몇 채 지어졌다 허물어졌고 소설이 몇 권은 마무리되고 있었다.

"그 정도는 아니고, 이것저것 문제가 많네."

애써 씩씩하게 건넨 송화의 질문에 상엽은 저도 모르게 고개를 저었다. 하지만 그녀는 볼 수 없겠지.

상엽은 어머니에게 못다 한 이야기를 송화에게 하고 싶었다. 하지만 자신의 짐을 그녀에게 넘기고 싶지 않은 마음에 애써 덤덤한 목소리로 자신을 감췄다.

"다른 여자 있으면 가위바위보 해줄 수도 있어요."

"난 다른 남자 있으면 대침이랑 부황 들고 쳐들어갈 거야."

상엽의 진심 어린 협박에 핸드폰 너머에서 기겁하는 놀람과 깊은 안도가 느껴졌다.

솔직하고 담백하기 그지없는 그녀는 또한 참으로 예민했다. 잔뜩 긴장되어 있는 상엽의 목소리에 담긴 거리감을 본능적으로 감지하고 있었다.

"집안일이야. 그러니까 조그만 기다려. 금방 해결될 거야."
"알았어요. 천천히 해요. 대신 한눈팔지 말고 나한테 와야 해요."
"오케이."

전화를 끊은 송화는 나직한 한숨을 내쉬어야 했다. 드라마에서도 영화에서도 사랑만 있으면 모든 것이 다 완벽하다고 주장하지만 사람 사는 세상일은 그렇지가 않다. 사랑으로 모든 일이 다 해결되고 사랑 앞에서 불가능은 없을 거라고 세뇌시키지만 정작 사랑하는 사람들에게 사랑의 감정은 가장 쉬운 시작일 뿐이다.

일단 가속이 붙은 사랑이 굴러가기 시작하면 그 매순간마다 믿어야 하고 인내해야 하고 눈감아주어야 하며 머리 터지게 고민해야 한다. 사랑은 달콤하게 귓가에 와 닿는 연인의 속삭임과 설렘으로 두근거리는 심장의 즐거움 속에도 아주 많은 골칫덩어리들을 감추고 있는 판도라의 상자였다.

보이지도 않고 먹을 수도 없고 손에 잡히지도 않는 그 변덕스러운 감정 하나 때문에 참아야 할 것들은 너무나 많았다. 그리고 무엇보다 가장 힘든 건 이미 폭주하기 시작한 기차를 멈출 수 없듯이 이미 시작해버린 사랑의 감정을 그 많은 문제들 속에서 감출 수도 그렇다고 모른 체할 수도 없었다. 최소한 채송화에게는 그랬다.

"또 연애질이냐?"
"야! 난 몰라."

언젠가부터, 아니 그를 만난 이후로 습관적으로 만지작거리던 핸드폰이 소란스러운 장진욱이 아는 척을 하는 바람에 대리석 바닥 위에 요란한 소리를 내며 떨어졌다.
"고장 났으면 너 죽을 줄 알아."
"하나 사. 네 핸드폰, 무전기야. 알아?"
"젠장, 망했다. 왜 치고 난리야?"
화들짝 놀라 징징거리는 송화와는 달리, 이 원수는 뭘 잘했다고 당당하기까지 하다. 아이고, 네가 내 속을 알겠니. 액정이 깨지고 통화가 되지 않는다. 튼튼하던 그녀의 핸드폰이 드디어 수명이 다한 듯했다. 송화는 무시무시한 눈으로 진욱을 노려봤지만 이 뻔뻔하기 이를 데 없는 녀석은 여전히 기세등등했다.
"요새 뜸한가 보다, 너네 여보야?"
"바쁘대."
씩씩거리는 송화의 눈빛을 모른 척하며 그가 염장을 질러댔다. 이래저래 용서할 수 없는 녀석이었다.
"야, 야, 그거 다 핑계야. 정말 보고 싶어봐라. 바쁜 게 아니라 바빠 죽어도 찾아오지."
가끔씩 진실을 콕 집어내는 진욱의 능력은 안 그래도 예민해 있는 송화의 심기를 건드렸지만 이번만큼은 모른 척했다. 모른 척해야 했다. 또한 속내를 잘 보여주지 않는 그 때문에 상처받은 만큼 섭섭해지는 마음 한구석도 모른 척했다. 그 역시 모른 척해야 했다. 어쩌면 그에게도 혼자만의 공간이 필요할지 모른다. 그녀가 시시콜콜 속내 얘기를 하지 못하는 것처럼.
"그래도 양다리는 아니니까 너무 걱정하지 마."
뭐라고 대꾸하지 않는 송화의 표정을 흘긋 살핀 진욱이 나름 당당하게 그녀의 어깨를 치며 말했다.

"그걸 네가 어떻게 알아?"

'나도 모르는 일인데.'라는 말은 마음속으로 삼켰다.

"양다리였으면 더 뻔질나게 만나고 더 뻔질나게 서비스하게 돼 있거든. 너네 여보야처럼 아주 두문불출하는 건 정말 어딘가 문제가 생겨서 그런 거야."

"그런 거야?"

"그런 거라니까. 선수의 말을 믿어."

의심쩍어하는 송화에게 어설픈 선수인 진욱이 자신만만하게 대답했다. 그의 자신만만함이 진실이기를. 핸드폰을 망가뜨린 죄를 사해주어야 할 듯했다.

"그래서 말인데, 채 군아. 술 먹자."

"날도 더운데 웬 술?"

밤에는 서늘한 바람이 불어오긴 했지만 아직도 한낮의 열기는 뜨거웠다.

"야, 니네 여보야 바쁠 땐 너도 바쁜 척해야 하는 거야. 그래야 니네 여보야도 긴장을 하지. 여자가 자기만 바라보고 있다고 생각해봐라. 얼마나 답답하겠냐?"

"너 목적이 그거였지?"

그럼 그렇지. 이 웬수가 어쩐지 편들어줄 때부터 수상했다.

"내가 핸드폰은 못 사줘도 술은 산다, 응?"

불쌍한 눈빛으로 치근대는 진욱을 바라보며 송화는 할 수 없이 고개를 끄덕여야 했다. 그래, 요즘 연애한다고 파트너를 너무 방치했다. 그리고 그의 말대로 남자만 바라보며 목 빼고 기다리고만 있기에는 그녀도 바빴다. 송화는 액정이 나가버린 핸드폰을 다시 한 번 바라보며 슬쩍 어깨를 으쓱였다.

 어머니가 입원해 있는 병원에서 밤을 지내고 오후 늦게 출근한 상엽은 한의원 로비를 거치고 복도를 지나 드디어 원장실에 도착하기까지 호기심이 가득한 눈길과 소곤거리는 웅성거림을 들어야 했다. 도대체 무슨 일일까 하는 의문은 책상 위에 가지런히 놓인 신문의 일면을 보고 깨달았다.

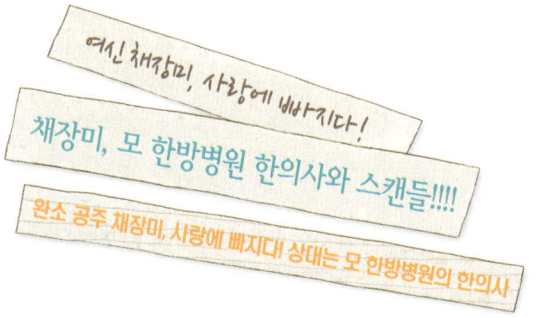

 모자이크 처리된 병원 간판 사진은 누가 봐도 그의 병원이었다. 이런, 젠장. 그는 눈을 감았다 떴다. 핸드폰과 사무실 전화벨이 요란하게 울려대기 시작했다. 그는 잠자코 휴대폰 배터리를 빼고 전화선을 뽑아버렸다. 이 사고뭉치를 어찌 해야 한단 말인가. 가슴속에서 부글거리는 분노를 애서 잠재우며 상엽은 손을 깍지 낀 채 책상 위에 올려놓고 다음 상황을 머릿속에서 곰곰이 생각했다.
 부랴사랴 송화에게 연락했지만 핸드폰은 묵묵부답이다. 이번에는 정말 2박 3일 찾아야 할지도 모르겠다.

상엽은 머리와 가슴을 채워가고 있는 짜증과 분노를 진정시키며 지끈거리는 미간을 꾹꾹 눌렀다. 자가침이라도 맞아야 할 듯싶었다. 이런 식으로 뒤통수 맞는 일은 언제나 불쾌하다.

한의원이야 이름이 공개되었으니 그렇다 치고 어떻게 알았는지 아파트까지 기자들이 진을 치고 있다고 한다. 대한민국의 정보력이라니. 그는 낮은 욕설을 입안으로 삼키고 기자들의 질문을 무시한 채 병원을 나섰다.

얼굴에 모자이크 처리만 안 해봐라, 초상권으로 아주 박살을 내주마. 집 안 한구석에 발만 들이밀어 봐라, 주거 침입으로 처넣을 테니.

다행인지 불행인지 그의 위협적인 얼굴에서 감을 잡은 눈치 빠른 기자들은 감히 그런 위험을 저지르지 않았다.

상엽이 송화에게 연락하기 위해 핸드폰을 들고 전전긍긍할 때쯤, 송화는 일찌감치 퇴근해 진욱과 함께 아구탕 집에 자리를 잡고 앉아 있었다. 화창하던 날씨가 오후가 되면서 꾸물거렸고 절대 돼지 껍데기만큼은 안 먹겠다는 송화의 단호한 고집으로 고른 아구탕은 흐리멍덩한 날씨에는 나름 어울리는 선택이었다.

"살맛이 안 나."

"왜 살맛이 안 나는데?"

심각한 표정으로 음식이 나오기도 전에 원샷을 해대는 진욱을 수상하게 바라보며 송화가 물었다. 혹시 이 녀석이 내가 연애하는 틈을 타서 또 무슨 사고를 친 건가.

"어떤 여자가 네 애라도 임신했대?"

"야, 넌 도대체 날 뭘로 알고!"

사고 친 막내아들 때문에 잔뜩 고민하는 표정으로 송화가 물어대자 그새 발끈한 막내아들이 씩씩거렸다. 다행히 임신은 아니라니 최악은 아니다. 그렇다면 이 녀석이 도박에 손을 대나?

"그럼 왜 그러는데? 말해봐. 너, 돈 필요하니?"

"채장미가 결혼한대."

"뭐?"

기절할 정도로 놀란 송화의 표정을 미처 읽지 못한 진욱은 한술 더 떠 옆 테이블 위에 놓인 스포츠 신문을 꺼내 펼쳐 보였다. 자극적인, 그리고 구체적인 헤드라인에 활짝 웃는 장미의 모습. 그것만으로 1톤짜리 망치에 머리를 얻어맞는 기분이었다.

"너무하지 않냐? 만인의 연인이 이렇게 일찍 결혼하다니. 어떤 놈인지 걸리기만 해봐."

"저기, 아무래도 술을 좀 마셔야겠다."

눈치 없는 진욱을 모른 척하고 송화는 자기 손으로 술을 따라 잔을 채웠다. 잔을 든 손이 부들부들 떨리고 있었다.

이런 신문 기사를 전부 믿어선 안 된다는 것은 송화도 누구보다 잘 알고 있다. 지금까지 신문 기사대로였다면 장미는 각기 다른 재벌 후계자와 벌써 두 번 결혼을 했고 같은 드라마에 나왔던 남자와 네 번 사랑에 빠져야 했으며 그 밖의 다른 사업가와 세 번째쯤 열애 중이어야 했다. 하지만 왜 하필이면 지금 이 시기에 대서특필된 남자가 그일까. 송화는 활짝 웃고 있는 장미의 선전포고를 신문으로 보고 있는 기분이었다.

"천천히 마셔."

"오늘따라 술이 땡기네."

"너 그동안 술 먹고 싶어서 어떻게 참았니? 그러게 그 남자 앞에서 내

숭 떨지 말고 본색대로 살아."

복잡한 마음과 심난한 머릿속에 술을 얼마 먹지도 않은 듯한데 그날은 일찍 뻗어버렸다. 술을 먹어서인지, 아니면 마음에 멍이 들어서인지, 혹은 둘 다일지도 모르지만 어쨌거나 그녀는 그날 한 병도 채 마시지 못하고 필름이 끊겨버렸다.

완전히 늘어진 송화를 바라보며 혼자 남겨진 진욱은 혀를 찼다.

겁도 없이 남자 앞에서 술 먹고 인사불성이라니. 얘가 정말 지가 채 군인 줄 알고 있는 건지 의심스러웠다. 하긴 네가 이러니 채 군이지 달리 채 군이니.

난감한 듯 바라보던 진욱이 송화를 업어 들었다. 겉으로 봐서는 한 덩치 할 것 같았지만 의외로 송화는 무겁지 않았다. 채 군인 줄 알았는데 채 양이긴 했나 보다.

어렵게 송화를 업어 들고 들어오는 진욱을 처음으로 맞은 사람은 양지였다. 그리 느리지는 않지만 어쩐지 온몸에 느긋함이 넘쳐흐르는 고양이처럼 생긴 여자가 진욱을 신기하다는 듯이 바라보고 있었다. 소매 없는 짧은 원피스에 긴 머리를 편하게 묶고 팔짱을 낀 채 서 있는 그녀는 잘 차려입지는 않았지만 기품이 넘치는 여왕님 같았다. 아마도 송화의 언니쯤 되는 모양이었다. 진욱은 그때야 자신이 채송화에 대해 그다지 아는 것이 없다는 사실을 깨달았다.

"그쪽이 장진욱이에요?"

"네? 네, 그렇습니다만, 그런데요."

느릿한 어조로 신하에게 질문하듯 묻는 거만한 양지의 포스에 긴장한 진욱이 더듬더듬 중얼거리듯 대꾸했다. 위로 누나가 넷이나 있었지만 그의 누나들에게는 느낄 수 없는 권위였다. 뭐냐, 이 여자? 누군데 내 이름을 알고 있는 거지?

"으흠."

"무슨 뜻입니까?"

"알 거 없어요. 그런데 이게 어떻게 된 거죠?"

방금 전보다는 조금 빨라진 듯 느껴지지만 여전히 그녀의 어조는 느릿했다. 만약에 이 여자와 다툼이 붙는다면 성미 급한 상대방은 약이 바짝바짝 오를 말투였다.

"보다시피 술 먹고 뻗었습니다."

"그럼 술 먹고 뻗을 때까지 두고 봤단 말이에요?"

"얘가 고집이 장난 아니거든요. 그거 모르셨어요? 한집에서 사시면서."

"몰랐어요."

분명한 비난에 발끈한 진욱이 반격했지만 모르는 게 당연하다는 듯 그녀가 무심하게 고개를 끄덕였다. 하얀 얼굴에 눈 꼬리가 치켜 올라간 커다란 눈, 붉은 입술에 위엄이 가득한 양지를 바라보며 진욱은 갑자기 목이 말라왔다. 무거운 채 군을 여기까지 데려왔으니 갈증이 생길 만도 했다.

"저기 죄송한데 물 한 잔만 주실래요?"

"주방 저쪽이에요."

"네?"

"떠다 먹으라고요. 이렇게 무거운 애도 업고 왔는데 물 한 잔도 알아서 못 마셔요?"

그가 베푼 친절과 봉사를 생각해볼 때 그야말로 어이없는 답변이었다. 하지만 진욱이 해야 할 행동은 분명했다. 목이 마르면 알아서 물을

238

찾아 마셔야 한다는 것. 진욱은 정체불명의 여왕님이 턱 끝으로 까닥거리며 가리킨 주방이라고 짐작되는 곳을 한 번 보고는 황당한 눈빛을 다시 그녀에게 향했다.

"나 왔어. 어머, 누구세요?"

그가 뭐라 대답하기도 전에 현관문이 열리고 나긋나긋한 목소리가 들려왔지만 진욱은 여전히 양지에게서 눈을 떼지 않았다.

"몰라. 송화랑 같이 왔어."

"저는…… 어……."

무심한 눈길로 장미를 바라보던 진욱의 눈이 순간 커졌다.

맙소사! 모자와 선글라스를 벗어버린 그녀는 분명 채장미였다. 정체불명의 여왕마마로도 모자라서 이제는 완소 공주 채장미까지? 그는 눈을 깜빡이고 다시 양지와 송화, 그리고 장미를 향했다. 채 군의 복잡한 가족 관계가 그의 머리를 한껏 어지럽히고 있었다.

"안녕하세요. 채장미예요."

티브이 속 그 미소 그대로 그녀가 웃어 보였다. 마치 네 마음을 다 알고 있다는 듯.

"아, 네, 네, 정말 채장미 씨세요?"

"언니가 제 얘기를 전혀 안 하나 보죠?"

"아니, 했어요. 술 잘 마시고 까탈스럽고, 방귀 붕붕 끼고 코 골고 잔다고."

나직하게 들리는 키득거리는 웃음소리에 진욱은 아차 싶었다.

젠장. 완소 공주 채장미를 코앞에서 보고 이게 무슨 헛소리란 말인가. 난 죽어야 해. 죽어야 마땅해. 웬수 같은 채송화. 왜 이런 중요한 얘기를 진작 해주지 않았단 말이야. 이럴 줄 알았으면 그냥 술집에 두고 왔어야 했는데. 아니지, 그랬으면 여기서 채장미를 만나지 못했을 것이다.

두근거리는 가슴을 진정시키고 눈빛이 매섭게 변한 장미의 눈초리를 얼른 피한 진욱은 아직까지 웃음을 참지 못하고 있는 양지에게로 난감한 시선을 돌렸다.

"송화 남자친구야?"

"몰라. 안 물어봤어."

"그럼 언니, 양다리인 거야? 얌전한 척하더니 대단하네."

"남자친구 아니거든요."

상대를 멀쩡히 코앞에 두고 제멋대로 추측하고 있는 송화의 자매들에게 진욱이 나직하게 항의했다. 무례한 여자 한 명은 참아낼 수 있지만 악의가 가득한 여배우는 참기 어려웠다. 갑자기 까탈스러운 채장미의 방귀 끼는 모습이 그려졌다. 거기다 코까지 골고 잔다더니.

"정말 아니에요?"

"아닙니다. 송화가 양다리 걸칠 주변머리도 못 되지만요."

뭐 이런 집안에 이런 자매가 다 있는지 모르겠다. 채송화가 특이하다고 놀려댔는데 더 이상한 언니와 동생은 송화에 비할 바가 아니었다. 별반 마시지도 않은 술이 확 깨는 기분이었다.

머리가 지끈거렸다. 필름이 끊기긴 했지만 잊고 싶은 사실만은 아주 선명하게 기억 속에 박혀 있었다. 미치겠다. 스캔들 속의 동생 남자랑 연애를 하다니. 왠지 구정물 속에 몽땅 옷을 적신 기분이었다. 송화는 망가진 핸드폰을 바라보다 사무실 전화기를 노려봤다. 그가 어제 전화를 했겠지. 했을 거야. 이렇게 중요하고 심각한 일을 모른 척할 사람이 아니니까. 전화가 안 돼서 걱정할 텐데. 걱정하겠지.

핸드폰이 아주 절묘한 타이밍에 수명을 다해버렸다. 나라도 먼저 전화를 해야겠지? 그의 열 자리 핸드폰 번호는 그녀의 머릿속에 문신처럼 지워지지 않고 단단히 박혀 있었다.

"너, 다시는 나보고 술 먹자고 하지 마."

진욱이 인상을 퍽퍽 써가며 그녀 옆자리에 '털썩' 하고 소리가 나도록 주저앉았다. 그녀는 크게 마음을 먹고 손에 들었던 전화기를 내려놓았다.

"왜?"

"무거워 죽는 줄 알았단 말이야."

"네가 업어 나른 거야?"

"버리고 갈까 하다 네 덩치에 걸려 엎어지는 놈 있을까 봐 할 수 없이 주워왔다."

나 아니면 누가 있겠냐는 표정으로 진욱이 무슨 대단한 일이라도 한 듯 투덜거렸다.

"고마워서 눈물이 나네."

"니네 언니, 되게 웃기더라."

현장 컨테이너에 설치된 자판기 커피를 전해주면서 진욱이 불쑥 중얼거렸다.

"왜?"

"내가 물 한 잔 달랬더니 '주방 저쪽이에요.' 이러는 거 있지. 그것도 고개 빳빳이 들고 턱만 까딱거리면서."

아무리 생각해도 진욱에게는 어이없는 일이었다.

"웬일로 친절했네."

"뭐?"

그는 친절이라는 단어에 인상을 그었다. 채송화의 친절과 장진욱이 알고 있는 친절의 의미가 다른 모양이었다. 그 무뚝뚝하고 쌀쌀맞은 대꾸가 친절이면 대한민국에 불친절 때문에 싸움이 일어나진 않으리라.

"보통 때였으면 '그런데요?'라고 얘기했을 거야."

그나마 양지에 대해서 잘 알고 있는 송화가 슬쩍 어깨를 으쓱이며 대답했다. 결혼을 정리하고 돌아온 언니는 남의 눈치를 보는 법이 없었다. 원래 결혼 전에도 남의 비위 맞추는 일은 하지 않았다. 그러기엔 언니 자체가 너무 똑똑했기 때문이다. 장미와 언니의 공통점을 찾는다면 그들 모두 너무나 잘나서 다른 사람들에게 아쉬울 게 없는 종족들이라는 점이었다.

"근데 너 신기하다."

"뭐가?"

"보통 우리 언니보다 내 동생한테 관심을 더 많이 갖던데."

송화가 재미있다는 표정으로 진욱을 바라보며 물었다. 어젯밤 장미가 오랜만에 집에 왔다는 걸 송화도 알고 있었다.

"참 일찍도 얘기한다."

"뭐 별로 중요한 얘기는 아니니까."

채장미가 동생이라고 해서 얻은 친구와 떠나간 친구가 얼마나 많은지 장진욱은 모를 것이다. 아주 어려서부터 '채장미 언니'라는 이름으로 불리는 것도 그녀가 원치 않는 일이었으며 채장미의 언니라는 이유로 주목받는 것도 그녀가 원하지 않는 일이었다. 사람들은 장미와 송화의 얼굴을 번갈아 바라보며 조금도 닮지 않는 그들 자매를 신기하게 바라보곤 했다.

"장하다, 채송화."

무슨 생각이 들었는지 진욱이 갑자기 어깨 위에 무거운 팔을 올려놓았다.

"뭐가 또?"

"그런 집안에서 비뚤어지지 않고 그나마 멀쩡하게 커줘서."

송화는 그런 집안이라는 단어가 은근히 기분 나쁘게 들렸지만 어제 그가 받았을 친절과 충격을 감안해서 넓은 마음으로 용서해주기로 했다.

"그나저나 너, 자라면서 마음고생이 심했겠다."

"그 정도는 아니었어."

"아닐 텐데. 네 얼굴로 저 미모들을 보면서 혼자 좌절을 얼마나 많이 했겠냐."

"명을 재촉하는구나."

주독은 주독이고 주먹은 주먹이었다. 심한 숙취로 흔들리는 머리를 잠시 방치한 채 오랜만에 진욱을 제대로 가격하려 했지만, 그가 얼른 송화의 주먹을 한 손으로 받아냈다.

"그래서 어제 폭주한 거야? 네 동생 스캔들 때문에 열 받아서?"

"아니, 스캔들 상대가 걸려서."

"뭐냐, 그럼 기자들이 오해한 거야?"

눈치 빠른 진욱은 다른 설명 없이 대번에 상황을 이해했다. 오늘 아침까지만 해도 채 군의 한의사와 채장미의 한의사가 절대 같은 상대일 수 있다는 생각은 전혀 해본 적이 없었지만, 채 군과 채장미가 자매간인 마당에 그까짓 일쯤이야 우연도 아니었다.

"아닐 수도 있어."

"그게 무슨 뜻인데?"

송화는 다른 설명 없이 어깨를 으쓱였다. 그걸 무슨 뜻이라고 설명해야 할까. 애매모호한 송화의 답변에 진욱이 눈썹을 치켜세웠다. 기자들이 오해한 게 아니라면 그 빌어먹을 한의사가 양다리를 걸쳤단 말인가.

"그 남자랑은 얘기해봤어?"

"아니, 핸드폰 고장 났잖아. 기억 안 나?"

"너 지금 그걸 말이라고 해? 핸드폰 없으면 빌려주랴?"

부글거리는 울화를 참아가며 진욱이 어이없다는 듯 컨테이너가 떠나가라 소리를 질렀다.

"너, 그 한의사를 완벽하게 믿는 거니, 아니면 진작 포기한 거니?"

"그런 거 아니야. 얘기하자면 복잡해."

"복잡해도 들어줄 테니까 해봐. 네 얘기가 마음에 안 들면 내가 그 한의사 녀석 찾아가서 다리몽둥이를 분질러버릴 테니까."

지나치게 과격한 진욱의 발언에 송화는 픽 웃어 보였다. 그래도 세상에서 내 편이 되어주는 사람이 한 명은 있구나. 하지만 설명하기가 꽤나 곤란한 이야기였다. 자매간에 한 남자라니. 조개처럼 입을 꽉 다물고 있는 송화를 달래서 진욱은 주섬주섬 이야기의 파편을 주워 모으며 상황을 이해했다.

"그 남자랑 있으면 좋냐?"

"아마 그런 거 같아. 이 나이에 웃긴 거 같아. 사랑이라니."

"사랑이 무슨 취업 관문인 줄 알아? 나이 제한을 두게."

송화의 대답에 진욱이 코웃음을 치며 말했다.

"그런데 넌 왜 그 남자한테 전화를 안 하고 있는 건데? 병원이라도 쳐

들어가서 설명을 들어야 할 거 아니야."

"나도 모르겠어. 갑자기 무서워져서. 정말 날 좋아한다면 날 찾아오지 않을까?"

진욱에게 솔직하게 고백하지는 못했지만 그녀는 아무래도 그 남자를 미치게 사랑하는 것 같았다. 뭐든 한 번 빠지면 그녀는 손댈 수 없을 정도로 완벽하게 몰입하는 버릇이 있다. 검도가 그랬고 집 짓기가 그랬다. 그리고 또 이 남자가 그렇다. 그래서 한 발짝씩 그를 향해 걸어가는 자신이 걱정스러웠다. 사람을 사랑하는 일은 취미를 선택하고 직업을 결정하는 일과는 또 달랐다.

"채 군, 너 지금 상당히, 아주 마음에 안 들어."

송화의 답변에 진욱이 심각한 얼굴로 마시던 커피를 던져버리고 말했다.

"어디가 마음에 안 드는데?"

"비겁하잖아."

"비겁해? 내가?"

"다른 여자를 이용해서 네 남자의 애정을 측정하는 거, 상당히 치사한 방법이야. 너답지 않은 일이고."

다른 때와는 달리 진욱은 아주 무섭게 가슴에 비수를 찌르고는 성큼성큼 거친 걸음걸이로 컨테이너를 떠났다.

오후 햇살을 고스란히 받아들이고 있는 컨테이너 안의 열기가 점점 뜨거워지고 있었다. 송화는 컨테이너 한쪽에 걸린 먼지 묻은 거울 속에 희미하게 비친 자신의 얼굴을 바라봤다.

비겁하고, 치사한. 장진욱의 판결은 옳았다.

난 내 사랑을 지키기 위해 아무것도 하지 않고 있었다. 내심 마음 한구석, 그가 장미의 유혹을 이겨내길 바라면서 그게 그의 사랑의 증거라고 조금은 안심하고 있었을지 모른다. 그리고 혹시 장미가 그의 사랑을 얻어낸다면 그건……. 그때는 난 그저 불쌍하고 착한 언니로 안주할 것이다. 사랑에도 똑같은 노력이 필요하다는 것을, 사랑하는 사람에게도 최선이란 걸 보여줄 때가 있다는 걸 난 까맣게 잊고 있었다.

송화의 집 앞에서 기다리고 있던 상엽은 인상을 썼다. 오늘 하루 종일 병원을 들락거리며 채송화를 찾느라 핸드폰을 들고 살았다. 핸드폰은 안 되고 사무실에선 현장에 나갔다고 하고 현장에서는 도무지 연결이 되지를 않았다. 그가 아는 채송화는 금방 오해하고 금방 토라져서 금방 헤어지자고 할 여자는 아니었다. 하지만 남자인 그가 봐도 짜증나는 신문 기사는 그녀에게 상처가 될 것이 분명했다. 일부러 전화를 안 받는 건 아닐 텐데. 무슨 일이 있는 걸까? 혹시나 또 술 먹고 뻗은 건 아닌지 모르겠다.

아직도 극성스러운 기자들이 진을 치고 있을지 모를, 채장미와 함께 살고 있는 채송화의 집 문 앞에서 또 한 번의 위험한 스캔들을 감수하며 상엽은 벌써 두 시간째 그녀를 기다리고 있었다. 다행히 기자들의 모습은 찾아볼 수 없었지만 언제 어느 때 들이닥칠지 모를 카메라를 피해 상엽은 헤드라이트를 끈 어두운 차 안에서 한숨을 내쉬었다.

'우리 아가씨는 어디서 헤매고 있는 걸까.'

벌써 열한 시. 그녀의 다락방은 아직도 컴컴하고 채송화는 여전히 들어올 생각이 없는 듯했다. 상엽은 갑자기 다급해지는 자신의 마음을 깨달았다. 그들 사이에 쌓인 오해를 오래 끌고 가고 싶지 않았다.

상엽이 집에 도착했을 때, 아파트 현관에 한 여자가 웅크리고 앉아 있는 게 보였다. 송화였다. 그는 허리를 굽히고 그녀와 눈높이를 맞췄다. 아파트 복도의 어스름한 불빛 속에서 반짝이는 그의 눈빛을 볼 수 있었다.

"전화하는 방법을 모르는 거야, 아니면 핸드폰을 잃어버린 거야?"

"핸드폰이 망가졌어요. 전화 걸 용기는 없고."

그녀의 나직한 중얼거림에 잠시 송화를 바라보던 상엽이 희미하게 미소 지었다. 왠지 그 미소에 송화는 모든 일이 잘 풀릴 것 같은 예감이 들었다.

"들어가자."

"으악, 발 저려."

그가 손을 내밀어 그녀를 일으켜 세웠지만 얼마나 오래 앉아 있었던지 몸을 일으키는 그녀의 얼굴이 고통으로 일그러졌다.

"기다리려면 좀 편하게 기다리든지. 이런 건 침 한 방이면 금방 풀리는데."

"됐거든요."

그 와중에도 직업의식을 잊지 않고 있는 상엽에게 송화가 분명히 고개를 흔들었다. 침이 살을 뚫고 들어오는 것보다는 이렇게 몇 시간 다리 저린 게 훨씬 낫다.

"왜 이렇게 늦게 왔어요?"

"그러게 말이야. 이번에도 당신이 이겼어. 젠장."

이해하지 못할 말을 중얼거리며 그는 그녀의 손을 꼭 잡은 채 나머지 한 손으로 현관 비밀번호를 누르고 들어갔다.

견우와 직녀도 아니고 각기 다른 장소에서 서로를 기다렸다는 이야기를 상엽은 아직은 하지 못했다. 그보다 먼저 그녀가 들어야 할 말, 해주어야 할 이야기가 그들을 기다리고 있었다.
"얼마나 오래 있었던 거야?"
"그렇게 오래 있지는 않았어요."
그녀가 상엽의 눈을 피한 채 중얼거렸다.
"그렇게 오래 있지 않는 시간이 얼마큼인데?"
"한두 시간쯤."
"그럼 세 시간 반쯤 기다렸겠구만."
그가 뜨거운 차를 테이블 위에 올려놓으며 귀신같이 숫자를 맞춰내고 있었다. 아직 가을은 완연하지 않았는데 열린 창 너머로 풀벌레 소리가 요란하게 들려왔다.
"친구분은요?"
문득 그가 이곳에서 혼자 살지 않는다는 사실을 떠올린 그녀가 조심스럽게 물었다. 이런 어설픈 모습으로 위험한 시간에 그의 친구라는 존재를 만날지도 모른다는 사실에 불안해져서 주위를 둘러봤지만 그들 외에 다른 사람의 기척은 느껴지지 않았다.
"오늘은 없어. 알아서 다른 데 가서 자고 올 거야."
"왜요?"
상엽은 벌써 주방에서 태섭에게 전화해 양해를 빙자한 협박을 해놓은 터였다. 태섭이 무언가 투덜거리는 소리도 들렸지만 과감히 무시했다. 밤 열두 시가 다 되어가는 이 시각에 송화를 보내기가 싫었다. 함께 있고 싶었다.
"내 여자친구와의 뜨거운 밤을 방해받으면 안 되잖아."
상엽의 노골적인 표현에 송화의 눈이 둥그레지자 그는 '킥' 웃음을 터뜨렸다. 순진하고 순진한 내 애인.

"이보세요, 채송화 씨. 지금 그게 중요한 게 아닐 텐데. 인터넷에 기사 뜨고 정확히 38시간 40분이 흘렀어. 자기 애인이 동생이랑 스캔들이 났는데 궁금하지도 않았어?"

상엽은 의도적으로 손목 위의 시계를 바라보며 천천히 물었다.

"바빴어요."

"이 일보다 더 바쁘고 다급한 일이 있었다는 게 난 믿어지지 않는데. 난 사랑받고 있지 않았구만."

"사고 친 사람이 먼저 전화해서 해명해야 하는 거 아니에요? 나야말로 사랑받고 있지 않았던 거 같은데요."

"이번에는 당신이 1점 먹었다. 나도 바빴어."

"이 일보다 더 바쁘고 다급한 일이 있었다는 게 믿어지지 않는데요."

"2 대 0."

또다시 점수를 내준 그가 키득거리고 웃음을 터뜨리자 송화는 어쩐지 가슴 한구석에 올려놓은 돌덩이리 한 개가 줄어든 기분이었다. 이 사람은 묘하게 사람을 안심시키는 법을 알고 있다.

"당신 동생이 사고를 친 덕에 여기저기 해명하느라 정신이 없었어."

"애인한테보다 먼저?"

"무심한 애인이 전화를 딱 꺼놓고 있으니 어쩌겠어. 전화 되는 급한 사람들한테 먼저 했지."

그는 식어가는 찻잔을 무시한 채 빤히 그녀만을 주시했다.

"혹시 당신 동생, 사고뭉치에 애물단지라는 거 알고 있어?"

"보통은 장미를 완소 공주에 국민 요정이라고 부르죠."

"잘못된 정보가 대중을 오도하는 힘이 얼마나 큰지 알겠군."

잘못된 정보라. 이 사람 눈에는 장미의 미모와 매력이 보이지 않는 걸까? 아니면 그저 나를 위로하려고 하는 얘기일까? 송화가 미간을 모으고 그와 장미에 대해서 생각하려 했지만 설득력에 있어서는 상엽이 한 수 위였다.

"어머니가 아프셨어."

"어머니가요?"

"응, 겨우 오늘 퇴원하셨거든. 그래서 더 정신이 없었어."

"아."

그녀가 아차 하는 마음으로 입술을 깨물었다. 부모님이 아파서 입원을 할 정도의 남자에게 어떤 다른 여유가 있으리라는 생각은 들지도 않았다. 좀 더 그를 배려했었다면 좋았을 것을.

"왜 말 안 했어요? 그랬으면……."

"그랬으면 믿었을 거라고?"

그가 대신 송화의 말을 이었다.

"어머니랑 나랑은 사이가 별로 좋지 않아. 그래서 시시콜콜 집안 이야기 하는 게 어쩐지 익숙하지 않아. 당신이 채장미가 여동생이란 걸 끝까지 숨긴 것처럼."

"음, 나는 그래서 말 안 한 거 아닌데. 자신 없거든요. 장미가 여동생이란 걸 알면 사람들은 그때부터 날 좋아하기 시작해요. 그게 얼마나 비참한지 알아요?"

송화가 나직하게 고백했다. 그랬다. 그건 원초적인, 정말 말하고 싶지 않은 그녀만의 비밀이었다. 어린 시절, 그리고 성인이 된 지금도 아름다운 여동생 앞에서 변해가는 사람들을 바라보는 건 더할 나위 없는 상처였고 아픔이었다.

"글쎄, 아마 자신을 전혀 신뢰하지 않는 애인을 둔 것만큼 비참하겠지."
"상엽 씨!"
"농담이야. 그렇게 펄쩍 뛰지 마. 그래도 내가 섭섭한 건……."
언제나처럼 장난스럽게 미소 짓던 그가 말을 멈추고 그녀를 바라봤다.
"섭섭한 건요?"
잔뜩 긴장한 눈으로 송화는 그를 주시했다.
"아예 처음부터 날 쟁취할 생각이 없었다는 거. 날 조금이라도 사랑한다면, 아니 사랑까지는 아니더라도 그동안의 감정이 일방적이 아니었다면 그렇게 모른 척할 수는 없는 거니까. 내가 그렇게 쉽게 포기해도 좋은 남자였어?"
상엽은 정말이지 화가 난 듯 보였다. 그리고 이번만큼은 그녀도 상엽의 감정을 분명히 이해하고 느낄 수 있었다. 입장이 바뀌었다면 나도 그처럼 화가 났으리라.
"모른 척한 거 아니에요. 어떻게 모른 척할 수 있겠어요."
그녀가 나직하게 중얼거리고 그의 눈빛을 피해 고개를 돌렸다. 장미가 선전포고하던 시간, 장미의 귀걸이를 되돌려 받은 날, 전혀 몰랐던 내 남자의 스캔들을 신문에서 발견했던 그 순간, 얼마나 고민하고 얼마나 힘들었는지 이 남자는 절대 모를 것이다. 표현하지 않는다고 다 괜찮은 건 아닌데도 말이다.
"난 지금껏 그렇게 운이 좋은 편이 아니었어요. 시험 볼 때 어쩌다 찍은 건 백발백중 다 틀렸죠. 복권 같은 건 아예 꿈도 안 꿔요. 근데 지금 생각하니까, 아주 운이 나쁜 것도 아니었나 봐요."
"맞아. 나같이 잘생기고 능력 있는 남자를 애인으로 둔 걸 보면."
변명임이 분명한 송화의 속삭이는 듯한 자기 고백에 귀 기울이던 상엽이 고개를 끄덕이며 말했다.

"맞아요. 그래서 상엽 씨한테 자신 없었어요."

언제나처럼 자신만만한 남자로 되돌아온 그에게 송화도 웃으며 인정했다. 이제 겨우 그의 화가 풀린 모양이었다.

"앞으로는 욕심내볼게요. 쉽게 포기 안 할게요. 그리고 생각해보니까 내가 그렇게 운이 나쁜 것도 아니더라고요. 다행히 고아도 아니었고 앵벌이를 하지도 않았고 일등을 해본 적은 없지만 그렇다고 꼴등을 한 적도 없거든요."

"하여튼 욕심 없다. 긍정적이라서 좋다."

"직장도 있고 무지하게 예쁘지는 않지만 뭐 얼굴 들고 다니기 창피한 적도 없었던 거 같아요."

마치 고해성사라도 하듯 송화의 눈빛은 진지해졌고 깊어졌다. 조금씩, 하나씩, 자신이 생각보다 많은 것을 가지고 누리고 있다는 걸 깨달은 얼굴이었다.

상엽은 이 여자의 이런 부분을 너무나 사랑했다.

가지고 있는 것을 소중히 할 줄 아는 사람은 세상에 그다지 많지 않다. 소중한 것을 가지고 있다는 걸 깨닫는 사람도 그리 많지 않다. 그녀 말대로 미스코리아만큼 예쁘지는 않아도 누구보다 더 많은 것을 더 많이 소중히 여기며 살 것이 분명했다. 아마도 그녀의 소중한 것들 중에는 앞으로 그도 포함되리라.

그런 기대에 그의 입가에 미소가 깊어졌다.

"왜 그렇게 보는데요?"

"내 눈에는 무지하게 예뻐."

"꾼이야, 꾼. 그렇게 빙글거리고 웃지만 않으면 좀 더 신빙성이 있었을 텐데, 안됐군요."

"내가 원래 거짓말에 서툴러서."

장난이 가득 담긴 그의 대꾸에 그녀의 주먹이 응징으로 날아갔다. 잽싸게 손을 잡은 상엽은 그녀의 손목을 획 하고 자신에게 잡아당겨 몸을 포갰다. 순식간에 그의 무거운 체중이 몸에 실렸다.

"난 홈그라운드에서 질 만큼 형편없는 남자는 아닌데."
"그걸 깜빡했군요, 홈그라운드. 이번엔 당신이 이겼으니까 놔줄래요?"
"그냥은 안 되지. 어떻게 이긴 게임인데."
"어쩌자고요."

그녀의 말이 끝나기도 전에 송화는 그의 대답을 들었다. 입술 끝에서 그의 입술의 온기가 느껴졌다. 허리를 안은 팔이 더 깊숙이 끌어당긴다. 그의 심장 소리와 체온이 전해진다. 키스도 깊어지고 사랑하는 마음도 자꾸만 깊어져간다.

소파를 등 뒤에 대고 마룻바닥에 나란히 앉은 그들은 두 손을 깍지 낀 채 머리를 기대고 꼭 붙어 앉아 있었다. 서로 어깨를 기대고 잠시 눈을 붙인 것도 같았고, 또 한참을 도란도란 중얼거리며 이 밤을 보냈다. 어둑어둑하던 하늘이 어느새 산호색으로 세상을 물들이며 새벽이 성큼거리며 다가오고 있었다.

"당신 자매, 한쪽은 너무 영악하고 한쪽은 너무 순진하고."
"그래서 순진한 쪽이 마음에 안 들어요?"

아무래도 순진한 쪽이 자신일 듯싶은 생각에 별다른 반격도 없이 송화가 장난스럽게 물었다.

"마음에 안 든다기보다 책임감이 생기지."

"무슨 책임감이요?"

그의 답변에 몸을 바로 한 그녀의 눈썹이 치켜 올라갔다. 사랑한다고 해서, 사랑받는다고 해서 그에게서 어떤 책임을 바라는 게 아니었다. 조금 더 많이 가졌다고 해서, 조금 더 많이 사랑한다고 해서 한쪽이 일방적으로 기대고 신세 지는 관계를 원하는 게 아니었다.

"나라도 바보를 챙겨야지 하는."

졸지에 바보가 되어버린 그녀가 뭐라 대꾸하기도 전에 그의 손이 다시 그녀의 머리를 그에게 기대게 했다. 그리고 나직하게 중얼거렸다. 책임감이라. 어쩌면 지금이 기회일지도 모른다.

"송화야."

"응?"

"아니야."

"뭔데요?"

그녀가 그의 어깨에서 머리를 들어 올렸다. 반짝거리는 눈이 영혼이라도 보여줄 것처럼 빛나고 있었다. 이 아침, 기분 좋은 시간을 조금만 더 끌고 싶은 욕심에 그는 좀 더 비겁해지기로 했다. 잠시만 더, 며칠만 더.

"채송화도 장미야."

"그게 무슨 궤변이에요?"

"궤변 아니야. 채송화 학명은 그랜디플로라야. 커다란 장미라는 뜻이지. 영어로는 로즈모스. 이끼 장미. 예쁘지 않은 꽃은 없어. 그리고 누가 뭐래도 내 눈에는 채송화가 최고야."

예쁘지 않은 꽃은 없다는 그의 말에 조금 위로가 되었고 최고라는 그의 칭찬에는 왠지 우쭐해졌다. 단순하기도 해라. 채송화, 언제나 마음에 들지 않던 이름이었다.

"사실은 개명하려고 했었어요. 어려서부터 아주 지겹게 놀림 받았거든요."

"그런데 왜 안 했는데?"

"우리 엄마가 나한테 유일하게 물려준 게 이 이름이래요. 차마 못 바꾸겠더라고요."

어머니는 그녀가 백일도 되기 전에 돌아가셨다고 했다. 어머니에 대한 이야기를 별로 많이 해주지 않던 아버지는 송화가 이름을 바꿔 달라고 하소연하자 그때서야 '채송화'라는 이름의 중요성을 일러주셨다.

"그럼 당신은 엄마를 닮은 거야?"

"아뇨, 난 아빠를 빼닮았어요. 우리 엄마는 정말 전통적인 미인이거든요."

낡은 앨범 속, 빛바랜 사진으로만 보아도 하얀 피부와 수줍은 미소를 가진 엄마는 눈부시게 아름다웠다.

"상엽 씨는 누구 닮았어요?"

"글쎄, 난 아무도 닮지 않은 거 같은데."

그의 어조에 담긴 쓸쓸함에 왠지 가슴이 아픈 송화가 고개를 돌렸지만 어느새 그의 눈빛은 장난기로 반짝거리고 있었다.

세상을 눈부시게 하는 늦은 여름의 햇살이 아직까지도 따갑게 부서졌다. 한적한 주말 아침, 한 손으로는 송화의 손을 잡고 다른 손으로 운전을 하던 그가 그녀의 집 앞에 차를 세웠다.

"같이 들어갈까?"

"이 시간에요?"

송화의 지적에 상엽의 시선이 흘긋 차 안의 디지털시계로 향했다. 토요일 오전 6시 20분.

"음, 너무 이르긴 하다. 혼자 상대할 수 있겠어?"

"내 동생이에요. 너무 걱정하지 말아요."

"당신 동생이니까 더 걱정이야."

송화의 대꾸에 상엽이 슬쩍 인상을 쓰며 들릴 듯 말 듯 중얼거렸다.

그녀와 함께 차에서 내린 그는 그녀를 가만히 끌어안아 귓가와 입술에 가볍게 입을 맞췄다.

"아무래도 내가 널 사랑하는 거 같아."

조용히 중얼거린 상엽은 그녀가 뭐라 하기도 전에 차에 올랐다. 그저 그를 향해 잘 가라고 손을 흔들던 송화는 주저앉을 듯한 다리에 힘을 주었다.

'아무래도'라고 시작해서 '같다'라는 추측형 동사로 끝나는 애매모한 단어들이 걸리기는 하지만, 그에게서 받는 고백은 그녀의 가슴을 뛰게 하기에 충분했다. 이 남자가 눈부신 건, 그리고 세상이 이토록 눈부신 건 전부 아침 햇살 탓이리라.

11. 송이송이

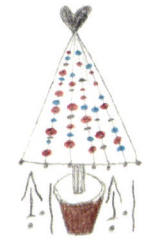

장미는 이른 아침, 벌써 한 시간째 마음속에서 보글거리는 심통을 꾹꾹 눌러 참은 채 안절부절못하며 2층 거실을 오가고 있었다.

"뭐니, 안 잔 거니?"

급한 논문을 번역하느라 밤을 샌 양지가 잔뜩 독이 오른 장미를 발견하고는 무뚝뚝한 얼굴로 물었다. 스케줄이 비어 있는 장미가 일어나기에는 너무 이른 시간이었다.

"송화 안 들어왔어?"

"걔도 성인이야. 네가 간섭할 일 아니야."

질문 아닌 질문에 양지가 매정하게 말을 잘라냈다.

스캔들이 나고 장미는 회심의 미소를 지었었다. 때마침 눈치 빠른 기자가 언제나 그렇듯 과대 포장해댄 것뿐이었지만 최고의 타이밍이었다. 이번만큼 연예부 기자의 설레발이 마음에 든 적도 없었다. 하지만 어제, 송화 언니가 집에 들어오지 않았다는 사실은 그럼에도 불구하고 장미를 자극하고 있었다.

"나름대로 창의력을 발휘한 거니?"

"무슨 뜻이야?"

"너 요새 소설 쓰고 있잖아. 하긴, 소설이 아니라 대본이지만."

냉정한 양지의 지적에 장미의 얼굴빛이 조금은 달라졌다.

"모를 줄 알았니? 너 지금 하고 있는 거, 〈달콤한 사랑〉인지 하는 드라마 대본에 쓰인 대로 하고 있잖아. 그것도 주연이 아닌 조연이 하는 짓을. 귀걸이고 신문이고, 이제 술 먹여서 억지로 결혼하는 장면까지 봐야 하는 거니?"

"흥, 안 봤다면서 다 봤나 보지?"

"연출도 뛰어난 데다 남자 주인공도 너한테 아까운 상대였어. 네가 흉내 내고 있는 조연의 연기력은 눈부셨고. 그래서 몇 회 정도는 참고 봐줬는데 나중에는 도저히 안 되겠더라. 넌 너 때문에 시청률이 잘 나왔다고 착각하겠지만."

양지의 차갑고 날카로운 지적에 장미가 고개를 바짝 들고 노려봤다. 물론 머리 좋은 양지의 지적과 분석은 정확했다. 그녀는 지금 눈부신 조연의 연기와 대사를 그대로 흉내 내고 있는 중이었다. 방영 내내 장미의 연기력에 대해서 뒷말도 있었지만 누가 뭐래도 어차피 주연은 그녀였다. 아무리 잘난 연기를 하는 조연이라도 그녀의 미모에 비하면 빛을 잃었다. 태어날 때부터 그녀는 주연이었다. 필요한 건 반드시 손에 넣어야 했다. 자신이 아닌 다른 여자를 사랑하는 남자를 곤경에 빠지게 한다든지, 혹은 내가 마음에 둔 남자와 연애 중인 순진한 언니를 오해하게 만든다든지 하는 일은 장미의 기준에서는 그리 중요한 문제가 되지 않았다.

"언니가 간섭할 일이 아니야."

"그럼 간섭하게 할 일을 만들지를 말든지. 왜 남의 사랑을 방해하는 거니?"

늘 그렇듯 덤덤한 양지의 어조가 더 신경에 거슬리는 듯 장미가 앙칼지게 쏘아붙였다.

"나한테도 사랑이라고는 생각 안 해봤어?"

"웃기지 마. 너랑 나랑은 절대 사랑 같은 거 못해. 아니, 안 하지."

비웃음이 분명한 콧소리를 내며 모처럼 감정을 드러내는 양지를 장미가 죽일 듯이 노려봤지만 머릿속에서 무슨 고약한 장난을 생각하는지 눈 감고도 짐작할 수 있는 이기적인 여동생의 눈치를 살필 만큼 만만한 박양지가 아니었다.

"너도 나도, 우리는 스스로를 너무 사랑하는 족속들이라 다른 사람이랑 나눠 가질 만큼의 사랑 같은 건 없어. 그러니까 괜히 건드리지 말고 순순히 넘겨줘."

"싫어. 나도 사랑한단 말이야."

양지의 나직한 충고를 장미는 단번에 거절했다. 왜 자신이 마음에 드는 남자를 포기해야 하는지 장미로서는 도저히 이해할 수 없는 일이었다.

"그럼 더 나빠지겠군. 네가 주장하는 그 '사랑'이 이루어질지는 모르겠지만, 한 가지는 확실하구나."

"뭐?"

"지금 봐서는 꼬셔서 넘어갈 것 같지도 않지만 네가 꼬신다고 혹하는 남자는 인간이 덜 된 거니까, 네가 갖든 말든 채송화 입장에선 팔자 핀 거고 그런 남자 데리고 있어봤자 채장미한테도 별 볼일 없을 거야. 뭘 해도 이번 게임은 네가 완패하게 되어 있어. 알아?"

평소와 달리 조금은 빠른 어조로 할 말을 쏟아 부은 양지는 장미가 대답할 시간도 주지 않고 말을 이었다.
"하긴, 모르겠지. 그런 걸 알면 네가 이러고 있겠냐."
약이 올라 분노로 잔뜩 흥분한 장미를 완전히 무시한 채, 양지는 한심하다는 듯 혀를 끌끌 차며 소파 위에 펼쳐진 두꺼운 책으로 다시 시선을 돌렸다. 마치 너 따위와 대화하는 시간을 가진 게 아깝다는 듯 어깨를 으쓱이는 몸짓에 장미는 더 화가 치밀었다.
"아참, 그거 아니? 네가 흉내 내는 그 조연 말이야. 결국은 남자 주인공을 차지하지 못했어."
양지의 건조한 목소리가 그치는 순간 현관문이 열리는 소리가 들려왔다. 걱정과 시기가 담긴 각각의 시선이 아래층과 이어진 계단으로 쏠렸다.

송화는 조심조심 현관문을 지나 거실을 통과했다. 남자와 외박을 했던 사실을 아버지가 알게 되면 피곤해질 것이 분명했다. 게다가 장미. 그녀가 상대하기에는 만만치 않은 동생이 아침잠이 많다는 사실에 감사해야 할 것이다. 장미를 생각하니 그의 고백에 설레었던 가슴이 식어내리고 또다시 머리가 무거워졌다.
이따 생각하자, 나중에 얘기하자, 그러면서 송화는 머릿속에서 장미를 밀어내려고 노력했다.
하지만 송화의 바람과는 상관없이 2층의 계단 끝에서는 장미가 팔짱을 낀 채 차가운 얼굴로 그녀를 기다리고 있었다. 그래, 어쩌면 잘됐다. 매도 먼저 맞는 쪽이 낫다. 어차피 장미와는 결판을 내야 했다.
"그 남자랑 자고 온 거야?"

"그건 네가 상관할 일이 아니고, 나랑 얘기 좀 해."

"됐어. 언니랑 할 얘기 없어."

양지의 혀 차는 소리가 짧게 들려왔지만 완전히 무시한 채 장미가 싸늘하게 대꾸했다. 그녀는 자신을 거절한 남자가 지금껏 송화와 함께했다는 사실만으로도 약이 올라 미칠 지경이었다.

"할 얘기 없더라도 들어."

오늘따라 웬일로 강경한 송화의 강요에 장미가 짜증스럽게 뒤돌아봤다. 흥, 남자친구가 생기더니 없는 용기까지 더불어 생긴 모양이지?

"그깟 유치한 사랑 하나 한다고 지금 나한테 잘난 척하는 거야?"

"넌 사랑이 유치하니? 난 사랑이 어려운데."

눈썹을 치켜세우며 쏘아붙이는 장미에게 송화가 담담한 목소리로 말했다. 송화에게 사랑은 언제나 쉬운 일이 아니었다. 누군가와 시작하는 일도, 그리고 누군가와 사랑을 만들어가는 일도. 달콤하고 행복한 만큼 언제나 사랑은 그에 상응하는 대가를 요구하곤 했었다. 지금처럼 말이다.

"그러니까 언니가 포기하라고 했잖아. 난 상엽 씨 안 놓쳐."

"내가 정말 네 언니야?"

"뭐?"

"너, 날 언니로 인정하고 언니라고 부르는 거냐고."

송화의 눈빛이 심각하게 장미의 시선을 붙잡고 있었다.

"나한테 넌 피가 반만 섞였든 전혀 섞이지 않았든 내 소중한 동생이거든. 누가 뭐래도 내 가족이야. 그래서 네가 아무리 심술을 부리고 욕심을 내도 참을 만했어. 가족이니까. 그래서 부탁하는데, 더 이상 상엽 씨를 곤란하게 하지 마."

"그래서 언니가 싫어. 언제나 착한 척, 불쌍한 척하면서 사람들을 꼬 셔대는 거."

"뭐?"

"내가 모를 줄 알아? 다들 나더러 예쁘다고 하지만, 사람들은 나보다 언니를 더 좋아했어. 친구도 언니가 더 많았고, 엄마도 아빠도 나보다 언니를 더 많이 챙겼단 말이야."

송화를 바라보는 장미의 눈은 싸늘했고 목소리는 얼음처럼 차가웠다. 오래 감추어두었던 분노가 폭발하고 있는 듯했다.

"그리고 주환 삼촌도."

가만히 두 사람의 대화를 듣고 있던 양지는 장미가 의도적으로 빼놓은 이름을 덧붙였다. 송화와 주환이 서로를 어떤 심정으로 바라보고 있는지 영악하고 조숙한 장미도 모르지 않았다. 하지만 장미는 자신이 제일 좋아하는 막내 삼촌이 다른 여자에게 시선을 쏟는 걸 용서하지 않았다. 그리고 지금도 마찬가지였다.

"그래, 주환 삼촌도. 내가 왜 언니 때문에 피해를 받아야 하는 거야?"

언제나 그랬다. 아버지는 어머니 몰래 송화를 안쓰러워했고 어머니는 장미나 양지 몰래 송화를 챙겼다. 두 사람이 양지와 장미를 거쳐 마지막에 다다르는 곳은 언제나 송화였다. 그건 장미로서는 참을 수 없는 일이었다. 장미의 싸늘한 공격에 송화는 얼어붙었고 양지의 한숨 소리는 더욱 깊어졌다.

"너는…… 아직 어리구나."

"한참 어리지."

송화의 신음 비슷한 중얼거림에 양지 역시 동의하며 쓰게 웃어야 했다.

"넌 상엽 씨를 좋아하는 게 아니라 나를 싫어하는 거였구나."

"질투하는 거야. 걔는 널 질투하고 있거든."

"하! 질투? 언니 미쳤어?"

양지의 지적에 장미는 말도 안 된다는 얼굴로 코웃음을 쳤다. 천하의 채장미가 채송화를 질투하다니 지나가던 개가 웃을 일이었다. 그녀는 만인이 사랑하는 채장미였다.

"넌 아니라고? 난 송화한테 질투가 나는데?"

의심스러운 동생의 눈초리를 무시한 양지는 송화를 똑바로 보고 말을 이었다. 언제나 느긋하기만 한 언니의 눈빛이 송화를 향해 맑게 빛나고 있었다.

"송화처럼 한눈팔지 않고 자기 길을 가는 사람은 흔치 않아. 남의 도움 없이도 지구를 지켜낼 것 같은 사람도 흔치 않고."

"그건 무식하게 힘만 센 거야."

뾰로통한 얼굴로 장미가 나직하게 비웃었지만 양지는 아랑곳하지 않았다.

"한 번 준 마음 변하지 않고 지킬 줄 아는 사람도 흔치 않아."

"그게 뭐? 난 그런 거 지겹거든."

"그게 너랑 나랑, 송화의 차이야. 너랑 난 타고났지만 송화는 쟁취해 내. 너랑 난 내 계산 따지느라 아무것도 못하지만 송화는 일단 저지르고 봐. 그래서 사람들이 언제나 마지막에 머무르는 사람은 송화가 되는 거야."

장미는 의외의 상황에 여전히 놀란 눈으로 양지를 향하고 있는 송화에게 시선을 돌렸다.

그랬다. 언제나 그랬다. 송화 언니는 언제나 마음속의 무언가를 자극

했다. 뭐든 선뜻 내주는 데 익숙한 송화 앞에서는 언제나 속물이 되는 기분이었다. 항상 씩씩한 척 나서는 송화 때문에 자신 안의 모든 부분을 들켜버리는 느낌이었다.

"언니, 그건 언니가 잘못 알고 있는 거야. 나는 백일 때 날 낳아준 엄마를 잃어버렸고 네 살 때 아버지를 나눠 가졌어. 그리고 새로 태어난 내 동생은 내 거라면 뭐든지 탐냈어. 심지어는 내 소꿉친구 남자친구까지. 사람들은 내 옆에 머무를 여유조차도 없었다고. 난 언니처럼 머리가 좋지도, 장미처럼 예쁘지도 않았으니까."

송화는 고개를 흔들었다. 질투라는 말에 장미도 놀랐지만 송화 역시 그랬다. 두 사람의 질투라니. 아름답고 머리 좋은 사람들 속에서 그 누구보다 열등감에 시달렸던 사람은 다름 아닌 그녀였다.

"그래, 그 부분은 인정한다. 그런데 어쩌면 그래서 네가 뭐든 지켜내는지 모르겠다. 엄마도, 아빠도. 그리고 극도의 이기주의자인 나랑 장미까지도. 넌 누구한테도 계산하지 않잖아."

"흥, 그건 착한 척하는 바보라는 뜻이거든. 난 그 사람 절대 양보 안 할 거야."

장미가 다시 송화를 향해 쏘아붙였다. 장미, 내 이기적인 동생. 오늘 아침의 대화가 왜 이런 식으로 흘렀는지에 대해 잊어선 안 될 것이다.

"바보든 아니든, 그저 내가 싫어서 그런 거라면 이쯤에서 그만둬. 더 이상 상엽 씨를 어렵게 만들지 마."

"언니가 이래라저래라 할 문제가 아니야. 내 마음이야."

장미는 송화의 경고에 코웃음 치며 말했다.

"내 문제야. 네 마음대로 될 일도 아니고. 잘 들어, 채장미. 이번만큼은 영악하게 머리 굴릴 생각도 하지 말고 흉계도 꾸미지 마. 한 번만 더 상엽 씨한테 감정 표현하면 나도 가만 안 있어."
"가만 안 있으면 어쩔 건데?"
"엎어놓고 팡팡 패줄 거야. 알겠지만 내가 너보다 힘은 세잖니."
"잘난 척하지 마. 언니처럼 굴지도 말고. 이렇게 된 이상, 아주 남남인 게 더 나아. 내가 잘못되면 전부 너 때문이야."

장미의 나직한, 하지만 확실한 메시지에 송화는 잠시 할 말을 잃었다.

뒤늦게 정신을 차린 송화는 어린 동생과의 대화를 위해서 장미의 뒤를 쫓아갔다. 이런 말도 안 되는 협박을 듣고 이렇게 어중간하게 보낼 순 없는 노릇이었다.

"채장미, 거기 서. 얘기 좀 하자니까."

송화가 재빠르게 따라나섰지만 어느새 '쾅' 하는 현관문 소리가 들려왔다. 오늘따라 장미의 몸짓이 유난히 급하고 빨랐다.

다락방까지 치면 3층 양옥집인 송화네 집은 봄이면 하얗게 뭉게뭉게 피어나는 목련꽃과 사철나무가 언뜻언뜻 보이는 색 바랜 초록빛 철제 대문과 극성스러운 팬들 덕에 좀 더 높아진 돌담 벽으로 이루어져 있으며 경찰서장이 살고 있는 집답게 제법 완벽한 보안장치가 되어 있다. 하지만 대문을 한발 나서는 순간, 거리는 그저 경찰서장의 집이 아닌 험한 세상의 공간일 뿐이었다. 또 한 번 커다랗게 울리는 철제 대문이 닫히는 소리가 채 끝나기도 전에 송화는 장미의 나직한 비명을 들었다고 생각했다. 거의 뛰다시피 정원을 달리던 송화는 잘못 들었을까 싶었지만 가는 철제로 엮어진 대문 사이로 누군가에게 끌려가는 장미의 모습이 눈에 들어왔다.
 맙소사, 납치다. 그 생각이 들자마자 대문을 열어젖히고 차를 향해 몸을 날렸다. 건강하게 태어난 것이 지금만큼은 다행이라는 생각이 얼핏 스치고 지나갔다. 장미를 차 안에 억지로 밀어넣은 남자는 재빨리 운전석으로 향했고 송화는 그의 옷깃을 꼭 잡은 채 아직 닫혀 있지 않은 차 문에 매달렸다. 당장 떨어지라는 남자의 욕설과 고함이 들려왔지만 이대로 장미를 보낼 수는 없었다. 그 순간 어쩌면 죽을지도 모른다는 생각이 들었다. 송화를 차 문에 매단 채 차는 그대로 앞으로 향했고, 송화는 공포에 질린 장미의 눈빛과 마주쳤다. 그리고 잠시 세상이 멈춰버린 듯했다. 태어나 처음으로 그녀는 기절이라는 것을 했다.

"송화야, 채송화!"
 누군가 열심히 그녀의 이름을 불러대고 있었다. 손 하나 까딱할 기운도 없는데 어쩌자고 날 자꾸만 부르는 걸까. 귀찮아 죽겠군. 어렵사리 눈꺼풀을 들어 올렸다. 흔들리는 초점 사이로 맨 먼저 보이는 얼굴은 상엽이었다.
"괜찮아?"
"으응."
 계속되는 채근에 송화는 어렵게 고개를 끄덕였다. 몸과 마음이 따로 놀고 있었다. 왜 이렇게 몸이 안 움직이는 거지? 왜 내가 여기 누워 있는 걸까? 무언가 아주 중요한 걸 놓치고 있는 기분이었다. 아, 그랬다. 장미. 드디어 머릿속에서 마지막 순간이 재생되고 있었다.
"진짜 괜찮은 거야?"
"장미는? 장민 괜찮아요?"

또 한 번 확인하는 상엽의 질문에는 대답하지 않은 채 송화가 다급하게 물었다. 장미가 납치되었는데, 경찰은 알고 있는 걸까.

"지금 장미 걱정할 때야? 당신은 괜찮냐고."

악문 이 사이로 단어가 하나하나 끊어져 나오고 있었다. 왜 저렇게 화가 난 걸까. 또 장미가 무슨 짓을 한 걸까? 그러면 안 되는데……

"장미는 괜찮아."

그의 뒤에서 양지 언니의 목소리가 들려왔다. 흔들리는 시야를 바로잡으니 걱정이 가득한 언니와 진욱이 눈에 보였다. 송화는 눈이 마주친 진욱에게 팔을 들어 올리고 싶었지만 손 하나 까딱할 기운이 없는 탓에 그저 희미하게 웃는 걸로 인사를 대신했다.

"잠시만요, 확인을 해야겠습니다."

상엽을 옆으로 제친 의사가 송화의 눈꺼풀을 강제로 위로 밀어 올렸다. 또 한 번 억지로 눈이 떠지고 작은 불빛이 쏟아졌다.

"환자분, 제 손가락을 따라 눈을 움직이세요."

뭉툭하고 귀엽게 생긴 의사의 손가락이 눈앞을 왔다 갔다 했다. 그녀의 움직임에 의사의 얼굴에 만족스러운 미소가 스쳤다.

"일단 상태를 봐야겠지만 큰 문제는 없어 보입니다."

"고맙습니다."

의사의 최종 확인에 상엽의 입에서 안도의 한숨이 새어나왔다.

"겁도 없이 차에 매달려? 핸드폰 없어? 112에 신고부터 하는 거 몰라?"

"핸드폰 없어요. 그리고 112에 신고할 틈도 없었고요."

그가 빽 하고 소리를 질렀지만 그의 눈빛에 가득한 걱정 때문에 이번만큼은 참아주기로 했다.

"차 문을 잡고 늘어질 게 아니라 경찰에 신고부터 해야 했다고."

상엽은 눈을 감고 숨을 멈춘 채 열까지 세었다. 하지만 그것으로는 아직도 떨리고 있는 심장을 제어하기는 부족했다. 상엽은 다시 열까지 세었다.
"다음부터는 그렇게 할게요."
"다음 같은 소리는 하지도 마."
상엽이 생각만 해도 끔찍하다는 듯 고개를 절레절레 흔들었다.
"장미는요?"
그나저나 장미, 잠시 동생을 잊고 있었다. 몸은 괜찮을는지.
"옆 병실에 있어. 놀래긴 했어도 일단 멀쩡해. 누구처럼 전신 타박상에 찰과상은 아니라고."
두 사람의 대화 속에 다시 끼어든 양지가 장미의 무사함을 확인시켜 주었다. 다행이었다. 가족이든 남이든 장미가 무서운 일을 당하지 않아서 정말이지 다행이었다.
가슴에 차오르는 안도감으로 송화는 눈을 감았고 상엽은 한숨을 내쉬었다. 바보처럼 용감하고 대책 없이 씩씩한 이 여자를 어찌하면 좋을지. 지금 그녀가 다른 사람 걱정할 때가 아니었다. 경찰이 전한 목격자의 말대로라면 그녀는 10미터 이상을 자동차에 매달려 끌려갔다고 했다. 지나가던 택시가 발견하고 막지 않았다면 어떻게 됐을지, 상상만 해도 끔찍했다.

채장미와 송화가 입원한 병원은 그야말로 난리법석이었다. 두 자매가 입원한 병실 복도는 온통 기자와 경호원으로 가득 찼다. 천하의 채장미가 납치 직전까지 갔다가 언니의 기지 덕에 구사일생으로 위험에서 벗어나 병원에 입원했다는 소식은 대형 사건에 늘 목말라하는 연예부 기자들에게 더할 나위 없는 떡밥이었다. 장미의 병실에 들어가기 위해 양지가 문 앞에 서면 수많은 카메라들이 잠시의 틈새를 노리며 긴장하고 있는 것이 느껴질 정도였다. 경호원이 몸을 막는 틈을 타 미끄러지듯 병실 안으로 양지가 들어서자 그때까지 병실을 지키고 있던 매니저와 기획사 직원들이 얼른 몸을 일으키고 그녀에게 공손하게 인사를 했다. 신기하게도 여릿하게만 보이는 박양지의 카리스마는 장미뿐만 아니라 장미와 함께 일하는 직원들에게도 영향을 끼치고 있었다.

"송화 언니는 괜찮아?"

"괜찮겠니? 걔가 아무리 튼튼해도 자동차랑 상대가 되겠어? 하긴 뭐, 죽지 않은 게 기적이지."

"언니!"

지금 같은 상황에서도 지나치게 덤덤한 양지의 어조가 귀에 거슬린 장미가 빽 하고 소리를 질러댔지만, 여느 때처럼 양지는 끄떡도 하지 않고 매니저만 기겁을 했다. 아직도 장미의 신경질에 익숙해 있지 않다니…… 신참인가? 안절부절못하는 기획사 직원들에게 웬일로 꽃같이 웃어주는 성은을 내려주신 양지는 그들에게 병실 밖으로 나갈 수 있는 자유까지 함께 주었다. 지금껏 환자가 된 장미의 특별한 히스테리를 꼼짝없이 참아내고 있던 그들에게는 그 이상 행복한 제안이 있을 수 없었다.

"송화 남자친구 봤는데 정말 너 머리 나쁘더라. 어쩌자고 그 둘 사이에 끼어들 생각을 했니? 옆에서 봐도 어림도 없더구만."

흥, 이 말이 하고 싶어서 사람들을 다 내보냈군. 동생이 이 지경이 됐는데 동정심과 연민은 전부 날려버린 모양이었다.

"시비 걸 거면 가줄래? 나 환자거든."

"송화만 하려고."

장미의 항의를 완전히 무시한 양지는 슬쩍 동생의 얼굴을 살폈다. 송화처럼 심각한 상처는 아니었겠지만 오늘의 경험은 천하의 채장미에게도 충격이었을 게 분명했다. 다행히 아름다운 얼굴이 하얗게 질려 있긴 했지만 눈빛만은 명료해 보였다.

"그래서 언니는 어떠냐고."

"숨은 쉬고 있어. 죽지도 않았고."

짜증난 목소리를 애써 자제하며 물어대는 장미에게 양지는 제대로 요점을 풀어내지 않고 있었다. 그래도 양지 언니 표정이 멀쩡한 걸 보면 그다지 걱정할 일은 아니리라. 여우 같은 언니 같으니라고.

"아빠는 왜 안 오는데?"

"오시는 중이야. 회의 중이라 연락이 늦었어."

짜증과 심술이 가득한 목소리로 채근하는 장미를 어쩔 수 없이 달래가며 양지가 말을 이었다.

"기획사 측에서 기자회견 할 모양인데, 어쩔래? 나가서 한마디 할래?"

"싫어. 그냥 누워 있는 모습만 찍을 거야. 그래야 더 불쌍해 보이지. 분장도 좀 해야 할까?"

"다행이다."

그야말로 언론 플레이의 여왕다운 장미의 대답에 양지가 이번에는 픽하고 웃음을 흘렸다. 다행인지 불행인지 그녀의 어린 여동생은 이런 충격 정도는 가볍게 극복할 수 있는 쇠심줄 같은 **뻔뻔한 마음과 영악한 두뇌**를 함께 가지고 있었다. 마음이 놀랐거나 혹은 몸이 아프거나 해도 장미의 인간성이 변하는 일은 절대 일어나지 않을 것이다.

"뭐가 다행이야? 지금 이 상황이 언니 눈에는 다행이야?"

"완벽하게 정상이잖아. 난 어디 다쳤을까 봐 걱정했는데. 그럼 그 스토커는 어쩔 거니? 또 채장미의 연기력을 발휘해서 하해와 같이 넓은 공주님의 마음으로 용서할 거야?"

장미는 악의적인 헛소문을 퍼뜨리며 자신을 괴롭히던 안티들을 명예훼손으로 고발했다가 언론의 집중 보도를 받으며 천사처럼 착한 채장미가 되어 용서한 경험이 있었다. 물론 그때의 사건 역시 주변 상황을 완벽하게 고려한 장미의 뛰어난 연출 능력 탓이었다. 연기는 좀 부족할지 몰라도 잔머리는 차고 넘치는 채장미였다.

"미쳤어?"

갑자기 장미가 빽 하고 소리를 질렀다. 지금껏 연약한 척 누워 있던 장미가 침대에서 벌떡 일어나 양지를 노려봤다.

"그럼 어쩔 건데?"

"삼촌한테 연락할 거야. 부장검사 작은아버지에 경찰서장을 아버지로 두고 있는 딸을 둘이나 건드리고 그놈이 살아남을 줄 알아? 가만두지 않을 거야."

"그래, 정말 걱정 안 해도 되겠구나. 완벽하게 정상이다."

분노로 눈을 번뜩이는 장미를 바라보며 양지는 픽 하고 웃어야 했다. 그 스토커 납치범도 이번에는 장미한테 제대로 걸렸다. 장미가 본인의 머릿속에서 키워오던 그저 아름답고 순한 여자라는 환상을 이번 기회에 버리는 것도 좋은 치료가 될 것 분명했다.

약 기운과 사고 충격에 지쳐 잠들어가는 그녀의 모습을 지켜보며 상엽은 가슴 한구석이 뻐근해지는 것을 느꼈다. 처음 그녀의 사고 소식을 들은 순간 깨달았다.

그가 채송화라는 여자를 생각보다 많이 아끼고 있었다는 사실을, 그리고 훨씬 소중히 여긴다는 사실을, 그에게 더없이 중요한 존재라는 사실을. 어쩌면 이건 사랑일지도 모른다는 생각이 들었던 것도 처음이었다. 그녀의 웃음이, 그녀의 유쾌함이 그에게서 사라지는 것은…… 그건 생각하고 싶지도 않은 일이었다.

채송화, 머릿속에 송이송이 잘도 심어놨네.

송화가 눈을 떴을 때는 아침 햇살이 병실의 블라인드 너머로 희미한 빛을 보내고 있었다. 눈을 뜨고 처음으로 든 생각은 온몸이 아프고 그가 곁에 있다는 사실이었다.

"밤샜어요?"

밤새 수염이 자라 까칠해진 상엽의 얼굴을 바라보며 송화가 중얼거렸다. 사실 좀 더 큰 소리로 이야기했지만 목소리가 성대를 제대로 통과하지 못하고 있었다.

"의사가 상태를 살피라고 했거든. 몸은 어때?"

"죽도로 엄청 두들겨 맞은 기분이에요."

그녀가 끙끙거리며 대답했다. 진통제 기운 덕에 통증은 완화되고 있었지만 몸은 안 아픈 곳이 없이 쑤셔왔다. 아스팔트에 쓸린 피부도 조금씩 화끈대고 있었다.

"얼른 밥 먹고 약 먹자."

걱정으로 미간을 모으고 있는 상엽의 제안에 송화는 힘없이 웃어 보였다.

"왜 웃는데?"

"밥맛이 없어 보긴 처음이라서요."

나직하게 중얼거리며 어색하게 짧은 머리를 끌어올리는 그녀는 더없이 가냘파 보였다.

"그래도 먹어야 해. 이따 경찰서에서 올 거야."

"경찰?"

"응, 당신 진술이 필요하대. 장미랑 먼저 얘기하고 이쪽으로 오기로 했어."

"아."

그녀가 짧게 이해의 한숨을 토해냈다. 실은 너무 순식간에 일어난 일이라 그녀는 기억도 잘 나질 않았다. 확실히 기억나는 건 공포에 질린 장미의 눈빛뿐이었다.

"퇴원하면 안 될까요?"

"말이 되는 소리를 해. 지금 당신 몸은 정상이 아니란 말이야."

"난 병원이 싫어요."

"이번엔 싫어도 할 수 없어."

불쌍해 보이는 송화의 표정을 완전히 무시한 채 상엽이 단호하게 고개를 흔들었다.

"나갈 수도 없고 이건 갇혀 있는 거나 똑같잖아요. 답답해요."

송화의 거듭된 부탁에 상엽이 인상을 썼다. 그 마음은 이해가 갔지만 아직은 일렀다.

"아, 나 당신 부모님 만났어."

불쌍하고 연약한 그녀의 눈빛을 계속 상대하면 아무래도 흔들릴 것 같은 마음에 상엽은 자연스럽게 화제를 돌렸다. 송화가 잠든 사이에 병실에 들른 그녀의 부모는 걱정과 놀라움에 거의 사색이 되어 있었다. 상엽은 단 한 번도 그의 부모에게서 그런 눈빛을 받아본 적이 없었다.

"어, 뭐라세요?"

"뭐라긴, 나처럼 잘생긴 남자친구를 숨기고 있다는 사실에 놀라시더군."

평소와 다를 바 없는 그의 자신만만함에 송화는 픽 하고 웃었다.

사실 사방에서 기자들이 난리를 치는 통에 송화의 부모님들도 오래 병원에 남아 있을 수가 없었다. 하지만 상엽은 그 순간에도 자신을 예리한 눈초리로 훑어보던 송화 아버지의 심기 불편한 눈길을 잊을 수가 없었다. 마치 딸을 지금 당장이라도 보쌈해갈 녀석쯤으로 취급하고 마땅치 않아 하는 송화의 아버지는 송화 언니의 설득으로 겨우 장미의 병실로 걸음을 옮겼다. 그러고 보면 채송화 역시 꽤나 특이하고 만만치 않은 가족들을 갖고 있었다.

"집에 가고 싶어요."

부모님 얘기에 송화는 한숨 섞인 목소리로 또 한 번 상엽을 채근했다. 침 한 대도 무서워하는 송화가 의사가 들락거리는 병원을 좋아할 거란 생각은 해본 적 없었다. 게다가 기자는 물론이거니와 경찰에 장미의 팬들까지 합쳐서 북새통을 이루고 있는 지금 이곳은 더하리라.

"그럼 우리 집에 와 있을래? 의사 대기시켜놓고 있으면 되잖아."

"그건 돈도 너무 많이 들고……. 상엽 씨 우리 아버지 뭐 하시는지 모르죠?"

"뭐 하시는데?"

"경찰이세요. 지난밤에 내가 상엽 씨 집에서 밤샌 거 아시면 그것만으로 상엽 씨 큰일 날지 몰라요."

"설마 사위를 유치장에 밀어 넣기야 하시려고."

사위라니. 이 남자는 이런 두근거리는 단어를 왜 이런 타이밍에 저리 아무렇지도 않게 사용하는 걸까. 하긴 여보야도 있는데 사위는 그나마 무난한 표현일지도 모른다.

"사위 아니라 사위 할아버지라도 옳지 않은 일은 용서 안 하세요."

"의사가 환자를 돌보는 일이 왜 옳지 않은 일인데?"

어느새 사위에서 의사로 신분을 바꿔버린 상엽을 바라보며 송화는 어쩐지 마음속에 풍선이 '펑' 하고 터진 느낌이었다.

앞서가지 마, 채송화. 너무 이르잖니.

"아, 그리고 정신을 차렸으면 다행이지만 혹시라도 장미가 들러서 뭐라고 하면 그냥 나랑 잤다고 해."

"유치장은 안 들러도 되겠어요. 그전에 총 맞아 죽을 거 같으니까."

상엽의 자극적인 충고에 송화는 한숨을 쉬었다.

"우리, 여행 가자."

"여행이요?"

"응, 당신 몸 나아지면 며칠 푹 쉬고 오자. 여름휴가도 못 갔잖아."

상엽의 뜻밖의 제안에 송화는 저도 모르게 고개를 끄덕였다. 둘만의 여행이 뭘 뜻하는지 송화도 모르지 않았다.

"마음 변하지 마. 당신은 내 거니까."

그녀가 하고 싶은 말을 다행히 그가 먼저 해준 덕에 송화는 그저 배시시 웃기만 했다. 그의 약속은 벌써부터 갑갑하고 무서운 병원 생활을 이겨내는 힘이 되고 있었다. 얼른 나아서 그와 함께하고 싶었다. 그의 옆에 있고 싶었다. 은밀한 소원이 마음속에서 싹을 틔우는 순간이었다.

12. 메라비언의 법칙

 장미의 기획사 측에서 마련한 1인실 병실에 채 씨네 딸 두 명과 박 씨네 여자 두 명이 함께 자리를 잡았다. 감사의 인사는커녕 송화의 병실에도 얼씬거리지 않았던 장미였지만 양지의 강요와 박 원장의 부름에는 어쩔 수가 없었다.
 "큰일 날 뻔했어. 아니, 딸 셋이 왜 자꾸 내 수명을 돌아가면서 줄이는 거니? 나 심장 약한 거 니들도 알고 있잖아."
 박 원장은 더할 나위 없이 우아한 몸짓으로 이마에 손을 가져갔다. 어머니의 심장이 누구보다 건강하다는 것을 알고 있었지만 딸들은 무조건 고개를 끄덕일 수밖에 없었다. 장미의 연기력은 분명 모계 유전이리라.
 "죄송해요."
 "네가 죄송할 일이 뭐 있어. 세상이 무서운 거지."
 납치라는 말에 얼마나 놀랐는지 아마도 아이를 가진, 특히 딸을 가진 부모라면 더더욱 절절하게 이해할 것이다. 게다가 딸 하나는 온몸이 멍 투성이가 돼서 누워 있으니, 그나마 더 큰일이 일어나지 않은 것만으로 천만다행이었다.

"그래서 몸은 괜찮은 거니?"

"아파."

박 원장은 송화에게 물었지만 정작 대답은 장미가 했다. 장미는 카메라가 돌아가든 말든 모든 대화에서 무조건 주목받아야 하는 여자였다.

"너한테 안 물어봤어. 너 멀쩡한 건 딱 봐도 알겠고. 송화 넌 어떠니?"

"괜찮아요. 그래서 말인데, 나 퇴원하면 안 되나."

"안 돼. 말이 되는 얘기를 해. 너 전치 4주야. 4주면 한 달, 몰라?"

조심스럽게 눈치를 보며 꺼낸 말인데 엄마고 양지 언니고 펄쩍 뛰며 반대했다. 입원한 지 이틀 만에 꽤나 건강을 회복하기는 했지만 여기저기 긁힌 흔적과 멍 자국은 아직도 선명했다.

"그래서 한 달을 여기 있으라고?"

이번에는 송화가 기겁을 했다. 병원에서 제일 무서운 건 다름 아닌 수없이 찔러대는 링거 바늘이었다. 링거 바늘은 상엽이 찔러대는 작은 침과는 차원이 달랐다. 그 커다란 바늘이 몸속으로 들어올 때마다 송화는 공포로 거의 죽었다 살아나기 일보 직전이었다.

"한 달은 아니더라도 나흘은 있어야지."

"장미, 넌 송화한테 고맙다고 인사했니?"

"그럼, 생명의 은인인데 그냥 넘어가면 안 되지."

"가족 간에 그런 걸 무슨 인사까지 해야 해?"

양지의 채근과 박 원장의 맞장구에 장미는 뻣뻣한 얼굴로 그들을 외면했다.

"왜, 언제는 반은 남이라며?"

"뭐? 그게 무슨 소리야?"

"아니야, 엄마."

장미가 양지를 잡아먹을 것처럼 노려봤지만 다행히 박 원장이 제대로 듣지는 못한 모양이었다. 만에 하나 박 원장이 장미가 한 이야기를 들었다면 머리 싸매고 누워서 삼박 사일 눈물을 흘려댈 엄마를 상대해야 하는 사실을 잘 알고 있는 딸들은 안도의 한숨을 내쉬어야 했다.

"친한 사이일수록 더 잘해야지. 가족이라고 해야 할 것들을 그냥 넘어가면 안 돼. 뭐 해, 인사 안 해?"

"고마워…… 언니."

또 한 번 양지가 채근했고 박 원장이 기다리고 있었다. 젠장할, 양지 언니. 입술을 깨무는 장미와 눈이 마주친 송화는 어쩐지 웃음이 터지려고 했다. 막내의 재롱과 언니의 엄격함을 한꺼번에 느끼며 그동안 가슴속에 쌓여 있던 감정이 녹아내렸다.

"너무 그렇게 고마워하지 마. 네가 내 동생이 아니라 남이라도 똑같이 그랬을 테니까."

"당연하지. 누구든 나처럼 예쁜 애가 납치되려고 했으면 똑같이 도와줬을 거야."

끙, 공주마마의 공주병은 병이 아니라고 했다지. 익숙해질 만도 했건만 장미의 자신만만함에 엄마와 언니에게서도 허탈한 한숨이 터져 나왔다.

"엄마, 송화 남자친구 봤죠? 어때요?"

목소리를 한 톤쯤 올린 양지의 질문에 장미와 송화의 시선이 동시에 그녀에게로 쏠렸다. 무슨 의도인지 눈치 없는 송화조차도 짐작할 수 있을 만큼 평소의 무덤덤한 목소리와는 다른 어조였다.

"일단 외모는 괜찮더라. 뭐 하는 남자니?"

"아…… 의사래."

송화의 공식적인 첫 번째 남자친구에 대한 박 원장의 질문에 정작 서둘러 대답을 한 사람은 이번에도 양지였다.

"그럼 굶지는 않겠네. 직업은 됐고, 사람은 어떠니?"

"좋은 남자예요."

이번만큼은 송화가 대답했다. 앵돌아진 장미의 시선이 느껴졌다.

"그래, 넌 양지나 장미 같지 않아서 사람은 좀 볼 줄 알지. 얼마나 된 거야?"

"엄마!"

볼멘 장미의 항의를 무시한 채 박 원장은 송화에게만 집중하고 있었다.

"음…… 한 7개월?"

"7개월이면 충분해. 퇴원하고 결혼식 올리자."

"엄마, 아직 그럴 단계는 아니야."

결혼이라니. 아직 상엽이나 송화, 그 누구도 앞으로의 미래에 대해 의논해본 적조차 없었는데 결혼이라니.

"결혼이 단계가 뭐 따로 있니, 밀어붙이면 하는 거지. 네가 어디서 그런 남자를 또 만나. 무조건 이번 기회에 넘어뜨려. 너 힘세잖니."

박 원장의 단호한 결론에 송화는 어처구니없어했고 양지는 빙긋이 미소를 지었다. 장미는 어쩔 수 없다는 듯 어깨만을 으쓱여야 했다. 만족스러워하는 박 원장과 양지만으로 병실은 충분히 화기애애했다.

"언니는 언니 마음대로 해서 좋겠어."

"아직 내 맘대로 안 했거든."

병실을 나오던 장미는 몸을 휙 돌려 양지를 노려봤다. 양지는 순식간에 장미로 하여금 송화에게 은혜의 빚을 넘겨주고 또한 송화의 남자친구를 되돌려주었다. 이래서 장미는 공부 잘하는 사람들이 싫었다. 특히나 양지 언니처럼 유별나게 머리가 좋고 눈치까지 빠른 여자는 더더욱 질색이었다.

"언니, 언니가 그러니까 이혼을 당한 거야."

자신의 패배를 인정해야 하는 이 상황이 영 마음에 안 들었는지 장미는 도저히 당할 수 없는, 자신보다 여덟 살이나 많은 양지의 약점을 쑤셔댔다. 머리 좋고 얼굴 예쁘고 공부 잘하는 박양지를 공격할 수 있는 약점은 오직 하나였다. 이혼. 형부의 바람.

"그러니까? 내가 어때서?"

"까칠하고 삐딱하잖아. 그러니까 형부가 다른 여자를 넘보지."

"넌 거기다 음흉하기까지 하잖아. 네가 남 걱정할 때가 아닐 텐데."

양지는 이미 봉합된 상처에 다시 독을 바르는 장미의 교활함을 우습게 넘겨버렸다.

"그리고 이혼이 죄는 아니야. 최소한 난 내 동생의 남자는 안 넘보니까."

양지는 받은 만큼 잊지 않고 장미에게 쏟아 부었다. 혹시라도 누가 들을까 싶어 장미는 긴장한 얼굴로 복도를 살펴봤지만 다행히 충실한 경호원들이 입원실과 통하는 복도를 막고 서 있었다. 그녀에게 양지는 언니가 아니라 적이었다.

"넌 아직, 반성도 안 하지?"

"했어, 조금은."

장미가 발끈한 얼굴로 중얼거렸지만 양지는 그저 코웃음만 쳤다. 흥,

채장미가 반성이라. 어울리지도 않는 말이었다.

"진작에 더 꼬셔볼걸, 왜 이렇게 난 한발 늦을까, 이런 반성?"

"아냐. 이제 보니 별로 썩 마음에 드는 조건도 아닌데 괜히 시간 끌었어. 까짓 한의사가 별건가, 겨우 침이나 놓고 사는 사람인데."

건방진 장미의 말에 양지는 어이가 없어 실소가 터져 나왔다. 역시나 그녀의 동생 채장미다웠다. 누가 이런 장미의 본색을 알고 있을까.

"그야말로 신 포도구나."

"뭐?"

"그런 거 있어. 별거 아니지만 네 머리로는 이해 못하니까 통과하자."

"흥, 잘난 척은."

또 가방 끈 긴 척하는 언니 때문에 짜증이 난 장미가 입을 비죽이며 씨근덕거렸다. 공부하는 걸 좋아해본 적은 단 한 번도 없지만 바보는 아니었고 더욱이 귀신같은 눈치와 미모 덕에 지금껏 무시당하면서 살아본 적이 없다. 누가 감히 채장미를 무시한단 말인가. 박양지 빼고는 말이다.

"잘난 척이 아니라 난 너보다 잘났어. 후회하고 반성한다면 용서받을 순 있겠지만, 그렇다고 그 죄가 없어지는 건 아니야."

"그래서 뭘 어쩌라고?"

"뭘 어쩌긴, 당연히 벌도 받아야지. 넌 앞으로 무조건 송화한테 잘해."

장미는 뭐라 쏘아붙이고 싶었지만 저쪽 복도 끝에서 경호원들에게 갇혀 있는 기자들이 보였다. 그들의 시선까지는 외면할 수 있어도 성능 좋은 카메라까지는 모른 척할 수 없는 장미는 잔뜩 턱을 치켜 올린 양지의 판결에도 그저 부서질 듯 연약하게 웃는 일 외에는 아무것도 할 수가 없었다. 정말이지 짜증 제대로 나는 날이었다.

장미의 결혼 소식에 흥분한 광적인 스토커가 벌인 납치와 살인미수에 관한 기자회견을 더없이 가냘픈 표정과 연민과 동정이 가득한 얼굴로 완벽하게 끝낸 장미는 회심의 미소를 지었다. 이제 그 빌어먹을 스토커 녀석만 제대로 응징하면 된다.

용서? 관용? 웃기고 있다. 채장미 사전에 그런 단어는 존재조차 하지 않는다. 아주 끝을 보고 말 것이다.

진짜 환자 송화는 진즉에 퇴원했지만 장미는 멀쩡한 몸으로 병실을 지켰다. 좀 답답하긴 해도 나름 오랜만에 갖는 휴가였다. 이렇게 큰 이슈가 된 사고에 달랑 나흘 만에 퇴원할 수는 없었다. 짧지도 길지도 않은 적당한 입원 기간은 팬들의 동정과 함께 언론의 관심을 함께 가져온다. 팬과 언론이라. 여배우에게 더 이상의 기회는 없었다. 일주일째 그녀를 찾는 사람들은 뜸해졌지만 내일 퇴원할 때쯤에는 기자들이 또 북새통을 이루리라. 일주일이면 딱 좋았다.

물론 이렇게 씩씩하게 생활하고는 있지만 장미에게도 납치는 지금 생각해도 가슴이 두근댈 만큼 끔찍한 일이었다. 아직도 종종 꿈속에서 송화 언니의 그 절실하고 절박한 눈빛에 놀라며 잠에서 깨고는 한다. 스캔들 한 번에 납치라니. 게다가 실연까지.

윤상엽. 처음으로 마음에 드는 사람과 만들어낸 스캔들의 결말은 너무나 고약했다.

언니의 남자라. 양지 언니한테는 그깟 침쟁이라고 웃어 넘겼지만 그 남자 때문에 그날 밤은 속이 쓰릴 정도였다. 그는 채장미를 여배우가 아닌 인간으로 봐준 유일한 남자였다.

젠장. 송화 언니, 이번에도 언니는 내가 좋아하는 사람을 낚아챘다고.

주환 삼촌도 결국 언니 때문에 그녀를 버리고 유학을 떠났었다. 그런데 이제는 내가 좋아하던 남자가 아예 언니 남자라서 접어야 한다니. 잊자, 접자, 남자는 어차피 널려 있다. 더 괜찮은 남자, 더 조건 좋은 남자, 더 매력적인 남자를 찾아 옆에 두면…… 그러면 되겠지. 장미는 여느 때처럼 가볍게 생각하고 어렵게 그를 지워나갔다.

장미가 입술을 실룩거리며 침대 위에 가득 놓인 기획안과 시놉시스들을 손에 들었을 때 병실 문이 열렸다. 잠시 매니저가 없는 틈을 타서 병실에 찾아온 인물은 의외의 인물이었다.

의사도 아니었고 간호사도 아니었으며 그렇다고 열성 팬 같지도 않아 보였다. 그 여자의 표정에는 분명히 무언가 장미에 대한 희미한 냉소 같은 것이 묻어나고 있었다. 단번에 반감이 드는 여자의 정체를 파악하느라 장미의 눈이 가늘어졌다.

"누구시죠? 기자인가요?"

"아니에요."

"무슨 볼일이에요? 당신도 스토커예요?"

"아뇨, 채장미 씨가 궁금했는데 마침 이 병원에 올 일이 있어서 들렀어요."

"우리가 아는 사이 같지는 않은데, 누군지 자기소개 정도는 해야 하지 않나요?"

장미의 반격에 그녀가 빙긋 웃었다.

"난 윤상엽 씨 와이프예요. 아니, 와이프였어요."

이게 무슨……. 장미의 눈이 놀라움으로 커졌다.

장미는 단순했던 머릿속을 복잡하게 만드는 여자를 표독한 눈빛으로 노려봤다. 그리고 머릿속을 스쳐 가는 어떤 생각에 살짝 입술을 깨물었다. 이 새로운 소식을 얼른 전하고 싶어 기자고 언론이고 간에 당장이라도 퇴원하고 싶은 심정이었다.

방송국에서 가장 높은 시청률을 자랑하는 연예 프로그램 방영일에 맞춰 퇴원한 장미는 꽃다발과 선물 더미 속에서 의기양양했다. 현관문이 닫히기 10초 전까지 금방이라도 쓰러질 듯한 모습으로 휘청거리던 그녀는 문이 닫히고 드디어 다른 사람의 시선으로부터 완벽해지는 순간 혈색부터 달라졌다.
"나 왔어."
생기가 또렷이 느껴지는 장미의 낭랑한 목소리에 거실을 지키고 있던 송화와 양지는 그저 쓴웃음을 지어야 했다.
"송화 언니, 나 할 말 있어."
장미는 여느 때와 달리 투정과 치기를 완전히 접어버리고 흥분으로 번쩍거리는 눈으로 송화를 붙들었다. 어젯밤부터 얼마나 입이 간지러웠는지, 대본을 외우듯 송화에게 쏟아 부을 말들을 연습했었다.
"고맙다는 말을 또 하려고?"
"아냐."
수상한 눈빛으로 견제하는 양지의 간섭에 장미가 슬쩍 언니를 노려보고 고개를 흔들었다. 하지만 양지의 빈정거림조차 오늘 장미의 기분을 망가지게 하진 못한 듯했다.
"상엽 씨 언니 가져. 이번 일로 고마워서 양보한 것도 아니고 미안하거나 해서 포기한 것도 아니야."
"당연하지. 내가 딱 보니까 송화 남자친구가 끄떡도 안 했을 거 같은데."

"내가 좀 더 노력했으면 넘어왔을 거야. 오해할까 봐 미리 말해두지만, 내가 찬 거야. 채인 게 아니라."

뭐가 됐든 장미가 하고 싶은 말을 알아들은 송화는 깊은 안도의 한숨을 마음속으로 삼켰다. 사실 송화는 장미가 아직도 상엽 씨를 사랑한다든가 포기 못하겠다고 나오면 어떻게 설득하나 남모르게 고민하고 있던 중이었다.

"근데, 그 사람 이혼남인 건 알아?"

"뭐?"

송화의 눈이 커졌다. 전혀 모르는 처음 듣는 이야기였다. 이제 회복하기 시작한 신체적 충격과는 다른 충격이 그녀를 강타했다. 이혼이라, 그렇다면 그는 누군가와 결혼을 했다는 얘기인데. 머릿속에 그림이 그려지지 않았다.

"결혼한 지 석 달 만에, 혼인신고도 하기 전에 아작 났대. 시어머니가 새벽 두 시에도 전화하고 밤 열두 시에도 부른대. 시아버지는 밖으로만 나돈대. 거기다 지금 그 병원도 그 집 게 아니란다."

"너 그 말 진짜야?"

"당연하지. 그리고 말야, 진짜 끔찍한 얘기는 시작도 안 했어."

장미는 의미심장한 눈빛으로 송화와 양지를 향했다. 드디어 가족들에게 주목받는 기쁨으로, 양지와 송화에게 새로운 충격을 줄 수 있다는 사악함으로 장미의 눈빛이 즐겁게 반짝이고 있었다.

"뭔데? 뜸 들이지 말고 불어."

진짜 끔찍한 얘기가 뭘까? 그녀가 몰랐던 그의 과거와 그의 부모님, 또 기타 등등의 이야기는 끔찍하다는 표현보다 놀라운 사실들이었다.

"그 남자, 성적으로 문제 있대. 그게 진짜 이혼 사유래. 그 여자도 웬만하면 의사 마누라 관두고 싶지 않았는데 그것만은 참을 수가 없더래. 언니, 아직 남자랑 자본 적 없지?"

"이런 얘기는…… 별로…… 하고 싶지 않은데."

남자들 틈에서 일하고 있는 그녀였지만 지나치게 의기양양한 장미의 얘기는 왠지 더더욱 적나라하게 들렸다.

"언니는, 남녀 간의 성관계가 얼마나 중요한 문젠데."

"당연하지. 잠자리도 결혼 생활의 일부야. 아니, 거의 전부야."

"그럼, 경험자 말을 존중해야지."

양지 언니의 점잖은 참견에 장미가 맞장구를 쳤다. 두 사람의 의견이 같을 때도 있구나.

두 사람의 대화를 전부 이해한다고 할 수는 없지만 그녀 역시 스물아홉 살의 나이에 동화책 속에서 지낼 만큼 순진하지는 않았다. 아니, 오히려 남자들 틈바구니에서 일하는 그녀의 직업상 어지간한 욕설과 노골적인 음담패설은 아주 질리게 듣고 살았다. 하지만 내 자매들의 입에서 나오는 원색적인 이야기는 그저 난감할 따름이었다.

"언니가 정 그 남자랑 결혼하고 싶다면……"

"하고 싶으면……"

장미는 약간 긴장한 채 자신의 대답을 기다리고 있는 송화의 얼굴을 빤히 바라봤다. 키는 멀뚱하고 몸은 통짜고 게다가 나이는 먹을 만큼 먹었으면서도 그저 여자들끼리 하는 섹스 얘기에 금세 얼굴이 붉어지는 이 순진한 언니라니. 어쩌면 송화 언니는 그냥 내숭이 아니라 진짜 순진했던 건지도 모르겠다. 또 어쩌면 내가 좀 고약하게 굴었는지도 모르겠다는 반성을 장미는 처음으로 했다.

"일단 한번 자."

"애는 그렇게 얘기하면 못 알아들어. 너나 내가 아니라고. 섹스를 해, 채송화."

"언니, 그만 듣고 싶어."

"그래도 들어. 우리니까 해주는 거야. 이런 교육적인 얘긴 어디 가서 돈 주고도 못 들어. 고마운 줄 알아야지."

송화의 신음 같은 대꾸에 장미가 그야말로 단호하게 말했다.

"그리고 내가 이 교제를 반대하는 건 다른 이유야."

양지의 진지한 어조에 얼굴이 벌겋게 달아올라 있던 송화는 고개를 들고 언니를 바라봤다.

"그 남자는 결정적으로 하자가 있어."

"뭔데? 언니, 또 뭐 다른 거 알고 있어?"

장미의 눈빛이 반짝였고, 송화는 또다시 난감함으로 시선을 돌렸다. 또 섹스 이야기를 입에 올린다면 정말이지 10초, 아니 3초도 참아내지 못할 것 같았다.

"정직하지 못하다는 것. 혼인신고를 했든 안 했든, 세상 사람들 앞에서 결혼이라는 걸 했다면 그렇게 총각처럼 행세해서는 안 되는 거야. 그것도 사귀는 여자한테."

"그거야 혼인신고도 안 했다는데 일일이 까발릴 이유는 없지. 난 이해해."

"맞아, 네가 이해하니까 좋은 일이 아니란 뜻이야."

장미의 반론에 양지 언니가 씁쓸한 눈빛으로 대답했다. 다시 언니의 시선이 송화에게 쏠렸다. 정직하지 못한 남자라. 그건 송화도 이해할 수 없는 부분이었다. 내가 사랑하는 남자는 내가 모르는 여자와 결혼을 했고 그 사실을 아직까지 알려주지 않았다.

송화는 다락방에 혼자 앉아 미간을 모았다. 거짓을 말하지 않는다고 전부 진실한 건 아니다. 일방적인 침묵은 때로 오해와 불신의 싹을 키울 수 있다는 걸 그는 알고 있는 걸까? 송화는 갑자기 몸도 마음도 불편하고 복잡해졌다.

송화는 퇴원하고 일주일 만에 만나게 된 상엽을 벌써 20분 전부터 기다리고 있었다. 어젯밤 내내 언니와 동생에게 시달렸고 또 꿈속에서는 얼굴도 모르는 그의 전 부인이 그녀를 쫓아다녔다. 상엽은 심각한 그녀의 마음은 전혀 모른 채 새로 개통한 핸드폰을 그녀에게 건네주었다.

"앞으로는 위험한 일이 생기면 무조건 전화부터 해. 몸부터 뛰어들지 말고."

이미 마음까지 다 뛰어들었는데 그것도 전화를 하면 해결이 되는 걸까. 고가의 핸드폰과 그의 배려에 대해 고마워해야 하지만 머릿속은 내내 그의 결혼으로 가득 차 있었다. 그는 어떤 남편이었을까?

"어이, 채송화. 알아들어?"

"알았어요, 웬만하면 그래 볼게요."

"웬만하면으로는 안 돼. 또 한 번 이런 일이 벌어지면 내가 먼저 쓰러질 거야."

그가 펄쩍 뛰며 그녀에게 약속을 강요했고 결국 상엽의 채근에 송화는 건성으로 고개를 끄덕였지만 상엽은 송화의 대답이 영 마음에 안 드는 눈치였다.

"가만, 무슨 일 있어? 또 장미가 뭐래?"

"아뇨."

송화는 서둘러 고개를 흔들었지만 상엽은 장미만큼이나 눈치가 빠른 남자였다.

"그럼 왜 그런 눈으로 보는 건데?"

"아니에요, 아무것도."

상엽의 수상하다는 눈빛을 피하며 그녀는 얼른 고개를 흔들었다. 쉽게 자신의 입으로 꺼낼 수 있는 이야기가 아니었다. 사실 그녀는 그와 똑바로 시선을 마주하면서 아주 미묘한 기분을 느꼈다. 어젯밤의 대화와 그 충고에 따라 오늘 해야 할 말들을 제대로 깊이 생각하면 얼굴이 벌게지다가도 현실을 생각하면 난감하고 표현하기에도 수습이 곤란한 주제였다.

"아무것도 아닌 게 아닌 거 같은데."

송화의 심각하고 복잡한 얼굴을 바라보며 상엽이 고개를 갸웃거렸다. 저 조그만 머릿속에 또 뭘 집어넣고 저렇게 혼자 고민하는지 들어봐야 답이 나올 것이다.

"한 가지씩 풀자. 우선 쉬운 것부터."

상엽의 제안에 송화는 또 한 번 고개를 저어야 했다.

이 상황에서는 뭐가 쉬운 일일까? 저 남자한테 성적인 결함이 있다는 거? 아니면 복잡한 시댁이 있다는 거? 그것도 아니면 전 부인? 그래, 전 부인이 그나마 무난하겠다.

가장 신경 쓰이는 문제였지만 그래도 제일 꺼내기 쉬운 소재였다.

"전 부인은 어떤 사람이었어요?"

커피를 입으로 가져가던 손이 멈춰지고 그의 눈이 놀라움으로 커지자 송화는 변명처럼 말을 이었다.

"아니, 그냥 궁금해서요. 한 번도 나한테 그런 얘기 안 했잖아요."

"누구한테 들은 거야, 그 애긴? 설마 지윤이가 찾아갔었어?"
"그 여자 이름이 지윤이에요?"
마음 한구석으로는 상엽이 장미의 이야기를 전부 부정해주길 바랐던 그녀의 기대가 산산이 깨져버렸다.
"맙소사, 정말 찾아간 거야? 뭐라고 그랬어?"
"나한테 뭐라고 그러진 않았어요. 장미한테 그랬지."
정작 궁금한 사람은 그녀일 텐데 오히려 상엽이 쉴 새 없는 질문을 해대는 상황에 송화는 기가 찼다.
"장미? 당신 동생? 하여튼 사방으로 사고뭉치네. 어쩐지 쉽게 떨어져 나갔다 했다."
상엽이 한숨을 푹 내쉬었다. 순한 여자의 맹랑한 동생은 호락호락한 상대가 아니었다. 헤어지는 건 헤어지는 거고 복수는 복수라는 의미인 듯싶다.
"뭐라고 그랬대?"
"뭐 별로 특별한 얘기는……."
장미가 한 말을 다시 그대로 옮겨줄 수는 없었다. 그건 내가 할 말이 아니라 그 남자가 그녀에게 해야 할 말이었다.
"아닐걸."
당황하던 모습은 온데간데없고 이제 그의 눈빛이 흥미진진하게 변해 있었다.
"그게……."
"그게 그렇게 말하기 어려운 얘기야?"
재미있다는 듯 그녀를 빤히 바라보는 그의 질문에 송화는 더더욱 입을 다물었다. 혼자 듣기에도 민망한 어젯밤 얘기를 내 입으로 털어놓으라고? 어림도 없지.

"괜찮아. 어지간해서는 안 놀라니까. 한두 번 있었던 일도 아니고."

"그럼 매번 여자친구가 생기면 그렇게 전 와이프가 와서 훼방을 놓았던 거예요?"

"뭐, 대충은 그렇지."

의외의 이야기에 놀란 송화와는 달리 상엽은 그저 태연히 고개만 끄덕였다.

지윤은 태섭의 여동생이었다. 어려서부터 집안끼리 잘 알고 있었고 태섭을 통해 누구보다 상엽의 상황을 잘 알고 있는 지윤은 가끔씩 어머니가 붙여주는 여자들을 떼어내는 역할을 도맡아 해왔었다. 워낙에 성격 있고 만만치 않은 지윤이 덕에 가끔은 편하기도 했었지만 이런 식으로 장미를 찾아가리란 생각은 하지 못했다. 극성스러운 두 사고뭉치들이 만나서 무슨 이야기를 했을지 상상하니 쓴웃음이 지어졌다.

"뭐래?"

"으음, 그러니까…… 성적으로 장애가 있대요."

상엽의 재촉에 용기를 낸 송화가 후다닥 입을 열었다.

"뭐? 절대 아니야."

지금껏 담담해하던 상엽이 이번만큼은 말도 안 된다는 얼굴로 펄쩍 뛰었다.

"진짠가 보네."

"아니라니까."

벌게진 얼굴로 수상한 듯 바라보는 송화를 향해 상엽은 단호하게 고개를 저었다.

"남자들은 처음에는 원래 다 그렇게 우긴대요. 강한 부정은 긍정이래요."

그녀가 느릿하지만 제법 단호하게 말했다. 누군가 단단히 교육이라도 시킨 듯한 모양새였다.

"누가 그런 쓸데없는 소리를 했는데?"

"언니랑 장미가요."

그의 입에서 해석하기 어려운 신음 비슷한 단어들이 스쳐 지나갔다.

"당신 언니랑 장미가 내 몸에 대해서 나보다 더 잘 알고 있다는 게 신기하네. 그럼 할 수 없지. 증명해줘?"

증명이라니, 뭘? 설마……. 하지만 이 남자는 그러고도 남을 사람이었다. 그녀는 화들짝 놀라 고개를 흔들었다.

"네? 아뇨, 아니요, 뭐 썩 그렇게까지 안 해줘도……."

"언니랑 동생이 섹스의 중요성에 대해선 얘기 안 했어? 그런 건 미리미리 파악하는 게 좋을 텐데. 일단 한번 자보는 게 최고야."

어떻게 알았지? 딱 잘라 그렇게 얘기는 안 했어도 그 비슷한 말은 했었다. 하지만 아무리 그래도 우리 자매들의 밀담을 이 남자에게 전해줄 수는 없는 노릇이었다. 벌써부터 얼굴이 붉게 익어가고 있는 것이 느껴졌다.

"됐거든요."

도대체 내 주변 사람들은 다 왜 이런 걸까?

손사래까지 치면서 고개를 흔드는 송화를 바라보며 상엽은 드디어 참고 있던 웃음을 터뜨렸다.

"내 애인은 순진하기까지 해. 난 복도 많아."

"이건 순진한 거랑 상관없거든요. 그런 얘기를 시도 때도 가리지 않고 하는 사람이 주책인 거예요."

그녀가 퉁명스럽게 쏘아붙였다. 지금 상황에서 순진이란 단어는 명백한 욕이었다.

"지윤이는 태섭이 동생이야. 필요할 때마다 가끔씩 도와줘."

상엽이 아직도 웃음기를 띤 채로 설명했다. 노태섭, 그와 한 집에 살고 있다는 그의 단짝친구 이야기에 송화는 고개를 끄덕였다.

"그래도 전 부인이랑 사이가 좋은가 봐요."

"못 들었어? 태섭이 동생이라니까."

답답하다는 듯이 상엽이 설명했지만 송화는 여전히 그가 결혼했었다고 믿고 있었다.

"알아들어요. 그러니까 친구 동생이랑 결혼했다는 얘기잖아요."

"그게 아니라……."

그가 한숨을 푹 내쉬었다. 이거야 원, 아무래도 제대로 된 해명이 필요한 듯했다.

"장미가 하도 치근덕대니까 이번에도 지윤이가 나선 모양이야. 이번 일로 태섭이도 많이 놀랐거든."

몇 분 동안 상엽은 열심히 설명했고 송화는 한참이나 미간을 모아야 했다. 그에게는 생각보다 여자가 많았던 모양이다.

"하나 물어봐도 돼요?"

"궁금한 건 뭐든지."

"지난번에도 물어봤지만, 왜 나를 좋아한 거예요?"

그게 무슨 뚱딴지 같은 소리냐는 듯 상엽의 눈썹이 올라갔다.

"그러니까, 상엽 씨 좋다는 여자가 많았을 거잖아요. 근데 왜 하필 나였냐고요."

"힘이 세서."

그녀가 흘겨보자 상엽은 잠시 멈칫했다.

'사실대로 털어놔야 하는 걸까?'

하지만 지금이 적당한 타이밍인지 자신이 없었다. 안 그래도 이혼이라는 잘못된 오해에 심각해진 채송화였다. 아직은 비밀을 털어놓을 때가 아니었다.

"메라비언의 법칙."

"뭐라고요?"

"보통 사람들이 제일 먼저 받아들이는 이미지는 시각, 청각, 언어 순이래. 그러니까 서로 대화를 할 때 말하는 내용보다는 잘생긴 얼굴이나 목소리가 우선이라는 뜻이거든."

"그런데요?"

이 어려운 단어가 도대체 내 매력과 무슨 관계라는 건지, 송화는 애써 그 둘의 상관관계를 찾기 위해 그에게 집중했다.

"우리 처음 만났을 때 당신은 내 말투 갖고 뭐라고 그랬잖아. 외모에 신경 써주는 거야 당연하지만, 그런 세세한 부분까지 날 좋아해주는 거 보니까 사귀어도 괜찮겠다 생각했지."

"말도 안 돼. 누가 좋아해요, 좋아하긴. 난 느물거리는 말투가 질색이었구만."

복잡한 이론과 상관없는 말도 안 되는 주장에 그녀는 어이없다는 얼굴로 그를 마주봤다.

"원래 관심 없으면 싫지도 않아요."

여전히 자신만만한 어조였다. 관심, 내 마음을 바라보는 일. 사람의 마음을 움직이는 건 참 사소한 것들에서 시작한다. 그의 말대로 그건 외모일 수도 있고 목소리일 수도, 매너일 수도 있다. 하지만 그가 모르는 건, 아무리 복잡한 통계와 이론이 난무해도 그녀의 마음을 움직인 이유는 단 하나라는 것이다. 그가 다른 누구도 아닌 윤상엽이라는 사실. 안 그래도 자만심이 히말라야 꼭대기에 올라가 있는 그에게 굳이 그것까지 알려줄 필요는 없었다. 가끔은 침묵도 필요할 때가 있다.

송화의 미소에 상엽도 미소로 답했다. 하지만 그녀의 투명한 미소와는 달리 상엽은 복잡해지는 머릿속을 애써 감춘 표정이었다. 사랑하는 사람에게 감추어야 할 비밀의 무게는 그에게도 버거웠다. 언젠가 제대로 된 시간과 기회가 올 것이다. 언젠가는.

13. 가장 중요한 것들

 상엽이 전국 방방곡곡에서 골라낸 여행지 리스트 중에서 송화가 주장한 여행지의 가장 중요한 조건은 무조건 바다여야 한다는 것이었다. 서울 토박이인 송화는 '여행' 하면 무조건 바다를 가야 할 것 같았고 '바다'라는 단어만으로도 가슴이 설레었다.
 수없는 이정표, 몇 번의 휴게소를 지나 해가 질 무렵 도착한 철 지난 부산의 바닷가는 쓸쓸하지도 한산하지도 않았다. 연인들과 가족들, 친구들의 유쾌한 웃음으로 채워진 바닷가의 긴 모래사장에는 가을 오후의 햇살이 하얗게 부서지며 긴 수평선을 따라 반짝이고 있었다. 다른 연인들처럼 두 손을 꼭 잡고 송정의 바닷가를 거닐면서 송화는 그들을 흘긋거리는 사람들의 시선을 의식하며 또 한 번 상엽을 의식하게 되었다.
 180센티미터가 넘는 키에 딱 맞는 티셔츠, 검은 진을 챙겨 입은 그는 평범한 사람들 속에서 분명 눈에 띄는 존재였다. 도대체 내가 어디서 이런 과분한 애인을 골랐을까.

"지금 나한테 또 한 번 반했지?"

그녀의 시선을 눈치 챈 상엽이 장난스럽게 말했다. 아무튼 눈치는 빨라요.

"아니거든요."

본인도 잘 알고 있는 그의 자만심을 그녀까지 나서서 채워줄 생각이 전혀 없는 송화는 단호하게 고개를 흔들었다.

"그럼 왜 그렇게 빤히 바라보는데?"

"운도 좋구나, 나 같은 여자친구를 독차지하다니. 당신 어디에 그런 복이 있나…… 생각했어요."

퉁명스러운 송화의 대답이 무슨 대단한 농담이라도 되는 양 그는 커다랗게 웃음을 터뜨렸다. 덕분에 그를 바라보는 사람들의 시선이 또 늘어갔다. 모자는 내가 필요한 게 아니었구나. 다음부터는 연예인처럼 선글라스에 모자라도 씌워서 데리고 다녀야 할 것 같았다.

"방을 두 개 잡지도 않을 거고 손만 잡고 자지도 않을 거야. 그러니까 선택해. 나랑 남든지, 아니면 마지막 비행기라도 타든지."

해가 지고 신선한 바다 해물이 잔뜩 들어간 해물탕을 저녁으로 먹은 뒤 그가 예약해놓은 호텔 앞에 차를 세우고 말했다. 제법 가볍게 이야기하는 그의 진지한 표정에 그녀도 덩달아 진지해졌다. 사실 송화는 벌써부터 긴장하고 있었다. 내 나이 스물아홉. 사랑하는 남자와 같이하는 게 그다지 특별한 일도 대단히 나쁜 짓도 아닌데 심장은 지금 당장이라도 갈비뼈를 벗어날 것처럼 뛰어대고 있었다. 어쩌면 이 남자는 진작부터 송화의 상태를 알고 있었을지도 모른다. 송화의 귀에는 자신의 심장 박동소리가 파도 소리보다 더 크게 들려오고 있었다.

"선택할 기회는 있는 거예요?"

"물론 없지."

차 안의 희미한 어둠 속에서 그의 얼굴을 살피며 송화가 물었고 상엽은 아주 간단하고 명료하게 대꾸했다.

"그럼 처음부터 물어보질 말든지."

"나중에 덮쳤다고 할까 봐."

차의 시동을 끈 상엽이 열쇠를 손 안에 말아 넣으며 슬쩍 그녀에게 몸을 기울인 채 히죽 웃으며 속삭였다. 그 바람에 그의 체온과 체취를 한꺼번에 느껴버린 송화는 또 한 번 긴장했다. 이게 정말 잘한 선택일지. 이렇게 긴장해서 오늘밤을 제대로 넘길 수 있을지 자신이 없어졌지만 이제 와서 되돌릴 수는 없는 노릇이었다. 지금은 그저 처음처럼 뻔뻔스럽게 밀고 나가는 수밖에 없었다.

"흥, 당신이나 그딴 소리 하지 말아요."

"음, 난 당신이 덮쳐줬으면 좋겠는데."

"아무튼 변태야."

어느새 다가와 문을 열어주는 상엽이 들을 수 있을 만큼 나직한 목소리로 송화가 중얼거렸고 그 대답으로 상엽의 기분 좋은 웃음소리를 들었다. 한 손에 짐을 든 상엽이 그녀에게 손을 내밀었다. 커다란 손 위에 올려진 자신의 손을 움켜쥐는 상엽의 시선을 마주하며 송화는 오늘의 선택이 잘못되지 않았음을 깨달았다. 그와 같은 공간에서 함께하고 싶었다. 지금, 그리고 또 다음 날에도.

송화는 지나치게 적나라하게 비치고 있는 거울 속의 자기 모습을 바라보며 좌절의 한숨을 내쉬었다.

갑자기 단순하고 별로 중요하지 않았던 모든 것들이 머릿속에 명료하게 의식되고 있었다. 가슴이 납작하다는 것, 요즘 들어 피부가 건조해졌다는 것, 경험이 없다는 것.

젠장. 이럴 줄 알았으면 가슴 키우는 운동이라고 하는 건데. 이럴 줄 알았으면 지난주에 때 목욕이라도 박박 하는 건데. 이럴 줄 알았으면, 이럴 줄 알았으면……. 할 수 있는 모든 가정들이 머릿속에서 뒤엉켜가고 있었다.

"물에 빠진 거야?"

욕실 문을 쾅쾅 두드리는 소리에 정신이 번쩍 났다. 객실에 도착하자마자 샤워를 핑계로 욕실로 도망 온 게 벌써 30분은 지난 듯했다. 상엽의 참을성이 바닥날 만한 시간이었다.

"안 빠졌어요."

"그럼 뭐 하는데?"

"지금 나갈 거예요."

송화는 호텔에 준비된 두꺼운 타월 가운의 허리띠를 꽁꽁 붙들어 매고 고개를 치켜세웠다.

내일 일은 내일 생각하자. 아니, 10분 뒤의 일은 10분 뒤에 생각하자. 난 저 남자랑 연애를 하고 있고, 저 남자를 사랑한다. 순결이나 목숨이 나를 외쳐대는 세상도 아닌데 남자랑 자는 일에 이렇게 유난 떨 필요가 없는 것이다. 뭐, 어떻게든 되겠지. 정 안 되면 도망가면 되는 것이다. 상엽이 그녀의 거절을 무시하고 무지막지하게 덮칠 만큼 비열한 사람이 아니라는 건 누구보다 송화가 더 잘 알고 있었다. 하지만 그 모든 사실에도 불구하고 심장은 대책 없이 뛰어다니고, 마음 한구석은 더없이 예민해지고 있었다.

"솔직히 말해봐. 지금 겁먹었지?"

눈사람처럼 타월 가운으로 온몸을 꽁꽁 싸고 있는 송화의 얼굴 가까이에 고개를 들이밀며 상엽이 물었다. 또 한 번 두근거리는 가슴 때문에 얼른 한 발짝 뒤로 물러난 그녀가 고개를 흔들었다.

"아니거든요."

"음, 겁먹었다고 하면 오늘은 손만 잡고 자려고 했는데."

"정말요?"

그의 솔깃한 제안에 송화는 자기도 모르게 반색을 하고 눈을 반짝였다. 사랑은 사랑이고 긴장은 긴장이다. 오늘 일을 내일로 미루는 건 썩 마음에 들지 않지만 이렇게 아랫배를 자극하는 긴장감만큼은 모른 척하고 싶었다.

"아니, 거짓말이야."

"그럴 줄 알았어."

송화가 심술이라도 난 듯 낮게 투덜거렸다.

"지금 금방 실망했지?"

"아니거든요."

놀리듯 빙글거리는 상엽을 흘겨보며 송화가 펄쩍 뛰며 고개를 흔들었다. 아무튼 이 남자는 귀신이었다. 손만 잡고 자겠다는 그의 제안에 솔깃한 만큼 조금도 실망하지 않았다면 거짓말일 것이다. 안도와 실망이 뒤범벅된 감정들 속에서 자꾸만 얼어붙는 이 마음을 어떻게 설명할 수 있을까. 도대체 다른 여자들은 어떻게 연애를 하고 어떻게 사랑을 하는 걸까.

"앉아봐."

"왜요?"

"머리 말려줄게."

상엽이 어느새 욕실에 있는 드라이어를 손에 들고 화장대의 의자를 빼들었다.

"내가 해도 되는데요."

"정말 분위기 모르네. 드라마나 영화 안 봤어? 이럴 때는 그냥 얌전히 있어 줘야 하는 거거든."

"눈꼴시어서 그런 드라마는 안 보거든요."

투덜거리듯 중얼거리던 그녀가 마지못한 얼굴로 의자에 자리를 잡았다. 화장대 거울 속에 비치는 맨 얼굴의 짧은 머리 송화와 상엽의 눈이 마주쳤다. 아마도 그의 눈빛에서 따뜻한 이해와 애정이 아닌 뜨거운 열정만을 발견했다면 그 순간 도망갔을지도 모를 일이었다. 분명하게 느껴지는 진지한 설렘. 그도 그녀와 다르지 않았다.

젖은 머리카락에 와 닿는 커다란 손이 다 괜찮을 거라고 말하고 있었다. 젠장. 이럴 줄 알았으면 머리카락도 기르는 건데. 이렇게 선머슴처럼 짤뚝한 머리가 아니라 풍성한 여인의 긴 머릿결이었으면 얼마나 폼 났겠니. 가슴만 키울 게 아니라 머리카락도 길러야 하나. 이 남자를 만나면서 하고 싶은 일도, 욕심나는 일도 점점 늘어나고 있다.

"부러운 건 아니고? 부러우면 지는 거야."

"눈꼴시다니까요."

다 알고 있다는 듯 엄숙하게 미소 짓는 상엽에게 슬쩍 입을 비죽이며 송화는 눈을 감았다. 거울 속에서 마주치는 그의 눈빛에 터질 듯이 두근대는 심장 소리를 들켜버릴 것 같았다.

상엽의 기다란 손가락이 짧은 송화의 머리카락을 헤집는다. 헤어드라이어의 뜨거운 열기와 함께 제법 전문가처럼 리드미컬하게 움직이는 그의 손길에 송화는 마치 자신이 강아지가 된 느낌이었다. 뭔가 나른하면서도 담백한. 그녀의 불안을 다 알고 있다는 듯 달래는 그 느낌에 송화는 감았던 눈을 떴다. 윙윙거리던 헤어드라이어 소리가 멈췄다. 거울 속에서 그가 진지한 눈빛으로 그녀를 향하고 있었다.

"아직도 도망가고 싶어?"

"얼른 씻어요. 그 사이에 도망가게."

"그러든지 그럼."

빤히 그녀를 바라보던 그가 순순히 욕실로 들어섰다. 마치 도망갈 시간을 주는 것처럼.

후아! 진정하자, 채송화.

상엽이 나왔을 때 그녀는 방에 있지 않았다. 대신 발코니에 놓인 기다란 나무 의자 위에 몸을 동그랗게 말고 무릎을 세운 채 앉아 있었다.

"안 추워?"

"그 정도는 아니에요."

바닷가에는 아직도 사람들이 드문드문 보였고 파도 소리는 여전히 씩씩했다. 수평선 멀리서 검은 바다를 번득이는 등대불이 반짝이는, 이제 무르익기 시작한 바닷가의 가을밤은 여유롭고 한가했다.

"뭘 그렇게 빤히 바라보는데?"

"바다요. 밖이 저렇게 컴컴한데 파도가 하얗게 부서지는 게 보여요."

송화 옆에 자리를 잡은 상엽은 그녀의 머리를 끌어당겨 자신의 어깨에 기대게 했다. 차가운 몸에 금방 그의 온기가 느껴졌다. 넓은 가슴의 심장 소리도 오른쪽 어깨에서 기분 좋게 느껴진다. 한참을 그러고 앉아 있었던 듯했다.

"사랑한다고 해봐."

"그런 건 강요한다고 나오는 말이 아니에요."

송화가 새침한 목소리로 고개를 흔들었다.

사랑이라. 물론 그를 사랑하지만 그런 말은 또 쉽게 나오지가 않는다. 왠지 사랑한다고 말로 하면 그 색이 변질되고 내 진심이 전해지지 않을 것 같은 불안감에 자꾸 입속에서만 읊조리게 된다.

"그러게, 강요하기 전에 당신이 먼저 얘기하면 좋았잖아."

"당신은 왜 안 하는데요?"

"지금 말하면 내가 당신이랑 자고 싶어서 하는 얘기처럼 들리잖아. 난 내 진실성을 의심받고 싶지 않아."

송화의 항의에 그가 제법 엄숙한 목소리로 대꾸했다.

"나도 그래요. 상엽 씨랑 자고 싶어서 하는 얘기처럼 들릴까 봐 싫거든요. 진실성은 나한테도 중요해요."

"사랑한다고 얘기해도 당신의 진실은 믿어줄게."

"안 돼요."

이제는 제법 익숙하고 느긋하게 상엽의 어깨에 기대어 있던 그녀가 다시 고개를 흔들었다. 여전히 사랑이라는 말을 입에 올리기엔 뭔가 간지러웠다.

"음…… 나도 안 되겠다. 더 이상은 못 참겠어."

상엽이 갑자기 긴가민가한 대꾸를 하고는 그녀의 고개를 돌려 턱을 들어올렸다. 그 순간 세상이 고요해지고 시간이 멈춰버린 듯했다.

이마에 그의 입술이 스치고 입술에 그의 입술이 닿았다. 두꺼운 가운을 밀어내고 차가워진 어깨에 그의 입술이 스치고 가슴에 뜨거운 입김이 닿았다. 숨은 곧 멈출 듯한데 심장은 무서운 속도로 뛰어다닌다.

그가 그녀를 안아 올려서 침대 위로 옮겨놓았다.

또 한 번 그의 뜨거운 입술이 입술을 훔친다. 남자의 숨결이 손가락 하나하나에 닿았고 속눈썹에 머무르고 다시 귓가에 멈추었다. 그때마다 그녀의 숨결이 미친 듯이 급해지고 호흡이 격렬하게 빨라졌다. 그건 설명할 수 없을 만큼 감각적이고 친밀한 느낌이었다. 그의 열기가 그녀에게 옮겨와 몸이 타오르는 듯했다. 어느새 가운이 벗겨지고 몸도 마음도 완벽하게 무방비한 상태가 된 그 순간부터 송화는 자신을 잃어버렸다.

"아."

누구의 신음이었는지는 모르지만 그 작은 소리에 그가 갑자기 움직임을 멈추었다.

"괜찮아?"

아직도 물기가 완전히 마르지 않은 송화의 머리카락을 양손으로 움켜잡은 상엽은 그녀와 눈을 마주치고 그녀의 시선을 붙들었다. 욕망과 욕구로 가득한, 삼킬 것 같은 시선이 그녀에게 쏟아졌다. 그는 그녀의 마지막 대답을 원하고 있었다. 열정으로 가득 찬 그가 그녀를 위해 자제하고 있다는 걸 송화도 본능적으로 알고 있었다.

"아뇨, 잠깐만요."

"이런, 이래서 시간 같은 거 안 주려고 했는데."

희미하게 미소 짓는 그의 입가와는 달리 스스로를 끝까지 절제하는 그의 이마 위에 작은 땀방울들이 맺혀 있었다.

"사랑해요."

"미치겠다, 채송화."

사랑한다는 고백에 미치겠다니 이건 무슨 뜻으로 받아들여야 하는 걸까? 그녀가 미처 다른 생각을 하기도 전에 그의 입술이 머릿속에서 생각을 없애버렸다. 입술에서 어깨, 쇄골에서 가슴까지 그의 깊은 입맞춤이 다시 시작됐다. 온몸이 불타오르는 느낌이었다.

지금까지 송화에게 사랑은 두근거리고 설레고 만나고 싶고 기다려지고 불안하고 아쉬운 감정들이었다. 하지만 오늘, 사랑은 번개 같았고 불꽃 같았다. 때론 미칠 듯이 격렬했고 더할 수 없이 친밀했으며 함께이기에 행복했다. 이제 그녀도 관능적인 유혹, 그리고 달콤한 쾌락, 그런 단어들을 조금은 이해할 수 있을 것 같았다. 그녀는 그를 사랑했다.

습기를 머금은 밤공기가 열린 창문 사이로 서늘하게 피부에 와 닿았다. 아직도 파도 소리는 요란한 게 분명했지만 그녀의 귓가에는 그의 심장 소리 외엔 들리지 않았다. 거친 호흡과 정신없던 세상은 조금씩 제자리로 돌아오고 있었다.

"괜찮아?"

"음…… 기분이 이상한 거 같아요."

아까와 같은 질문에 잠시 미간을 모으던 송화가 천천히 중얼거렸다.

"그럼 만족하지 못했다는 얘기야?"

그가 한쪽 팔을 머리에 괴고 몸을 돌려 그녀의 눈을 바라봤다. 희미한 어둠 속에서 언제나처럼 장난 가득한 그의 눈빛이 재미있다는 듯 빛나고 있었다.

"아니, 뭐 구름에 올라갔다거나 미치게 좋았다거나 그런 건 아니었어요."

"흠, 너무하네. 그렇게 노력을 했는데."

그녀의 솔직한 대답이 예상 외였는지 상엽은 좌절했다는 듯 베개 위에 머리를 묻었다. 송화의 나직한 웃음소리도 그의 옆에서 들려왔다.

"진짜 끝내주는 타이밍이었어."

"응?"

그대로 엎드린 채 팔에 머리를 얹은 그가 고개를 돌려 꽤 진지한 눈빛으로 그녀를 바라보고 있었다.

"당신 고백 말이야. 하필이면 왜 그때야? 내가 그렇게 시간을 줬구만."

아, 사랑. 그래, 그에게 고백을 했었다. 하지만 그 고백에 대한 제대로 된 답변을 들은 기억이 없다. 그저 그에게서 들은 건 '미치겠다.'라는 한마디와 정말 미칠 것 같은 사랑뿐이었다.

"싫으면 관두고요."

"아냐."

퉁명스러운 그녀의 대답에 그가 얼른 고개를 흔든다. 고개 흔드는 일 말고 상응하는 다른 대답을 해줬으면 좋겠건만 이 남자가 눈치가 없는 건지 아니면 애정이 약한 건지 사랑 고백에 대한 대답은 영 할 생각이 없어 보인다. 가을날의 밤바람이 자꾸 차가워지고 있었다. 팔에 돋은 소름을 문지르며 그녀가 작게 몸을 떨자 상엽이 얼른 몸을 감아왔다. 뜨거운 체온이 순식간에 더운 온기를 전해왔다.

"이게 제일 마음에 드는 거 같아요."

"뭐가 마음에 드는데?"

허리에 감은 팔에 힘을 주며 상엽이 물었다.

"이렇게 맨살이 부딪히는 기분이요. 왠지 사랑받고 있는 느낌이에요."

"사랑하니까."

사랑한다는 대답에 그대로 심장이 또 덜컥거렸지만 이 눈치 빠른 남자의 어중간한 대답은 용서가 되지 않는다.

"내가? 아니면 상엽 씨가?"

"당신이, 또 내가."

"제대로 얘기해주면 안 돼요?"

은근히 심통이 난 그녀가 그를 밀어내면서 항의했지만 허리를 감싸 안은 팔은 끄떡도 하지 않았다. 그는 오히려 더 바짝 그녀를 자신의 품으로 끌어안았다.

"안 돼. 난 오늘 남성으로서 들어서는 안 될 말을 들었단 말이야."

"내가 사랑한다는 말이 들어서는 안 될 말이었어요?"

"아니, 만족하지 못했다는 말. 충격이었어."

또 그의 눈빛이 장난처럼 반짝거린다. 하여튼 남자들이란. 송화는 그냥 웃어야 했다. 말이 뭐가 필요하랴. 날 바라보는 눈빛이 이렇게 따뜻한데. 날 감싸 안는 손길이 이렇게 부드러운데. 사랑이 전해지는 건 손길로도 눈빛으로도 충분하다.

"언니 말대로 되어버렸어요."

"응?"

상엽의 한쪽 어깨를 베개 삼아 누워 있던 송화의 뜬금없는 중얼거림에 상엽이 고개를 돌렸다.

"당신이 의심스럽다고, 무조건 일단 자보라고 했거든요. 지금 생각하니까 경험자의 교훈적인 얘기였어요."

"그래도 오늘 일은 당신 언니랑 장미한테 말하지 마."

극성스러운 자매들 간의 위험한 대화를 기억하고 있던 상엽이 기겁을 하며 몸을 일으켰다. 그의 움직임에 시트가 딸려 올라가자 송화가 얼른 그를 잡아당겼다.

"내가 바보예요? 이런 얘기를 하게."

상엽의 어이없는 걱정에 송화가 눈을 흘기며 말했다. 절대, 절대 못한다. 이런 낯 뜨겁고 무방비한 이야기를 어떻게 한단 말인가. 그래, 무방비. 완벽한 무방비. 한 시간 전의 일이 그대로 머릿속에 떠오르자 어둠 속에서도 송화의 얼굴이 벌게졌다.
"아니다, 어쩌면 해야 할지도 모르겠네. 내가 성적으로 완벽하다고. 오해는 풀어야 하잖아."
"당신이 바보였군요."
농담이 분명한 상엽의 대꾸에 송화가 피식거렸다. 상엽도 그녀의 헝클어진 머릿속에 얼굴을 묻고 나직하게 키득거렸다. 웃음이 오가고 체온이 전해지고 그래서 행복해지는 기분 좋은 밤이었다.

열어놓은 창문 밖으로 파도 소리가 희미하게 들려온다. 상엽은 팔을 뻗어 바로 옆에서 새근거리고 있는 송화의 어깨를 조심스럽게 감싸 자신의 곁으로 단단히 품어 안았다. 따뜻하고 부드러운 몸의 감촉이 그의 가슴에 그대로 전해지고 팔 위에서 느껴지는 적당한 무게감이 그를 안심시키고 있다.
"채송화."
"으응."
그녀가 그의 부름에 짧게 대답하곤 팔베개가 불편한 듯 몸을 뒤척였지만 상엽은 더 바싹 송화를 품에 안았다. 행여라도 그녀가 지금 당장 도망이라도 갈 것을 염려하는 것처럼. 그는 그녀를 절대 놓아줄 생각이 없었다.
"왜 당신이었는지 알아?"
여전히 자세가 불편한지 이제 상엽의 가슴 쪽으로 깊이 파고드는 송화의 머리카락을 손가락으로 감아내리며 상엽이 말했다. 이제는 더 이상 진실을 감출 수는 없었다. 어디서부터 어떻게 얘기해야 하는 걸까. 이상한 집안, 이상한 가족들, 이상한 조건들.

"뭐……요?"

"그러니까, 왜 채송화랑 사귀자고 했는지 아냐고."

상엽의 질문에 그녀가 몸을 뒤척이며 잠긴 목소리로 중얼거렸다.

"으음……. 알……아요. 음, 운명이라면서요."

"운명은 운명인데…… 난 그때 그럴 수밖에 없었거든."

"……나도요."

상엽으로서는 용기를 낸 중대한 고백에도 불구하고 그녀의 목소리는 잠에 취해 거의 들려오지 않았다. 송화가 베고 있는 상엽의 어깨가 묵직해지고 있었다.

"어이, 잠들지 말라고."

"……."

"결혼하자."

"……."

"사랑한다, 채송화."

어려운 고백이었다. 그리고 짧은 프러포즈였다. 하지만 그의 깊은 마음이 모두 담겨져 있다는 걸 그녀는 알까.

바닷가의 밤은 화려한 조명이 번쩍이는 도시와는 달리 더 어둡게 침잠하고 있었다. 창문은 닫혀 있지만 멀리서 들리는 파도 소리에 귀 기울이던 상엽이 조용하게 말했지만 송화는 생전 처음 남자의 품 안에서 그의 온기를 느끼며 서서히 잠이 들어가고 있었다.

"으응."

슬쩍 어깨를 흔들어 깨워보았지만 그녀는 잠에서 깨어날 생각이 없어 보였다. 상엽은 불만스러운 한숨을 내쉬면서도 조심스럽게 그녀 위로 시트를 덮어주었다.

못다 한 고백도, 프러포즈도 굳이 지금이 아니면 어떠랴. 이렇게 곤히 잠든 그녀를 보는 것만으로도 흐뭇한데.

결혼. 지긋지긋했던 부모님의 결혼 생활을 눈으로 목격하면서 절대 결혼 같은 건 하지 않으리라 생각했었다. 첫사랑의 죽음 앞에서 다시는 사랑 따위 하지 않을 거라고 다짐했었다. 그렇지만 이제 그에게도 다시 사랑하고 함께하고 싶은 여자가 생겼다.

소중한 사람. 내 여자. 나만의 채송화.

눈부신 햇살에 송화가 미간을 찌푸리며 몸을 돌렸다. 다락방의 아침은 언제나 일렀지만 오늘 아침은 이상하게 몸이 노곤했다. 이런 날은 출근하는 게 질색이었다. 침대 시트를 머리끝까지 잡아당겼지만 누군가 자꾸만 그녀를 방해했다.

"이제 그만 일어날 때도 된 거 아니야?"

어깨에서 느껴지는 뜨거운 손길과 귓가에 들려오는 남자의 나직한 저음에 송화는 정신이 번쩍 났다.

세상에, 난 혼자가 아니야. 어젯밤 일이 선명한 영상으로 새록새록 기억나자 자신도 모르게 '헉' 하고 숨을 삼킨 송화는 얼른 시트 속으로 몸을 감추고 고개만 빼들었다. 조금은 헝클어진 머리카락과 밤새 거뭇거뭇해진 턱 수염을 한 상엽이 그녀를 바라보고 있었다. 아이고, 또 세상에나. 난 이 남자와 어젯밤에 함께 잤구나. 다시 영상이 무한 반복되어 재생되고 있었다.

"당신은 나보다 내 몸에 더 관심이 있는 거지?"

"그게 무슨 소리예요?"

머릿속에서 자꾸만 재생되는 어젯밤의 영상 때문에 얼굴 마주하기가 민망스러워진 송화는 얼른 그에게서 몸을 돌리고 베개에 머리를 파묻었다. 어제 일이 새록새록 떠오를수록 가슴은 두근거리고 몸은 노곤해졌다.

"이봐, 나를 봐야지."

"왜요?"

벌게진 얼굴을 들킬세라 송화는 여전히 그의 시선을 피한 채 웅얼거렸다.

"내 어깨가 마음에 드는 거지?"

느닷없이 웬 어깨? 그야 물론 상엽의 잘빠진 어깨가 마음에 들긴 했지만 딱 집어 어깨가 매력 포인트라고 느껴본 적은 없는 것 같았다.

"엥? 그게 무슨 소리예요?"

"첫날부터 남의 어깨를 베고 자더니만 내가 중요한 말을 해도 대답도 없이 쿨쿨 잠만 자고."

"무슨 말을 했는데요?"

이제 만사 포기한 송화는 느릿하게 하품을 하고 베개 위에서 얼굴을 들어올렸다. 상엽은 그런 송화를 보면서 금세 몸이 굳어지는 자신을 느꼈다. 반쯤 감긴 눈으로 하품하는 여자가 섹시하게 보일 수도 있다니. 아무래도 그가 이 여자한테 많이 반한 모양이다.

"내가 프러포즈를 해도 못 들은 척하고 잠만 자고."

"뭘 해요?"

"프러포즈. 이제 잠이 깼어?"

"어, 아마도요."

하지만 아직도 꿈인 것 같았다. 프러포즈라니. 그런 중요한 얘기를 그는 언제 한 걸까. 온전하게 정신을 차린 송화는 몸을 일으키려다 자신의 맨몸을 생각하고 다시 시트를 가슴까지 끌어올렸다.

"한 번 잤다고 결혼까지 해줄 필요는 없어요."

송화는 최대한 냉정한 목소리로 상엽에게 말했다. 결혼은 그저 한 번 같이 잔 남녀가 하는 게 아니라 사랑하는 사람들이 해야 하는 것이다.

"가만, 그럼 지금 날 차겠다는 소리야?"

상엽이 순식간에 몸을 일으키는 바람에 시트가 획 하고 잡아당겨지자 기겁을 한 송화가 얼른 시트를 끌어 모아 침대 한구석에 자리를 잡았다. 같이 잤든 프러포즈를 받았든 간에 아직 그에게 이 밝은 날 맨몸을 보여줄 용기는 전혀 없었다.

"그게 아니라…… 굳이 책임질 생각은 안 해도 된다고요."

여전히 두 손으로 시트를 모아 잡은 송화도 지지 않고 말했다.

"난 결혼하자고 그랬어. 책임진다고 한 게 아니라."

"그게 그 말 아니에요?"

"아니지. 책임은 의무나 부담이고, 결혼은 함께하자는 약속이야. 난 책임을 지고 싶은 게 아니라 결혼을 하고 싶어. 그러니까 결혼하자."

상엽은 정말이지 진지한 얼굴로 결혼을 이야기하고 있었다.

"어…… 뭐…… 정 상엽 씨가 그렇게 부탁을 한다면 한번 생각을 해보도록 하죠."

"뭐야, 팅기는 거야?"

그가 믿을 수 없다는 눈빛으로 물었다. 물론 믿을 수 없겠지. 감히 튕기다니. 그녀도 절대 그럴 생각은 아니었다. 하지만 송화에게도 결혼은 이렇게 쉽게 '예스.'라고 대답할 수 있는 일이 아니었다. 결혼은 생각해야 할 일도, 책임져야 할 일도, 준비해야 할 일도 많은, 선택하기 어려운 새로운 시작이었다.

"그건 아니고요, 결혼하기 전에 아무래도 몇 가지 짚고 넘어갈 게 있어요."

"짚고 넘어갈 거?"

상엽의 얼굴이 긴장으로 굳어졌다. 혹시 어젯밤 그의 고백을 조금은 들었던 걸까. 그래서 그의 진심을 믿어주지 않는 걸까. 어쩌면 지금이 진실을 말해야 하는 시간이 될지도 몰랐다. 상엽은 자기도 모르게 꿀꺽 숨을 삼켰다.

"우리 언니가 그랬는데요."

"응? 또 뭐라고 그랬는데?"

말하지 못한 진실을 애써 외면하면서, 조금은 안심하고 조금은 불안해하는 스스로에게 쓴웃음을 내지으며 송화의 유별난 자매 이야기에 상엽은 눈썹을 치켜세웠다. 이 순진한 채송화에게 다른 꽃들이 얼마나 위험하고 난감한 이야기를 전해준 걸까?

"잠자리는 결혼 생활의 거의 전부래요. 아무래도 한 번 더 자보면 알 거 같아요."

"그건 나도 동감이다."

새침한 그녀의 대답에 잔뜩 긴장하고 있던 상엽이 웃음을 터뜨렸.

그의 낮은 웃음이 그녀의 웃음과 섞였다. 즐겁고 유쾌한 하루가 그렇게 시작되고 있었다.

잊혀진 여인의 야사
— 서투른 연애술사 로미오

★ 술사 : 술책을 잘 꾸미는 사람.

 때는 15세기 경. 바람은 서늘하고 달빛은 고요했어.

몬태규 가의 로미오는 잘생기고 건강하고 집안까지 빵빵한 괜찮은 킹카 중 하나였다. 그가 지금 한참 열을 내고 있는 여자는 사랑스러운 로잘라엔. 바로 나, 연애의 달인. 부럽지?

연애의 비법은 바로…… 밀당. 좋다고 해서 단번에 넘어가주는 일은 선수가 할 일이 아니지. 이 어린 녀석을 확실하게 길들여서 괜찮은 남편으로 만들겠다는 야심찬 계획을 세운 나는 요량 없는 로미오의 청혼🌹은 적절히 튕겨주시고, 막무가내 구애에도 적당히 미

소 지어 주었다.

"이제 이 남자는 다 넘어왔어."

득의양양한 미소를 지을 때 친구들이 연민의 눈빛으로 들려주는 말도 안 되는 이야기. 로미오가 사랑에 빠져버렸단다. 그것도 원수의 딸 줄리엣과. 이제 고지가 바로 저긴데.

얘가 그동안 사랑에 굶주려서 정신이 나갔나 싶었는데, 본인은 운명이란다.

로미오, 로미오. 그 여자는 원수의 딸이라니까. 네가 사랑하는 사람은 나란 말이야.

하지만 로미오의 머릿속에는 이미 첫사랑의 이별 따위는 기억에 남아 있지도 않는다. 얘가 원래 이렇게 재수 없는 남자였나.

"그래, 니들이 얼마나 잘 사나 보자. 남의 눈에 피눈물 뽑고 잘 살 거 같아?"

그렇게 진심이 담긴 악담을 했건만 그들은 천년만년 잘 살더라.

독을 먹고 죽었다고? 설마. 그 귀족 집안 나으리들의 말을 전부 다 믿는 건 아니겠지.

사랑은 이렇게 타이밍. 밀당은 적당히, 요령껏. 이야기의 끝은 언제나 주인공들의 해피엔딩.

14. 사람 일을 누가 알까

송화가 아는 상엽은 늘 느긋하고 여유 있고 장난스러운 남자였다. 하지만 그는 의외로 빠르고 급했으며 점잖았다. 잠결에 얼결에 받은 그의 프러포즈는 서울에 도착하자마자 어느새 현실이 되어버렸다. 송화가 정확히 '예스.'라고 대답할 틈도 주지 않은 채 상엽은 서울에 도착한 다음 날 두 손에 바리바리 약이 가득 든 무거운 가방과 과일 바구니를 들고 그녀의 집을 방문했다. 긴장한 표정이 역력했던 상엽의 첫인사는 생각보다 수월했다. 아버지는 그에게 경찰이 우리 생활에 얼마나 필요하고 중요한 존재인지에 대해서 설명했고 상엽은 자신은 법질서를 잘 지키는 모범 시민이라고 대꾸했다. 어머니는 그의 머리카락이 완벽하게 손질되었다는 것에 높은 점수를 주었으며 양지 언니는 늘 그렇듯 덤덤한 눈빛으로 고개를 까딱거릴 뿐이었다. 상엽이 식사를 마치고 집을 떠나기 직전, 마지막 순간에 장미가 화려하게 등장했다.

"처제, 형부라고 불러도 돼."

"결혼할 수 있으면 생각해볼게요."

스스럼없이 친근함을 내색하는 상엽의 경고를 알아들었는지 혹은 상엽에게 정말 관심을 끊었는지 다행히 장미의 반응은 생각보다 심각하지 않았다. 오히려 다른 때보다 훨씬 더 침착하고 여유 있어 보였다.
"방해하지 마, 채장미."
"홍, 언니는 아무것도 모르면서. 그런 게 아니란 말이야. 송화 언니는 순진하니까 속이기가 쉽겠지만 난 아니에요."
부모님이 자리를 비켜주고 2층 거실에 오롯이 세 자매와 상엽만이 남게 되자 장미가 앙칼진 어조로 경고하는 양지에게 쏘아붙였다. 하지만 그 시선만은 분명히 상엽을 향하고 있었다.
"무슨 뜻이야?"
"언니가 그랬잖아. 정직하지 않은 건 결정적인 하자라고. 이 사람은 송화 언니한테 절대 정직하지 않아."
"이 사람, 결혼한 거 아니래. 오해야."
송화의 두둔에도 불구하고 장미는 물러서지 않았다. 오히려 훨씬 더 기세등등해졌고 또 뜻밖에도 장미의 공격에 상엽의 얼굴은 굳어져가고 있었다.
"오해 아니야. 이래서 언니가 순진하다는 거야. 난 왜 내 스캔들에 경제부 기자들이 왔나 궁금했었어요. 그랬더니 윤상엽 씨 때문이던데요. 얼마 전에 사촌 동생분이 약혼하셨죠?"
사실 장미는 기자들의 입을 통해 상엽의 신분을 이미 눈치 채고 있었다. 그래서 더 놓치기 싫었는지도 모른다. 하지만 상엽의 숨겨진 사연은 어제가 되어서야 들을 수 있었다. 조금만 빨랐다면 더 좋았을 테지만 지금도 그리 늦지 않았다. 채장미가 세상에서 제일 싫은 건 무시당하는 일이었다. 당한 만큼 되돌려주리라. 게다가 이번 일은 굳이 피붙이인 송화를 괴롭혀서 양지 언니에게 지탄받지 않아도 되었다.
"급하시겠어요, 게임에서 지지 않으려면."
장미와 상엽만이 이해하는 단어들이었다. 여느 때보다 나긋나긋한 장미의 발언보다 아무 말 없이 침묵만을 지키고 있는 상엽 때문에 송화는 어쩐지 불안해졌다.
"게임이라니?"
"상엽 씨, 명성전자 사람이야. 거기 회장님이 이상한 조건을 내거셨나 봐. 그래서 그 집 남자들 결혼할 여자를 찾느라 혈안이 되어 있대. 어떡해요? 한발 늦어서 아쉽겠어요."
"아직 늦지 않았어. 그리고 아무것도 모르면서 아는 척하지 마."
장미의 계속되는 공격에 상엽이 천천히 입을 열었다. 늦지 않기를. 누구보다 정직한 사람에게 그동안 정직하지 못한 죄의 대가가 너무 크지 않기를. 그녀가 그 때문에 상처 입지 않기를. 상엽은 늦어버린 자신의 선택에 진심으로 후회했다.
"얼른 결혼해서 아이부터 낳아야 한다면서요? 명성전자 정도면 놓치기 아깝잖아요. 이해해요."
"아니, 이해 못할걸. 아무 여자하고나 할 거였으면 처제가 꼬리쳤을 때 넘어갔겠지."
정곡을 찌른 상엽의 반격에 가만히 듣고 있던 양지가 고개를 끄덕였고 장미의 눈에는 또 한 번 불꽃이 튀었다.
하지만 두 사람의 대화에 송화의 얼굴은 점점 창백해져갔다. 정확히는 모르지만 얘기의 요점을 알 것도 같았다. 아무리 채송화가 눈치가 없어도 바보는 아니었다.
몇 번이고 그에게 물었었다. 왜 나냐고, 왜 나랑 사귀냐고. 그때마다 그는 대답하지 않았다. 아, 그러고 보니 자기 스스로 정직은 자신의 매력이 아니라고 했던가. 어쩌면 그는 그 나름대로 정직했을지 모른다. 언젠가, 기분 좋게 한참을 걸어가던 소나기 내리던 휴양림에서 그가 했던 말이 그제야 떠올랐다.

'난 여자친구가 필요했고 그때 당신이 옆에 있었어. 어쩌겠어, 사귀어야지. 당신한테는 선택이었을지 모르지만 나한테는 운명이었거든.'

그런 의미에서의 운명이었구나. 채송화와의 운명이 아니라 다른 누군가와의 게임에 걸린 운명이었구나. 채송화는 그저 치열한 체스판의 말이었던 모양이다.

그래, 생각해보면 처음 그 남자는 여자친구가 필요하다고 했지 내가 필요하다는 말은 하지 않았다. 젠장, 어리바리 채송화. 그 중요한 사실이 왜 지금에서야 떠오른 걸까?

"뭐가 뭔지는 모르지만 일단 두 사람이 대화가 필요한 거 같은데요."

"그러게요. 오늘 고마워요, 처형. 가자, 채송화."

멍청한 표정으로 서 있는 송화의 손목을 꼭 쥐어 잡은 채 상엽이 집을 나섰다. 뭐가 뭔지 모르겠지만 한 가지만은 분명했다. 무언가 잘못됐다는 것, 그리고 그 사실이 무엇보다 불쾌하다는 것.

그들이 즐겨 가는 커피숍은 그날따라 한가했다. 사람도 없었고 음악도 무거웠다. 그래서 두 사람의 침묵의 시간도 더 버거워졌다. 상엽은 주문한 커피가 나오자 어렵게 입을 열었다.

"무릎 꿇고 빌어야 할까?"

"그럴 만큼 죄를 지은 거예요?"

"아니, 그 정도는 아닌데, 처음부터 끝까지 정직했던 채송화랑 비교하면 완벽하게 무죄라고 주장할 수는 없으니까."

그가 씁쓸하게 말했다. 비록 거짓을 입에 담지는 않았지만 그렇다고 정직하지도 못했다. 함께 먼 길을 걸어야 할 사람에게는 진작 고백했어야 할 일인데 그 시기를 놓쳐버리는 바람에 그녀에게 상처를 입혔다.

"그럼 장미 말이 전부 맞다는 뜻이에요?"

"겉으로 보는 것만은."

상엽은 어느 날 할아버지의 느닷없는 취중 농담이 현실이 되어 그와 사촌들의 목을 죄고 흔들고 있는 상황을 천천히 고백했다.

"덕분에 작은 집이랑 우리 집은 난리였어. 우리 어머니도 아주 지겹게 괴롭혔고. 병원에 어머니가 보낸 여자가 뻔질나게 드나들었으니까."

"그런데 왜 거기 내가 낀 거예요? 여자는 많았을 텐데."

"그런 말도 안 되는 일로 결혼할 생각은 없었으니까. 그냥 결혼할 여자가 있다고 하면 한동안 잠잠하시겠지 하는 마음이었지. 소나기만 피하면 된다고 믿었거든."

결국 난 소나기를 피하기 위한 존재였구나. 그동안 온몸을 사로잡았던 설렘이 한꺼번에 거품으로 빠져나가는 느낌이었다.

"난 두 번이나 물어봤어요, 왜 날 사귀냐고. 처음 그 질문을 했을 때 상엽 씨는 내가 운명이라고 그랬죠? 그리고 다음에는 그 이상한 박사님 이름을 댔어요."

"미안. 그래도 채송화한테 진심이 아닌 적은 없었어. 그냥 여자가 필요했다면 주위에 쌔고 쌘 게 여자였으니까."

그의 짤막한 사과가 그나마 위로가 되기는 했다. 상엽이 굳이 말하지 않아도 얼마나 많은 여자들이 그의 주위를 지나쳤을지 짐작이 가고도 남았다.

"그런데 왜 나였어요?"

"채송화였으니까."

그가 간단하게 대답했다.

채송화였으니까, 진즉에 이렇게 얘기해주었으면 좋았을 텐데. 그랬으면 이렇게 상처받지 않았을 텐데.

"일을 왜 이렇게 만들어요? 미리미리 고백했으면 좋았잖아요. 언젠가 들통 날 비밀을 만드는 건 머리 나쁜 인간들이 하는 짓이라면서요?"

"그러게. 그때는 일이 이렇게 될 줄은 나도 몰랐어. 그냥 지나가는 이슬비 한 방울에 온몸이 다 젖어들 거라고는 전혀 생각 못했어."

상엽의 고백에 송화는 나직하게 숨을 내쉬었다.

그는 그녀를 어쩌다 맞은 빗방울처럼 생각했지만 그녀 역시 그가 이렇게 가까운 존재가 되리란 생각은 꿈에도 하지 못했다. 사랑을 누가 알겠나. 이렇게 될 거라고 누가 생각했을까. 어렵게 내민 한 발짝이 이렇게 서로를 가깝게 하리란 생각을 누가 했을까. 그저 스치는 눈빛 한 번에 온통 마음이 사로잡히리라고 누가 생각했을까. 경험해보지 못한 사랑 앞에서 그는 아둔했고 그녀는 답답했다.

"말하려고 했었어. 부산에서도, 그전에도."

"그런데 왜 안 했어요?"

"처음에는 용기가 없었고, 부산에서는 당신이 먼저 잠들었잖아."

부산에서 그 시간에 듣지 못한 말이 많았구나. 프러포즈만 놓친 줄 알았는데 서로의 신뢰도 놓쳤던 모양이었다.

"당신이 상처받았다면 미안해. 다시는 이렇게 속이는 일은 없을 거야. 맹세할게."

조용하고 묵직하던 클래식의 음악 소리가 어느샌가 발라드 음악으로 바뀌었고 테이블 위에 놓인 커피는 입도 대지 않은 채 식어버렸다.

　누군가에게 속는 일은 결코 기분 좋은 일이 아니었다. 그 누군가가 내가 아끼고 내 마음을 가져간 사람이라면 더욱 그랬다. 하지만 이제 와서 사랑하기 전의 마음으로 되돌릴 수는 없는 노릇이었다. 고집 피우며 그의 진심을 모른 척하기도 싫었다. 이래서 사람들이 나쁜 남자한테 넘어가는 모양이구나.

　"맹세하는 거죠?"

　"물론이야."

　그가 자신의 왼쪽 가슴에 주먹을 대고 고개를 끄덕였다. 마치 심장이라도 거는 것처럼. 송화는 이 진지함을 믿어보고 싶었다.

　"결국 내가 내 남자친구 능력을 과대평가한 거군요. 난 상엽 씨 정도면 하늘만 딱 봐도 이슬비일지, 소나기일지, 아니면 내내 우기일지 구별할 능력은 되는 줄 알았어요."

　"난 한의사지 기상청 직원이 아니잖아."

　비죽이는 그녀의 분명한 농담에 상엽의 얼굴에도 희미하게 미소가 스쳐 지나갔다. 그녀가 그를 믿어주고 있었다. 다행히도 그녀의 넉넉함은 누구에게나 공평했던 모양이다.

　"그래도 우산을 안 들고 가겠다고 결심했으면 옷 젖을 각오는 했었어야죠."

　"그러니까 흠뻑 젖고 난 다음에 각오는 하고 있잖아."

　예전의 자신감과 더불어 유들유들함까지 함께 회복한 상엽에게 송화도 웃어 보였다. 상처받았던 기분이 풀리고 있었다.

　"이렇게 될 거란 생각은 정말 못했어. 이런 거 믿지 않았거든."

　송화를 바라보며 그가 다시 중얼거렸다.

그래, 그녀도 믿지 않았다. 지하철 창가에서 스쳐 지나간 그 남자가 나와 같은 길을 걸어갈 사람이라고는 생각지도 못했다. 재수 없는 의사 선생님은 그저 같은 하늘 아래 살고 있는 나와는 전혀 상관없는 사람이라고 믿었었다. 하지만 사람 일을 누가 알랴. 누가 섣부르게 '절대 그럴 리 없다.'고, '전혀 상관없는 일.'이라고 단정할 수 있을까. 어느 날인가 우연히 스쳐 지나간 그 사람이 나와 같은 생각과 나와 같은 눈빛으로 지금 이렇게 내 곁에 있는데 말이다.

집으로 가는 길, 상엽은 새로운 미래 때문에 가슴이 설레는 한편 눈앞에 닥쳐 있는 현재 때문에 머리가 복잡했다. 송화와의 결혼 승낙이 쉽게 떨어질 거라는 기대는 하지도 않았다. 그의 눈에는 더없이 특별한 채송화였지만 아마도 어머니의 눈에는 한없이 평범한 여자일 것이다.

그렇지만 이번만큼은 그도 타협하거나 양보할 생각이 없었다. 무능력하고 어리석은 한 남자 때문에 한 여자는 자살 직전까지 갔었다. 다시는 그때의 무기력한 윤상엽으로 돌아가고 싶지 않았다. 다시는 그때처럼 사랑을 떠나보내지 않을 것이다. 상엽의 눈빛이 무섭게 빛나고 있었다.

거실에서는 어머니가 항상 그렇듯 꼿꼿한 모습으로 소파에 앉아 책장을 넘기고 있었고 아버지는 서재에서 일에 몰두하고 계셨다. 10년 전, 아니 더 오래전부터 변하지 않는 익숙한 광경이었다.

상엽의 때 아닌 방문에 그의 부모는 호기심과 의문으로 번뜩이는 눈빛을 한편으로는 쏘아대고 또 한편으로 감추어가며 그를 지켜보고 있었다.

"결혼합니다. 오셔도 상관없고 안 오셔도 별반 섭섭하지 않습니다."

"지금 그게 무슨 소리냐?"

상엽의 일방적인 통보에 아버지의 눈썹은 치켜 올라갔고 어머니는 앙칼지게 쏘아붙였다.

"결혼한다고 통보하는 겁니다."

"뭐 하는 집 딸이냐?"

예상하고 있던 첫 번째 심사였지만 상엽의 눈은 끄떡도 하지 않았다. 그가 마음속으로 원했던 어머니의 반응은 저렇듯 쌀쌀한 호기심이 아닌 아들의 새로운 사랑에 흐뭇해하는 따뜻함이었다. 하지만 그건 언제나 상상이었고 바람일 뿐이었다.

"제가 좋아하는 여자예요. 어느 집 딸인지는 별로 중요치 않습니다."

"그게 왜 안 중요해."

상엽의 말이 끝나기가 무섭게 어머니의 사나운 목소리가 이어졌다. 기대했던 답을 얻지 못한 눈빛도 무서워졌다.

"혹시 별 쓰잘데기 없는 아이라면 애초에 관둬라. 아니다, 일단 데리고 와봐. 뭐 하는 앤지 내 눈으로 봐야겠다."

"어머니 허락받으러 온 게 아닙니다. 식장에 오실지 안 오실지만 결정하시면 됩니다. 그전에 제 여자를 상처 입힐 생각은 전혀 없어요."

더할 나위 없이 냉정한 목소리였다. 상엽은 이곳에 들어오기 전에 이미 결심했었다. 충분히 짐작되는 어머니의 방해와 잔인한 협박 속에 송화를 내놓을 생각은 전혀 없었다. 그녀는 용감하지만 마음 여린 여자였다. 어쩌면 어머니의 칼날 같은 독설에도 씩씩할지 모르지만 그 아픔은 오래도록 갈 것이다. 그는 그런 위험한 모험을 다시 할 생각이 없었다.

결혼 전이든 결혼 후든 송화가 어머니에게 상처받게 될 상황은 절대 만들지 않을 것이다.

"너, 지금……."

"상견례 날짜 잡아라."

어머니가 더 말을 잇기도 전에 윤 회장이 처음으로 입을 열었다. 경악한 성 여사와 달리 상엽을 바라보는 윤 회장의 얼굴에는 표정이 없었다.

"미쳤어요? 누군지도 모르고……."

"당신이 반대한다고 해서 저 녀석이 들은 척이나 할 거 같아? 우리 몰래 결혼한 게 소문나면 그게 더 집안 망신이야."

집안 망신이라는 말에 어머니는 매서운 눈빛으로 두 부자를 노려보다가 입을 닫았다. 목숨만큼 중요한 집안과 명예. 상엽은 쓴 한숨을 삼켜야 했다.

"다음 주 수요일, 그 다음 주 월요일에 시간 빈다. 둘 중 하나로 해."

"내일 여덟 시 이후는 가능합니다. 직장 다니는 여자라 평일엔 어려워요."

"뭐 하는 여잔데?"

"그럼 결혼식 날 보자."

또다시 어머니의 앙칼진 질문을 윤 회장이 싹둑 잘랐다.

"말도 안 돼요. 식장에서 며느리를 처음 보다니, 그게 말이나 돼?"

"조정해보죠."

"네가 웬일이냐?"

강경하기만 했던 상엽이 처음으로 고개를 끄덕이자 성 여사가 내뱉듯 쏘아붙였다.

"그 여자를 저처럼 이상하게 만들고 싶지 않기 때문입니다. 남들처럼 제대로 결혼하고 싶습니다."

상엽이 무뚝뚝하게 대답했다. 처음으로 윤 회장의 얼굴에 호기심이 내비쳤다. 자신만큼이나 무뚝뚝하고 냉정한 아들이 처음으로 속내를 보이며 제 여자를 아끼는 모습에 짐짓 놀란 그였다.

"네가 만나고 있는 여자가 내가 소개시켜준 사람들보다 부족하면 넌 각오해야 할 거야."

"전 어머니 허영을 만족시키려고 여자를 만나는 게 아니에요."

"뭐가 됐든!"

"아버지, 내일 연락드리겠습니다."

거의 비명에 가까운 소리를 질러대는 어머니를 무시한 채 상엽은 아버지에게 가볍게 고개를 숙이고 몸을 일으켰다. 어깨에서 무거운 짐을 하나 내려놓은 상엽은 커다랗기만 한 집을 무표정한 눈빛으로 바라봤다.

오늘 밤 어머니는 또 술을 입에 댈지도 모른다. 어머니를 생각하면 언제나 가슴이 아프고 무거워온다. 사랑의 집착으로 똘똘 뭉쳤지만 사랑받지 못하는 여인.

어머니는 내가 아직도 당신 마음대로 할 수 있는 어린 자식이라고 생각한다. 언젠가는 어린 아들이 이 집으로, 회사로, 그녀의 품으로, 그녀의 뜻대로 다시 돌아올 거라고 믿고 있다. 하지만 그건 어림도 없는 일이다. 한 번 탈출한 감옥으로 다시 돌아가는 일은 전혀 하고 싶지 않다. 이제 그도 사람처럼 살고 싶었다. 아무에게도 눈치받지 않고 사랑받고, 아무 조건 없이 사랑하면서, 상처받지 않고 상처주지 않고 따뜻하게 어울리면서 살아가고 싶었다. 채송화라면 그럴 수 있을 것 같았다.

15. 블랙홀 또는 카오스

누가 뭐래도 송화는 운명 따위는 없다고 생각했다. 그 모든 것은 그저 인간의 선택이고 결정일 뿐이라고. 하지만 가끔씩은 어쩔 수 없이 얽혀 있는 인연의 실타래를 느끼곤 한다. 그를 만나게 된 일, 그리고 사랑에 빠진 일, 미래를 약속하고 한 걸음 나아가는 길. 서로에게 이어진 붉은 실의 각기 다른 한쪽 끝을 잡은 그들이 이제 그 실을 하나씩 풀어가려 하고 있었다.

상견례는 서울 시내 중심의 가장 큰 호텔에서 이루어졌다. 약혼식을 겸한 자리인 만큼 송화의 새엄마가 준비한 배려였다. 물론 세상의 이목을 중시한 허영이기도 했지만.

먼저 도착한 송화는 다른 사람 몰래 커다란 숨을 몰아 삼켰다. 긴장하면 늘 그렇듯이 손가락이 차갑게 굳어지고 입술이 자꾸 말라온다. 미용실의 수석 디자이너가 직접 손봐준 머리카락은 낯설기 짝이 없었고 양지 언니가 골라준 푸른색 투피스는 아무래도 불편하기만 했다. 장미의 스타일리스트가 치장해준 메이크업도 그녀 눈엔 영 어색하게만 보였다.

"진정해."

"진정이 잘 안 되네. 인사를 먼저 드렸어야 예의인 거죠?"

상견례 전에 미리 가서 인사를 드렸어야 했는데 상엽의 반대로 인해 송화도 미래 시부모님들을 처음 만나는 자리였다.

"할 수 없잖아. 윤 서방이 안 그래도 된다고 했었다면서."

"걱정 마, 널 싫어하는 어른들은 없을 테니."

"그건 아빠 눈에나 그렇죠."

듣기 좋은 말이라곤 생전 하지도 않는 아버지의 느닷없는 참견에 송화가 희미하게 웃었다.

"그건 네 아빠 말이 맞아. 내 눈에도 넌 괜찮아. 처음 봤을 때 언제 키우나 했더니만……."

"너무 컸죠?"

그건 엄마답지 않은 얘기였다. 엄마는 지난 과거 얘기를 하지 않는다. 지금껏 살아오면서 단 한 번도 아버지의 첫 번째 결혼이나 양지 언니의 아버지에 대해선 들어본 적이 없었다. 딱 지금 이 순간만이 중요한 엄마에겐 항상 오직 현재만이 있을 뿐이었다.

"네 아버질 닮아서 그런 걸 어쩌겠니."

살짝 입을 비죽거렸지만 아빠를 바라보는 눈길에는 사랑이 가득했다.

180센티미터가 넘는 장신의 아버지를 닮은 송화는 아버지를 닮은 만큼 싹싹하지도 못했고 새엄마의 딸들처럼 똑똑하지도 아름답지도 않았다. 남편이 사랑했던 여자의 딸. 제 자식도 맘대로 안 되는 세상에서 남의 자식 키우는 게 쉽지는 않았을 것이다. 정이 차고 넘치지도 않았지만 그렇다고 구박을 당한 적도, 차별받은 기억도 없다. 송화는 새삼 새엄마가 고마워졌다.

"그러게요, 엄마를 닮았으면 예쁘거나 머리가 좋거나 했을 텐데."

"대신에 성질이 더러웠겠지. 얘, 고약한 딸내미는 둘로 충분해."

새침한 얼굴로 더할 나위 없이 우아하게 손을 흔드는 엄마는 그야말로 귀부인 같았다. 고약한 딸내미라. 장미와 양지 언니가 들었으면 분명 엄마만 하겠느냐고 발끈했을 것이다. 송화는 자신 곁에 성질 고약한 언니와 동생, 엄마가 있다는 사실이 더없이 행복하게 느껴졌다.

문소리가 들리자 송화가 반사적으로 얼른 몸을 일으켰다. 잔뜩 긴장한 송화의 얼굴을 바라보며 박 원장은 입 모양으로 '우아하게'를 외쳐댔지만 지금 그녀 눈에는 문을 열고 들어오는 상엽만이 들어왔다. 눈이 마주친 그가 그녀를 향해 웃어 보였다. 휴우, 이제 시작이구나.

얌전하게 고개를 숙이고 인사를 하던 송화는 겨우 고개를 들어 상엽의 부모님들을 마주했다. 그의 부친은 상엽과는 전혀 다른 분위기였다. 커다란 키에 어찌 보면 조금은 매서워 보이는 눈매를 가진 남자의 시선이 그녀에게 쏟아졌다. 아름답게 치장한 상엽의 어머니에게 송화는 꾸벅 인사를 했다.

"일단 자리에 앉으시죠."

상엽이 분위기를 유도하고 있었다. 하지만 그들이 자리에 앉기도 전에 맞은편에서 새된 비명이 쏟아져 나왔다.

"이건 말도 안 돼. 너, 네가 감히……."

상엽의 어머니였다. 송화를 바라보는 눈빛은 거의 경악에 가까웠다.

"아닐 거야. 절대 아닐 거야. 설마…… 어떻게 이런 일이……."

송화를 향해 알 수 없는 중얼거림을 내뱉은 성 여사의 눈이 남편을 향했다. 윤 회장의 얼굴도 잔뜩 굳어졌다.

"당신 짓이에요? 이러고 싶었어?"

"어머니."

무슨 영문인지는 알 수 없지만 송화는 자신을 바라보는 성 여사의 눈빛이 거의 증오에 가깝다는 사실에 저도 모르게 소름이 끼쳤다. 예상치 못한 혼란 속에 상엽과 송화의 불안한 눈빛이 순식간에 마주쳤다. 상엽 역시 전혀 상황을 이해하지 못하는 눈치였다.

"무슨 말씀이세요? 알아듣게 얘길 해요."

"조용히 해. 그 여자 자식이라니……. 나한테 이런 식으로 복수하는 거예요?"

"말도 안 되는 소리 하지 마."

자신의 아내를 단호한 어조로 진정시킨 윤 회장의 눈은 오직 송화만을 향해 빛나고 있었다. 그는 송화의 눈빛과 얼굴에서 무언가를 찾으려는 사람처럼 온전히 그녀만을 향하고 있었다.

"어머니…… 어머니 성함이 어떻게 되시나?"

"박, 정 자, 화 자 쓰시는데요."

송화는 엄마를 대신해 이름을 말했다. 엄마 역시 이 상황이 영 마음에 들지 않는 눈치였지만 그래도 상견례라는 이름 때문에 꾹 참고 있는 눈치였다.

"웃기지 마. 이게 누굴 속이려고. 너 현정이 딸이잖아!"

"네?"

송화의 대답에 무시무시한 눈빛이 채찍이 되어 그녀를 후려쳤다. 현정. 이현정. 그녀를 낳아준 어머니의 이름이 튀어나오자 송화는 커다래진 눈으로 돌처럼 굳어버렸다.

"그러니까 윤 회장님이 그분이었군요."

혼란과 혼돈 속에서 송화의 아버지 채 서장의 굵은 목소리가 실내를 장악했다. 험한 곳에서의 명령에 익숙한 채 서장의 목소리에 실린 위엄에 사람들은 하고 싶은 말들을 겨우 눌러 참고 그를 주시했다.

그분. 그건 무슨 의미일까?

대답을 알 길 없는 상엽은 조급하고 불안해졌다. 이건 그의 통제 밖의 일이었다.

"그럼 정말 저 아가씨가 현정이 딸인 겁니까?"

"나와 현정이 딸이지요."

담백하지만 무게 있는 답변에 윤 회장은 고개를 끄덕였고 성 여사는 또 한 번 비명 같은 소리를 내질렀다.

상엽은 그제야 겨우 어머니가 흥분하고 있는 정체불명의 여자 이름을 기억해냈다.

이현정, 채송화의 어머니, 내 어머니에게 연인을 빼앗긴 여자의 이름, 아버지의 첫사랑, 지금도 잊지 못하고 있는 사랑.

대학 동창인 그들의 사랑을 방해한 사람은 어머니였다. 그리고 어머니는 친구의 사랑하는 남자를 빼앗은 죄의 형벌을 30년 넘게 견뎌내고 있었다. 처음의 죄책감은 원망으로, 그리고 지금은 다시 증오로 변해가고 있었다. 그런데 이제 그 여자의 딸을 며느리로 삼아서 하나밖에 없는 아들을 빼앗긴다는 사실에 그녀는 거의 이성을 잃어가고 있었다.

"말도 안 돼. 이럴 순 없어. 그 여자가…… 어떻게…… 어떻게 그 여자 딸이…… 설마, 당신 자식이에요?"

폭탄 같은 발언에 상엽과 송화의 눈이 커다래졌다. 이제 뭐가 어떻게 돌아가는지 도무지 갈피를 잡을 수 없었다.

당신 자식이라니, 설마 송화가 아버지의 딸은 아닐 것이다. 상엽은 온 몸에 소름이 돋았다.

송화의 아버지는 분명 송화가 당신 자식이라고 하셨다. 그렇다면 금방 어머니가 내뱉은 무서운 말은 그저 말도 안 되는 착각일 것이다. 어떻게 송화가 내 동생이 된단 말인가. 송화의 얼굴도 하얗게 변해 있었다.

"말도 안 되는 소리 하지 마."

"아닙니다, 부인. 송화는 절대적으로 내 딸입니다. 내 안사람이었던 사람을 모욕하지 마세요."

무표정한 얼굴과 굳은 목소리로 채 서장이 단번에 혼란을 잠재웠다. 그 순간 상엽은 안도의 한숨을 토해냈고 손마디가 하얗게 되도록 테이블을 꼭 잡고 있던 송화의 손가락에도 힘이 풀렸다. 몸을 지탱하고 있던 긴장이 풀리자 송화가 비틀거렸고 상엽이 재빨리 다가와 부축했다. 안쓰럽고 증오에 찬, 그리고 어쩔 줄 몰라 하는 네 명의 시선이 그들을 주시하고 있었다.

"난 절대 이 결혼 허락 못해."

"흥, 누가 할 말을 누가 하고 있나요? 나도 내 딸, 그 집에는 넘기기 싫어요."

성 여사가 악귀처럼 소리를 질렀고 박 원장 역시 냉정하게 맞받아쳤다.

"뭐라고요?"

"옛날 고리짝 일 가지고도 이 난린데, 앞으로는 더 가관일 거 아니에요."

상엽이나 송화, 혹은 윤 회장이나 채 서장이 어쩔 수도 없을 만큼 두 어머니의 눈빛은 치열하고 싸늘했다.

"자네한테는 미안하네. 우리 송화도 그렇지만 자네도 부모 운이 없는 모양이야. 가자, 송화야."

하고 싶은 말을 다 하고 송화와 채 서장을 채근해 룸을 나서던 박 원장은 상엽을 바라보며 안타까운 듯 고개를 저었다. 나름대로 마음에 들던 사위 후보였다. 또 송화와 잘 어울린다고도 생각했었다. 하지만 이 상황에선 최악의 조건을 가진 딸의 남자일 뿐이었다.

갑작스러운 상견례에 정말이지 있을 수도 없는 일이 일어나버렸다.

아버지는 침통했고 양지 언니는 여전히 무표정했으며 장미는 호기심이 가득한 눈을 하고 있었다. 한편 송화는 마음이 무너져 내리고 있었다. 그건 그야말로 우스운 일이었다. 그녀는 아버지를 쏙 빼닮았다고 했다. 커다란 키, 튼튼한 골격, 큼직큼직한 이목구비는 누가 봐도 아버지를 닮은 친딸이었다. 그런데 오늘 한눈에 그녀의 얼굴에서 눈처럼 하얀 피부에 꽃처럼 아름다웠다는 어머니를 찾아낸 사람이 있다.

얼굴도 기억나지 않는 엄마가 내 얼굴 속에 있다고 한다. 이런 상황만 아니었으면 기쁘고 감격할지도 모를 일이었는데. 송화는 마음 깊은 곳에서 자신도 모르게 새어나오는 아픔과 슬픔의 한숨을 삼켜야 했다.

"난 반대다. 네가 내 배 아파 낳은 딸이어도 반대고, 내가 못된 계모여도 반대고, 길 가는 남남이라도 반대야. 그러니까 무조건 반대야. 절대 안 돼."

가족들 사이에서 제일 먼저 입을 연 사람은 엄마였다. 어느새 흥분의 기색이라고는 찾을 수 없을 정도로 냉정한 표정으로 엄마는 더 이상의 언급을 하지 못할 정도로 단호하고 격렬하게 반대 의사를 확실히 했다.

송화는 언제나 이성적이고 합리적인 양지 언니가 새엄마를 닮았으리란 생각은 해본 적이 없었다. 누구에게나 나풀거리고 여성스럽고 조금은 이기적인 장미가 엄마를 닮았다고 생각했다. 하지만 지금 새엄마의 얼굴과 어조에서 송화는 양지 언니를 보고 있었다.

"엄마."

그녀의 사정 어린 부름에 박 원장은 또 한 번 단호하게 고개를 흔들었다.

"대한민국에서 결혼은 둘만 좋아 하는 게 아니야. 너, 말라 죽을 거야. 말라 죽고 싶어? 둘만 좋으면 끝이라고? 흥, 그게 누가 결혼이래? 눈에 콩깍지 씌었을 때야 부모가 남남이지. 두 사람 사이 조금만 삐걱대도 넌 그 원망 다 들어야 해. 부모 자식 사이 갈라놓은 못된 년 되는 거 한순간이야. 뭐 하러 그런 결혼을 해?"

타이르듯 시작했던 박 원장의 어조는 시간이 흐를수록 마치 뱃속에 있는 말을 토해내듯 조금은 격하게 들려왔다. 예상치 않은 엄마의 모습에 송화도 양지도 그리고 장미까지 놀란 눈으로 새엄마를 향했지만 그녀는 딸들의 당황에 개의치 않는 모습이었다.

"차라리 혼자 살아. 네 언니, 이름만 대면 알 만한 집의 멀쩡한 녀석이랑 결혼했어. 그것도 지들이 좋다고 사정사정해서. 그런데도 이혼했어."

양지를 바라보지도 않은 채 박 원장은 오직 송화만을 보며 말했다. 짧았던 양지 언니의 결혼 생활, 그리고 집으로의 회귀. 돌아온 언니를 바라보던 그 담담하고 이성적이던 시선은 어디에도 없었다. 표현하진 않았어도 양지 언니의 이혼은 엄마에게는 아픔이었고 상처였다.

"절대로 안 돼. 이건 절대로 안 되는 일이야."

결코 설득되지 않을 듯한 엄마의 단호한 반대, 그와 더불어 한마디도 입을 열지 않는 아버지의 또 한 번의 분명한 반대. 아무래도 이건 어려운 결혼이라는 양지 언니의 부정, 그리고 덩달아 고개를 흔드는 장미 때문에 그녀는 내내 사면초가였다. 힘든 하루를 보내며 송화는 여전히 울리지 않았던 핸드폰을 바라보았다. 그 역시 그녀와 똑같은 시간일지 모를 일이었다. 아니, 어쩌면 그녀보다 더 심각한 상황이었는지 모른다.

송화는 자신을 낳아준 어머니를 기억해내려고 애썼다. 그녀와는 달리 아름답고 가냘팠던 엄마. 다른 남자를 사랑하고 아버지의 사랑을 받았던 엄마는 어떤 사람이었을까? 인연의 실타래는 참으로 이상하게 얽혀 있었다. 정말이지 세상일은 마음먹은 대로 그리 쉽게 흘러가지 않는다.

그 후 몇 시간 뒤, 요란한 파열음을 내며 거리를 가로지르는 구급차에는 치사량의 수면제를 삼킨 상엽의 어머니가 누워 있었다.

아무도 그들을 허락하지 않는다. 누구도 그들의 결혼을 환영하지 않는다. 심지어는 죽음을 선택하면서까지 말이다. 성 여사의 자살 시도는 상엽에게도 송화에게도 충격이었다. 자살. 무서운 마지막 선택. 상엽의 어머니가 보내는 그녀에 대한 명백한 부정과 거절의 메시지 앞에서 송화는 가슴에 바위가 얹힌 기분이었다. 벌써 일주일째 상엽과는 긴 통화조차 하지 못했다. 짧은 시간, 낮은 그의 목소리에 담겨 있는 지치고 힘든 그의 마음이 느껴져서 송화 또한 힘들고 아파왔다.

"언니."

송화는 양지의 방을 노크했다. 지금 이 순간 가장 현명한 대답을 해줄 수 있는 사람은 그녀뿐이었다. 하늘거리는 흰색 커튼이 저녁 햇살을 가리고 있는 양지의 방은 책이 빡빡하게 꽂힌 원목의 책장이 한쪽 벽을 채우고 있고 또 다른 한쪽 벽에는 최첨단 음향 설비와 최신식 영상 장비가 완벽하게 구비된 홈시어터가 설치되어 있었다. DVD가 높이 쌓여 있는 유리 테이블을 앞에 두고, 책 속에 얼굴을 파묻고 있던 양지가 고개를 들고 송화를 향해 몸을 돌렸다.
"내가 어떻게 해야 하는 거야?"
"글쎄, 내가 지금까지 유일하게 실패한 게 있다면 결혼이기 때문에 뭐라고 충고하질 못하겠다."
"그래도 언니는 우리 집에서 제일 똑똑하잖아."
"그건 아니지. 난 전국 수석이었어. 대한민국에서 제일 똑똑하다고 해 줘."
때 아닌 언니의 새침한 농담에 송화의 입가에도 잠깐이지만 슬쩍 미소가 지나갔다. 그런 송화의 얼굴을 찬찬히 바라보던 양지는 읽고 있던 책을 접고 소파 위로 다리를 모아 앉았다.
"보통은 말이야, 자식을 이기는 부모는 없어. 하지만, 너네는 좀 다른 거 같다. 엄마가 한 말 중에 결혼은 둘만 좋아 하는 게 아니라는 건 맞아. 특히 대한민국에서는 말이야. 결혼은 가족을 만드는 일이거든. 널 며느리로 맞는 걸 죽기보다 싫어하는 사람을 네 가족으로 받아들일 수 있겠어?"
송화는 저도 모르게 가슴을 조이는 커다란 불안감을 애써 삼켰다. 천천히 고개를 젓는 송화를 바라보며 양지가 다시 물었다.
"그럼 죽어가는 자기 엄마를 무시하는 남자를 참아낼 수는 있겠니?"
"어……."
"아마 나나 장미는 상관없을 거야. 우린 나만 행복하면 되는 사람들이거든. 하지만 채송화, 넌 아닐 거야. 내내 신경 쓰고 끝내 말라 죽겠지."

아니야, 언니. 언니는 날 잘 모르고 있어. 난 나만 행복해져도 아무 상관이 없어. 아니, 난 나만 행복하고 싶어. 다른 사람 일을 상관하고 싶지 않단 말이야.

송화는 마음속에서 검게 피어나는 자신의 이기적인 상상이 혹시라도 입 밖으로 새어나올까 봐 턱에 힘을 주었다. 그런 송화의 속마음을 다 알고 있는 양지의 눈빛이 점점 깊어졌다. 이미 송화는 결심을 한 뒤였다.

"그 사람 없으면 죽을 거 같으니?"

"아마 숨은 쉴걸. 죽지는 않을 거 같아."

"그래, 그럴 거야. 나도 그랬거든."

양지가 고개를 끄덕였다. 언니가 살아남았다면 자신 역시 죽지 않을 게 분명했다. 아니, 살아남아야 한다.

"그럼 그 남자는 너 없으면 죽을 거 같니?"

"아니, 아마 그 남자도 숨은 쉴 거야. 분명히 죽지는 않을 거야."

"그래, 그것도 그럴 거야. 그 인간은 내가 이혼하자고 할 때는 울고불고 매달리더니 지금은 아주 신 난 거 같더라."

이번에도 그렇게 고개를 끄덕이는 양지의 얼굴에는 표정이 없었다. 하지만 송화의 눈빛은 어두워졌다. 채송화는 그리 넉넉한 여자가 아니었던 모양이다. 그가 나 아닌 다른 여자로 인해 행복한 모습을 보고 싶진 않았다. 하지만 그녀가 살아남듯이 그 역시 살아남을 것은 분명했다. 그리고 언젠가는 잊히겠지. 그의 첫사랑처럼. 송화가 희미하지만 쓰게 웃었다. 어차피 사랑이란 건 그런 거다. 없으면 죽을 거 같다고 하지만 그냥저냥 살아가는 것.

"언니는 운명이 있다고 생각해?"

"내 생각은 중요하지가 않아. 네가 있다고 생각하면 있는 거고 아니면 또 아닌 거지."

운명이라고? 선택해주마. 이제 와서 운명이 제 멋대로, 제 맘대로 날 움직이게 하지는 않을 것이다. 지금 상황에서 할 수 있는 최선의 선택. 그게 내가 선택한 운명이다.

가슴이 답답해진 송화는 다락방 창문을 활짝 열었다. 창문 저 밖에는 이미 가을을 지나 겨울의 냄새가 느껴졌다. 새파란 하늘과 서늘한 공기. 마음이 아프건 사랑이 지나갔건 시간은 저 혼자 잘도 흘러가고 계절은 알아서 변해간다. 창가에 있는 의자를 움직여놓고 한참을 사람과 자동차들이 움직이는 길거리만 바라봤다.

아이와 손을 잡고 가는 엄마, 강아지와 산책을 즐기는 아줌마, 서로 찰싹 달라붙어 걸어가는 연인들, 학원 끝나고 아무 걱정 없이 무리지어 가는 학생들. 그들을 바라보면서 송화는 잠시 후회가 됐다.

왜 나는 그때 더 치열하게 사랑하지 않았을까? 왜 난 시간은 내 편이라고 생각하고 더딘 걸음을 옮겼던 걸까?

사랑한 시간은 후회하지 않지만 그 시간 동안 좀 더 노력하지 않았던 것이 후회로 남아버렸다.

뭐든 할 수 있을 때 미치게 했어야 했는데 내 마음을 의심하고 그의 마음을 넘겨짚느라 중요한 것들을 놓쳐버렸다.

딱 한 발짝, 쓸데없는 자존심, 더 쓸데없는 허영을 채우느라 사랑해야 할 많은 것들을 놓쳐버린 아쉬움에 송화는 눈을 감았다. 하지만 이제는 다 잊어야 한다. 지나가버린 시간도, 그리고 그동안 내내 상상했던 비밀스러운 미래도.

그를 또 만나는 건 핑계였다. 이미 그들에게는 결과만이 기다리고 있다는 사실을 누구보다 잘 알고 있는 두 사람이 서로를 바라보며 그저 이별할 시간을 미루고 있을 뿐이었다.

"얼굴이 상했다."

"상엽 씨만큼 할까요."

못 본 지 열흘 남짓. 그의 얼굴은 보기 안쓰러울 정도로 여위어 있었다. 가족과 애인 사이에서 그가 얼마나 고민하고 있는지 짐작할 수 있을 정도였다.

"어제 퇴원하셨어."

혼잣말하듯 조용히 중얼거린 상엽이 피곤한 눈빛으로 움푹 팬 볼을 한쪽 손으로 문질렀다.

그저 지나가는 말로도 어머니의 안부를 묻는 것 자체가 위선인 듯해 송화는 굳이 묻지 않았다.

"다행히 큰 이상은 없지만 아직은 불안한 상태라 옆에서 꾸준히 돌봐드려야 해."

"상엽 씨가 해야겠군요."

한순간 그들의 눈이 마주쳤고 상엽은 천천히 고개를 끄덕였다. 이제 서로에게 해야 할 다른 일들이 생겼다. 송화는 한참을 죄 없는 찻잔에 티스푼만 저어댔다. 별로 전설 같은 사랑을 한 것도 아니었고 폭풍 같은 열애를 한 것도 아니었고 수십 년을 오매불망 그 사람만 바라본 것도 아니었다. 그 없이는 죽을 것처럼 목을 맨 것도 아니었다. 그런데 왜 이렇게 가슴이 아픈 걸까? 왜 이렇게 설움이 복받치는 걸까? 이 남자가 뭐라고, 내 사랑이 뭐 그리 대단하다고.

"참을 수 있겠어?"

"자신 없어요. 웬만하면 참아보고 견뎌내려고 했는데, 결혼은 이렇게 하는 게 아니래요."

상엽이 먼저 입을 열었고 송화는 다른 때보다 급하게 고개를 저었다.

"누가 그래?"

"언니도 그러고, 장미도 그러고, 엄마도 그러고……."

"남들 얘기는 그만하고, 송화는? 난 당신 생각을 알고 싶어."

상엽은 모든 행동을 멈추고 똑바로 그녀를 주시했다. 그래, 그는 절대 먼저 뒤돌아서지 못한다. 그의 책임감. 그래서 결코 그의 어머니도 내칠 수 없는 남자였다.

"나는…… 내내 생각했어요. 생각하고 또 생각하고. 어떻게 하면 상엽 씨랑 헤어지지 않을까 그 핑계만 생각했었요. 그런데……."

"그런데?"

그 역시 내내 생각했던 일이었다. 어머니가 누워 있는 병실에서도 환자를 돌보면서도 밥을 먹고 운전을 하면서도 그의 머릿속에서 끊임없이 고민하고 또 고민했었다.

"내가 매일 매일 당신 어머니가 돌아가시기만 기다리면서 살 순 없잖아요. 그런 생각 잠깐이라도 했던 내가 독했어요. 그런 건 아닌 거 같아요."

"그래, 나도 그래. 그래서 더 싫어. 이 상황이 참 마음에 안 들어."

"우리, 이대로는 안 돼요."

"그래서 이대로 헤어지자고?"

그의 입 밖으로 나온 헤어지자는 말에 누가 더 놀랐고 누가 더 아팠는지는 짐작할 수 없었다. 다만 처음으로 나온 이별이라는 단어에 두 사람은 그저 묵묵히 서로를 바라보고만 있을 따름이었다.

"가위바위보 해요. 그래서 내가 이기면 끝까지 사귀는 거고, 당신이 이기면 헤어지는 거예요."

그녀의 제안에 상엽은 한참을 창밖만 주시했다. 햇살에 반짝이는 노란 은행나무 잎이 차가운 바람에 눈처럼 휘날리고 있었다. 가슴까지 얼어붙게 하는 겨울이 성큼성큼 다가오고 있었다.

애써 담담한 표정과 달리 그에게 손을 내미는 그녀의 손끝이 미세하게 떨리고 있다. 당신을 어쩌면 좋으니. 나는 또 어떻게 해야 하니. 상엽은 주먹을 냈고 송화는 가위를 냈다. 결론은 이미 그들도 진작부터 알고 있는 일이었다. 그저 모른 척하고 있을 뿐, 그저 참고 있을 뿐, 이별은 벌써 저만치 앞에 와 있다.

"어떻게 한 번을 못 이기니?"

"그러게요. 어떻게 난 한 번을 못 이길까."

혹시나 우연을 믿었다면, 혹시나 운명을 기대했다면 그건 여전히 어리석은 사람들의 바람일 뿐이라고 말하고 싶었다. 이건 운명이 아니라 그저 선택일 뿐이었다. 내가, 그가 결정을 내린 것이다. 오늘의 이 선택을 내내 후회하겠지만 그래도 뒤돌아갈 수는 없는 노릇이다. 선택에는 책임이 따른다.

"내가…… 널 어떻게 보내니."

"내가 가는 거라니까."

입술을 꽉 깨물고 상엽이 송화를 깊숙이 품에 안았다. 눈물을 참기 위해 송화도 손톱자국이 날 만큼 두 손을 꼭 쥐었다. 이제 와서 이렇게 헤어지면서 엉망으로 망가진 얼굴을 보일 수는 없었다. 누구보다 씩씩하게 이별해주리라.

"그 옆에 친구라는 녀석도 조심하고 다른 남자한테도 한눈팔지 말고, 아프지 말고, 넘어지지 말고, 아무한테나 기대서 잠들지 말고, 그리고…… 그리고 조금만 울고 기다려."

"그러면요?"

"머리 하얗게 돼서도 데리고 가는 남자가 없으면 그때는 내가 책임질게."

그녀는 애써 웃어야 했고 그 미소가 그날의 마지막 대화였다.

씩씩하게 고개를 숙이고 헤어졌지만, 돌아선 그 순간에 눈물이 차올랐지만, 입술을 깨물며 꾹 참았다. 혹시라도 그가 뒤돌아봤을 때 떨고 있는 내 어깨를 보여주고 싶지 않았다. 내 눈물을 보여주고 싶지 않았다. 주저앉지 않고 한발 한발 앞을 향해 걸어나갔다.

돌아오는 길, 세상은 유난히 맑은 공기와 푸른 하늘에 늦은 가을의 햇살이 뜨겁게 쏟아지고 있었다. 채송화의 실연 따위와 상관없이 세상은 눈부시게 빛나고 있었다. 봄이 오기 전에 시작했고 이제 겨울이 오기 전에 헤어졌다. 혼자가 되어 문 앞에 서자 그제야 이제 정말 혼자라는 사실을 깨달았고, 참았던 눈물이 넘쳐흘렀다. 이제, 그 없이 정말 혼자다. 숨이 막혀 죽을 것 같았다.

잠들어 있는 어머니는 예전과 달라 보이지 않았다. 상엽은 혹시나 싶어 코 밑에 손가락을 가져다 댔다. 살아 있는 사람의 따뜻한 온기가 전해졌다. 병원에서 퇴원한 이후로 그녀는 거의 말을 하지 않았다. 여전히 차가웠고 여전히 냉정했다. 하지만 그런 어머니의 눈빛에 가득 담긴 상처와 공허함을 바라보며 상엽은 목구멍을 채워오는 서글픔에 눈을 감아야 했다. 병원에서는 어머니의 심리적 안정이 가장 중요하다고 충고했다. 하지만 자살의 후유증은 어머니 자신뿐만 아니라 상엽에게도 치유되지 않는 흉터를 남겼다. 어머니는 스스로를 놓아버렸고 그는 사랑을 접어야 했다. 송화. 무엇보다, 채송화.

"못 헤어집니다. 어머니랑 의절하는 한이 있어도 송화 포기 안 해요."

"넌 네 에미보다 그깟 계집애가 더 좋다는 거야? 넌 내 자식이야. 내가 낳았다고!"

상엽은 어머니를 극단으로 몰아붙였던 그날 밤의 대화를 지금도 선명하게 기억하고 있다.

"네, 알아요. 그런데 어머니가 절 낳아준 것 외에 해주신 일이 뭐가 있으십니까? 저한테 어머니 자격이 있다고 생각하세요?"

"네가, 네가 나한테 어떻게 그런 소리를 해!"

상엽을 바라보는 성 여사의 눈빛이 매서워졌지만 그는 아랑곳하지 않았다.

"저니까 할 수 있는 겁니다. 어차피 지금껏 절 마음에 들어 하시지 않으셨잖습니까. 그러니 이번 기회에 아주 내치세요."

"윤상엽…… 네가, 네가 어떻게……. 넌 내 아들이야."

"그거 아세요? 전 아버지 아들이고 싶었습니다."

"그게 무슨 뜻이니?"

알 수 없는 눈빛으로 빛나는 상엽의 조용한 대꾸에 성 여사의 눈썹이 올라갔다.

"성은이는 제 돈을 원하는 여자라고 쫓아 보내셨죠. 어머니도 그리 다르지 않으셨잖아요."

"감히, 어떻게 그런 쓰레기 같은 여자랑 나를 비교하는 거니?"

"전 지혜가 저 때문에 죽었다고 생각했어요. 마음속으로 빌었거든요. 제발 골수가 맞지 않게 해달라고. 난 아버지의 자식이고 싶다고."

"상엽이…… 너……."

"다른 건 몰라도 전 분명히 어머니의 자식이에요. 그러니까 그걸로 만족하시고 그냥 내쳐주세요."

해서는 안 될 말을 입에 담은 순간 어머니의 표정을 그는 잊을 수가 없었다. 상엽은 잔인했던 자신의 행동에 다시 눈을 감아야 했다. 빌어먹을 윤상엽, 넌 진짜 못된 녀석이야.

어깨 위에 느껴지는 사람의 기척에 상엽은 지난 생각을 구겨놓고 얼른 고개를 들었다. 아버지였다. 지난 몇 주간은 누구에게도 쉬운 시간이 아니었다.

"네 잘못이 아니다."

"그런가요……."

"너한테는 언제나 미안했다."

윤 회장이 무뚝뚝하게 중얼거렸지만 그의 사과는 진심이었다. 부모로서 그들은 아들에게 아무것도 제대로 해주질 못했다. 어려서부터 언제나 상엽은 혼자 생각하고 자신의 길을 스스로 결정해야 했다. 부부 사이의 무정함은 부모로서의 소홀함에 대한 핑계가 되지 않음에도.

"아버지, 혹시 유전자 검사 해보셨어요?"

"무슨 뜻이냐?"

의외의 질문에 윤 회장이 몸을 굳히고 그를 향했다.

"제가 아버지의 아들이라고 확신하세요?"

"쓸데없는 질문이구나. 누가 뭐래도 너는 내 아들이다. 검사 같은 거 하지 않아도 그건 분명한 사실이야."

한 치의 의혹의 여지도 없이 아버지는 누구보다 분명하게 확정 짓고 있었다.

"어떻게 그렇게 자신하세요?"

"자기 자식을 몰라보는 부모는 없어. 넌 내 자식이야. 그런 일로 고민을 했다면 넌 생각보다 머리가 좋지 않구나."

윤 회장은 감출 수 없는 깊은 한숨을 내쉬었다. 부모라는 그들이 지금껏 자식의 가슴에 돌을 얹어놓고 살게 한 것이다. 일이 어쩌자고 이렇게 어렵게 꼬였단 말인가.

"미안하다. 너한테는 정말 미안하구나."

"아버지가 미안하실 일이 아니에요. 어머니 일은 제 잘못이니까요."

"네 잘못이 아니야. 이건 네 엄마와 내 문제야. 어쩔 수 없는 일이었어."

상엽의 나직한 고백에 윤 회장은 안타까운 표정으로 고개를 흔들었다. 사람은 누구나 하나씩 평생 지고 갈 짐이 있고, 그에게는 아마도 그의 아내가 그런 존재가 될 것이다. 아마 아내 또한 그럴 것이다. 하지만 그의 아들 상엽에게만은 조금 편안한 내일이 기다렸으면 했다. 좀 더 행복한 미래를 꿈꾸었으면 했다.

"우리들의 오랜 과거 때문에 네 사랑을 방해해서 미안하구나. 진심으로 미안하다."

한 번도 들어보지 못한 거듭되는 아버지의 사과에 상엽은 자기도 모르게 고개를 숙여 눈빛을 감춰야 했다.

"괜찮으시겠죠?"

"아직은 많이 불안하니 장담할 수는 없지만 어떻게든 안정이 되어야겠지."

아버지의 나직한 대답에 상엽은 피곤한 눈을 감았다 떴다. 죄책감과 자괴감이 그를 지치게 했다. 송화와 헤어진 지 이제 한 달이 지나고 있다. 하지만 아직도 뭘 해야 할지, 어떻게 해야 할지 아무것도 생각이 나지 않는다. 적막한 어둠 속에서 좌절과 절망의 무게가 그를 내리 눌렀다. 채송화, 잘 사는 거니? 난 당신 없이 죽을 것 같은데.

Always

송화가 그를 다시 만난 건 지하철 양재역에서였다. 처음 가위바위보를 했던 그날처럼 지하철은 시끄러운 소리를 내며 사라져갔고 출근하는 사람들이 바쁜 걸음으로 그들을 비껴갔다.

상엽은 저만치서 걸어오는 송화를 아픈 눈빛으로 바라봤다. 그녀를 바라보는 그의 눈빛은 절절했고 덩달아 그녀의 마음도 절실해졌다. 눈물이 차오를 것 같은 느낌에 송화는 목구멍 깊숙이에 가득 담긴 설움을 애써 삼켰다.

"안 우네."

"이제는 견딜 만해요."

견딜 만하다는 건 거짓말이었다. 모든 것이 힘들었다. 자고 일어나도 세상은 그대로였다. 언제나 해야 할 일은 넘치게 많았고 정신없을 만큼 바빴다. 헤어지는 건 그렇게 대단한 일도 요란한 일도 아니었다. 그저 가슴 한 귀퉁이에 구멍이 나고 심장 한구석이 무너져 내리는 것뿐이었다.

그가 없어도 입속으로 밥은 들어갔고 때때로 웃기도 했으며 대범한 척 무심해질 수도 있었다. 하지만 혼자가 되고 그와 함께했던 날들이 떠오르기 시작하면 그때부터 가슴이 찢어진다는 게 무슨 의미인지를 깨달았다. 숨을 쉬다가도, 밥을 먹다가도, 함께 있는 연인들을 봐도 문득문득 그가 스쳐 지나갔고 그때마다 송화는 가슴이 찢어졌다.

"나보다 씩씩하구나. 난 아직도 힘든데."

그는 스스로가 한심하다는 듯 허탈하게 웃어 보였다.

"다음에 오는 전철 타고 이대로 도망가자고 하면 어쩔래?"

"안 돼요."

다음 전철을 알리는 안내 방송에 상엽이 물었고 송화는 고개를 내저었다. 마음속으로는 수십 번 그의 제안에 고개를 끄덕이고 그가 내민 손을 잡고 싶었지만 그럴 수는 없는 노릇이었다.

"내가 당신 운명일지도 모르는데?"

"우리가 운명이었다면 이렇게 되지는 않았을 거예요."

"음, 그게 그렇게 되나."

"그렇게 돼요. 운명이란 건 그냥 핑계라니까요. 지난번에도 말했잖아요. 신은 가만히 앉아 있는데 그저 인간이 선택하는 것뿐이라고."

송화가 고개를 옆으로 돌려 그의 시선을 피했다. 차라리 운명이 있었으면 좋겠다. 그래서 그녀가 이렇게 이별을 선택한다 해도 운명이 그녀에게 그를 되돌려줬으면 했다.

"그럼 이번에도 선택한 사람은 당신인가."

"네, 그리고 상엽 씨도요."

"난 이런 선택 따위는 하지 않았어. 하기 싫었다고."

그가 혼잣말처럼 중얼거렸고 그녀도 그저 고개를 끄덕일 수밖에 없었다.
"나도요. 그런데 할 수 없잖아요."
함께 갈 자신이 없으니까 이렇게라도 할 수밖에 없었다. 가슴이 또 묵직하게 아파온다.
"그래, 할 수 없지. 할 수 없는 거지."
깊게 한숨을 내쉬던 그가 무언가 결심한 듯 그녀에게 손을 내밀었다.
"가자."
"상엽 씨."
"도망가자는 거 아니야. 당신은 선택했으니까. 대신 오늘 하루만."
여전히 주저하고 있는 송화에게 내밀어진 그의 손은 크고 따뜻해 보였다. 그녀의 손을 감싸 안던 그날들처럼.
"상엽 씨, 이러는 건……."
"알아. 좋은 방법이 아니라는 거. 하지만 평생 함께해 달라는 거 아니야. 그냥 오늘 하루만."
잠시 고민하던 송화는 그가 내민 손을 잡았다. 가만히 손바닥에 잡혀오는 송화의 손을 바라보던 그가 움켜쥐듯 잡아채고 걸어가기 시작했다. 얽혀 있는 손바닥을 향해 그의 체온이 느껴졌다. 불에 덴 것 같다는 느낌을 알 것 같았다. 온몸이 그에게 반응했다. 이건 우리끼리의 비밀. 그저 평생 가슴에 안고 담아갈 추억을 만드는 일. 앞으로 아파하며 살아갈 수많은 날 가운데 단 하루. 더는 욕심내지 않을 것이다.

출근을 포기하고 그의 손에 이끌려 도착한 곳은 강화의 석모도였다. 차를 타고 다시 배를 타고 도착한 그곳에서 그들은 내일을 잠시 접어두기로 했다. 어차피 그들은 이미 이별한 연인이었다. 어제도 아팠고 아마 분명 내일도 아플 것이다. 딱 하루, 그래서 오늘이라는 시간의 사치에 감사하며 하루를 보내기로 했다. 섬으로 향하는 배 안에서 누군가 던진 과자 조각에 날아드는 갈매기만을 바라보며 그가 무뚝뚝한 목소리로 말했다.

"보고 싶어 미칠 때가 있어."

나만 그렇지 않았음에 안도하는 나는 얼마나 이기적이고 간사한 사람일까.

"자다가도 벌떡벌떡 일어나. 이 상황이 너무 분해서. 그 기분 알아?"

그녀가 고개를 끄덕였다. 겨울이 지나가는 하늘은 새파랗고 바람은 서늘했다. 하얀 입김이 공기 중에 서걱거렸다.

"사실은 처음에 같이 갔던 휴양림으로 가려고 했는데 마음이 바뀌었어."

배에서 내려 보문사로 가는 길 중간에서 그가 말했다.

"왜요? 너무 멀어서요?"

"아니, 좋은 추억은 남겨두려고. 그리고 우린 아직 못 해본 게 많잖아."

그의 대답에 그녀는 이번에도 조용히 고개를 끄덕였다. 정겨운 시골길의 차창 밖 풍경도, 약속하지 않은 이별 여행도 그들에게는 모두 처음이었다. 앞으로도 우리에게 처음이 될 많은 것들이 아직도 많을 텐데, 이제 다시 우리가 되어 경험하지는 못하겠지.

"어디 산에 가서 난 농사짓고 당신은 밭 맬까?"

"나쁘지 않네. 우리가 힘은 세잖아요."

불가능한, 그래서 더 진지한 그의 농담에 그녀도 맞장구를 쳤다.

"힘은 당신이 세지."

"그럼 관두든지요."

익숙한 그의 어조에 그녀가 입을 비죽이며 대답했다. 그런데 왜 이런 익숙한 대화마저 가슴이 아픈 걸까.

"음…… 그럼 난 바닷가에서 노를 젓고 당신은 그물을 던지는 건?"

"그것도 나쁘지는 않네. 우리는 힘이 세니까."

"둘이 노를 저으면 미국까지도 갈까?"

"미국은 비행기를 타고 가야죠."

그도 그녀도 입을 다물었다. 가능하다면, 정말 가능하다면 그렇게 멀리 함께 떠나고 싶은데. 그건 정말이지 불가능한 미래였다. 지금 아무 말도 할 수 없는 건 그저 남들처럼 열심히 419 계단을 밟고 눈썹바위까지 오르느라 숨이 차서일 것이다. 깊고 따뜻한 서해의 고요한 바닷가가 펼쳐진 눈앞의 세상을 바라보며 송화는 한 사람한테 평생 딱 한 가지 소원을 들어준다는 눈썹바위의 자애로운 부처님의 눈을 차마 마주칠 수가 없었다. 지금 소원을 빌면 너무 이기적인 걸까요? 우리의 소원을 말하는 건 너무 큰 욕심인가요? 그녀와 눈을 마주친 그 또한 힘없이 웃고 있었다.

겨울바람이 날카로운 해변은 어느새 뉘엿뉘엿 해가 지고 있다. 어둠이 빠르게 오는 계절이라는 걸 잠시 잊고 있었다. 황금빛 태양이 검은 바다를 온통 붉게 물들여가는 짧은 시간, 두 손을 꼭 잡은 두 사람은 아무 말 없이 바다만 바라보고 있었다. 드디어 해가 바다 너머로 사라졌다. 바다는 더 깊어졌고 하늘은 더 어두워졌다. 이제 그들도 떠나야 할 시간이었다. 서로에게 체온을 전하던 얽힌 손이 풀리자 차가운 겨울바람이 얼어붙은 볼을 더 서늘하게 했다. 상엽은 주머니에서 작은 상자를 꺼내 들었다. 붉은 벨벳 위에 두 개의 백금 반지가 반짝이고 있었다.

"해준 게 없더라. 그깟 장미 한 다발 외에는."
"우리는 헤어졌는데요."
뜻밖의 선물에 멍한 표정으로 상엽을 바라보며 그녀가 중얼거렸다. 반지, 함께하는 반지.
"헤어졌다고 반지 끼지 말라는 법은 없잖아."
그의 말이 옳았다. 사랑하는데도 헤어지는데, 헤어졌다고 그와 같은 반지를 끼지 못할 이유도 없다.
"언젠가 채송화가 가득 피어 있는 마당 있는 집을 살 거야. 그때 같이 살아줄래?"
상엽이 그녀의 손가락에 반지를 끼워주며 말했다. 언젠가, 또 언젠가, 다시 오지 않을 언젠가.
"언젠가, 너무 늦게 오지 않으면요."
상엽의 반지를 손에 든 송화는 반지 뒤에 새겨진 작은 글씨를 발견하고는 목 끝까지 치밀어 오르는 울음을 삼켜야 했다. 언젠가, 또 언젠가.
그와 그날, 그렇게 정말로 이별을 했다. 서로의 눈빛을 마음에 담고, 서로의 마음을 가슴에 담으며 그렇게 서로를 보냈다.

Always with me.
인테리어 팀과 미팅 준비를 하던 송화는 상엽이 끼워준 반지를 손가락으로 돌리며 그를 생각했다. 짧은 시간 동안 어느새 반지에 익숙해져버렸다. 이제 완전히 그와 헤어졌는데 그의 아주 사소한 습관과 짧은 기억들이 그녀에게는 고치지 못하는 버릇과 지우지 못한 추억이 되어 남아

버렸다. 나른한 오후, 느긋한 공기, 깊은 웃음소리. 그것들이 내내 머릿속에서, 가슴속에서 지워지지 않았다.
"네가 만났던 남자, 명성전자 사람이지?"
조심스러운 눈빛과 무뚝뚝한 어조로 진욱이 다짜고짜 물어왔다. 사무실 창가로 며칠 전 서해의 낙조처럼 해가 지고 있었다. 난방이 잘되고 있는 사무실임에도 불구하고 송화는 온몸에 소름이 돋는 것을 느끼며 왠지 모를 불안감에 하던 생각을 멈추고 진욱을 향해 몸을 돌렸다. 잔뜩 긴장한 그는 치밀어 오르는 분노를 참고 있는 얼굴이었다.
"왜 그러는데?"
"그 남자, 약혼한다더라."
처음에는 진욱이 말한 단어의 의미를 이해하지 못했다. 약혼, 다른 여자와의 약속. 그날, 우리가 헤어진 지 얼마나 됐을까? 이제 한 달. 벌써 한 달. 이미 한 달. 머릿속이 하얘지고 있었다.
"약혼?"
"네가 원하면 내가 패줄 수 있어."
무표정하지만 꽤나 분개한 얼굴이었다. 아마도 오빠가 있다면 진욱 같으리라. 송화는 손가락에 낀 백금 반지를 다시 한 번 만지작거렸다. 어쩌면 이 의미를 알 것도 같았다. 그의 마음도 느낄 수 있을 것 같았다. 영원히 함께하지 못하는 걸 그도 알고 있었을 것이다. 그저 해줄 수 있는 건, 그저 건넬 수 있는 건, 마음뿐. 반지 하나뿐.
그때 갑자기 속이 메스꺼웠다. 송화는 진욱을 뿌리치고 화장실로 달려갔다. 점심에 먹은 걸 모두 게워내야 했다.
"괜찮아?"
다른 사람들의 시선을 완전히 무시한 채 여자 화장실까지 쫓아 들어온 진욱이 겨우 일어서는 그녀를 단단히 지탱해주고 있었다.
"괜찮다고 하면 믿겠어?"
그녀가 씁쓸한 얼굴로 물었다. 울지 않아서 다행이었다. 눈물을 참을 수 있어서 정말 다행이었다. 더 이상 소중한 사람들을 힘들게 하고 싶지 않았다. 그녀 때문에 그녀의 가족이 그녀를 걱정하듯, 진욱까지 힘들게 하고 싶지 않았다.
"아니."
"그럼 자꾸 묻지 마."
'약혼'이라는 단어가 머릿속에서 사라지지 않았다. 마음속에서 그의 모습이 지워지지 않았다.
하지만 이제 완전히 그를 잊어야 하는 이유가 생겨버렸다. 방금 전까지 하얗던 세상이 이제는 새까맣게 변해간다. 진욱이 서둘러 그녀를 받쳐 들었다. 그의 나지막한 욕설이 희미하게 들리는 것 같았다.

16. 10개월 그리고 10분

 그렇게 헤어졌고 그렇게 잊기로 했다. 남의 남자가 될 사람, 그리고 살아서는 절대 함께하지 못할 사람. 시간은 잘도 흘렀고 아직도 심장은 여전히 아팠지만 그래도 그 남자 때문에 밤새 우는 일은 없어졌다. 1년이 흘러서야 울지 않게 되었으니 아마도 10년이 되면 아무렇지도 않게 상처가 아물지도 모른다.
 "그냥 우리 회사로 오면 안 되냐? 경력직 뽑는다니까."
 "됐어. 거긴 내 과거를 아는 사람이 너무 많아."
 요즘 들어 더 뻔뻔해진 장진욱까지 덤으로 대동한 송화는 새로운 회사에서 면접을 마치고 부랴사랴 김포공항으로 향했다. 가족들은 이미 제주도 펜션에 자리를 잡고 그들을 기다리고 있었다.
 "우리 회사 사규에 애 딸린 여자는 안 된다는 항목은 없거든."
 "그거야 결혼하고 애를 낳았으니까 그렇지. 나 같은 미혼모는 뒷담화가 무서워."
 미혼모. 살아가면서 자신과는 절대 관계없는 말이라고 생각했지만 어쨌거나 이제 그녀는 미혼모였다. 그의 약혼식 날 그녀는 자신의 임신 사실을 의사에게 확인받았다. 임신이라는 말에 기뻐할 수도 울 수도 없었다. 하지만 낳아서 키울 거라는 사실만은 선택의 여지가 없었다.
"너네 집 여자들은 고집이 너무 세."
그녀의 고집스러움에 진욱이 '끙' 하고 낮은 신음을 토해냈다.
"그 얘기는 양지 언니한테도 꼭 전해줄게."
"해도 돼. 거긴 그중에서도 킹왕짱이니까."
장진욱이 무슨 재주를 부렸는지는 몰라도, 송화가 보기엔 장진욱의 일방적인 구애인 듯한 그들의 연애는 어쨌거나 현재 진행 중이었다.
"콩이가 그건 닮지 말아야 할 텐데."
"고집은 나보다 그 사람이 더 만만치 않아."
그 사람. 지난 10개월 내내 그는 '그 사람'으로 불리었다. 이제는 그래도 처음만큼 아프지는 않지만 선뜻 '윤상엽'이라는 이름이 입 밖으로 나오진 않았다.
"하긴, 애가 너 안 닮아서 천만다행이더라."
송화의 가방 열쇠고리에 달려 있는 콩이의 사진을 바라보며 진욱이 진심으로 다행이라는 눈빛으로 고개를 끄덕였다.
"연락 전혀 안 하지?"
"이제 와서 뭐 하러."
콩이를 임신하고 지금까지 내내 수없이 고민했었다. 하지만 결론은 언제나 같았다. 다른 여자의 남편이 될 남자에게 또 다른 짐을 얹어줄 수는 없는 노릇이었다. 송화는 자신의 임신 사실을 알렸을 때 가족들의 모습을 희미하게 떠올렸다.

"그 녀석 아이겠지, 당연히?"

아버지의 질문에 어머니의 눈썹이 치켜 올라갔다. 무언의 경고였다. 하지만 그녀에게 들린 단어는 '당연히', 그 한마디였다. 더할 나위 없이 당연함에도 불구하고 그녀는 '그렇다.'고 대답하지 못했다.

"제 아이예요."

"네 아이라고 하는 걸 보니까 낳을 생각이구나."

송화의 당당한 주장에 어머니의 깊은 한숨이 이어졌다.

"딸년은 에미 팔자 닮는다고 하더니만, 넌 왜 내 배 속으로 낳지도 않았는데 날 닮은 거니?"

"할 수 없잖아요. 엄마가 안 낳았어도 엄마 딸인걸."

"그래도 그런 건 안 닮아도 되잖아."

혼잣말처럼 중얼거리는 엄마의 얼굴이 송화만큼이나 하얗게 변해 있었다. 새엄마는 양지 언니를 그렇게 낳았다고 했다. 그래서 양지 언니는 지금도 아버지가 누군지 모른다.

"그럼 우선 대책을 세워야겠다. 어쩌면 좋겠니?"

"제일 좋은 건, 애 아빠한테 얘기하고 결혼한다."

"싫어."

양지의 제안에 거의 반사적으로 그녀가 고개를 흔들었다.

"왜 싫어? 임신까지 했는데. 그 마녀 같은 아줌마가 이제 어쩔 건데. 언니 진짜 짱이다."

"시끄러, 이 철없는 것아."

엄마의 매서운 어조와 아버지의 못마땅한 눈빛, 그리고 양지의 한심한 시선이 뒤따르자 가족 중에서 가장 환한 얼굴이었던 장미가 입술을 비죽였다.

"그래도 상엽 씨는 알 자격 있잖아."

"자격은 있을지 모르지만 알아서는 안 되는 상황이야. 그 사람한테 쓸데없는 숙제를 던져주고 싶지 않아."

"그래, 이해한다."

한참의 침묵 끝에 새엄마가 입을 열었다.

"여보!"

"알려서 어쩔 건데요? 지 엄마도 오늘내일하는 판에 그 녀석이 이제 와서 뭘 어쩌겠어요. 또 약혼도 했다면서."

"그럼 애를 아버지 없이 키우자고?"

"그게 아이 복인 걸 어떻게 하겠어요."

박 여사의 나직한 중얼거림에 순식간에 침묵이 흘렀다. 아버지가 없는 게 복이 될 수 있는 걸까? 난 잘하고 있는 걸까? 10초 혹은 1분. 서로의 머릿속에 선택의 시비와 미래의 걱정이 오가는 그 짧은 침묵을 깬 건 역시 언제나 지나치게 발랄한 장미였다.

"괜찮아. 그깟 아빠 따위는 없어도 외할머니, 외할아버지에 이모가 둘이나 있는걸, 뭐. 그리고 불행 중 다행으로 그 이모들이 다 부자잖아. 걱정 없어."

"정말 채장미식 라이프스타일은 간단해서 좋다니까. 진짜 단순해."

"그럼 복잡할 게 뭐 있어? 어차피 언니는 결정을 내렸는데. 그럼 끝난 거잖아."

모처럼 장미는 정답을 알고 있는 듯했다. 그래, 이미 선택은 했고 이제는 씩씩하게 사는 일만이 남았다. 난 잘할 수 있을 것이다. 그래야 했다.

그랬던 게 벌써 10개월 전의 일이었다. 이제 벌써 그 작은 생명은 내일모레면 백일이 된다.

지금도 송화는 그에게 연락을 안 한 게 정말 잘한 일인지 헷갈리고 있다. 아마도 그녀에게, 그리고 그에게는 옳은 선택일지도 모른다. 하지만 어린 콩이에게도 정말 그런 걸까, 하는 죄책감이 송화의 마음을 무겁게 하곤 했다. 그를 생각할 때마다 그녀는 가슴속에 퍼런 멍울이 한 움큼씩 새로 생기는 느낌이었다.

"뭐 하냐? 비행기 시간 늦어."
솜씨 좋게 차를 주차한 진욱이 커다란 여행용 가방을 꺼내들고 아직도 생각에 잠겨 있는 송화를 채근했다.
"그냥 솔직히 얘기하시지? 양지 언니가 보고 싶다고."
"흐흐, 보고 싶어 죽겠거든요."
그의 빤한 속셈에 코웃음 치는 송화에게 진욱이 여전히 뻔뻔스럽게 미소 지었다. 때 아닌 제주도행은 장미가 콩이의 백일 선물로 주장한 가족 여행이었다. 극도의 이기주의자 채장미가 콩이에게만은 사족을 못 쓴다는 건 정말 아무도 예상치 못했던 일이었다. 백화점에서 아이 옷을 싹쓸이하는 건 기본이고 우유병을 물려주거나 냄새나는 기저귀까지도 제법 능숙하게 갈아줄 정도였다. 그저 시끄럽다고 구박이나 안 하면 다행이라고 생각했건만 장미는 콩이의 울음소리에도 한없이 관대했다.
"말을 못 하니까 울지. 말할 줄 알면 애라고 울고 싶겠어?"
한동안 낮밤이 바뀌어서 시도 때도 없이 울어대는 콩이 때문에 어쩔 줄 몰라 하는 송화에게 아이를 가로채 안으며 장미가 쏘아붙이던 그날, 송화도 양지도 그리고 심지어는 엄마까지도 자신들의 눈과 귀를 의심해야 했다.

마치 올림픽 경보 대회에 나간 것처럼 급하게 걸어가는 진욱의 뒤를 종종거리고 쫓아가던 송화는 잠시 걸음을 멈추어야 했다. 그녀는 한순간 자신이 잘못 봤다고 생각했다. 그 많은 사람들 틈에서 한눈에 그를 알아볼 수 있는 건 정말이지 신기한 일이었다. 사람의 뒷모습만 보고도 그임을 알 수 있다는 건.

"채송화, 시간 없다니까!"

혹시라도 비행기를 놓칠까 조바심이 가득한 진욱의 부름에 그가 뒤돌아섰고 송화는 숨을 멈추었다.

한없이 그리워한 눈빛이었고 보고 싶어 한 얼굴이었다. 지난 시간 동안 콩이를 배 안에 품은 동시에 그를 마음에 품었었다. 그를 만나면 어떻게 해야 할지, 몇 번이나 머릿속에서 상상하고 연습했었다. 하지만 그와 마주친 송화는 그녀가 생각했던 그 어떤 일도 하지 못했다. 아주 우습게도 말이다. 그녀에게는 다행히 언제나 웬수 같던 장진욱이 있었다.

"오래간만입니다. 이런 데서 참……. 그럼 갈 길 가세요. 가자, 채송화."

"잠깐만."

진욱의 손에 끌려 걸어가는 송화의 손목을 상엽이 붙들었다. 그의 체온이 닿는 살갗이 순식간에 뜨거워졌다. 잊을 수 있다고 했는데, 언젠가는 희미해질 거라고 생각했는데 그건 그녀만의 오만이고 착각이었던 모양이었다.

"잠깐만 얘기 좀 해."

"그냥 서로 모른 척하고 가죠."

"장진욱 씨한테 하는 얘기 아닙니다. 송화야, 얘기 좀 해."

모자 챙의 그늘에 가려 표정을 읽어낼 수는 없었지만 진욱의 방해에 대한 상엽의 반응은 차가웠고 노골적이었다. 진욱의 낮은 한숨 소리가 들려오는 듯했지만 송화에게는 눈앞의 남자 외에는 아무것도 보이지 않았다.

그와 헤어지고 몇 달간은 지하철에서 타고 내리는 사람들을 하나하나 둘러보거나 회사 근처 주변의 거리를 괜히 멀리 돌아가는 자신을 발견했었다. 그냥 스쳐 지나가면서라도 딱 한 번만 더 보고 싶었을 뿐이었는데 용케도 잘도 피했고 슬프게도 우연히도 만나지 못했다. 그런데 그런 그를 여기서 보다니. 이걸 우연이라고 해야 할까, 운명이라고 해야 할까? 어쨌거나 그녀에게 그는 다시 만나도 마주쳐서도 안 될 사람이었다.

"10분입니다. 기다리는 사람이 있다는 거 잊지 마."

두 사람을 바라보며 나직한 한숨을 내쉬던 진욱이 상엽에게 통보했고 송화에게 다짐했다. 기다리는 사람, 콩이, 나의 아이…… 그리고 그의 아이. 가슴에 멍울지는 설움을 또 한 번 삼켜낸 송화는 콩이 사진으로 만든 열쇠고리가 걸린 가방을 진욱에게 건네주고 상엽보다 먼저 걸음을 옮겼다.

10개월. 그리 길지 않은 시간이었지만 그들에게는, 아니 최소한 그녀에게는 10년 같은 하루하루였다. 이제 지난 10개월간의 시간을 건너뛴 채 그들에게 남은 시간은 그저 10분뿐이었다. 두 사람은 몇 분 동안 그렇게 서로의 얼굴만을 주시했다. 조금 여위어 보이기는 했지만 그는 여전히 단정하고 정갈했으며 여전히 눈에 띄는 얼굴이었다.

"병원은 잘돼요?"

"아주 아주."

머릿속에서 수없이 고르고 고른, 하지만 마음과는 전혀 다른 질문에 상엽이 간단하게 대꾸했다. 아주 아주라, 다행이구나. 멍한 얼굴로 그녀가 고개를 끄떡였다.

"태섭 씨는 잘 있고요?"

"아주 아주."

또 한 번 머릿속에서 고르고 고른 질문에 상엽은 여전히 간단하게 대꾸했다. 그래, 그 사람도 잘 있구나. 송화는 또 한 번 멍한 얼굴로 고개를 끄덕였다.

"당신은 잘 지냈어요?"

"아주, 아주…… 죽을 거 같았지."

마음속에서 정말 묻고 싶은 질문이었고 상엽에게서 듣고 싶었던 대답이었다. 나 없이 아주 아주 잘 지냈다면 가슴이 무너졌으리라. 나 없이 다른 여자와 행복하다면 아마도 죽고 싶었을 것이다. 난 착한 천사는 아닌 모양이다.

"당신은?"

"안 죽고 살아 있죠, 다행히."

애써 씩씩하게 대답하는 그녀의 답변에 그는 또 꽤 오랜 시간을 그녀에게서 눈을 떼지 못했다. 그녀는 그가 예전과 다르다는 걸 깨달았다. 그는 전혀 웃고 있지 않았다.

"얼마만이죠, 이게?"

사실은 그에게 묻지 않아도 누구보다 잘 알고 있었지만 그에게 다른 질문은 차마 하지 못했다. 그럴 용기가 나지 않았다. 약혼했다는 그녀와 결혼은 했는지, 그래서 행복한지, 나를 아직도 조금은 사랑하고 있는지, 그리고 무엇보다…… 어머님이 건강하시냐는 말은 차마 물어보지 못했다. 내 마음 깊은 곳 못된 심보가 그에게 들킬까 무서워서, 입 밖으로 내뱉을 수 있는 내 잔인함이 끔찍해서.

"10개월…… 하고 16일, 그리고…… 시간까지는 모르겠다. 한동안은 시간까지 셀 수 있었는데, 이제 좀 무뎌진 건가."

무뚝뚝하게 대답하는 그의 얼굴에는 여전히 표정이 없어 보였다. 하지만 그녀를 바라보는 눈빛은 뜨거웠고 슬펐다.

"약혼했다면서요?"

차마 얼굴을 보지 못한 채 고개를 숙이고 중얼거린 송화의 질문에 그는 대답이 없었다. 그때 고개를 들고 그의 눈을 바라봤다면 상엽이 얼마나 고통스러운 눈빛을 하고 있는지 그녀도 한눈에 눈치 챘을 것이다. 하지만 그녀는 그러지 못했고 그 역시 대답하지 못했다.

"보고 싶었어."

잠시간의 침묵 끝에 들려온 그의 나직한 목소리는 꿈인 듯싶었다. 가슴속에 감춰져 있던 익숙한 설움이 이제 목구멍 깊숙이 밀어닥쳤다. 송화는 차오르는 눈물을 참아내기 위해 입술을 깨물고 호흡을 삼켰다. 여기서 울면 안 된다.

"그래도 안 되는 거지…… 안 되겠지."

"안 되는 거죠, 헤어졌으니까."

가슴을 채우고 있는 고통을 모른 척하며 애써 밝게 대답했다. 나에게는 콩이가 있고 그에게는 약혼녀가 있다는 사실을 절대 잊어서는 안 된다.

"그래, 안 된다, 헤어졌으니까. 그게…… 참 거지 같다."

송화의 대꾸에 그는 고개를 끄덕였고 그의 대꾸에 그녀도 고개를 끄덕였다. 거지 같았다. 사랑했고 헤어졌다. 이별의 시간, 그때 그에 대한 사랑과 내 마음의 미련도 함께 멈추었다면 이렇게 아프지는 않았을 것이다.

다시 만나지 않았으면 좋았을 텐데, 아직도 사랑하는 나를 발견하지 않았으면 좋았을 텐데, 아직도 힘들어하는 그를 보지 않았으면 더 좋았을 텐데. 사랑이 끝나면 헤어질 수도 있지만, 끝나지 않는 사랑은 헤어진다고 사라지는 게 아니었다. 온통 그리워했던 10개월. 그리고 또 한 번의 짧은 이별……. 10분이 흘러가버렸다. 마지막, 겨우 겨우 서로에게 뒤돌아설 때 자신의 모자를 벗어 송화의 머리에 씌워주는 그의 손가락에도 그녀와 같은 반지가 아직도 빛나고 있다는 걸 깨달았다.

어떻게 그와 다시 이별하고 어떻게 비행기에 올랐는지 기억조차 나지 않았다. 인형처럼 무표정한 얼굴로 의지 없는 로봇처럼 진욱에게 끌려 수속을 밟고 지정된 비행기 좌석에 앉았지만 머릿속은 온통 그의 생각뿐이었다.
"감상이 어떠냐?"
"뭐가?"
"오매불망 미치게 사랑하는 남자잖아."
"사랑했던 남자였어."
눈치라고는 찾아볼 수 없는 진욱의 질문에 송화는 마치 부적처럼 반지를 돌리며 무뚝뚝하게 대답했다.

Always with me.
이렇게 떨어져 있는데, 이렇게 멀어져버렸는데. '언제나 함께'는 그저 꿈이었다.
"그렇게 말해서 마음이 편해지면 그렇게 하든지."
"그냥 그랬어."

그냥 그렇다고? 아니, 그냥 그렇지 않다. 그건 절대, 절대 그냥 그런 일이 아니었다. 그를 다시 본 순간, 여전히 마음은 다시 뛰었고, 아직도 여전히 그를 사랑한다는 사실 또한 그녀를 힘들게 했다.

거리의 채송화는 피고 지고 또 잘도 피는데 왜 내 사랑은 이다지도 일편단심인 거니. 지나가버린, 함께하지 못한 사랑에 심장이 자꾸만 아파온다. 잊을 수 없는 기억에 자꾸만 가슴이 저미어온다. 사람들은 사랑은 다시 온다고, 시간이 지나면 아픔은 잊힌다고 얘기하지만 마음속에 묻어둔 사랑의 흔적만은 절대로 지우지 못할 것이라는 걸 송화는 잘 알고 있었다.

"잘 거야."

"유럽 가는 줄 아냐? 금방 착륙할 텐데, 웬 잠?"

좌석 벨트를 하고 송화는 그의 체취가 가득한 모자를 잡아 내려서 눈을 가렸다. 지금 이 순간 가장 하고 싶지 않은 일이 진욱과 그 남자에 대해서 이야기하는 것이다.

"양지 언니가 너한테 입 좀 다물라고 안 하던?"

"하지. 그래도 내 멋진 얼굴과 끝내주는 테크닉 때문에 참고 있는 거 같아. 완벽한 남자는 없거든."

"관두자."

그녀가 '꽁' 하고 고개를 돌려 비행기 안의 작은 창문을 내려다봤다. 그 사람은 이제 공항을 벗어나고 있을 것이다.

"쫓아가 보든지."

"싫어."

송화의 속마음을 다 알고 있다는 듯 진욱이 무심하게 말했다.

"그래, 그럼 됐어."

"그래, 됐어."
"자라."
드디어 진욱이 그녀를 자유롭게 해주었다. 그리고 그때부터 눈물이 홍수처럼 번져나기 시작했다.
미치겠구나. 채송화, 이게 무슨 추태냐. 말없이 건네주는 진욱의 손수건이 금세 흠뻑 젖어들었고 비행기가 제주공항에 도착할 무렵에야 그녀의 눈물은 멈추었다. 10개월치 눈물 치고 그리 많은 양은 아니었지만 송화의 눈은 벌써 퉁퉁 부어 있었다. 정말 거지 같았다.

뜨거운 여름이 지난 제주도는 어느 노래 속의 가사처럼 아름다웠다. 아마도 상엽을 만나지 않았다면 늦은 휴가를 즐기는 다른 사람들처럼 그녀도 조금은 행복했을지 모른다. 신혼여행이라도 온 것처럼 잔뜩 흥분해서 아버지의 팔짱을 끼고 눈썹을 팔랑거리는 엄마의 애교와 강아지처럼 졸졸 양지를 쫓아다니는 진욱의 구애를 멍한 눈빛으로 바라보며 송화는 두 시간 전의 상황만을 머릿속에서 되돌아 감고 또 감고 있었다.
"뭐야, 내가 모처럼 콩이 백일 기념을 이렇게 거창하게 차렸는데 언니 지금 불만인 거야?"
모 방송국에서의 인터뷰를 끝내고 호텔에 도착한 장미가 허리에 손을 얹은 채 무표정한 얼굴로 앉아 있는 송화를 타박했다.
"아냐, 고마워."
"그런데 표정이 왜 그래? 언니, 되게 이상한 거 알아? 안 그래도 별로 예쁜 얼굴도 아닌데."

뚝뚝하게 고개를 젓는 그녀에게 오늘따라 유난히 관심이 많은 동생이었다.

"신경 쓰지 마. 쟤, 원래 저런 애니까."

"언니답지 않게 웬일로 위로씩이나?"

장미가 코웃음을 쳤지만 나른한 고양이처럼 소파에 포개 앉은 언니의 표정은 별반 동요가 없었다. 아마도 지금 당장 하늘이 무너지거나 땅이 꺼져도 언니는 저렇게 느릿하게 우아할 것이다.

"그런데 왜 울었어? 장미 말대로 그냥 있어도 별로 예쁜 얼굴은 아닌데, 어쩌다 그 지경이 된 거야?"

"신경 쓰지 마. 언니는 원래 저러니까."

딱 보기에도 퉁퉁 부어버린 송화의 얼굴을 바라보며 전혀 궁금하지 않아 보이는 목소리로 양지 언니가 물었지만 송화가 뭐라 대답할 틈도 주지 않고 장미가 냉큼 쏘아붙였다. 지고는 못 사는 채장미였고, 또 그렇다고 눈 하나 깜짝할 양지 언니도 아니었다.

"나, 공항에서 그 남자 봤어."

"그 남자? 혹시 그 빌어먹을 자식 말이야?"

지나치게 덤덤한 송화가 말하는 '그 남자'가 누구를 가리키는지 대번에 이해한 장미가 금세 몸을 돌리고 비명 같은 욕설을 중얼거렸다.

"너도 한때는 그 남자 좋아했었어."

"흥, 그러니까 더 빌어먹을 남자지. 날 차고 너 좋다고 할 때부터 이미 빌어먹을 녀석이었어."

"하긴, 그래서 너한텐 빌어먹을 자식이지."

미치게 사랑했던 남자가 들어야 하는 험한 소리가 듣기 싫은 송화의 발언에 장미의 대꾸는 야멸치기만 했고 양지 언니의 평가는 그저 덤덤했다. 빌어먹을 남자라. 천하의 윤상엽이 들었으면 예의 시니컬한 목소리로 비웃었을 게 뻔하다. 빌어먹지 않을 만큼은 벌고 있는데, 하며 히죽거리는 그의 웃음이 자꾸만 머릿속에 떠올랐다. 머릿속, 마음속에 여전히 모든 것이 그대로 남아 있다.

"어떻게 본 거야?"

"뭘 어떻게 봐. 그냥 봤지."

"그래서 이렇게 혼자 청승 떨고 있는 거니?"

장미가 한심하다는 눈빛으로 끌끌거렸다. 자고 일어나면 수많은 남자들과 스캔들이 쏟아지는 장미한테는 어쩌면 이해할 수도 없는 일일지도 몰랐다.

"뭐, 청승이라기보다……."

"콩이 때문에?"

품속에서 세상모르고 잠들어 있는 아이를 바라보는 송화의 눈빛에서 그녀가 하지 못한 말을 읽은 양지가 조용히 말했다. 아이의 아버지를 만난 느낌은 그녀가 전남편을 만난 기분과는 다를 것이 분명했다.

"그런 거라면 걱정하지 마. 내가 알아서 다 해결해줄 테니까."

"무슨 짓을 하려고?"

콩이 이야기가 나오자 자신만만하게 고개를 끄덕이는 장미를 수상한 눈으로 보며 양지가 다그쳤다. 양지에게 막내 동생 장미는 여전히 애물단지였다.

"무슨 짓을 하긴, 콩이를 위해서 난 아주 돈 많은 남자랑 결혼할 거야. 그럼 콩이한테는 그냥 부자 이모가 아니라 재벌 이모가 생기는 거지."

눈빛까지 반짝이는 장미의 호언장담에 송화도 양지도 그저 웃을 수밖에 없었다. 그나마 장미가 콩이를 예뻐해줘서 다행이었다. 콩이는 누구에게나 사랑받는 아이였다. 아이의 존재를 모르는 아버지를 빼고는 말이다. 이래저래, 제주도의 푸른 낮이 아프기만 한 송화였다.

그는 나를 그리워할까? 내가 그를 생각할 때마다 그 역시 나를 생각하고 있을까? 부질없고 소용없는 일이라는 건 잘 알고 있지만 그를 향한 그리움과 미련에서 송화는 단 한 발짝도 움직일 수가 없었다.

제주도에서의 마지막 밤, 심난했던 송화는 장미가 인터뷰한 연예 뉴스를 보지 못했다. 원래부터 그녀의 가족들은 장미의 인터뷰나 연기, 혹은 신문 기사를 일일이 스크랩하지 않았다. 처음 데뷔할 때는 남몰래 여배우의 꿈을 갖고 있던 엄마가 마치 자신의 일이라도 되는 양 몇 번은 열심히 나섰지만 석 달을 가지 못했다. 워낙에 한순간에 스타가 되어버린 장미의 모든 기사와 드라마를 스크랩하는 일은 사실 쉬운 일도 아니었고 기획사 측에서 훨씬 더 꼼꼼히 모니터링과 스크랩을 한다는 사실을 깨달은 이후로는 그들 가족에게 더 이상 흥밋거리가 될 수 없었다. 그런 이유로 제주도에서 간단한 화보 촬영을 끝낸 장미의 인터뷰는 오랜만의 가족 여행에 잔뜩 흥분한 가족들에게 큰 관심의 대상이 아니었다. 물론 그들의 팬이나 그날 연예 방송에 나온 다른 스타의 팬들에게는 달랐겠지만 말이다.

"모 재벌의 아이를 낳으셨다는 이야기가 있던데······."
"그 모 재벌이 누군지는 저도 들었는데요, 그 루머가 사실이라면 아마 그 재벌 후계자분, 우리 아버지한테 총 맞았다고 신문에 나왔을걸요."
화면에는 커다란 글씨로 '아버님 경찰서장! 진짜 총 맞았을지도'라는 자막이 흘러나왔다.

"그렇다면 아니 땐 굴뚝에 연기난다…… 그런 뜻인가요?"
"완전히 아니 땐 굴뚝은 아니고요. 산부인과에도 갔었고, 백화점에서 아이 옷도 싹쓸이를 했죠."
"그건 인정하신다?"
"조카가 태어났거든요. 언니가 아이를 낳았는데 병원을 안 가면 동생이 아니죠. 그리고 콩이가 생기고 나니까, 애들 옷이며 장난감에 저절로 눈이 가더라고요. 보름 후면 백일인데 얼마나 예쁜데요."
"조카를 굉장히 예뻐하시는가 봅니다."
"아빠를 닮아서 굉장히 잘생겼어요. 다행히 성격은 엄마를 닮았지만. 우리 집에서 둘째 언니가 제일 착하거든요."

꽃처럼 해맑은 얼굴로 호호거리는 장미의 인터뷰 영상이 끝나고 유명 가수의 콘서트 영상으로 넘어가자 양지는 리모컨을 손에 들고 티브이를 껐다. 장미의 인터뷰는 늘 그렇듯 가식적이었고 또 한편으로는 완벽한 언론 플레이였다. 지금껏 단 한 번도 언론에 공개하지 않았던 그들의 가족사를 제외하고는 말이다.
"생각을 하고 그런 거야, 아니면 멍청해서 흘린 거야?"
"언니는 어느 쪽 같은데?"
"글쎄, 난 지능이 대단히 우수하고 넌 나쁘진 않지. 약았으니까."
양지도 장미가 머리 텅 빈 여배우라고는 생각하지 않았다. 장미는 대중이 원하는 대로 그저 멍청한 연기를 해주고 있을 따름이었다. 물론 그녀가 조금만 노력한다면 대한민국의 최고 여배우가 될지도 모르지만 신은 그녀에게 성실함까지 선물하지는 않았다. 하지만 한 가지 확실한 것은 채 씨든 박 씨든, 그들 집안 여자들의 공통점은 절대 멍청하지 않다는 것이었다.
"빙고."
"일이 커지면 어떻게 하고?"
예상대로 장미가 득의양양하게 고개를 끄덕이자 양지는 한숨을 내쉬었다. 사람이 얽혀 있는 일이란 장미가 생각하는 것처럼 그리 단순하지도 녹록하지도 않다는 사실을 양지는 전남편과의 결혼과 이혼을 통해 분명히 깨달았다. 단 한 번도 인생에서 실패해본 경험이 없었던 그녀는 오만한 데다 세상을 무서워하지 않았다. 그리고 그 결과를 받아들이는 일은 참으로 혹독했다. 장미의 무모한 인터뷰가 어떤 식으로 독이 되어 날아올까 양지는 그게 걱정스러웠다. 그동안 송화는 충분히 힘들었다.
"로또에서 일등 될 확률이 얼마나 되는지 알아?"
"수학적인 계산법을 알려줄까?"
"됐어. 언니 방법은 머리 복잡해서 싫어."
농담인지 진심인지 헷갈리는 양지의 제안에 장미가 질색을 하며 고개를 흔들었다. 그녀는 복잡한 건 딱 질색이었다. 언니는 쉬운 문제를 너무 어렵게 풀고 송화는 너무 생각이 많았다.
"국민 요정 채장미의 둘째 언니가 채송화란 걸 알고 있고, 콩이 소식에 기절할 만한 사람은 대한민국에서 딱 두 명뿐이야. 아이 아빠랑, 아이 아빠 친구라는 사람. 그 사람들이 그 방송을 볼 확률은 아마 로또 일등 될 확률보다 적을걸."
"어찌 됐건 송화가 알면 싫어할 텐데."
"아마 모를 거야. 원래부터 언니는 티브이 싫어하니까. 그리고 알아도 상관없어. 난 원래 멍청해서 그냥 생각 없이 말하는 여배우니까."
"넌 정말 약았다니까. 그런데 웬일로 기특하다."

"우리 콩이 백일 선물이야. 가족은 함께 살아야 하잖아."

자신의 행동에 만족한 장미가 활짝 웃으며 대답했다.

천방지축에 본인 외에는 관심도 없는 채장미가 콩이라면 사족을 못 쓰는 게 그저 신기할 따름인 양지가 이번만큼은 아무 말 없이 고개를 끄덕였다. 그저 바라는 일은 오늘 인터뷰로 인해 누군가 더 이상 아프지 않았으면 했다. 우리의 바람대로 사랑하는 이들이 함께했으면 했다. 우리 또한 사랑하고 사랑받았으면 했다.

깊고 푸른 밤이 각자의 소망을 품고 흘러가고 있었다.

장미의 예측과는 달리 국민 요정 채장미와 채송화의 관계에 기절할 만한 사람은 한 명이 더 있었다. 그건 바로 노지윤이라는 여자. 전부인이었는지 혹은 지금 약혼녀인지는 몰라도 그녀가 저 멀리 뉴욕에서 장미의 인터뷰 방송을 봤고 그 소식은 바로 태섭을 거쳐 상엽에게도 전해졌다.

장미 입장에서는 누가 알건 별 상관이 없는 일이었다. 목표 달성만 하면 그만이었다. 그리고 현관문을 열었을 때 그 목표가 눈앞에 서 있는 순간 회심의 미소를 지었다.

언제나 요란하고 주목받는 것이 당연했던 장미였지만 이번만큼은 아무 말 없이 송화를 거실에서 끌어냈다. 그를 집 안에 들여놨다가는 어쩌면 콩이의 아버지가 총을 맞을지도 모를 일인데 그건 안 되잖은가. 물론 천하의 채장미를 차버린 그 남자는 총에 맞아도 마땅한 사람이었지만.

잠에서 깨어나 옹알거리는 콩이를 침대 위에 올려놓자마자 얼결에 장미 손에 이끌려 대문 앞으로 나온 송화는 상엽을 보고 놀랐다. 등 뒤로 '쾅' 소리를 내면서 대문이 닫히는 소리가 요란하게 들려왔다.

"어, 어쩐 일이에요?"

지난 10개월. 그렇게 원했지만 단 한 번도 우연히도 마주치지 않은 사람이었다. 그런데 이번 주 벌써 두 번째 그를 보게 되었다는 사실과 집에 있는 콩이 생각에 송화는 조금 당황스러운 어조로 물었다.

"들어가서 얘기하자."

"우리 집이에요. 난 상엽 씨를 초대한 적이 없어요. 그리고 상엽 씨가 여기 올 자격도 없고요."

송화는 무작정 손목을 잡아끄는 상엽을 제지하며 고개를 흔들었다. 그가 집으로 들어갈 이유는 없었지만 들어가선 안 될 이유는 분명했다.

"왜 못 들어가게 하는 거지?"

"문이 닫혔잖아요."

상황과 전혀 어울리지 않는 대답에도 그는 웃지 않았다. 대신 성큼성큼 돌담 벽에 설치된 인터폰을 누르기 위해 손을 뻗었다.

"왜 이러는 거예요? 당신이 들어갈 이유가 없잖아요."

"있다면?"

송화를 바라보는 짙은 눈빛에 그녀는 잠시 눈을 감았다. 그의 눈빛은 이미 콩이의 존재를 알고 있다고 전하고 있었다. 어떻게, 이 사람이 그 사실을 어떻게 알았을까?

"그 아이, 내 아이지?"

목석처럼 뻣뻣하게 버티고 서서 자신을 주시하는 그를 무시하고 송화는 길 건너에 있는 커피숍을 향해 앞서 걸어갔다. 안 그래도 채장미의 존재 때문에 시끄러운 집 앞에서 그와 그동안의 이야기를 다 할 수는 없는 노릇이었다.

"내 아이, 맞는 거지?"

커피숍에 앉자마자 종업원이 주문을 받으러 오기도 전에 그가 재차 물었다. 그의 목소리에 조바심이 묻어난다고 생각하는 건 그녀의 착각일지도 몰랐다. 그리고 사실 지금 그건 그리 중요한 일이 아니었다.

"우리 아이라고 해야죠."

"그런데 왜 속였어?"

"속인 게 아니라 아무 말도 안 했을 뿐이에요."

그녀가 고개를 외면하고 최대한 무심하게 중얼거렸다. 아주 예전에 그가 그랬던 것처럼. 왜 나와 사귀냐는 질문에 아무 대답이 없었던 것처럼. 그녀 역시 진실을 말하지 못했을 뿐이었다.

"나한테는 그게 그거야."

지나치게 침착한 그녀의 태도에 더 화가 난 상엽이 그녀를 향해 소리를 질렀다. 이른 오후 시간, 몇 안 되는 다른 테이블의 사람들이 그들을 향해 흘긋거리자 송화는 나직하게 한숨을 내쉬었다.

"이봐요, 지금 상엽 씨가 나한테 소리 칠 입장이 아닌데요. 미혼모를 만든 사람은 당신이고, 애를 낳은 사람은 나예요. 그럼 내가 어떻게 하면 좋았을까요?"

"말해줄 수도 있었잖아."

"언제요? 임신한 걸 알았을 때요, 아니면 당신 어머니가 사경을 헤맸을 때요? 아니면 당신이 약혼을 했을 때요? 내가 애를 낳았을 때요? 아니면, 당신 어머니가 겨우 움직일 수 있었을 때요?"

조용히, 하지만 조목조목 따지고 드는 송화의 물음에 상엽은 아무 말도 할 수가 없었다. 그녀의 말이 온전히 다 맞았다. 그에게는 이럴 자격조차 없을지 몰랐다.

"젠장할."

"그래요, 젠장할이죠."

그의 나직한 욕설에 송화도 나직하게 대꾸했다. 언젠가 그도 진실을 알게 될 거라고 생각했다. 하지만 이런 식이 될 거라고는 미처 짐작하지 못했다. 어차피 엇갈린 인생이었다. 영원히 함께하기에는 그들 사이에 너무 많은 장애들이 가로막고 있었다.

"아이 이름이 콩이야?"

커피숍을 나와서 집으로 가는 짧은 시간 동안 줄곧 침묵을 지키고 있던 상엽이 불쑥 물었다.

그는 자신의 아이에 대해서 아무것도 모른다. 언제나 고민했던 일이지만 그에게도 불공평한 일이었을지 몰랐다. 부모가 되는 기쁨과 책임감을 그에게서 빼앗았다는 사실에 그녀는 입술을 깨물었다.

"설마요. 그냥 태명이에요……. 호적 문제가 해결되지 않아서 아직 출생신고를 못 했어요."

호적이라는 말에 상엽의 얼굴이 어두워졌다. 호적이 가족관계등록부라는 이름으로 바뀌었다 해도 법적인 아버지가 없는 아이의 출생신고는 쉽게 선택할 수 있는 일이 아니라는 게 가족들의 의견이었다. 특히 엄마는 말 많은 세상에서 콩이를 보호하기 위해서는 무조건 당신들의 호적에 올라야 한다고 고집하고 계셨다. 송화가 아무리 설명하고 설득해도 양지 언니를 키우면서 세상의 차가운 눈을 경험한 엄마는 완고했다. 이 역시 조만간 곧 해결해야 할 문제였다.

"자연분만이었어?"
"네, 3.2킬로그램. 입덧도 별로 없었고 진통도 그리 심하지 않았어요."
"다행이네. 난 옆에서 지켜주지 못했는데 아이가 당신을 봐줘서."
"네, 다행이었어요."
왠지 울컥 눈물이 차오를 것 같은 마음에 그녀는 애써 무심한 척 고개를 끄덕였다. 옆에 있어주지 않은 그를 원망하지 않으려고 무진 애를 썼고 함께해주지 않는 그 때문에 눈물도 한참 참아야 했다는 걸 그는 알까?
"다시 올게."
"오지 마요. 이런다고 변하는 건 없어요."
"이미 변했어."
상엽이 무뚝뚝하게 얘기했다. 뭐가 변했을까. 여전히 그는 다른 여자의 약혼자이고 여전히 그의 어머니는 그녀를 증오할 것이다. 그녀에게는 하나도 변한 게 없는데 그는 변했다고 한다. 그들은 다시 각자의 생각에 잠겨 침묵했고 그 사이 어느새 집 앞에 도착해 있었다.
"콩이 보고 갈래요?"
무의식적으로 나온 제안이었다. 무모한 제안이었을지도 몰랐다.
"아니, 됐어."
한참의 침묵 끝에 나온 그의 거절에 그녀는 또 한 번 상처받았다.
"그래서 그런 거 아니야. 콩이를 보기 싫거나 부정하는 게 아니야. 한 번 보게 되면 절대로 놓지 않을 거 같아서. 제대로 정리하고 나서 볼 거야. 그래야 나도 아빠로서 자격이 생기지."
그녀의 생각을 읽은 상엽이 고개를 흔들며 말했다.
한밤중에 걸려온 지윤의 연락에 얼마나 놀랐는지 그녀는 모를 것이다. 나도 모르는 사이에 내 아이, 우리 아이가 태어나 씩씩하게 숨을 쉬고 있다는 것 자체가 얼마나 큰 기쁨이었는지 그녀는 짐작조차 못할 것이다. 보름 후면 백일이라는 장미의 발언에 몇 번이나 날짜를 계산하며 안도했는지 그녀는 모를 것이다. 공항에서 내가 아닌 다른 남자와 함께 걸어가는 그녀를 바라보며 얼마나 절망했는지 그녀는 아마 상상조차 못할 것이다. 아버지 때문에 아직 출생신고도 하지 못한 내 어린 아들에게 얼마나 미안한지도 송화는 모를 것이다. 이제 모든 것을 제대로 바로잡아야만 했다. 나를 위해서, 그녀를 위해서, 그리고 무엇보다 우리 아이를 위해서.

상엽과 헤어지고 집에 도착한 송화는 잔뜩 굳은 얼굴로 이번 일의 주범인 게 분명한, 방패처럼 콩이를 안아 들고 있는 장미를 쏘아봤다. 채송화가 화내는 일은 그리 많지 않았다. 어지간하면 참아주고 어지간하면 넘어가지만 이번만큼은 그럴 수 없었다.

"채장미. 너, 지금 나한테 무슨 짓을 했는지 알아?"

"언니한테 한 짓은 잘 모르겠고 콩이한텐 이 사랑스러운 이모가 아빠를 찾아준 거지."

장미가 조금의 죄책감도 없이 자랑스럽게 말했다. 사랑스럽기는 개뿔. 이 일을 어떻게 처리해야 할지 송화는 대책이 서지 않았다.

"그 사람은 남의 약혼자야. 알아?"

"몰라. 알 필요도 없고. 내가 아는 건, 그 사람이 유부남이 아니고 콩이 아버지라는 사실이야."

송화가 뭐라고 소리를 지르건 아무 상관없이 장미는 품에 안고 있는 콩이를 흐뭇하게 바라보며 중얼거렸다. 장미가 보기에 콩이는 여러모로 다른 갓난아이와 달랐다. 키도 다른 아이들에 비해 크고 사람을 보며 방긋방긋 웃기도 했다. 틀림없이 콩이는 배우를 해도 될 만큼 훌륭한 외모로 성장하리라고 그녀는 생각했다. 그때가 되면 이 이모가 연예계에서 막강한 힘을 발휘할 수 있도록 해줄게. 아무 걱정하지 말고 잘 크기만 하면 돼. 이모에게는 네 출생신고 따위는 문제도 되지 않는단다.

"장미야, 약혼은 결혼이랑 똑같아. 그 사람은 다른 여자랑 결혼한다고."

전혀 생각이 없어 보이는 장미가 답답하다는 듯이 송화는 이마에 내려온 짧은 머리를 쓸어 올렸다.

"그건 멍청한 채송화 생각이고. 언니는 왜 본인 일도 별로 못 챙기면서 뭘 그렇게 쓸데없이 남의 생각을 해주는 거야? 그리고 그 약혼자라는 그 여자 입장에서도 남편 될 사람이 숨겨놓은 아이가 있다면 당연히 알아야지. 아니면 사기 결혼이 되는 거잖아."

모처럼 장미가 또박또박 짚고 나왔다. 가끔 그녀가 양지 언니와 같은 피를 갖고 있다는 사실을 송화는 잊고는 한다.

"어차피 언니는 상엽 씨한테 아무 미련 없다면서? 그러니까 언니는 아무 생각 말고 그냥 손 떼. 콩이랑 콩이 아빠 문제는 둘이 알아서 해결하겠지."

이제 또 잠이 들려고 하는 콩이를 조심스럽게 침대 위에 올려놓은 장미는 새침하게 턱을 치켜들었다.

세상 일이 장미가 생각하는 것처럼 단순하지 않다는 것을 어떻게 설명해야 좋을까. 송화는 지끈거리는 머리 한쪽을 손가락으로 꾹꾹 눌러보았지만 상엽과 헤어진 후 시작된 두통은 좀처럼 사라질 기미가 보이지 않았다.

상엽과 그렇게 헤어진 이후, 송화는 한 번씩 걸려오는 전화벨 소리에도 깜짝깜짝 놀랄 지경이었다.

혹시나 하고 무언가를 기대했던 것도 아니었지만, 마음 한구석엔 불안함과 기대감이 공존해서 걸려오는 전화에도 두통을 일으킬 지경이었다. 수유를 끝낸 송화는 콩이의 턱 끝에 흘러나온 액체를 부드러운 면 수건으로 닦아주며 또 한 번 한숨을 삼켰다. 콩이는 놀랄 만큼 상엽을 많이 닮아 있었다. 흰 피부도 그랬고 길쭉길쭉한 팔다리도 그랬다. 외모뿐 아니라 성격도 마찬가지였다. 이제 막 백일이 된 아이가 얼마나 고집 있고 집중력이 강한지 가족들조차 놀라곤 했다.

"언니, 전화. 상엽 씨 아니야. 회사 같던데?"

장미가 화들짝 긴장하는 송화를 바라보고는 혀를 차며 거실에 놓아두었던 핸드폰을 건네주었다. 안도와 실망이 뒤섞인 한숨이 저절로 새어나왔다. 그와의 또 다른 소통은 희망 고문일 수도 있고 절망 고문일 수도 있었다. 조금의 기대, 혹은 완벽한 정리.

소곤대는 목소리로 전화를 받는 송화의 목소리에 담긴 긴장감에 콩이를 흐뭇하게 주시하던 장미의 얼굴이 흥미진진해졌다. 전화를 끊은 송화는 호기심으로 가득한 동생과 기분 좋게 트림을 하고 만족한 콩이를 복잡한 얼굴로 번갈아 바라봤다. 장미가 던진, 아무렇지도 않게 던진 돌멩이 하나는 호수 한가득 커다란 파문을 내며 세상을 움직이고 있었다.

17. 가족

　강남의 호텔 비즈니스 룸에서 송화는 긴장한 표정으로 자신을 마주하고 있는 사람을 조심스럽게 주시했다. 그가 그녀에게 이렇게 연락을 하리란 생각은 하지 못했다. 엄마를 사랑했던 남자, 그리고 아직도 사랑하고 있을지도 모르는 사람의 눈길이 송화를 똑바로 향하고 있었다.
　"닮았네, 현정이랑."
　"닮았다고 하시는 분은 상엽 씨 부모님뿐이네요."
　한참의 침묵 끝에 나온 윤 회장의 첫마디에 송화는 어색하게 웃어 보였다.
　"아이가…… 있다면서?"
　송화는 굳은 얼굴로 시선을 내렸다. 전화를 받았을 때 이미 윤 회장이 콩이의 존재를 알고 있으리라고 짐작했었다. 콩이로 인해 상엽의 집안에서 또 무슨 폭풍이 몰아친 걸까? 극단을 선택했던 그의 어머니가 떠올라 송화는 저도 모르게 입술을 깨물었다.
　"죄송합니다."

잊혀진 여인의 야사 • 379

"아니, 그건 죄송할 일이 아니야. 오히려 내가 감사할 일이지."

그녀의 사과에 그가 고개를 흔들며 말했다. 그녀를 향한 따뜻한 눈빛은 윤 회장의 말이 진심처럼 보이게 했다.

"어떻게 할 건지 생각해봤나?"

"걱정 안 끼치게 하겠습니다. 그러니까 심려 놓으세요."

"자네도 이제 부모가 돼서 알겠지만 자식 일은 한시도 걱정을 안 할 수가 없어."

그건 자신에게 하는 말이 아니라 마치 혼잣말처럼 들려왔다.

"둘이 도망가서 결혼이라도 하지 그랬어?"

송화도 수십 번 머릿속에서 생각했던 일이었다. 그랬다면 그는 그녀를 모른 척하지 않았을지도 몰랐다. 아니, 그랬을 것이다. 상엽은 자신이 책임져야 할 일을 회피할 사람이 아니었다.

"그렇게는 안 해요."

"그럴 줄 알았네. 현정이도 그렇게는 결혼하지 않겠다고 했었지."

그리운 듯한 얼굴에 송화는 잠깐 눈을 감았다. 벌써 오래전에 세상을 두고 간 엄마였지만, 그의 마음에서는 여전히 살아 존재하고 있었다.

"내가 현정이, 자네 어머니를 포기했던 이유는 나한테는 내가 지켜야 할 아이가 있어서였어. 상엽이도 절대 자기 자식을 포기하지 않을 거야. 어떤 고난이 있고 어떤 방해가 있어도."

상엽을 떠올리게 하는 윤 회장의 눈빛이 그녀를 붙들고 놓지 않았다. 상엽의 책임감에 대해서는 이미 그녀도 잘 알고 있다. 하지만 이 문제만큼은 그도, 그녀도 어쩔 수 없는 일이었다.

"상엽이는 호적에서 파달라는데……."

호적에서 파달라는 의미를 제대로 이해하지 못한 송화의 미간이 살짝 모였지만 그와 상관없이 윤 회장은 말을 이었다.

"그래서 이기지 못할 싸움, 내 아들 소원대로 해주기로 했네."

"무슨……."

"형님네로 입양 절차를 하고 있네. 곧 마무리가 될 게야."

"하지만……."

송화는 겨우 그의 말뜻을 이해했다. 하지만 그렇다고 상엽이 그분들의 아들이 아닌 게 아니고 그렇다고 그들의 장애가 사라지는 것도 아니다. 결국 달라지는 건 아무것도 없다. 송화가 휘둥그레진 눈으로 뭐라 이야기하려고 입을 달싹거렸지만 윤 회장은 고개를 흔들어 그녀의 말을 막았다.

"이해하기 어렵겠지. 하지만 중요한 게 변한 거라네. 상엽이는 앞으로 법적으로 내 아들이 아니야. 내 안사람 아들도 아니고. 상엽이의 작은아버지, 작은엄마가 조카의 결혼을 반대할 권한이 없어."

"하지만, 하지만 어머님은……."

"그러기로 했어. 그렇다고 그 사람이 상엽이를 용서한 건 아니야. 그저 차라리 내 자식이 아니라고 생각하면 포기하기도 쉬우니까 할 수 없이 선택한 차선이지. 그래서 그러기로 했어. 그 사람도, 자기 핏줄을 아비 없는 아이로 만들고 싶지는 않을 테니까."

그의 아내가 받아들이는 건 상엽도 아니었고 상엽의 여자는 더더욱 아니었다. 그녀에게는 첫 번째 증손인 상엽의 자식만이 중요했을 뿐이었다. 지나치게 덤덤하게 쏟아내는 윤 회장의 이야기에 송화의 눈이 점점 커졌다.

"그리고 오해할 거 같아서 얘기하지만 현정이하고의 인연 때문에 자네를 받아들이는 건 아닐세. 난 내 자식 편이야. 그래서 둘이 어떻게 살건 간섭할 생각도 없어. 결혼식에는 못 가겠지만 상엽이를 부탁하네. 내 손자도."

하고 싶은 말을 끝낸 윤 회장은 찻잔을 비우고 잠시 송화를 바라보다 하고 싶은 말을 다 했다는 듯 고개를 끄덕이며 몸을 일으켰다.

"저기, 잠시만요. 잠시만요, 회장님."

상엽의 아버지가 던진 이야기는 송화의 머릿속에서 뒤죽박죽 엉켜 그녀를 혼란스럽게 하고 있었다. 뭐가 어떻게 변하는 건지, 앞으로 어떻게 될지 쉽게 이해되지도 섣불리 짐작할 수도 없었지만 한 가지만은 분명했다. 콩이의 할아버지를 이대로 보낼 수는 없었다.

그녀의 급한 제지에 걸어 나가던 윤 회장이 뒤를 돌아봤다. 그의 눈썹이 왜 그러냐는 듯 슬쩍 올라가 있다.

"콩이가, 그러니까…… 제 아이, 아니, 회장님…… 아버님 손주가 지금 오고 있거든요. 금방 도착할 거예요. 바쁘시지 않으면 한번 안아주세요."

"아."

허둥지둥 말했지만 그 의미는 정확히 전달되었던 모양이었다. 감탄인지 신음인지 모를 간단한 짧은 단어를 내뱉은 윤 회장은 모든 움직임을 멈추고 자리에 앉았다. 그리고 이미 비운 찻잔을 다시 입으로 가져갔다가 빈 찻잔에 당황하며 얼른 물이 든 컵으로 손을 뻗었다. 그러더니 한쪽 주머니를 뒤적여 핸드폰을 꺼내 들었다.

"오후 일정 취소하게. 전부 다."

송화는 굳이 오후 일정을 전부 취소할 만큼 긴 시간을 필요로 하는 일이 아니라고 얘기하고 싶었지만 윤 회장의 얼굴은 뭐라 말을 붙일 수도 없을 만큼 단호했다. 그리고 어느새 침착함을 되찾은 윤 회장은 송화가 처음 본, 오만하고 당당한 표정으로 변해 있었다.

"콩이가 태명인가?"

"네, 아직 출생신고를 못해서 이름은 짓지 않았어요."

"아."

이번엔 분명히 신음에 가까운 한숨이었다. 지난번 상엽과 똑같이 아픈 얼굴이었다. 한 번도 안아보지 못한, 아직도 이름조차 갖지 못한 핏줄에 대한 애정과 미안함으로 가득한 그를 바라보며 송화도 마음이 아팠다.

기다린 시간은 그리 길지 않았지만 윤 회장은 꽤나 조급해하는 모습이었고 송화 역시 마음이 급해졌다. 기다리기 꽤 버거운 10분이 흘렀을 때 송화는 가방 위에 걸린 콩이의 사진으로 장식된 열쇠고리를 기억해냈다. 송화에게서 떨리는 손으로 사진을 건네받은 윤 회장은 가로 3센티미터, 세로 5센티미터의 조그만 사진 속 손자를 뚫어지게 바라보기만 했다. 드디어 비즈니스 룸의 문이 열리고 화려하게 치장한 장미가 아이를 품에 안고 등장했다. 뒤를 이어 들어온 양지가 문을 닫아 세상의 시선으로부터 그들을 단절시켰다.

"오래 기다렸지? 길이 많이 막혀서."

"뭘, 타이밍 맞게 온 거네. 어머, 윤 회장님, 안녕하세요? 저 채장미에요."

양지의 변명과 장미의 요란한 인사에도 불구하고 윤 회장의 시선은 장미의 품에 안겨 얼굴도 보이지 않는 푸른색 캐리어에 싸인 콩이에게만 쏠려 있었다.

"얘가 콩이에요."

송화는 장미의 품에서 조심스럽게 건네받은 아이를 윤 회장에게 건네주었다. 콩이를 받아 드는 윤 회장의 눈빛이 뜨겁게 빛났으며 손끝이 떨리고 있었다.

콩이가 눈을 뜬 건 바로 그때였다. 손을 오가는 불편함 때문이었는지, 혹은 배가 고팠는지, 또 혹은 핏줄이 당겼는지는 아무도 모르지만 아이는 짙은 속눈썹을 들어 올리며 얇게 쌍꺼풀 진 커다란 눈을 깜빡이며 잠에서 깨어났다. 낯선 환경 속에서 콩이는 미간을 모으고 잠시 울어야 할지, 말아야 할지를 고민하는 듯하더니 아무래도 이 상황이 그리 나쁘지는 않다고 느낀 듯, 손을 뻗어 가장 가까이에 있는 윤 회장의 넥타이를 끌어당겨 입으로 가져갔다.

"이런, 그건 먹는 게 아니야. 죄송해요. 애가 손에 닿는 건 무조건 입으로 가져가서."

"아니, 아니, 괜찮아."

콩이는 상엽을 닮았다고 생각했는데 윤 회장의 품에 안긴 콩이의 모습은 누가 봐도 할아버지를 빼닮아 있었다.

"세상에, 형부를 닮은 게 아니라 할아버지를 닮았잖아."

"그러게."

장미의 짧은 감탄에 양지도 동의했다. 한참 동안 윤 회장은 아이에게서 시선을 떼지 못하고 있었고 장미와 양지, 송화 역시 그 시간의 온기를 함께 느끼고 있었다.

세상에는 가끔은 아무 말이 필요 없을 때가 있다.

"회장님, 저희 아버님이 괜찮으시면 콩이의 이름을 지어주실 수 있는지 물어보라고 하셨어요."

"이름을? 내가?"

예상치 못한 제안에 조금은 놀란 윤 회장이 감격한 듯한 눈빛으로 고개를 들었다.

"네, 일단 송화랑 상엽 씨랑은 어떻게 될지 모르지만 출생신고도 급하거든요."

"아, 그 문제는 해결이 됐어요. 상엽이 가족관계가 정리되는 대로 바로 해결이 날 거예요."

다시 콩이에게 시선을 돌린 윤 회장이 손을 저었고 상황을 모르는 양지와 장미는 고개를 갸웃했다. 송화는 '나중에 설명할게.'라고 작게 입 모양으로 말했고 장미가 막 질문을 쏟아내려는 것을 양지가 험악한 눈빛 한 번으로 제지했다.

"정말 내가 이름을 지어도 되는 건가?"

"네, 콩이를 인정하신다면요."

"당연히, 이 아이는 내 손자네. 그런데 상엽이는? 상엽이하고는 얘기가 된 거야?"

윤 회장의 단호한 선언에 송화는 안도와 기쁨의 한숨을 몰래 삼켰다. 아직 출생신고도 못했지만 콩이는 할아버지에게 인정받는, 그리고 사랑받을 수 있는 손자였다.

"제부 입장에서는 이래라저래라 할 상황이 아니거든요."

"아니, 그건 상엽이 탓이 아니라……."

"죄송하지만 제부 탓이에요. 남자라면 무슨 일이 있어도 책임졌어야 했어요."

주변을 압도하는 데 익숙한 윤 회장을 마주보고도 양지는 눈 하나 깜짝하지 않고 지적했다.

상대가 누구건 간에, 설사 대통령 할아버지가 와도 하고 싶은 말을 분명하게 짚고 넘어갈 배짱과 언변이 있는 그녀였다.

"언니, 콩이 문제는 상엽 씨도 몰랐어."

"그걸 왜 몰라? 언니가 성모 마리아야?"

이번에는 장미가 대신 나서서 코웃음 쳤다. 세 자매의 대화를 가만히 듣고 있던 윤 회장이 희미하게 미소 지었다. 상엽과 송화에게 이런 좋은 가족이 있다는 건 행운이었다.

"뭐, 그래도 지금쯤 단단히 혼나고 있을 테니까."

그동안 상엽에게 불만이 많았던 양지의 조금은 새침하고 또 조금은 퉁명한 대답에 윤 회장과 송화의 눈이 궁금증으로 조금 커졌다.

"왜?"

"형부가 간도 크게 제 발로 아버지를 찾아왔어."

"아버지를? 왜?"

처음 듣는 이야기에 송화가 화들짝 놀라 물었다. 설마 아버지가 권총이라도 빼들고 협박하는 게 아닐지 모르겠다.

"왜는, 명색이 콩이 아빠인데 나서서 해결을 해야지."

"아빠는? 아빠는 뭐 하고 계셔?"

"잔뜩 벼르고 계시지. 그래도 권총은 엄마가 말리는 거 같더라. 검도 하실 거 같은데. 형부가 실력이 좀 돼야 할 텐데."

재미있다는 듯 조잘대는 장미의 말에 송화는 자기도 모르게 눈을 감았다 떴다. 실력이 되고 말고 할 상황이 아니라는 걸 누구보다 그녀가 더 잘 알고 있다. 송화는 아버지에게서 검도를 배웠다. 유도, 태권도 유단자이신 아버지는 경찰청 검도회 회장을 맡고 계시고 당연히 검도 실력은 최고수 급이었다. 어쩌면 권총보다 더 위험한 상황일지도 모른다.

"걱정 마. 다행히 진검 승부는 아닌 거 같으니까."

송화의 걱정을 알아챈 양지가 무표정하게 중얼거렸다. 그때 자신이 관심의 대상에서 비껴갔다는 사실을 알아챘는지 콩이가 칭얼대기 시작했다.

"어, 배고픈가 보다. 회장님 손주는요, 입맛이 얼마나 까다로워주신지 분유는 안 먹어요."

"우리 집안 남자들이 좀 까탈스럽긴 하지."

장미의 투덜거림에 변명은 고사하고 그조차 사랑스럽다는 듯 윤 회장이 고개를 끄덕였다.

"콩이 이름은 상엽이 편에 보낼 거요. 아버님께 감사하다고 전해줘요."

더없이 애틋한 시선으로 손자를 바라보던 윤 회장이 콩이를 조심스럽게 송화에게 건네주고는 몸을 일으켰다. 아들에게는 새로운 가족이 생겼고 그에게는 손자가 생겼다. 멈춰 있다고 생각한 그의 인생은 시간이 지나면서 또 이렇게 살아 움직이고 있었다. 이렇게 인생은 이어져가고 있는 것이다. 할아버지와 아들과 손자, 그리고 그의 아들딸들이 말이다. 그는 먹먹해지는 가슴을 추려 안은 채 한결 가벼워진 발걸음을 옮겼다.

윤 회장과 헤어지고 송화는 급하게 집으로 향했다. 아버지가 무자비하게 몰아붙였을 것이 분명하지만 다행히 크게 다친 데는 없어 보였다. 앞으로의 일은 어찌 될지 그녀 역시 짐작조차 할 수 없지만 그를 죽게 놔둘 수는 없는 노릇이었다. 아버지는 내색은 하지 않았지만 마음 깊숙이 당신 딸을 힘들게 하는 상엽을 용서하지 않고 있었다.

"괜찮아요?"

"응, 죽진 않았으니까."

걱정스러운 송화의 질문에 성의 없이 대답하는 상엽의 눈빛은 그녀의 품에 안겨 잠들어 있는 콩이에게 향해 있었다. 잠시 콩이를 잊었었다.

서투른 동작으로 더없이 조심스럽게 아이를 건네받는 상엽의 표정은 윤회장과 또 달랐다. 그 눈빛에 담겨 있는 넘치는 사랑에 송화의 가슴도 미어질 지경이었다.

"이제 빚은 완전히 갚은 거예요."

"그렇군."

두 부자의 친밀함 속에 끼어든 장미의 주장에 여전히 콩이에게서 시선을 떼지 않은 채 상엽이 또 한 번 성의 없이 대답했다.

"그래도 나한테 고마워해야 할 거예요."

"조금은 고맙게 생각하도록 노력해보지."

주목의 대상이 되지 않으면 만족하지 못하는 장미가 약이 오른 목소리로 채근하자 그제야 고개를 든 상엽이 조금은 유쾌한 어조로 대답했다. 겨우 그에게 여유가 생긴 모양이었다.

"정말 괜찮아요?"

아버지, 어머니, 장미와 양지 언니의 호기심 어린 시선을 뒤로하고 송화는 상엽을 구출해 다락방으로 올라왔다. 아버지의 공격이 얼마나 무자비했을지 짐작이 가고도 남았다.

"이제는 참을 만해."

똑바로 그녀를 주시한 채 말하는 상엽의 대답이 아버지와의 승부를 이야기하지 않는다는 사실을 그녀도 깨달았다. 다락방 창문 위로 빗방울이 바람에 실려 사선으로 떨어지고 있었다. 금방 빗소리가 요란해지고 창가에는 비의 흔적이 가득했다.

꼭 그날 같았다. 서로를 알아가기 시작한 그날, 한의원 창문에도 빗방울이 저렇게 둥근 모양을 만들었었다. 그도 같은 생각을 하는지 창가를 바라보고 있었다.
　상엽이 송화의 작은 어깨를 끌어안았다. 그의 체온과 심장 소리가 그대로 전해온다.
　한참을 빗소리와 함께 오랜만에 찾은 평온한 침묵 속에 잠겨 있던 상엽이 송화의 몸을 돌려 똑바로 얼굴을 마주봤다. 그리고 책상 위에 놓여 있던 낯익은 모자를 들어 그녀의 머리 위에 씌워주었다. 짙은 푸른색의 필라델피아 야구모자. 언젠가, 그와 그녀가 처음 만났을 때의 기억이 고스란히 남아 있는 그때의 모자였다.
　"결혼하자."
　"당신 약혼녀는요?"
　그의 프러포즈에 송화는 모자를 내려 그의 눈을 피했다. 그가 호적을 파든 다른 집으로 입양을 가든 가장 중요한 것들은 변하지 않았다.
　"지윤이랑은 어차피 아무 관계도 아닌걸. 그냥 태섭이 동생이야."
　상엽이 금방 송화의 모자를 치켜들었다. 송화를 향하는 그의 눈빛이 흔들림 없이 진지했다.
　"태섭 씨 동생이라고 해서 약혼이 아무 관계도 아닌 건 아니에요."
　상엽의 설명에 송화가 머리를 흔들었다. 누군가 나 때문에 상처받는 것은 원하지 않는다. 아마도 그녀의 엄마도 그런 이유로 자신의 사랑을 포기했으리라.
　"서로 합의하에 계약한 거야."
　"네?"
　상엽은 송화의 얼굴을 양손으로 움켜쥐고 자신에게 시선을 맞춘 상태로 또박또박 말을 이었다.
　"어머니를 진정시키기 위해서는 어쩔 수 없었어. 지윤이는 미국 유학

학비가 필요했고, 난 어머니를 안심시킬 여자가 필요했고."

"아…… 난, 몰랐어요."

"나도 당신이 임신한 건 몰랐어."

갑자기 다리에 힘이 풀린 송화가 비틀거리자 상엽이 단단하게 받쳐 들었다. 갑자기 머리가 하얗게 비는 듯했다.

"당신이 내 아이를 가진 줄 알았다면 뭐가 어떻게 되더라도 그때 송화를 붙잡았을 거야."

"난…… 그럴 수밖에 없었어요."

"알아, 나도 알아. 나도 그랬으니까. 나도 그럴 수밖에 없었으니까."

그가 나직하게 중얼거리곤 그녀를 품에 안았다.

그땐 정말 그럴 수밖에 없었으리라. 그럴 수밖에. 그도 이해하고 그녀도 이해하는 말들. 그럴 수밖에, 또 그럴 수밖에. 헤어진 그날에도, 그리고 지금도, 두고두고 후회했지만 또 그럴 수밖에…….

덜 사랑해서가 아니었다. 덜 그리워해서가 아니었다. 아프지 않아서가 아니었다. 잊을 수 있어서가 아니었다. 그저 그럴 수밖에 없었을 뿐이었다. 사랑했기 때문에, 나 때문에 힘들어하는 그를 더없이 사랑했기 때문에, 그래서 그럴 수밖에 없었다.

"두 사람은 언제나 행복하게 살았습니다……로 끝나지 않을지 몰라."

"나도 알아요, 이건 동화책이 아니니까."

동화책 속의 해피엔딩을 바라기엔 그들은 너무 많이 성장해 있었다. 비록 지금 같은 길을 걸어갈 수 있다고 해도 아직도 그들 앞에는 해결해야 할 일들이 산처럼 쌓여 있었다. 사랑은 꿈이지만 동화책 밖의 일은 언제나 현실이었다.

"그래도 두 사람은 지금 함께라서 행복합니다……라고 말할 수 있었으면 좋겠어."

"불가능한 얘기네요."

송화의 대꾸에 그의 눈이 번쩍거렸다. 그 눈빛 속에 담긴 상처에 그녀도 가슴이 시큰거렸다. 헤어져 있는 내내 이 사람도 아팠구나. 그녀가 아팠던 것처럼 그 역시 힘들었었구나.

"우리는 벌써 셋이거든요. 가족이 함께라서 행복합니다……라고 말할 수는 있어요. 나랑 콩이 옆에 있는 사람이 당신이라서 행복해요."

"아, 콩이. 잊은 건 아니야. 그래도 난 당신이어서 행복해."

가족이 되어 산다는 것은 우리가 함께라는 것.

아파도 힘들어도 서로의 곁에서 지켜볼 수 있다는 것. 서로의 무거운 짐과 고단한 일상을 지켜봐줄 수 있는 것만으로 행복할 수 있을 것 같았다. 그와 그녀가 견뎌내지 못하는 건 사랑하는 사람과 함께 있지 못하는 좌절감과 혼자라는 외로움이었다.

태섭의 레스토랑에서 단출하게 치러진 그들의 결혼식은 조용하고 경건한 분위기 속에서 진행되었다. 상엽의 부모님이 불참한 결혼식장에서는 그의 큰아버지가 대신 혼주의 자리에 앉아서 식을 지켜보았다. 그들이 함께 걸어온 힘든 시간을 누구보다 잘 알고 있는 가족과 친구들의 축복만이 넘치는 시간이었다. 식이 시작됨을 알리는 맑은 피아노 소리가 홀을 채워가고 있었다.

"안녕하세요."

장미의 인사에 결혼식을 올리고 있는 레스토랑의 서비스에만 집중해 있던 태섭이 무뚝뚝하게 고개를 끄덕였다.
"그 재수 없는 여자가 당신 동생이라면서요?"
병실에 상엽의 전처라고 나타난 여자는 상엽의 약혼자이기도 했으며 이 남자의 여동생이기도 하단다. 동생을 향한 고약한 입담에도 그는 그다지 표정이 바뀌지 않았다. 그저 고개만 까딱거렸을 뿐이었다.
"흥, 밥맛없는 게 딱 당신을 닮았군요."
장미의 분명한 시비에도 그는 별다른 동요 없이 긍정인지 부정인지 모를 어깻짓으로 대답을 대신했다. 지난번에도 느꼈지만 이 남자는 감정이란 게 전혀 없는 사람 같았다.
"이봐요, 입은 뒀다 뭐 하는 거예요? 할 말 없냐고요."
"이번 일은 잘했어. 그저 철딱서니 없는 애물단지 여배우인 줄 알았는데, 이번에는 제법 근사하게 일을 해냈어."
점점 고약해지는 장미의 공격에 몸을 돌린 태섭은 여전히 무표정한 얼굴로 그가 할 수 있는 한 최대의 칭찬을 했다. 물론 듣는 장미 입장에서는 상당히 심기 불편한 칭찬이었지만 태섭을 알고 있는 사람들은 그가 여자를 상대로 이만큼의 대화를 진행한다는 것 자체에 놀라워할 것이 분명했다.
"뭐라고요?"
"그리고 아무 남자네 집에서 잠들지 마. 위험하니까."
장미의 분노 섞인 어조에 아랑곳하지 않고 태섭이 점잖게 충고했다.
"댁이나 잘하시죠."
장미는 이 밥맛없고 재수 없는 남자에게 뭐가 위험한 건지 알려주리라고 마음먹었다. 그녀는 이렇게 무뚝뚝하고 쌀쌀맞은 남자들이 질색하는 것들을 잘 알고 있었다. 시끄럽고 요란하고 주목받는 일. 채장미가 좋아하는 것들을 그는 아마도 질색을 하며 싫어할 것이다. 약이 바짝 올라 미쳐버릴 만큼 괴롭혀주마. 모처럼 쉬고 있던 참에 즐거운 일이 생겼다. 흥, 두고 보라지.

상엽은 아버지의 손에 이끌려 자신에게 걸어오는 송화를 바라보며 벅찬 가슴으로 희미하게 미소 지었다. 그녀의 아버지에게 가볍게 목례를 하고 송화에게 손을 내밀었다. 장갑을 끼지 않은 그녀의 손가락이 서늘했다. 정말이지 어렵게 여기까지 왔다. 지난 시간이 떠오르자 저도 모르게 눈시울이 뜨거워졌다.
내가 사랑하는 여자, 내 아이의 엄마, 그리고 평생을 함께할 친구를 오늘 이 자리에서 얻는다.
누군가의 가슴에 상처를 주고 제 가슴의 둔한 통증을 달래가면서, 그 아픔과 상처에도 불구하고 조금씩 두근대는 심장을 달래가면서 그들은 이제 한 걸음 앞으로 나아가고 있었다. 참 먼 길을 돌아 이제야 겨우 함께 한 길을 걸어간다.

에필로그

음식 솜씨가 젬병인 송화의 어머니가 모처럼의 가족 모임에서 사위한테 책잡히기 싫어 이름을 대기에도 혀가 꼬부라지는 프랑스 식당으로 안내한 결과는 그다지 좋지 않았다. 송화는 진작부터 속이 메슥거렸고 하루 종일 낯선 환경에서 적응하던 서완이는 잠에 곯아떨어졌다. 부쩍 무거워진 서완이를 안아 들고 침대 위에 눕히던 상엽은 조용한 공간에 울려대는 핸드폰 소리에 화들짝 놀라 액정도 확인하지 않고 얼른 전화부터 받아 들었다. 그의 얼굴이 시간이 지남에 따라 굳어져갔다.

"할아버지, 완이 이제 돌도 안 지났어요. 꿈도 꾸지 마세요."

"아니, 무슨 전화를 그렇게 받아요?"

잠이 든 서완이 때문에 최대한 목소리를 낮추기는 했지만 무례하고 위협적인 그의 통화에 송화가 책망하듯 바라봤다.

"이렇게 하지 않으면 우리 완이는 돌 지나면 명성전자 로비를 걸어 다녀야 할걸."

취중 농담은 여전히 유효했고 그 결과 서완이가 할아버지의 후계자가 되어버릴지도 모를 상황이었다.

"설마요."

"너무 마음 놓지 말라고. 우리 할아버지가 어떤 사람인지 아직 몰라서 그러는 거니까."

상엽이 경계의 시선을 풀지 않고 있는 그의 할아버지는 송화에게도 친절했지만 누구보다 서완이를 끔찍하게 아꼈다. 물론 당신 핏줄이니까 당연한 일이겠지만 송화로서는 내 자식을 사랑해주는 그분이 싫지 않다. 특히나 노골적으로 서완이를 거부하는 그의 어머니를 생각하면 더더욱 그랬다. 지금껏 단 한 번도 통화도 없었고 얼굴을 마주한 적도 없을 정도로 어머니의 고집은 완고했다. 그리고 송화 역시 자신 때문에 자살을 결심했던 상엽의 어머니는 충격이었기에 그녀를 환영할 자신이 없었다. 그건 서로에게 암묵적인 약속 같았다. 어쩌면 언젠가는 마주쳐야 할지도 모르지만 그 언젠가가 지금은 아니었다. 그녀는 아들인 상엽도 보려고 들지 않았다. 가끔 윤 회장만이 집에 들러 완이의 얼굴을 보고 갈 뿐이었다. 가끔씩 텅 빈 표정을 하고 있는 상엽을 보면서 송화도 마음이 아파왔지만 지금의 이 상황은 그들로서는 어쩔 수 없는 일들이었다.

상엽 역시 그의 어머니가 지금 자신의 결혼을 참고 견디는 건 그가 호적에 없는 아들이기 때문이 아니라 서완이의 존재 때문이라는 것을 알고 있었다. 아들은 잃었을지 몰라도 할아버지의 첫 번째 증손이 된 서완이는 어머니의 승리를 의미했다. 하지만 어머니는 결코 상엽을 용서하려 들지 않았다.

"진욱 씨가 처형 때문에 고전하더라."

편안하게 옷을 갈아입고 잠이 든 서완이를 다시 한 번 확인한 상엽은 소파에 기대앉은 송화의 허리에 팔을 감고 옆자리에 자리를 잡았다. 그녀의 머리가 어깨에 기대어왔다. 많이 바라는 게 아니었다. 그저 이렇게 사랑하는 사람과 체온을 나누고 편안한 시간을 공유하는 것으로 충분했다. 소박하고 평범한 것들이 얼마나 소중한지 그들은 어렵게 시작한 결혼 생활을 통해 배워나가고 있었다.

"할 수 없어요. 언니는 결혼은 한 번이면 충분하다는데."

"처제는 여전히 뻔뻔해."

오늘 있었던 인터뷰를 생각해낸 상엽이 고개를 흔들자 송화가 웃음을 터뜨렸다. 장미의 인터뷰는 가끔 온 가족을 경악하게 할 만큼 놀랄 만한 연기력을 발휘한다.

"스캔들이요? 속상하죠."

"그럼 정말 소문뿐이다?"

"해명하자 하면 얼마든지 할 수 있는 일들도 있지만 해도 안 믿으시는걸요."

"그럼 예를 들어 그동안 스캔들에 대해서 해명을 하신다면요?"

"어머, 기자분 집요하시네요. 음…… 언젠간 한의사하고 결혼한다고 신문에 탑으로 실렸거든요. 그분은 사실 우리 형부 될 사람이었어요. 부모님이랑 언니는 익숙한 일이니 웃고 말았지만 사돈댁에는 얼마나 죄송했는데요."

"조금 억울하시겠습니다."

"많이 억울하죠. 전 이상하게 남자랑 같이 있기만 해도 소문이 나니까요."

장미는 비련의 여주인공이라도 되는 양 슬픈 표정으로 고개를 흔들었고 가족들은 저만한 연기력이 왜 드라마에서는 안 나오는지 도무지 이해하지 못했었다.

"그거 알아? 요즘 처제가 태섭이네 식당을 뻔질나게 드나드는 거?"

"왜요?"

"글쎄, 왜일까?"

상엽의 의미심장한 웃음에 송화는 단호하게 고개를 흔들었다. 혹시라도 장미와 태섭 간의 무언가를 기대하고 있다면 그건 그야말로 착각이었다.

"그건 아닐 거예요."

"어떻게 그렇게 확신하는데?"

장미가 눈이 얼마나 높은지 하느님만이 아실 것이다. 거의 하늘에 닿아 있을 게 분명하니.

"태섭 씨 부자 아니라면서요."

"빚투성이지."

"나이도 많다면서요?"

"많은 게 아니라 장미랑 차이가 나는 거야."

태섭과 자신이 동갑이라는 사실을 떠올린 상엽이 발끈해서 고개를 흔들었고 송화는 웃음을 애써 삼켰다. 가끔 이 남자는 아이 같았다. 그리고 함께 살기에 더없이 좋은 남편이었고 아빠였다.

"장미한테는 아홉 살 차이면 노인네거든요."

"나한테는 안 그랬어."

"그래서 당신이랑 순순히 헤어졌잖아요."

"정말 순순하더라."

지난 시간을 생각하며 상엽이 코웃음을 쳤고 송화도 마주 웃었다. 장미 때문에 마음고생 한 걸 생각하면 그렇게 뻔뻔한 표정으로 인터뷰를 할 수 있는 그녀가 더 대단하게 느껴졌다.

"그리고 결혼 경력도 있다면서요."

"그게 흠이 될까?"

"장미한테는요. 이혼이 양지 언니의 유일한 약점이라고 생각하고 있거든요."

세 자매, 아니 양지와 장미의 말싸움을 몇 번이나 지켜본 상엽도 그 점에 대해서는 대번에 고개를 끄덕였다. 사고뭉치에 애물단지인 장미에 관한 한 그의 처형은 천하무적이었다.

"그렇다고 태섭 씨가 장미 비위를 맞춰줄 만큼 사근사근하지는 않잖아요."

"당연하지. 걘 여성 혐오주의자야. 까칠 그 자체."

"그럼 걱정 마요. 태섭 씨한테 흥미 있는 건 아니니까."

태어날 때부터 공주였던 장미는 세상의 모든 사람이 모든 것을 그녀에게 맞춰야 만족하는 여자였다. 장미의 다양한 연애가 오래 지속되지 않는 이유 중 하나는 장미 눈에 완벽하지 못한 남자들이 원인이었다.

"흠, 그런가?"

"그래요."

고개를 갸웃거리는 상엽에게 송화가 마지막 판결을 내리는 판사처럼 힘주어 고개를 끄덕였다.

"근데 얼굴 표정이 왜 그래? 어디 아파?"

"아무래도 체했나 봐요. 이름도 모르는 음식을 너무 먹었어요."

크림과 버터가 배 속에서 요동을 치고 있는 탓에 아직도 속이 메스꺼웠다. 아무래도 오늘 저녁은 신내 나는 묵은지나 얼큰한 해물탕을 먹어야 할 것 같다.

"혹시 임신한 거 아니야?"

그가 몸을 바로 세우는 바람에 덩달아 몸을 일으킨 송화를 상엽이 심상치 않는 눈빛으로 살피고 있었다.

"아니에요."

걱정스러워하는 한편 어쩐지 기대와 흥분이 가득 실린 상엽의 목소리에 송화가 펄쩍 뛰며 고개를 흔들었다. 결혼한 지 넉 달째가 되고 있지만 벌써 둘째를 낳고 싶은 생각은 전혀 없었다.

"잠깐만, 팔 좀 이리 내봐."

그녀의 부정에도 불구하고 상엽은 얼른 송화의 손목을 낚아채 맥을 잡고 얼굴을 살폈다. 언제나 씩씩할 정도로 초롱초롱하던 눈빛이 지쳐 있었고 손바닥에도 미열이 있었다.

"태기는 없네."

"그렇다니까요."

대놓고 실망하고 서운해하는 그를 어이없는 눈으로 바라보며 송화가 말했다. 당분간 임신을 원치 않는다는 송화의 뜻을 인정해서 피임을 담당하던 사람은 다름 아닌 그였다.

"당신 말대로 식체네. 이런 건 두어 군데만 침을 맞으면 금방 내려갈 텐데……."

"그거야말로 됐거든요."

그녀는 하얗게 질린 얼굴로 잽싸게 몸을 일으켰다. 그럴 줄 알고 애써 표를 안 내려고 했건만 그 노력도 부질없게 되어버렸다. 역시나 너무 많이 먹었어.

"할 수 없네. 그럼 환약이라도 먹자."

"열 알이나 먹어야 하잖아요."

어느새 쫓아온 상엽이 약초 냄새가 가득한 환약을 내밀었다.
한의사인 남편 덕에 가벼운 감기나 몸살, 그리고 소화불량에 좋은 각각의 환약과 가루약이 집안 곳곳에 완벽하게 구비되어 있었다.
"약을 먹든지 침을 맞든지."
"그냥 있으면 내려갈 텐데."
그의 단호한 주장에 할 수 없이 그나마 나아 보이는 환약을 선택한 송화가 퉁명스럽게 불평했다.
송화가 마지막 열 알까지 다 삼킨 걸 확인한 상엽은 무슨 생각이 들었는지 그녀의 손목을 잡아당겨 거의 강제로 소파에 앉혔다.
"송화야, 가위바위보 하자."
"왜요? 또 뭘 원하는데요?"
상엽의 은근한 제안에 송화가 수상쩍은 얼굴로 물었다.
"완이 동생."
"아직 일러요."
언제나 심장을 두근거리게 하는 그의 은근한 눈빛을 애써 무시한 채 그녀는 고개를 흔들었다.
"난 안 일러. 내가 최대한 협조할게. 아주 적극적으로."
"지금도 충분히 적극적인 거 같은데요."
장난기가 가득한 그의 눈빛에 어쩔 수 없이 웃음을 터뜨렸지만 그녀는 여전히 고개를 흔들고 몸을 일으켰다. 그는 정열적이고 그야말로 원기 왕성한 애인이자 남편이었다.
"왜 싫은데? 애정이 식은 거야?"
주방에서 거실로, 다시 서완이가 누워 있는 안방까지 쫓아온 상엽이 불만스럽다는 듯 물었다.

"그런 거 아니에요."

"그럼?"

그의 추궁에 그녀가 슬쩍 눈을 돌리자 상엽의 팔이 어깨 위에 내려와 그녀의 시선을 자신에게 고정시켰다.

"음…… 완이는 내 배 속에 있을 때도 그렇고, 태어나서도 거의 백일 동안은 나밖에 없었잖아요. 그런데 지금 동생까지 생기면 또 당신을 나눠 가져야 하니까…… 그건 어쩐지 완이한테 불공평한 거 같아서요."

"그건 그렇다."

상엽은 잠들어 있는 서완이를 생각하며 고개를 끄덕였다. 그는 서완이의 많은 걸 놓쳤다는 걸 알고 있다. 아이의 첫 번째 초음파 사진을 눈으로 확인할 수도 없었고 아이의 심장 소리도 들을 수 없었고 아이가 제 엄마 배에서 자라나는 모습도 보지 못했다. 지금 커가는 모습을 그의 눈으로 볼 수 있는 것만으로도 그는 감사했고 또 감사했다. 그래서 더더욱 서완이의 동생을 보고 싶어 하는지도 모르겠다. 다음에는, 다음에는 아주 사소한 것들도 놓치지 않고 싶었다.

"그럼 언제까지 기다려야 하는데?"

"언제까지 기다릴 수 있는데요?"

그녀가 재미있다는 듯 물었다. 인내심에 관한 한 결코 호락호락할 것 같지 않은 그녀의 남편이었지만 서완이의 동생에 대해선 꽤나 조급해하고 있었다.

"완이랑 당신한테 공평해지려면 10개월은 기다려야겠지."

"괜찮겠네요."

"그럼 아직도 6개월 남은 거구나."

정말 서운하다는 듯이 중얼거리던 그가 무슨 생각이 들었는지 히죽 웃어 보였다. 이유를 묻기도 전에 그는 갑자기 그녀의 허리에 팔을 둘러 그대로 안아 들었다.

"왜 이래요?"

"생각해보니까 완이한테만 빚이 있는 게 아닌 거 같아."

"그럼요?"

"우리 여보야한테도 빚진 거잖아. 뜨거운 밤. 난 빚지고는 못 살거든."

그녀는 웃음을 터뜨렸지만 어느새 입술을 덮어버린 그의 입술로 인해 웃음을 멈춰야 했다. 조심스럽게 그녀를 침대 위에 누인 그의 힘찬 근육의 움직임이 온몸으로 느껴졌다.

"잠깐만요."

"왜?"

그를 제지하는 송화 때문에 마지못해 입술을 뗀 그의 얼굴이 아직 충족되지 못한 열정과 욕구로 가득했다.

"나도 생각해봤는데 중요한 말을 안 했어요."

"무슨 말?"

"사랑해요, 상엽 씨."

"나도 진작에 알고 있거든요, 송화 씨."

송화의 고백에 대한 그의 답변은 미칠 듯이 뜨거운 키스였다. 입술과 쇄골과 어깨에 퍼부어지는 그의 깊은 입맞춤 때문에 아마도 내일은 온몸에 흔적이 남을 것만 같았다.

"잠깐만요."

"또 왜?"

그의 계속되는 달콤한 공격으로 인해 헐떡거리는 호흡을 채 진정시키지도 못하면서 송화가 또 한 번 그를 제지했다.

"답을 해줘야죠."

"아무튼 타이밍을 못 맞춘다니까."

"내 탓이 아니에요."

그의 툴툴거림에 송화는 잔뜩 상기된 얼굴로 새침하게 대꾸했다.

사랑하고 사랑받는 일. 지난 시간을 생각하면 함께할 수 있는 이 순간은 기적이었고, 그래서 더 소중했다.

"사랑해. 사랑한다, 나의 채송화."

나직한 고백에 눈빛이 마주치고 마음이 녹아들었다. 살아가는 일이 그리 녹록치만은 않을 것이다. 서로에게 마음 상하게 될지도 모르고 어느 순간 떨리는 가슴조차 덤덤해질지 모른다. 하지만 살아가는 내내 서로를 향한 이 마음만은 잊지 않기로 다짐하고 또 다짐한다.

언제나 내 마음이 당신 마음과 같기를.

언제나 당신 뜻이 내 뜻과 같기를.

언제나 우리가 가는 길이 함께이기를.

언제나 나와 함께하기를.

작가 후기

 개정판을 준비하면서 이런저런 전하지 못할 이유들로 《나와 함께 채송화》를 짧게 수정했습니다.

 어렸을 때 채송화 씨를 모았던 기억이 납니다. 작은 씨 주머니에 담겨 있던 까만색 씨앗들을 모아 다음해에 마당 한구석 좁은 화단에 심어두면 어느새 작은 색색의 꽃잎들이 아침나절 화려하게 피어나곤 했습니다.
 비 오고 난 후, 화단에서 물기와 함께 빛이 나던 채송화의 작은 꽃잎들이 얼마나 예뻤는지 모릅니다.
 그때는 채송화가 이렇게 귀하지 않았었는데 어느새 주택에서 아파트로 바뀌어버린 지금은 채송화 꽃 보기가 쉽지 않더군요.

 채송화, 장미, 양지. 꽃 같은 세 자매의 떠들어대는 소리에 누구의 이야기를 먼저 들어줘야 할까 고민했었습니다. 처음에는 목소리 큰 장미의 사랑을 적어내리다가 어느새 귓가에서 소곤거리는 송화의 사랑에 끌려버렸습니다. 작가에게 자기가 만든 캐릭터들, 어느 누가 예쁘지 않겠습니까마는 소심한 송화의 이야기는 지금 쓰지 않으면 못 쓸 거 같았어요.

장미과의 장미와 양지와는 달리, 채송화는 장미의 학명을 가진 쇠비름과의 꽃입니다. 겉으로는 씩씩하고 용감한 척하지만 사랑 앞에서만큼은 여리고 미숙한 아이기도 하구요.
운명이라고 우겨대는 남자와 우연이라고 읊어대는 여자의 사랑 얘기는 제게도 즐거움이었습니다. 언제 이렇게 달콤한 남자를 만나겠어요. 작가는 이래서 좋습니다. 아무 때고 괜찮은 남자를 제일 먼저 만날 수 있는 특권이 생기거든요.

채송화는 여왕님의 보석으로 만들어진 꽃입니다. 많이들 아시고 계시겠지만 채송화에 얽힌 전설은 딱 채송화와 어울립니다. 아주 옛날, 욕심 많고 돈 많았던 페르시아의 여왕님은 번쩍이는 보석을 사랑했습니다. 보석을 모으고 또 모으던 여왕님은 어느 날 눈앞에 나타난 보석 할아버지에게 자신의 백성과 보석을 맞바꾸자고 제안했습니다. 굉장히 크고 진귀한 보석이 딱 하나 남았지만 이젠 보석과 바꿀 백성이 없게 되자 여왕님은 자신과 보석을 맞바꾸게 되었습니다. 드디어 여왕이 그 보석을 받아든 순간, 보석 상자가 모두 터져버렸고, 여왕님은 온데간데없이 사라졌습니다. 여왕님의 보석들은 사방에 흩어져 자그마한 꽃이 되었습니다. 그게 채송화예요. 작지만 보석만큼 반짝이는 꽃. 장미처럼 한눈에 띄지는 않지만 아침햇살에 화려하게 피어나는 꽃. 상엽에게 채송화도 그랬고, 현고운에게도 채송화는 아름다운 꽃입니다.

《나와 함께 채송화》는 초안이 정말이지 무지무지 길었습니다. 분량으로만 따지면 두 권이 훨씬 넘을 듯한 양이었어요. 독자로서 현고운은 책이 두꺼울수록, 양이 많을수록 환영이지만, 수정이 질색인 작가 현고운은 두 권짜리는 피해가고 싶습니다. 초안은 쉬지 않고 써댈 자신이 있지만 수정 작업은 정말이지 질색입니다. 결국 게으른 작가는 책의 절반 가까이를 쳐내야 했습니다. 실은 수정 작업도 수정 작업이었지만, 자칫 늘어지는 게 싫었습니다. 그런 이유로 콧대 높은 채장미와 까칠남 태섭의 얘기도, 진짜 잘난 박양지와 어설픈 바람둥이 진욱의 이야기도 할 수 없이 포기했습니다. 어쩔 수 없이 시리즈를 좋아하는 작가인지라 이 아이들의 사랑 이야기의 분량도 장난이 아니지만, 언젠가 또 보여 드릴 기회가 있겠지요.

Special Thanks to :

제 주위에는 좋은 분들이 참 많습니다. 복 받은 현고운입니다. 아껴주시는 분, 애써주시는 분, 기다려주시는 분. 잊지 않고 변치 않겠다고 또 한 번 마음속으로 되뇝니다. 언제나 여러분께 고맙습니다.

좋은 친구, 휘 님. 잘 지내고 계신 거죠? 서로 다른 곳에 있지만 같은 생각을 하고 있는 휘 님이 좋아요. 주파수가 맞는 친구를 가지고 있다는 건 행운이에요. 열정으로 가득한 전주예 님, 정성이 가득한 책으로 만들어주시는 테라스북 여러분, 특별하게 표현은 못했지만 언제나 감사드려요. 친절하게 인터뷰해주신 인천 기린한의원 원장님께도 감사드립니다.

언제나 힘이 되어주는 우리 가족, 고마워요. 언제나 내 편이 되어주는 내 친구 현진, 사랑해.
그리고 또 현고운, 난 네가 마음에 들어. 우리 조금만 더 잘하자.

비가 너무 많이 오는 여름,
지구에게 미안함을 전하며

현고운

나와 함께 채송화

초판 1쇄 인쇄 2011년 10월 16일
초판 1쇄 발행 2011년 10월 19일

지은이 현고운 | 펴낸이 강성욱 | 책임 기획 전주예 | 카피라이터 김근배
일러스트 최제희 | 로고 김미현 | 교정 류주영 | 디자인 이선영
펴낸곳 테라스북 | 등록 제381-2003-000040호
주소 (463-741) 경기도 성남시 분당구 구미동 시그마2 D동 503호
전화 031-718-5826 | 팩스 0505-911-5826
블로그 http://terracebook.blog.me | 전자우편 terracebook@naver.com
ISBN 978-89-94300-09-2 03810

ⓒ 현고운 2011 Printed in Korea

테라스북은 오름미디어의 임프린트 브랜드입니다.

잘못된 책은 구입하신 곳에서 바꾸어 드립니다.
이 책의 전부 또는 일부 내용을 재사용하려면 사전에 저작권자와 오름미디어의 동의를 받아야 합니다.

이 도서의 국립중앙도서관 출판시도서목록(CIP)은 e-CIP 홈페이지(http://www.nl.go.kr/ecip)에서
이용하실 수 있습니다. (CIP제어번호: CIP2011004141)